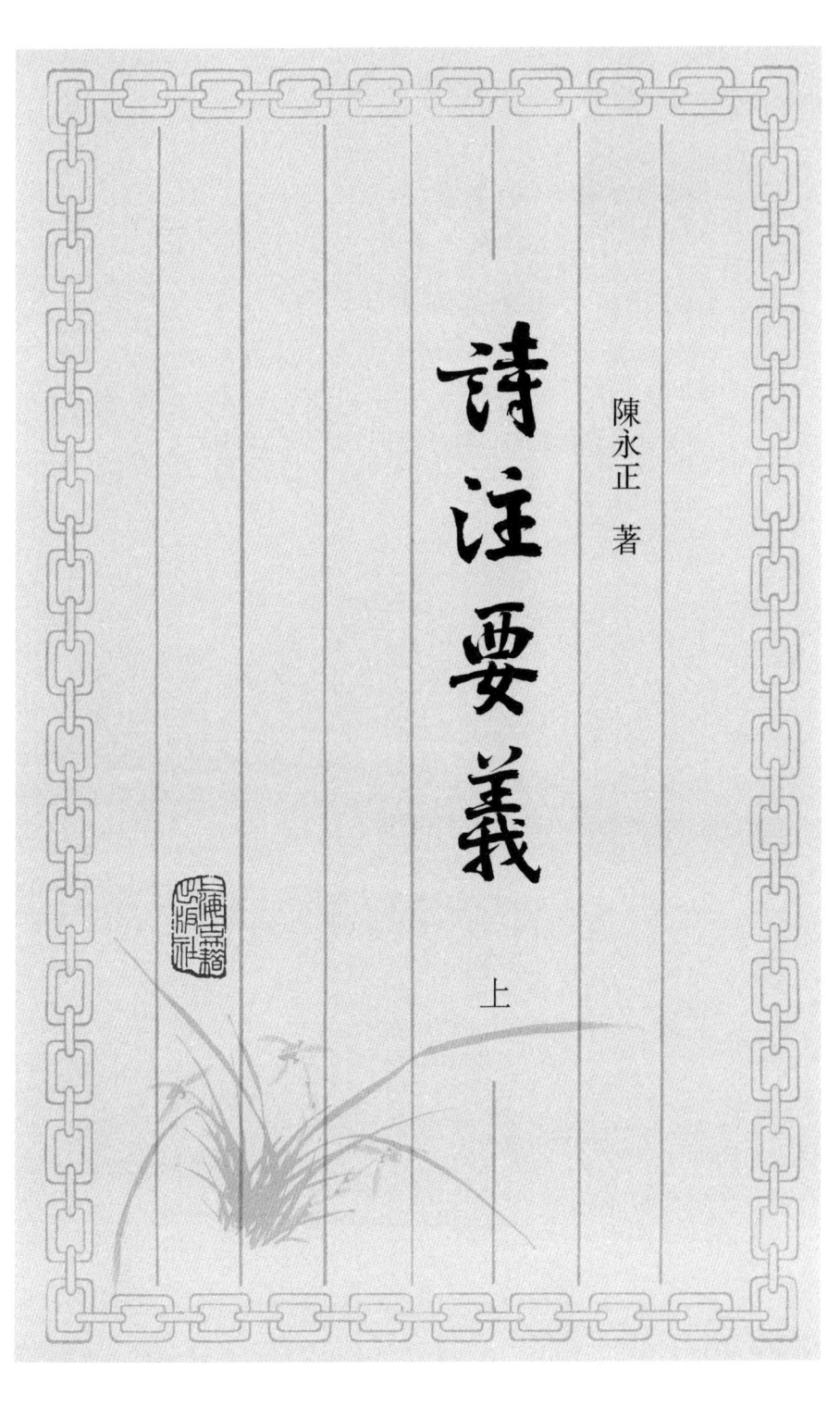

詩注要義

陳永正 著

上

圖書在版編目(CIP)數據

詩注要義 / 陳永正著. —上海：上海古籍出版社，2018.8（2019.7重印）
ISBN 978-7-5325-8919-7

Ⅰ.①詩… Ⅱ.①陳… Ⅲ.①古典詩歌－注釋－研究－中國 Ⅳ.①I207.22

中國版本圖書館CIP數據核字(2018)第144418號

詩注要義

陳永正 著

上海古籍出版社出版發行

（上海瑞金二路272號 郵政編碼200020）

(1) 網址：www.guji.com.cn
(2) E-mail：guji1@guji.com.cn
(3) 易文網網址：www.ewen.co

上海中華商務聯合印刷有限公司印刷

開本890×1240 1/32 印張22.5 插頁17 字數507,000
2018年8月第1版 2019年7月第3次印刷
ISBN 978-7-5325-8919-7
I·3300 定價：148.00元
如有質量問題，請與承印公司聯繫

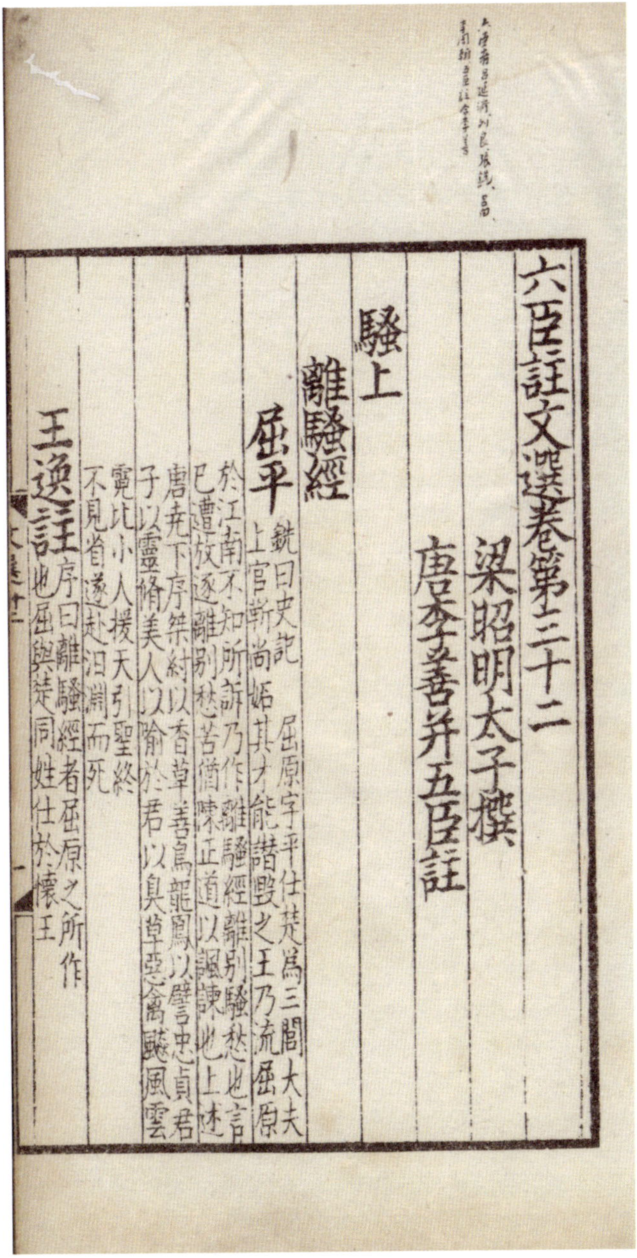

彩圖1 《六臣注文選》,四部叢刊影印宋本

達人遺自我　謂夫達達人墨翟等也不貪貨
高情屬天雲　惠天下故曾旬我作書抹遺弃
言井有濟俟　代人身富旬言不高垢
不物之性　大記敗生敗十夫
魏國　已魏人有滋生番標
依言傳卿李無救鲁氏之父其先展
吾余秋倩公時卿齋師疑為李也
師䋲䦉高胈十二類偈泰師無吾師之天此本為
　誤篆傳州二辛此奉伯伏𢌞明寺三師代郡
　匕商人經高山　大記仲連魯仲
將帥於周日仲連却秦軍　連齊人趙李成

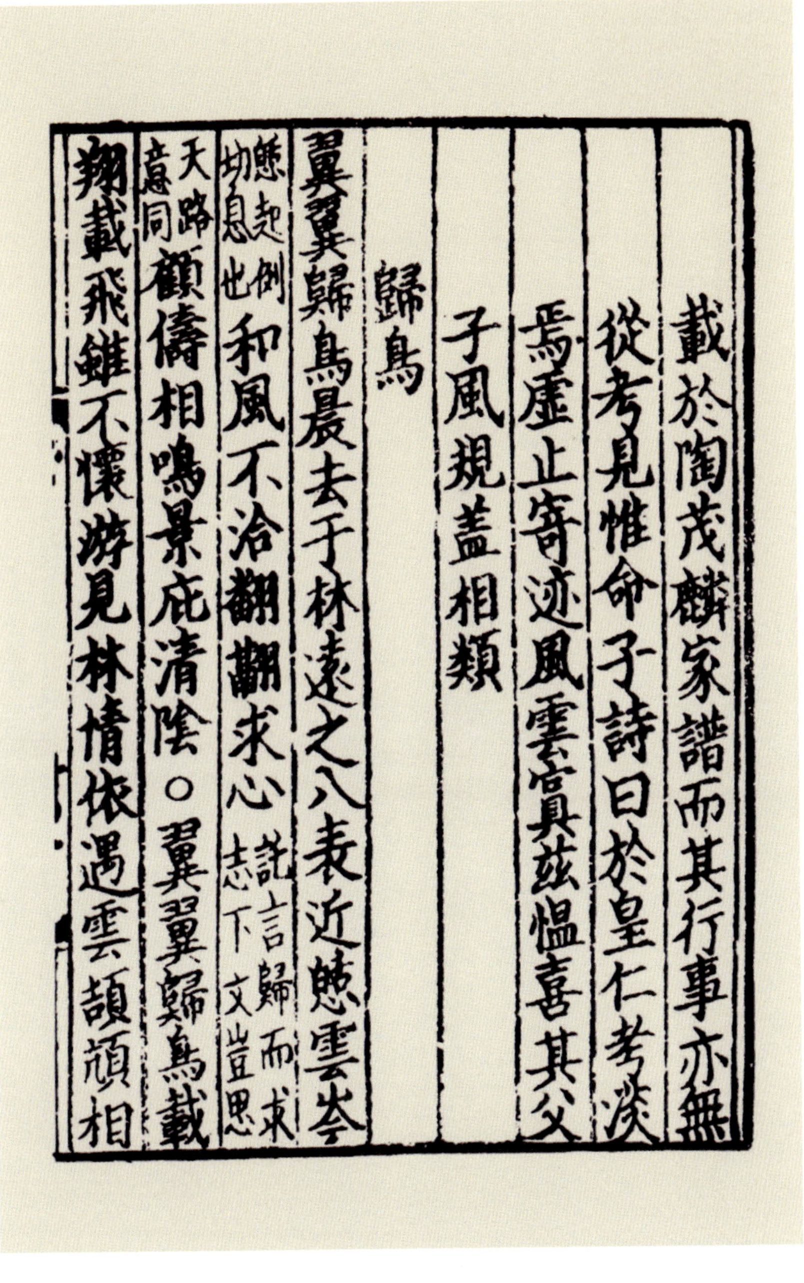

載於陶茂麟家譜而其行事亦無從考見惟命子詩曰於皇仁考淡焉虛止寄迹風雲冥茲慍喜其父子風規蓋相類

歸鳥

翼翼歸鳥晨去于林遠之八表近憩雲岑憩起例和風不洽翻翮求心說言歸而求志下文豈思劬息也〇翼翼歸鳥載翔載飛雖不懷游見林情依遇雲頡頏相意同顧儔相鳴景庇清陰

彩圖3　李公煥《箋注陶淵明集》，四部叢刊影印宋刊巾箱本

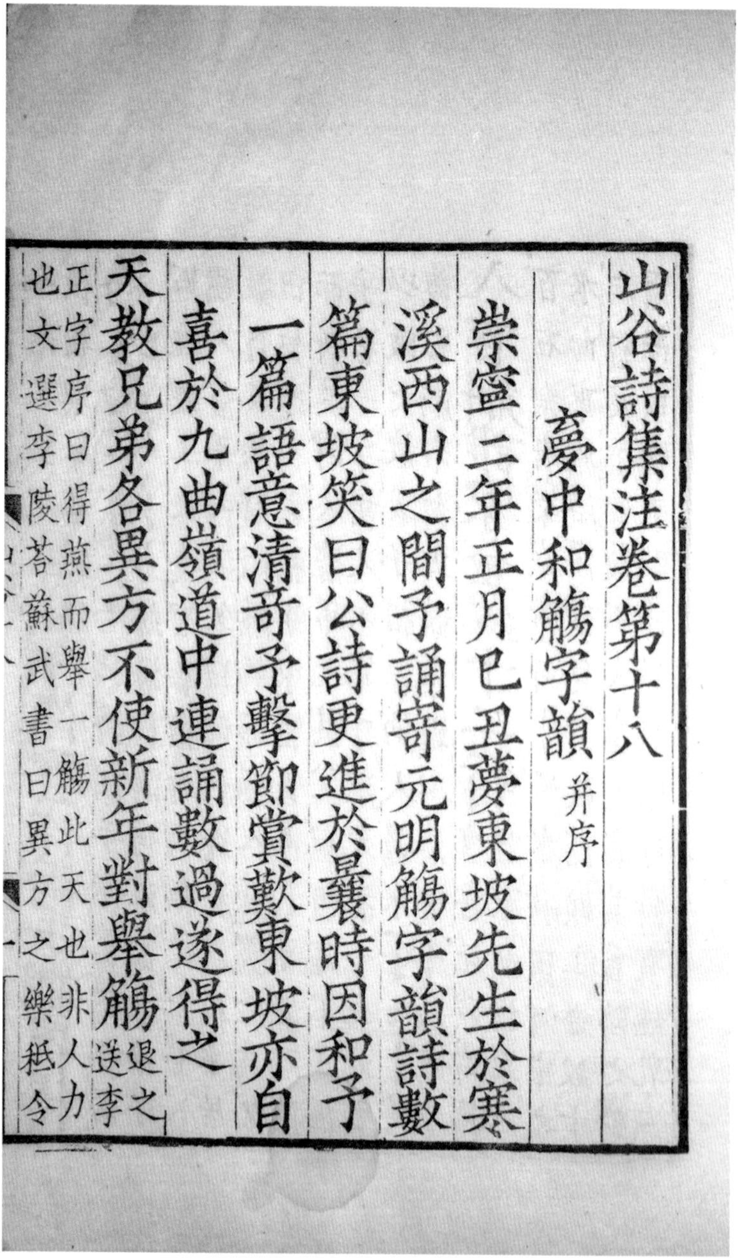

山谷詩集注卷第十八

夢中和觴字韻 并序

崇寧二年正月己丑夢東坡先生於寒溪西山之間予誦寄元明觴字韻詩數篇東坡笑曰公詩更進於曩時因和予一篇語意清奇予擊節賞歎東坡亦自喜於九曲嶺道中連誦數過遂得之

天教兄弟各異方不使新年對舉觴〔退之送李正字序曰得燕而舉一觴此天也非人力也文選李陵荅蘇武書曰異方之樂祗令〕

彩圖4　任淵《山谷内集注》，光緒陳三立刻本

註東坡先生詩卷第三

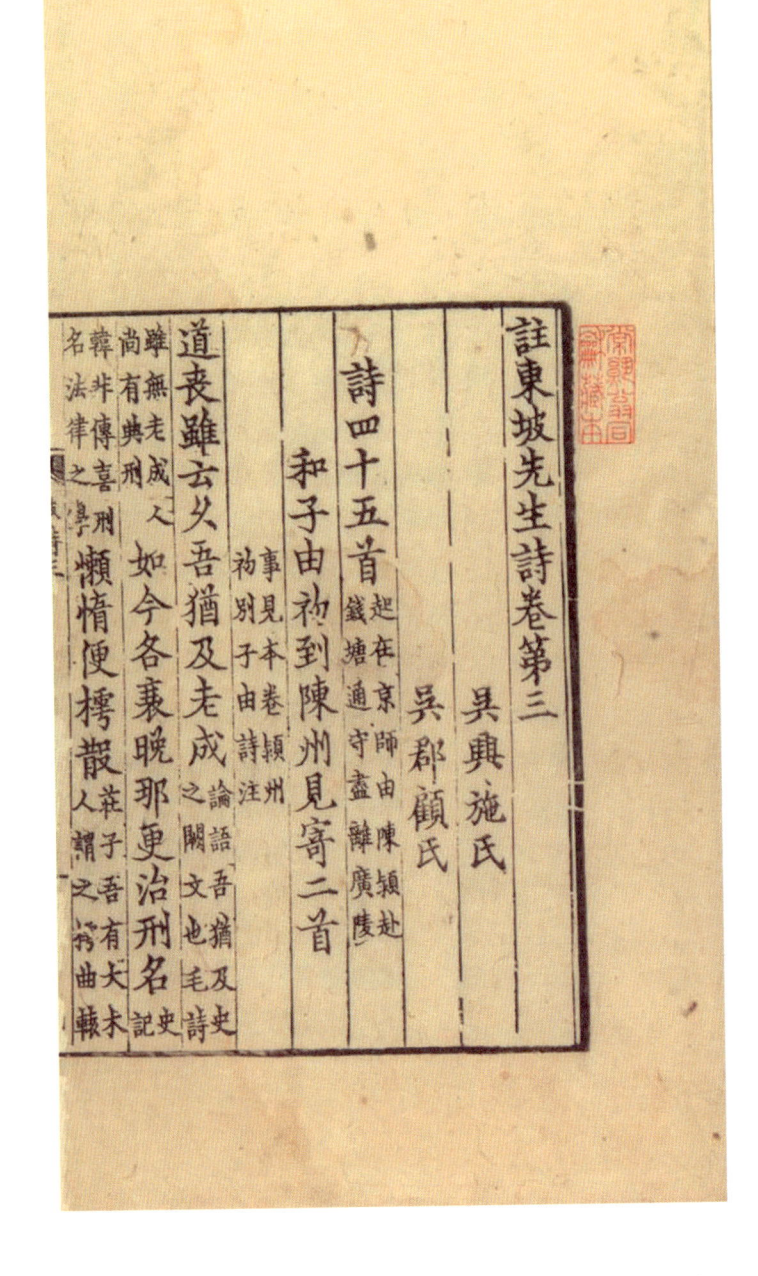

　　　　吳興施氏
　　　　吳郡顧氏

詩四十五首 起在京師由陳潁赴錢塘通守盡離廣陵

和子由初到陳州見寄二首 事見本卷潁州初別子由詩注

道喪雖云久吾猶及老成那更治刑名韓非傳喜刑名法律之學懶惰便樗散莊子吾有大木人謂之樗曲轅
　論語吾猶及史之闕文也毛詩吾猶及見
如今各裏晚之關文也毛詩吾猶及見
蘗無老成人尚有典刑
名

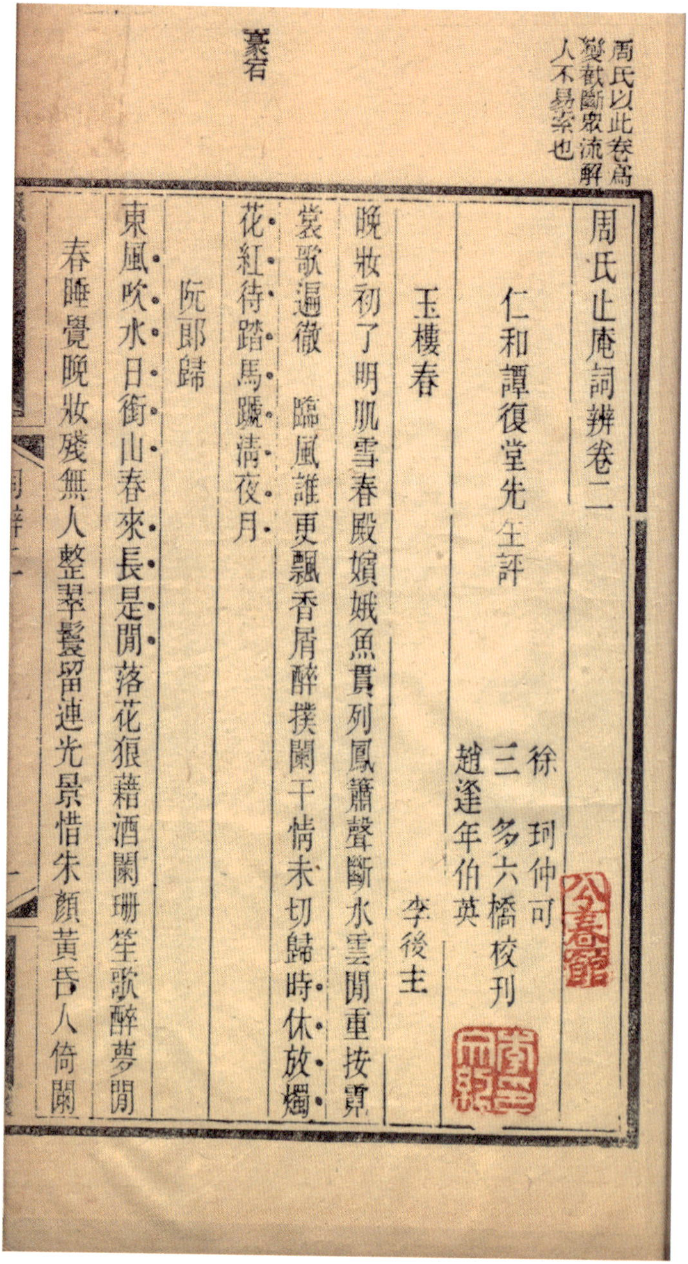

周氏止庵詞辨卷二

仁和譚復堂先生評

徐　珂仲可
三多六橋校刊
趙逢年伯英

玉樓春　　　　　　　　李後主

晚妝初了明肌雪春殿嬪娥魚貫列鳳簫聲斷水雲閒重按霓裳歌遍徹　臨風誰更飄香屑醉拍闌干情未切歸時休放燭花紅待踏馬蹄清夜月

阮郎歸

東風吹水日銜山春來長是閒落花狼藉酒闌珊笙歌醉夢閒　春睡覺晚妝殘無人整翠鬟留連光景惜朱顏黃昏人倚闌

周氏以此卷為變徵斷崖流解人不易索也

豪宕

彩圖6　周濟《詞辨》譚獻評點本，光緒刻本

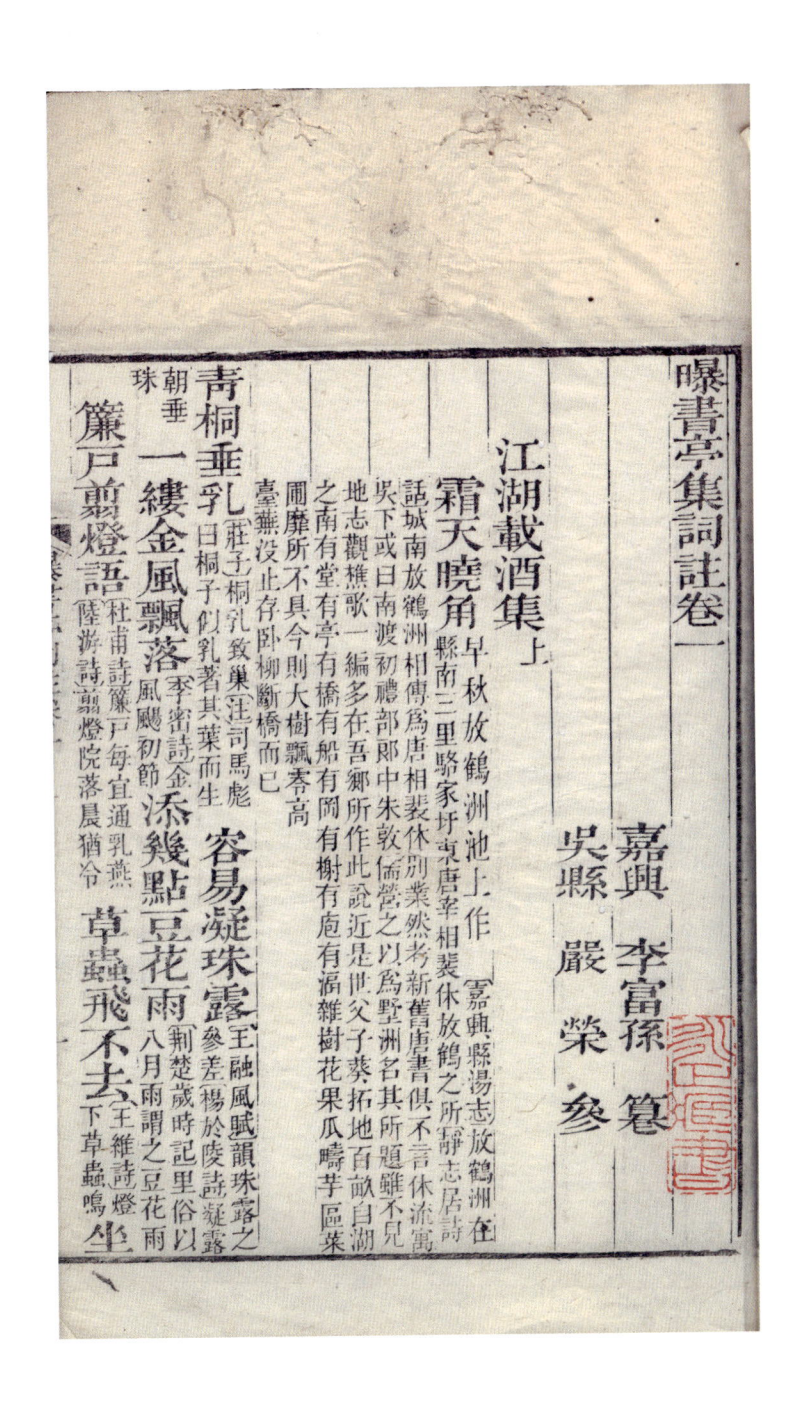

曝書亭集詞註卷一

嘉興　李富孫　篹
吳縣　嚴榮　參

江湖載酒集上

霜天曉角　早秋放鶴洲池上作〔嘉興縣湯志放鶴洲在縣南三里駱家圩東唐宰相裴休放鶴之所靜志居詩話城南放鶴洲相傳爲唐相裴休別業然考新舊唐書俱不言休流寓吳下或曰南渡初禮部郎中朱敦儒營之以爲墅洲名其所題雖不見地志觀樵歌一編多在吾鄉所作此詵近是世父子葵拓地百畝自湖之南有堂有亭有橋有閘有榭有庖有渦雜花果瓜疇芋區菜圃靡所不具今則大樹飄蕭高臺蕪沒止存卧柳斷橋而已〕

青桐垂乳〔莊子桐乳致巢汪司馬彪曰桐子似乳著其葉而生〕

朝垂珠　一縷金風飄落〔李密詩金風颯初節〕添幾點豆花雨〔荊楚歲時記里俗以八月雨謂之豆花雨〕

簾戶寒燈語〔陸游詩簾戶寒燈院落晨猶冷杜甫詩簾戶每宜通乳燕王維詩燈下草蟲鳴〕草蟲飛不去〔王〕

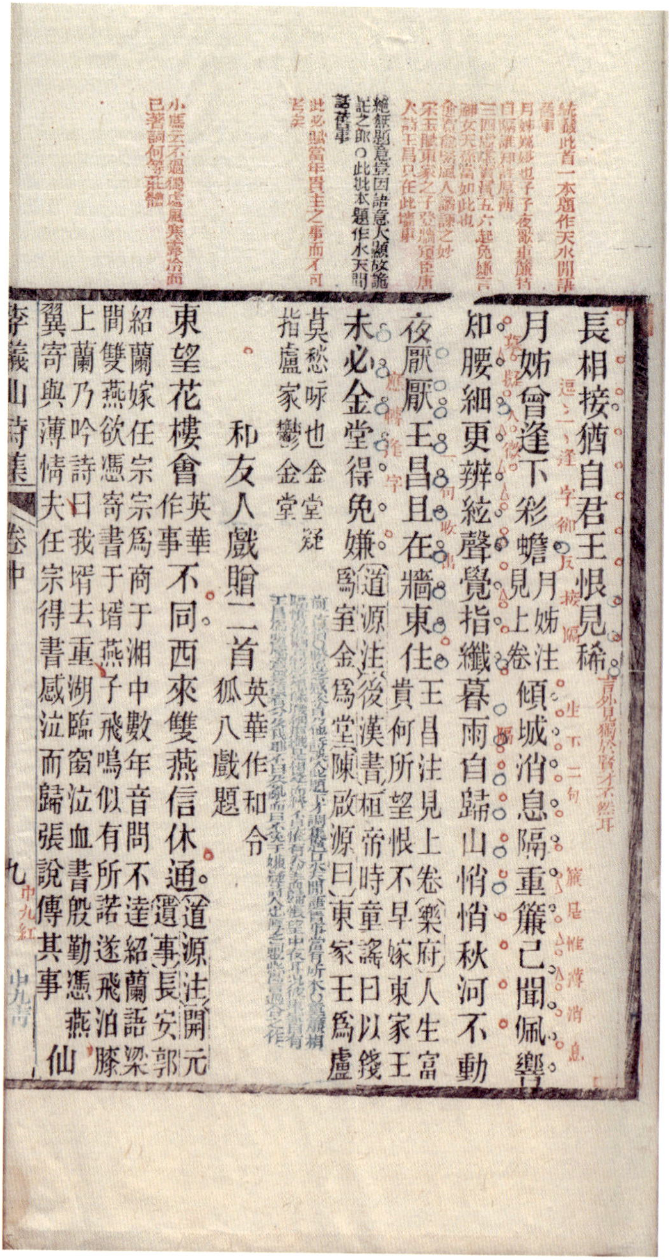

彩圖8　《李義山詩集輯評》，同治萃文堂刻本

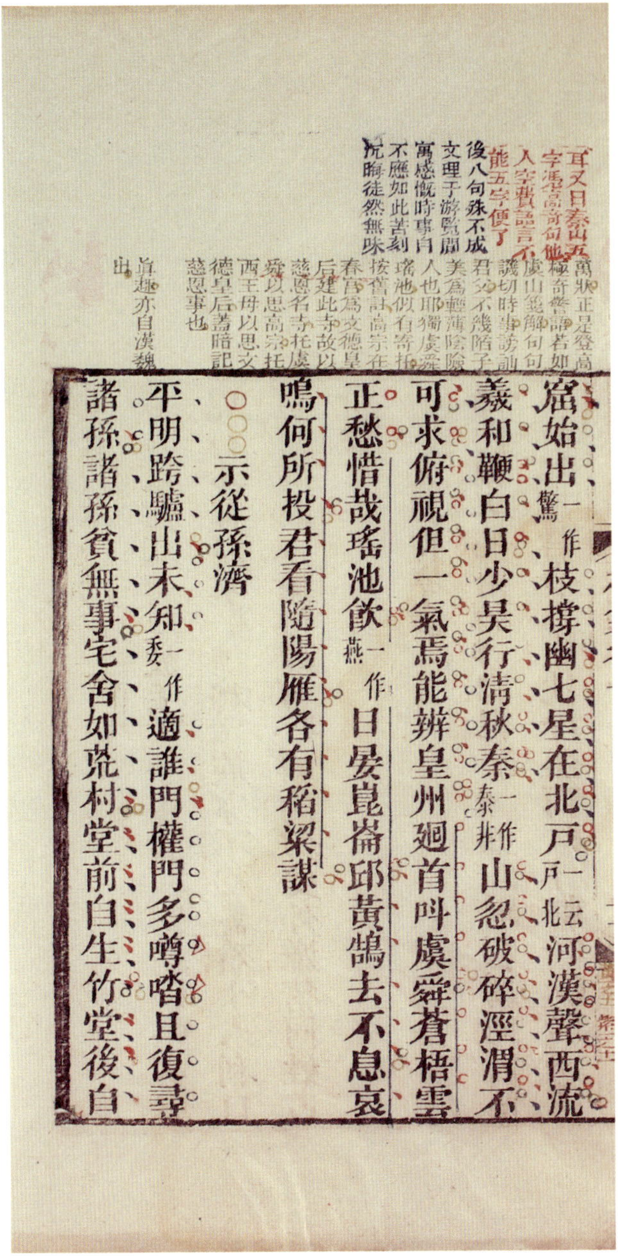

耳又曰泰山五字馮高奇句他人字費語言不能五字便了

後八句殊不成文理于游覽寓感慨時事自不應如此苦刻況晦徒然無味

萬狀正是登高極奇聳語若如虞山箋鄭何句句譏切時事謗訕君父不幾陷子美為輕薄陰險人也耶獨虞舜瑤池似有寄托按舊註高宗在春宮為文德皇后建此寺故以慈恩名寺托虞舜以思高宗托西王母以思文德皇后蓋暗記慈恩事也

眞趣亦自漢魏出

窟始出一作驚枝撐幽七星在北戶一云戶北河漢聲西流羲和鞭白日少昊行清秋秦一作泰非山忽破碎涇渭不可求俯視但一氣焉能辨皇州迴首叫虞舜蒼梧雲正愁惜哉瑤池飲一作燕日晏崑崙邱黃鵠去不息哀鳴何所投君看隨陽雁各有稻粱謀

示從孫濟

平明跨驢出未知一作委適誰門權門多噂沓且復尋諸孫諸孫貧無事宅舍如荒村堂前自生竹堂後自

彩圖9 《杜工部集五家評本》, 光緒翰墨園刻本

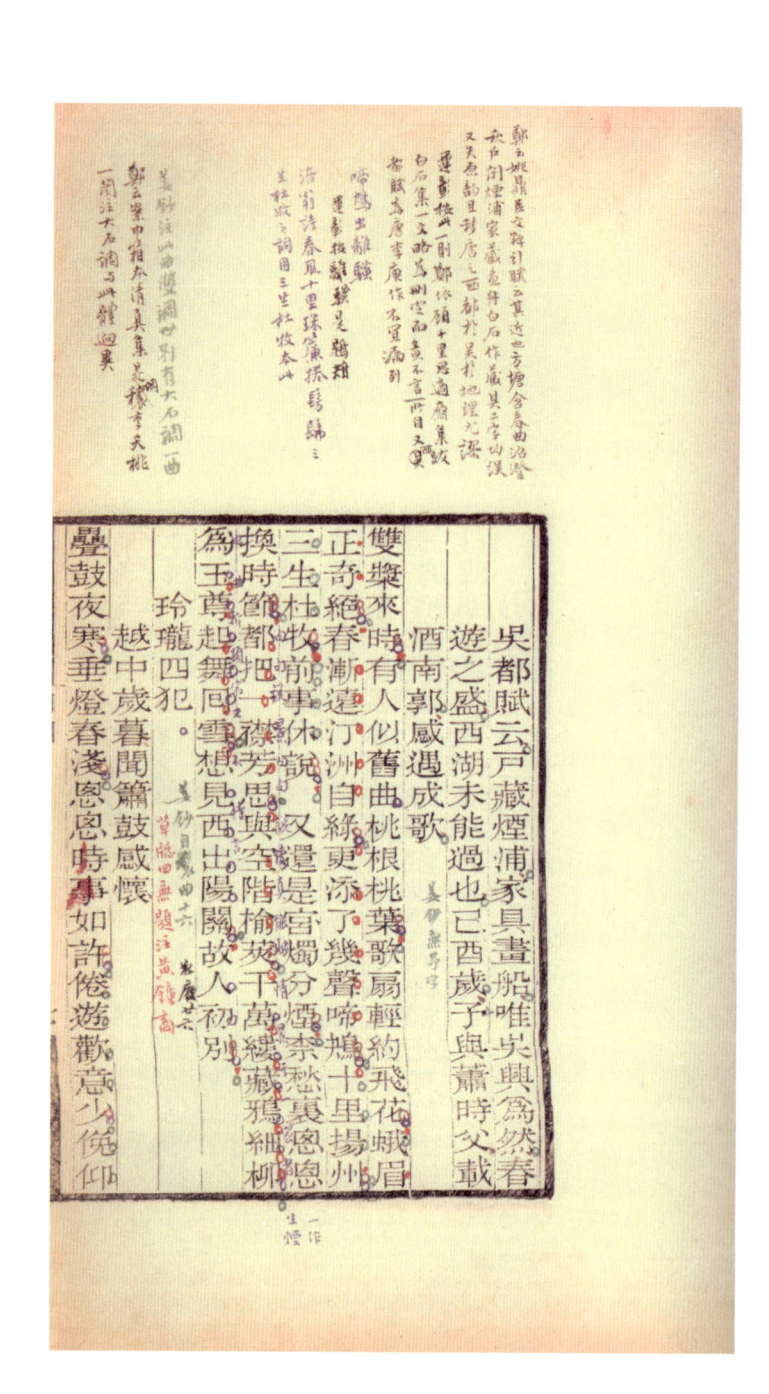

彩圖10 《白石道人歌曲》陳運彰圈點批校，中華書局影印本

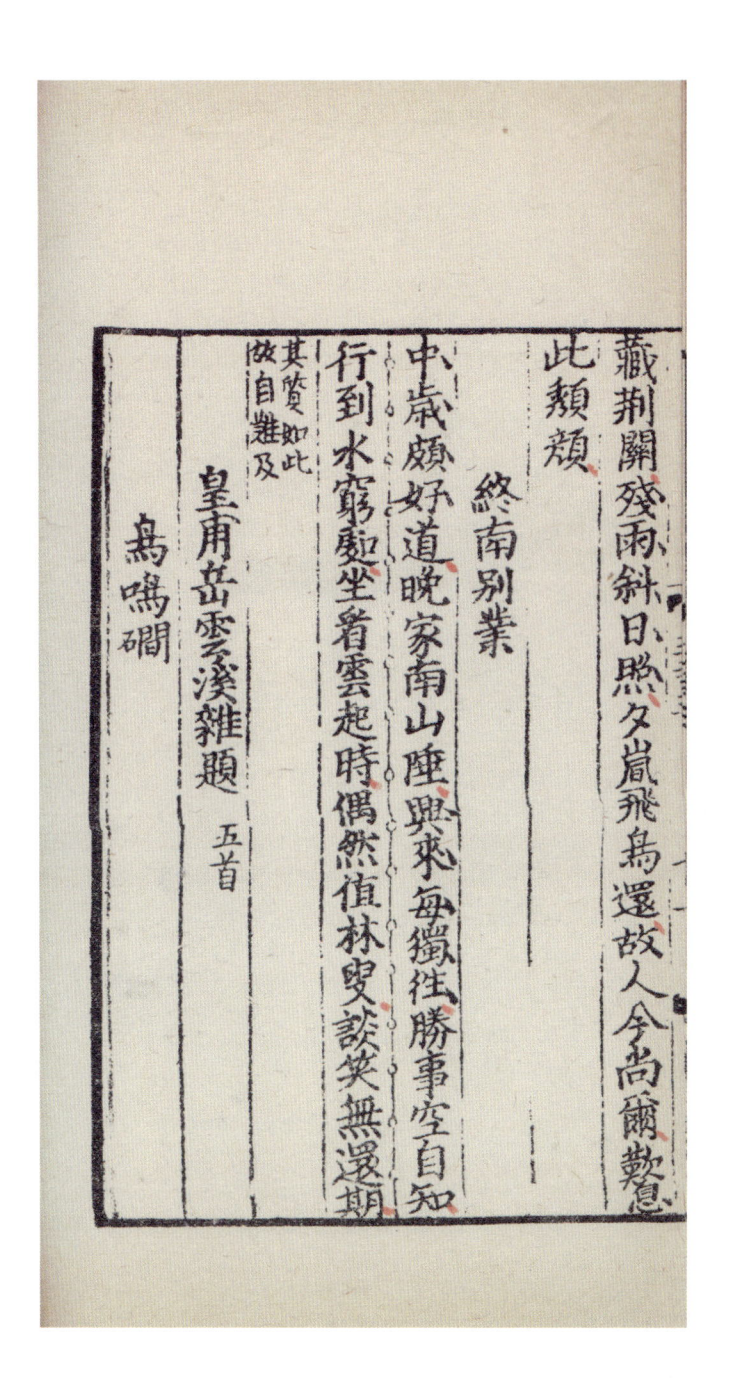

藏荊關潑雨斜日照夕嵐飛為還故人今尚爾歟

此頹頹 其覽如此故自難及

終南別業

中歲頗好道晚家南山陲興來每獨往勝事空自知行到水窮處坐看雲起時偶然值林叟談笑無還期

皇甫岳雲溪雜題 五首

鳥鳴磵

彩圖11　劉辰翁《須溪先生校本唐王右丞集》，四部叢刊影印元刊本

漢楚吳運用亦難○此評好此與未子九日詩霑受露多休落帽共風不斷且吹衣同一等

紀批
語皆拥鄧要而何一誤至此盧谷以疑老杜足何咎歟

紀批
油燈三字俚次句應三句太犯同四大脈五句大脈末句更不醒竅

原批輕如漢家衍垂用飛燕軍斜避楚臺風本非燕事而用之有情味

蠅

乘炎出何苦、人意以微看怒劍休追逐疑屏護指

彈與蚊爭一作更、晝夜共蜜上杯盤自有堅冰在能令畏不難

原批此當與老杜螢詩相表裏玩味

挑燈杖

油燈方照夜、此物用能行、焦首終無悔、橫身為發

上苍

明盡心常欲曉、委地始知輕、若此飄飄梗、何邀世

彩圖12　紀昀《瀛奎律髓刊誤》，嘉慶雙桂堂刻本

才調集補註卷一

虞山馮**班**先生評閱　　古吳殷元勳于上箋註
鈍吟　　　　　　　　長洲宋邦綏況梅補註

古律雜歌詩一百首

鈍吟云家兄看詩多言起承轉合此教初學
之法如此書正要脫盡此板法方見才調其
先太章貞人

白居易一十九首徒下邽書郎居易字樂天其工文章貞人

元和遺論年對策一等調入
盩屋尉召入翰林為學士遷左拾元和遺論年對策一等調入
當遷戶曹參軍家貧便養詔可明年以請如喪解還拜以久
士擢進士拔萃補校書郎居易自擇官浮華無實以主客郎中知制
贊善大夫刺史以言為居易門員外郎以貶江州司馬拜
之徒忠州刺史入居易浮華無實以主客郎中知制
州刺史以好畋遊廢于政司東都復轉中書舍人為杭
滁穆宗以太子左庶子分司諷俄轉中書舍人為杭
州刺史

參差荇菜左右芼之。

芼擇也箋云后妃既得荇菜必

【疏】傳芼擇也。○正義曰釋言云芼搴也孫炎曰芼搴菜也以搴菜是拔取之義也

記云斬將搴旗猶拔也郭璞曰釋言云拔取也芼菜而此云拔而擇之者拔即擇也故知拔搴芼訓皆爲拔之義

窈窕淑女鍾鼓樂之。

【疏】箋盛者宜有鍾鼓之樂箋云琴瑟在堂鍾鼓在庭此其禮也○正義曰知琴瑟在堂鍾鼓在庭者

音洛又音岳反下○管簧堂上鼓鍾鼓在庭皆○正義曰大射禮以詠美后

協韻宜五教乃反云笙鍾在東階之東是鍾鼓在庭也此詩美后妃能化淑女所共樂其事既得荇菜以祭宗廟上下樂作盛淑女耳

祖考來格之西笙鍾在東階之西笙鍾在東階

此淑女所共之禮也

關雎五章章四句故言三章一章章四句二章章八句下。○五章是鄭所分故言以下是毛公本意後放此。【疏】自古而有篇章之名與詩禮俱

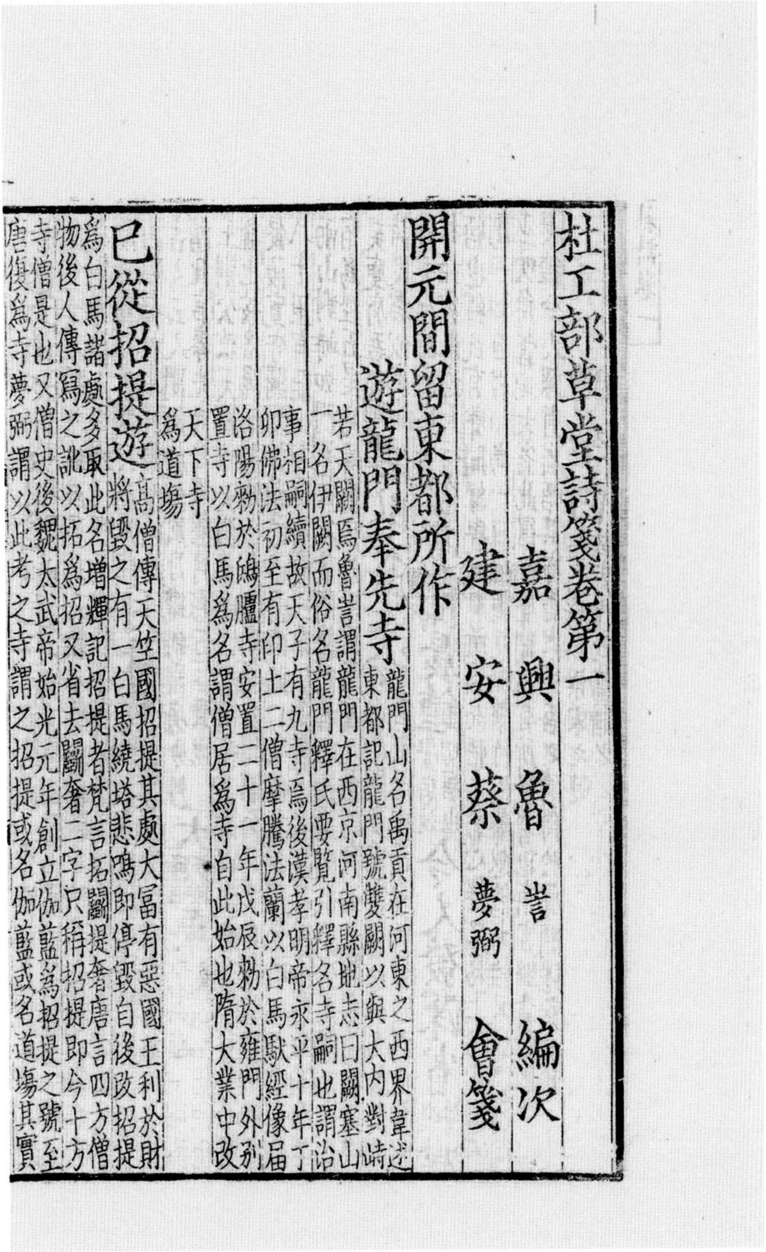

杜工部草堂詩箋卷第一

　　　　嘉　興　魯　訔　編次
　　　　建　安　蔡　夢　弼　會箋

開元間留東都所作

遊龍門奉先寺

龍門山名禹貢在河東之西界草述東都記龍門虢雙闕以與大內對峙若天闕馬魯訔謂龍門在西京河南縣地志曰闕塞山一名伊闕馬魯訔謂龍門釋氏要覽引釋名寺曰嗣也謂沿事詞嗣續而俗名龍門寫後漢孝明帝永平十年丁卯佛法初至有卯土二僧摩騰法蘭白馬馱經像屆洛陽勅於雍門外別置寺以白馬為名謂僧居為寺自此始也隋大業中改置寺僧安置二十一年戊辰勅於爲天下寺為道場

已從招提遊

高僧傳天竺國招提其處大富有惡國王利於財物毀之有一白馬繞塔悲鳴即停毀自後改招提為白馬諸處多取此名增輝記招提者梵言招鬭提奢唐言四方僧又省鬭二字只稱招提即今十方寺也後人傳寫之訛以拓為招又以招為拓後魏太武帝始光元年創立伽藍或名招提或名道場其實唐復為寺僧是也又僧史後魏謂以此考之寺謂之招提或名伽藍或名道場

彩圖15　蔡夢弼《杜工部草堂詩箋》，古逸叢書覆麻沙本

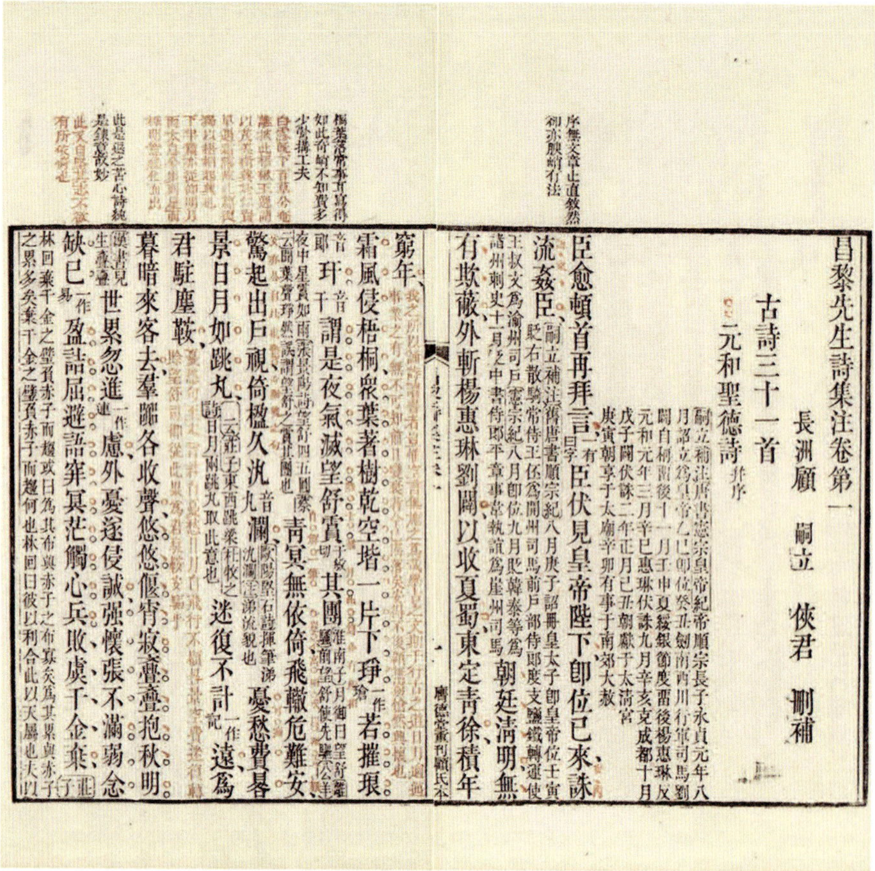

彩圖16　顧嗣立《昌黎先生詩集注》，光緒翰墨園刻本

序 一

陳永正教授是中國古文獻學專家，在這一領域，他開創了一個闡釋學的新流派——中國舊體詩的注釋學，並因此建立了古文獻學的一個新專業——詩歌文獻學專業，並設博士點，開詩注課程。

陳先生之所以能在詩注方面獲得如此巨大的成就，是因爲他是一位有思想的詩人、詞人。能詩能詞，已屬不易，而有思想，則更難能而極可貴。正因爲他有實踐，有理論，通過幾十年的實踐，提升到理論高度，其結晶即《詩注要義》一書。

以上所説，並非我阿私所好，《沚齋詩詞鈔》、《沚齋詞》等詩、詞集便是明證。

正因爲他擅長詩、詞創作，而又潛心從事這方面的理論研究，因此取精用宏，撰寫出《要義》一書。從其詩、詞，也從其《要義》一書，可以抽繹出他深廣的思想。

古今中外，文人固然相輕，學人也往往目空一切，求其如顧亭林《廣師》所云，百不得一。陳先生卻是典型的謙謙君子，試看本書"指瑕篇"。我不過略貢一得之見，陳先生卻賦詩爲贈："益感匡我恩，廿載澤至骨。"這是什麽襟抱？我平生篤信"學術爲天下公器"一語，所以凡見專著或論文，偶有不合，輒爲指出。而海內之大，真能虛懷若谷、從善如流的，惟有陳先生與白敦仁先生。"上善若水"，江海所以能爲百川王者，非以其下之耶？

最近又發現一件事。《開放時代》2014 年第 6 期上，有干春松先生一篇文章，題爲《民族主義與現代中國的政治秩序——章太炎與嚴復圍繞〈社會通詮〉的爭論》。第三小段引了嚴復一段話，標點如下："知吾中國之爲治，雖際其極盛，而自西儒觀之，其去道也滋益遠。中國之爲民，上極之，爲民父母至矣，此無論其言之不克副也，就令能之，民之能自立者幾何？"注④嚴復《〈社會通詮〉按語》，載《嚴復集》第 4 冊第 931 頁。

我想，《嚴復集》的標點者顯然錯了，應該是"中國之爲民上，極之爲民父母至矣"。於是我到圖書館找到《嚴復集》一查，果然，和干春松先生所引用的一樣。

我還發現有一位李新宇先生，他的專著《盜火者嚴復》，第 180—181 頁，也引用了嚴復這條按語，標點錯得和干先生一樣。

《續修四庫全書》第 1300 冊，收了嚴譯甄克思（Jenks）的《社會通詮》，卷下《國家之行政權分第十三》第 102 頁"前說之蔽"下，有如下一段："按。三復前論。知吾中國之爲治。雖際其極盛。而自西儒觀之。其去道也滋益遠。中國之爲民上。極爲之父母至矣。此無論其言之不克副也。就令能之。民之能自求立者幾何。"（據光緒二十九年石印嚴侯官先生全集本影印）

干春松先生文中注釋（1）提到王憲明先生的《語言、翻譯與政治——嚴復譯〈社會通詮〉研究》一書，第 509 頁引嚴復這條按語，不但把"極爲之父母至矣"，改爲"極之爲民父母至矣"；另一句"民之能自求立者幾何"改爲"民之能自立者幾何”,而且全文標點如下:"知吾中國之爲治,雖際其極盛,而自西儒觀之,其去道也滋益遠。中國之爲民上,極之爲民父母至矣。此無論其言之不克副也,就令能之,民之能自立者幾何?"

從這件事,可以看出三個問題:

(一)嚴譯《社會通詮》非僻書,《嚴復集》整理者爲什麽不找到原書,根據其原斷句加以標點?

(二)干春松先生是北京大學儒學院教授,難道看不出《嚴復集》的標點錯誤?而且既引介了王憲明先生的書,難道不曾閱讀過?

(三)李新宇先生能出專著,怎麽看不出這種標點錯誤?可見現在的學者讀文言文的能力多麽差。

我舉這件事,是藉以説明陳永正先生《詩注要義》一書,對當下一般學人來説,實在有如耳提面命,值得大家仔細領會。切切實實打下深厚的國學根柢,則無論寫專著、論文或注解詩詞,都不會貽誤後學了。

九二老人劉世南謹序

2015 年 2 月 7 日於江西師大文學院

序　二

　　五年前，永正學兄年届七十，編定其自選集《沚齋叢稿》，我曾爲作序，略云："作爲一位學者、詩人、書法家的陳永正，也許可以説是最後一代的傳統文人了。""由於永正的研究領域涉及古文字、古文獻、嶺南文學文獻以及詩詞、方術、書法等多個方面，成果形式有專著，有論文，還有大量的文學創作，很自然地形成了本書區别於林林總總的自選集的一種特色：除了一些'正規'的論文外，還有各式各樣的文章以及文言文、小説、新舊體詩詞。它體現的不僅是所謂的學術成果，更重要的是展示了一位傳統文人豐富的精神世界。"

　　如今，我又欣喜地看到，永正的新著《詩注要義》即將出版，我再次有幸蒙邀撰序。這回，我要説的是：本書所體現的，是一位有着傳統文人豐富精神世界的詩家、學者，經長期研究所取得的優秀學術成果。

　　永正是一位資深的詩詞選家、注家，也是一位傑出的詩人。三十多年來，編纂過詩詞選本、箋注本二十餘種，頗受學界關注。文學史家王起先生曾將其特點歸納爲二：一是"充分掌握材料，把作家放到一定歷史背景下論述"；二是"兼擅詩詞創作與評論，因之在評論中亦每多獨得之見"。程千帆先生亦稱"陳先生是一位學者兼詩人,故所作古代詩歌選注,時有勝義,不僅疏解典實語詞而已"。如近年上海古籍出版社出版的《王國維詩詞箋注》、《山谷詩注續補》等書,均可爲當代注本之範式。永正不少評論詩人詩作的文章,也多具這些特色。他曾爲上海辭書出版社出版的唐詩、宋詞、元曲、元明清詩等鑑賞辭典撰寫了五六十篇賞析文章,可見其敏鋭的藝術感受和鑑賞水準。我相信,祇有在大量的詩歌創作、評論的基礎上,加上多年的教學實踐,纔有可能寫出《詩注要義》這樣別具一格的著作來。

《詩注要義》,是永正多年學問積累的結晶,是國内第一部較全面地論述中國古典詩歌注釋學的專著,對詩注的原則、方法和規律等"要義"作了深入的探討,具有古典文獻學和古代文學雙重學科意義。古典詩歌注釋學,是中國古典文獻學中的古籍注釋學分支,也是本書作者在全國較早開設的一個古文獻專業博士生的研究方向。作者在書中寫道:"在西方文論和現代文論影響下,中國古代文學研究逐漸偏離甚至背離傳統,在大學中,反客爲主,古代文論固有的概念和術語被排斥在外,失去話語權,歷史,被割斷了,學者們已無法從本土視角、以本土語言去表達思想和論述問題",而各種"新理論新觀點新方法,對中國古典詩歌本體性的理解,卻總隔一塵,甚至無濟於事"。作者試圖"'集百家之言',仰仗前賢所立之論,損益折衷,取得共識,以期復原中國傳統的理論和方法,並以此説明一些基本問題",可見其目的並不是臚陳衆説,而是要博覽約取,别出心裁,以成一家之言。可以説,本書是一部有開拓性的著作,爲創建有中國特色的"古典詩歌注釋學"作出新的貢獻,學術意義重大。

全書内容編排上仿效古書體例,分爲五篇,每篇各自包括若干章節,頗異於當代著作通行體例，以故爲新，自見其獨特的著述風格。内容有五個方面：一、詳論詩歌注釋必須注意的十大要項；這是本書的重點。二、概述詩歌注釋的歷史，並列舉歷代重要的注本以說明注釋的各種方式方法；三、概述詩歌評論的歷史與現狀，介紹詩評名家；四、列述詩歌注釋的主要體式，並舉例說明；五、列舉一些詩詞別集當代箋注本中的失誤，加以辨正。

《要義篇》，可以看成是一部"中國古典詩歌注釋學"研究方法論的專著，也是全書精華所在。此篇分爲"知難"、"道心"、"釋意"、"訓詁"、"詩法"、"用事"、"引用"、"考訂"、"補正"、"糾謬"十章，綱目明晰。作者認爲，注釋，實際上是一種綜合性研究，它涉及多方面的學問。注釋詩歌之難，其緣由主要有三：一爲注家難得，二爲本意難尋，三爲典實難考。要做好注釋工作，應懷抱道心，志在千古，視之爲立言之業。注釋詩歌，除了古文獻學外，還須具有詩學方面的專門知識。從版本的搜集、資料的整理、史實的考據到字句篇章的解釋評論，環環相扣，缺一不可。作者還認爲，注釋的目的，一是力圖把原作的"元意"表述出來，二是要把各家各說加以整理，以成自己一家之言。深入理解詩人當時所處的環境及其思想感情，也就是如何去"知人論世"與"以意逆志"。書中把詩意的理解分爲三個層次：一、言内意，二、言外意，三、象外意。指出注釋要明確解釋表層意義；儘可能揭示其深層意義；回避詩歌的"象外意"，不應過度闡釋而衍生出各種詩中本無的"意外意"。詩歌注釋應具的内容，各家各說紛紜，本書作者總結爲九個方面：一、訓詁字詞；二、揭示用事；三、考訂史實；四、疏解詩意；五、探求詩法；六、評論賞析；七、補漏辨正；八、校勘文字；九、闕疑待考。這九個詩歌注釋的基本問題，可謂提綱挈領，具體全面。書中強調，注釋，離不開考證。詩人所處的時代，詩歌創作的背景和具體時間,詩人的生平經歷,詩人的交往等等,都須一一弄清楚。此外,前人的注釋,不免有疏漏及錯誤之處,有漏則須補之,有誤則須正之。補漏辨正,是很好的教學和學習方法。作者在分析説明有關詩注問題時,主要結合個人實踐經驗,處處閃爍着真知灼見。文中列舉了大量的例子,操作性强,可供讀者揣摩研究。本篇對詩注文獻方法層面的提煉,是全書的精華所在,也是全書的綱領,與以下四篇相互貫通,聯成一體,體現了其内在嚴密的邏輯性。

《簡史篇》、《評論篇》,爲通史層面的注釋簡史,亦可視爲一部"中國古典詩歌注釋史",作者依據多年搜集的材料整理編定,内容均爲高等院校教材應有之義,這是教學業務的工作,雖個人創見不太多,但要言不煩,充實具體,知識性强。《體式篇》,對古代詩注文獻體式作了較完備的歸納疏理,所舉體式之範例,均取自作者本人的著述,理論聯繫實踐,更能説清楚問題。《指瑕篇》,由十篇批評文章組成,很有學術價值,自非人人所能爲,讀起來亦醰醰有味,具見作者的學力與識力。除本篇外,其他各篇章中指瑕糾謬之例極多,可視爲本書的一大特色。在健康、理性的學術批評普遍缺失的現狀下,這類文字更顯得難能可貴。我曾向永正提出,本篇結構和語言風格與上文不大協調,建議作爲全書的"附録";或加上前文中的有關糾謬的材料另出單行本,影響可能會更深更廣,惜未蒙采納。

《典論·論文》云:"古之作者,寄身於翰墨,見意於篇籍,不假良史之辭,不託飛馳之勢,而聲名自傳於後。"《詩注要義》一書,是作者費時十年所取得的古籍整理研究成果,是長期教學工作的總結,也是詩詞創作及注釋實踐經驗的總結。永正向來服膺顧亭林、陳蘭甫"采銅"、"鈔書"之説,平生讀書,喜作摘錄、眉批，做了大量的、繁重的原始材料準備工作，宏觀上把握兩千多年詩歌注釋發展歷史，進行總體全面的研究，旁徵博引，歸納總結，從而構建起中國古典詩歌注釋學理論框架，一再修改，方得成書，具見其深厚的學術素養和嚴謹的治學態度。本書部分章節曾用作中山大學中文系中國古文獻專業博士研究生的教材，可作高校古典文學及古典文獻學教學參考，亦可供當代的注家揣摩取法。作者的用意，不僅是指導研究生如何從事注釋工作，更重要的是引導廣大文學愛好者，如何掌握正確的學習方法，真正理解詩意，去讀懂古典詩歌。我讀畢全文後，自愧之餘，對作者的博覽通識尤爲欽佩。

我與永正相交長達半個世紀。上世紀六十年代初，同遊於嶺南大詞家朱庸齋先生分春館中，師友唱酬甚樂；七十年代末，又同在中山大學容希白庚、商錫永承祚二老門下，從事古文字研究，彼此相知甚深。作爲本書最早讀者之一，我相信此序中每句話都是老朋友由衷之言，或能得永正學兄忻然首肯。

2015 年冬日張桂光於華南師範大學熒暉閣

序 三

陳永正先生是舊派學者，清能遠濁，高能自安。恕我交遊不廣，視野局狹，譽贊陳先生爲最後一代傳統文人代表，此非余之私見，與聞者皆言，是爲公論。拜讀先生大著《詩注要義》，字裏行間能觸摸到先生傳承文化的古道熱腸和責任擔當。其實，先生極睿智通達，於學術不存狹見，兼收並蓄，視野寬而識見遠。如提出有關少數民族的知識亦須瞭解，域外漢詩也值得關注。"詩學多方，傳統詩學當然是最重要的，而有關詩歌注釋學的新的學術思想和動態亦應關注。"新春時節，得先生文稿，捧讀再三，涵泳玩索，欽佩之餘，獲益良多。

一、體密思精

《詩注要義》涉及的面很广，並非是祇供操作的技術性講座，而是有深入的理論思考，顯示出注釋學的新高度。毫不誇張地說，陳著守傳統而重新知，是一部高水準的注釋學著作，這不是用"後出轉精"所能概括其意義的。

作者雖是舊派文人，但有充分吸收和利用人類共同文化財富的時代意識。他認爲，中西互證互釋的理論與實踐，"興發感動"的中西詮釋，互文性闡釋學的記事性文本和象喻性文本，等等，"這些新的理論，在理解文獻客觀意義方面，對所謂'瞭解的技巧'，提供了一些啓發性的見解，也值得研究者關注"。

陳著體例細密，安排以實用爲重，示人以注釋門徑。如《要義篇》，分爲十章，即知難第一，道心第二，釋意第三，訓詁第四，詩法第五，用事第六，引用第七，考訂第八，補正第九，糾謬第十。而每一章都是用力精思而成，不苟且敷衍。其論注詩之直覺和想像，説明"悟"在注釋中的重要性，啓人思智。書中舉"處處煮茶藤一枝"爲例進行闡釋。有關黃庭堅《題落星寺》其四"蜂房各自開户牖，處處煮茶藤一枝"，潘伯鷹《黃庭堅詩選》注云："各處房屋好像蜂巢，各開了窗子。而到處都用一枝枯藤燒火煮茶。"《宋詩選注》以及相關選注本都從潘説。胡守仁認爲，藤一枝，應作一枝藤杖解。陳先生進一步指出，這裏的"藤"應爲僧人所喜用的藤杖："唐李商隱《北青蘿》詩'獨敲初夜磬，閒倚一枝藤'，亦寫僧人閒倚着一枝藤杖。故山谷此詩'處處煮茶藤一枝'，當寫從外邊遠望僧房的情景：在寺中的僧房各自敞開窗户，露出一根根藤杖，可知僧人正在拄杖煮茶云云。近年我再細讀黃詩，《題落星寺》詩其一有'更借瘦藤尋上方'之句，'瘦藤'，即'藤一枝'，結合組詩四首整體意思，方悟到持藤杖者當爲詩人自己。且僧人居丈室之中，有老有少，亦不必人人持杖。詩意謂自己拄杖所至之處，都受到僧人煮茶接待。垂六十年，一語方始得確解，可見注詩之不易矣。"悟，在注詩中的意義甚大，有頓悟，也有漸悟，當以醉心於詩歌爲前提。

二、平實客觀

　　平實以自信爲基礎,與故弄玄虛者異。道理總是樸素的,借助於玄之又玄的表述,恐怕是尚未想清楚的空泛辭彙的意義呈現,蒼白無力是必然的。陳先生的闡釋是平實而有力,客觀而持平的。他推崇有着鮮明民族特色的中國詩學話語,認爲諸如"氣象"、"性靈"、"神韻"、"體勢"、"境界"、"興會"是傳統詩學的本色,但要用平實的語言講清楚並不容易。而注釋者不通詩學,不瞭解這些話語的內涵及其外延,則無法撲入深處,切中肯綮。先生能於難言處以平實出之。比如,先生認爲,詞氣是句法的重要根基。古人讀書多,精熟詩文作法,其審詞氣,往往憑感受,憑經驗,詞氣之通塞順逆,一讀而知,今人無此直覺,則須通過分析研究句子中用詞造句的規律,分析語法、句子結構,瞭解其"心理主語"和"心理謂語",以領會其詞氣。如柳永《受恩深》詞:"待宴賞重陽,恁時盡把芳心吐。陶令輕回顧。免憔悴東籬,冷煙寒雨。"多家注釋皆以爲"憔悴"的主語是陶令,其實應是菊花,詞意謂希望詩人能好好欣賞它,免得它籠煙打雨,寂寞地萎謝在東籬之下。認識至此,纔算審詞氣,詞脈順暢,不致誤讀。

　　书中復有《簡史篇》,梳理詩歌注釋史,呈現其脈絡,總結出規律,以精准的知識明示後學。應注意到,史有史識,其中不乏匠心與創見。

　　更爲感人的是,陳著時時以平實語示人以法,教人以漁。如論《道心章》"師法前人",爲初學者指示入門的途徑:初學注釋者,最好先有老師指導,指示門徑,然後遍讀歷代有關注釋方面的名著,吸取前人經驗,總結出一套方法。切勿自恃聰明,不屑學古;冥行擿埴,必無所成。《毛詩傳箋》向被學者認爲是治經者首選之書,也是有志於詩歌注釋的學者必讀的入門書。此類言語,刊落聲華,擲地有聲,平實中將多年研究心得經驗無私呈現,既體現先生治學之精深,亦可窺先生爲人之摯誠。

三、功力深厚

"功力深厚"常見於報端,亦屢見於評審鑒定,此詞已被濫用。事實上,有多少人能當此評。譽陳先生功力深厚,實至名歸。陳先生開篇即云:注釋詩歌之難,其緣由主要有三:一爲注家難得,二爲典實難考,三爲本意難尋。明人陳璉《唐詩三體序》云:"選詩固難,注詩尤難,非學識大過於人焉能及此哉!"清人杭世駿《李義山詩注序》中亦云:"詮釋之學,較古昔作者尤難。語必溯源,一也;事必數典,二也;學必貫三才而窮七略,三也。"指出注詩要溯源數典,須有大學識者。真正的注家,要有開闊的胸襟,具備理解詩歌的能力,多聞善學,獨立思考,公心卓識。備此才、學、識、德四端,始可言詩,始可注詩。其中"德"亦須善養而致厚。故才、學、識、德四美具,方可言其"功力深厚"。因此陳先生大聲疾呼:在當代,社會對傳統文化的漠視,知識傳承體系的斷裂,致使人們,包括"讀書人"在内,已經不大讀"書"了,學者不學,更成爲高校文科的癥結,研究者每倚仗電腦,搜索網絡資料,黏貼成文,並以此爲能事。作爲一位注釋家,一位社會的文化傳承者,須博聞多識,貫通古今,有深厚扎實的學問功底,對中國傳統文化有總體的認識。先生之論,發人深思。

四、經驗豐富

"每自屬文,尤見其情。"言創作撰文者能知道爲文的甘苦。注釋亦復如此,能作詩者,其注釋入微,體會深入,當不愧對古人。

陳先生是當代詩人,論詩者、習詩者多欲侍其側,登其堂,入其室。先生曾光臨郊舍,即興吟詩,"高吟書在腹,淺醉月隨杯"句,傳於士林,以爲美談。詩人解詩,當有佳境。研讀大著,陳先生對詩歌的獨特領悟,無處不在。即如論一般讀書方法,亦引人入勝。如論圈點:"圈點是漢字文化獨有的一種批評方式,直接刺激視覺,直抒己感。西方所使用的著重號或黑體、斜體字,其效果不能與之相比。圈點也是古代文人的一種讀書方法,真正的'爲己'之學,邊閱讀、邊斷句、邊圈點,往往衹是刹那間的直覺,純憑愛惡,最少僞裝。"故在圖書館翻開線裝書,每當讀到有套版刊印的三色五色圈點本時,其上朱墨燦然,令人賞心悦目,把玩之際,可略窺當日讀書人高雅之心迹。其歸納的詩歌圈點的作用有四:圈點與評論結合,相得益彰;通過圈點批抹,褒貶優劣,觀點鮮明;列出佳句,點明詩眼,可供揣摩取法;揭示詩家匠心所在,啓發人意,有益初學。談圈點的工作過程和作用,都有自己的經驗在。

五、正辨允孚

古籍整理，詩歌注釋，其品質沒有最好，祇有更好。程千帆先生曾對見載於《全唐詩》的唐溫如詩進行品鑒，而陳先生則著文指出，所謂《全唐詩》中唐溫如實非唐人，而是元明之際的詩人，千帆先生甚爲高興，並糾正己誤。陳先生也談到他和胡守仁、劉世南先生的學術交往，緣於古籍整理的指瑕辨正。陳先生長期從事古籍整理工作，出版過箋校、箋注、選注、今譯本二十餘種，每撰一書，完稿後總是一再修改，有訂正十餘次者，自知還是不可避免會有錯謬。其《李商隱詩選》、《黃庭堅詩選》、《黃仲則詩選》、《王國維詩詞全編箋校》等書出版後，胡守仁、劉世南先生在學術刊物上發表文章，指出其中多處舛誤，陳先生立即致函申謝，接受批評意見，再版時即據以一一更正。因求真求正，彼此間成了忘年之交。正常的學術批評應該提倡，這樣與真理纔會靠近。

有了這樣的人際關係和學術氛圍，纔能在快樂中正誤，也纔能做到結論允孚。詩注之誤，誤有多種，常在理解、釋典、釋詞諸端。如《韓偓詩集箋注》、《過茂陵》詩云："不悲霜露但傷春，孝理何因感兆民。景帝龍髯消息斷，異香空見李夫人。"齊注："世稱西漢以孝治天下，故云。""景帝，疑爲黃帝之誤。"陳先生按，誤解"霜露"一詞，全詩理解俱誤。霜露，語本《禮·祭義》："霜露既降，君子履之，必有悽愴之心，非其寒之謂也。"鄭注："皆爲感時念親也。"全詩意謂，漢武帝不因霜露感念君親，反而傷於男女之情，那又怎能以孝道來教化天下萬民呢。景帝乘龍上天之後,了無消息,武帝卻不聞不問,反而令神巫在異香繚繞中召來李夫人的精魂。對詩歌理解有誤,也會涉及釋典、釋詞之誤。《指瑕篇》體現作者的詩心、詩悟,其學術價值可在細讀中體會。

近日與諸生討論詩歌注釋時,曾言:"有一等的人格,有一等的境界,纔有一等的學問。陳先生平生治學經驗盡在《詩注要義》中,當奉爲經典,沐手捧讀。他日由此登岸,謂我言不虛。"諸生悠然心會,並期待先生大著早日問世,以惠澤學林。

戴偉華　2016 年 3 月 5 日於見山齋

目　錄

序一 / 1
序二 / 4
序三 / 9

要義篇

知難章第一 / 3
道心章第二 / 33
釋意章第三 / 57
訓詁章第四 / 99
詩法章第五 / 133
用事章第六 / 169
引用章第七 / 203
考訂章第八 / 233
補正章第九 / 267

糾謬章第十 / 279

簡史篇

先秦章第一 / 309

漢代章第二 / 327

六朝、唐代章第三 / 335

宋代章第四 / 349

元、明章第五 / 359

清代章第六 / 363

詞注章第七 / 369

文獻注釋章第八 / 373

評論篇

圈點章第一 / 383

評點章第二 / 405

體式篇

編排章第一 / 441

箋注章第二 / 451

集注章第三 / 489

鑑賞章第四 / 499

今譯章第五 / 509

指瑕篇

小引 / 525

賈島詩三家注校讀札記 / 529

韓偓詩二家注校讀札記 / 547

韋莊詩三家注校讀札記 / 563

《秦觀集編年校注》校讀札記 / 571

《陳寅恪詩箋釋》校讀札記 / 587

《樂章集校注》辨誤 / 603

東坡詞箋注補正 / 625

《山谷詞》校注商榷 / 639

《須溪詞》校注校讀札記 / 657

《水雲樓詩詞箋注》校讀札記 / 679

主要參考書目 / 685

後記 / 693

要義篇

知難章第一

注釋詩歌之難，其緣由主要有三：一爲注家難得，二爲典實難考，三爲本意難尋。

注家難得。

陳璉《唐詩三體序》云："選詩固難，注詩尤難，非學識大過於人焉能及此哉！"杭世駿《李義山詩注序》中亦云："詮釋之學，較古昔作者尤難。語必溯源，一也；事必數典，二也；學必貫三才而窮《七略》，三也。"指出注詩要溯源數典，須有大學識者。洪邁《容齋續筆》云："注書至難。雖孔安國、馬融、鄭康成、王弼之解經，杜元凱之解《左傳》，顏師古之注《漢書》，亦不能無失。"沈欽韓《王荆公詩李壁注勘誤補正·自序》云："李注亦云贍博，然人物制度，猶有未盡，概從缺略。李氏在南宋，世傳史學，號爲方聞，又時代不甚遠，洵乎注書之難。"意謂古時大學問家注書猶有不足及失誤之處。

注詩之難，有"主"與"客"兩因素。所謂"客"，是指注家自身所具的客觀條件。所謂"主"，是指對詩歌文本的主觀理解。理解，是注釋的首要之義。如陳寅恪《讀哀江南賦》所云"其所感之較深者，其所通解亦必較多"，這種感受能力，既源於天賦，亦有賴於後天的勤勉，志存高雅，博覽玄思，方得養成。

顧隨《駝庵詩話》謂"人可以不作詩,但不可無詩心,此不僅與文學修養有關,與人格修養也有關係",古來不少專家學者,極其聰明,讀書也多,自身所具的條件似乎甚好,但偏偏就缺乏"詩心",缺乏審美的能力,對詩歌不敏感,無法領悟獨特的詩性語言,無法判斷其文辭的優劣美惡,可稱之爲"詩盲",而這些缺乏想象力的飽學之士偏偏又去研究、注釋詩歌,強作解人,其效果可想而知矣。這真是既無奈又難以説得清楚的問題,可爲知者道,難爲外人言。

注疏箋釋,是通人之學。齊召南《李太白集輯注序》指出:"注古人書,慮聞見不博也,尤慮其識不精。既博且精,又慮心偶不虚不公。"這是對注者的基本要求,一是博聞,多讀書,知識廣博;二是精識,善於鑑別,正確理解;三是公正,避免偏見曲解。郭紹虞亦云:"昔人謂史家要有才、學、識三長,我以爲注家也是如此。"[1]昔人,指唐代史學家劉知幾。才,是天賦的能力;學,謂廣博的知識;識,指精深的見解。三者之中,識力尤爲重要。士先器識而後文藝,無器識者,才、學皆虚,如陸游《上辛給事書》所謂"天下豈有器識卑陋而文詞超然者哉"。葉燮《原詩·内篇》云:"人惟中藏無識,則理事情錯陳於前,而渾然茫然,是非可否,妍媸黑白,悉眩惑而不能辨,安望其敷而出之爲才乎!"其甚者則邪説詖辭,貽誤來者。佛曰"具眼學人",注家亦要成爲"具千古隻眼人",有着精到的鑑賞能力,即方玉潤《詩經原始》卷三所云"讀古人詩,當眼光四射,不可死於句下者"。韓愈《與鳳翔邢尚書書》揭出的"精鑒博采"四字,實爲治學之至要。惟其博采,方能精鑒,別無他途。古人謂文體有尊卑之分,雅俗之別,詩格也有文野與精粗之異,是以注家須多聞博采,養成高尚典雅的審美趣味,纔能作出恰當的判別與評價。自古有"文德"之説,是以章學誠《文史通義》於"三長"之後，特意補上一"德"字。史有史德，文有文德。錢鍾書《管錐編》亦云："一切義理、考據，發爲'文'章，莫不判有'德'、無'德'。"德者，關乎著述者之心術。注家下筆之際，應懷敬恕之心，虚心公心，爲古人設身而處地；還要有良好的心態，以學術爲志業，不趨時，不浮躁，内心寧靜，諸葛亮《誡子書》云："夫才須學也，學須靜也。非學無以廣才，非靜無以成學。"真正的注家，要有開闊的胸襟，具備理解詩歌的能力，多聞善學，獨立思考，公心卓識。備此才、學、識、德四端，始可言詩，始可注詩。

在當代，社會對傳統文化的漠視，知識傳承體系的斷裂，致使人們，包括"讀書人"在内，已經不大讀"書"了，學者不學，更成爲高校文科的癥結，研究者每倚仗電腦，搜索網絡資料，黏貼成文，並以此爲能事。作爲一位注釋家，一位社會的文化傳承者，須博聞多識，貫通古今，解讀"四部"之要籍，有深厚扎實的學問功底，對中國傳統文化有總體的認識。《論語·陽貨》論學詩，强調要"多識鳥獸草木之名"，"多識"二字，正是注釋的根基。《禮記·曲禮上》："博聞强識而讓。"又《儒行》："夙夜强學以待問。"注釋之學，亦待問之學，猶如領徒授業，注釋成書的目的，也是爲前人發覆，爲來學袪惑。章學誠《校讎通義》敘中提出"辨章學術，考鏡源流"之説，《又與正甫論文》中，又分論"功力"與"學問"之義，略云："記誦名數，搜剔遺逸，排纂門類，考訂異同，途轍多端，實皆學者求知所用之功力爾。即於數者之中，能得其所以然，因而上闡古人精微，下啓後人津逮，其中隱微，可獨喻而難爲他人言者，乃學問也。"韓愈是位大文章家，他在《答侯繼書》中，對自己終未能通"禮樂、名數、陰陽、土地、星辰、方藥"而愧悔。陳澧《東塾雜俎》亦云："六經、百氏之書，有大義所極，意義所歸，亦有物名、器械、詁訓、章句、禮樂、名數、陰陽、土地、星辰、方藥,有一不明,則其事有缺。"韓愈與陳澧都是學問家,學養淵深,自知多聞博識的重要性。

　　注釋,屬於學術基礎建設工作,實際上是一種跨學科的綜合性研究,它涉及多方面的知識學問。惟有通識,方有卓識。中國古典詩歌,眾體兼備、題材寬廣、寓意深刻、格調高雅,是世界文學發展史上的奇迹。然而,要真正準確讀懂古詩涵義,領悟古詩的意境,則必須從作者的生活經歷、寫作背景、創作意圖、語言風格、訓詁字詞、用典出處、前人注釋、版本考訂等等方面去綜合解讀與賞析。因此,注釋古典詩歌,至少要具備古典文學、古典文獻學、歷史學等各學科知識的基礎與積累。

　　顧炎武《與人書十》云:"嘗謂今人纂輯之書,正如今人之鑄錢。古人采銅於山,今人則買舊錢,名之曰廢銅,以充鑄而已。"所謂"采銅於山",可理解為大量的、繁重的原始材料準備工作。古人煉礦成銅以"鑄錢",猶注家以其智力、學力、功力去完成注釋的過程。從版本的搜集、資料的整理、史實的考據到字句篇章的解釋、評論,環環相扣,缺一不可。古代的傑出詩人,大都是飽讀詩書的,經史子集,四部兼通。即如李白那樣放浪不羈的詩人,也自言"五歲誦六甲,十歲觀百家,軒轅以來,頗得聞矣,常橫經籍書,製作不倦",(《上安州裴長史書》)李白為詩,用典甚多,絕非一覽可了,更不用說杜甫、蘇軾等資書為詩的詩人了。當代的學者也許不可能有古人那樣的博學,但也應有豐富的文字、語言、文學的以及古代文化的知識儲備。注家須培養多方面的興趣,廣泛涉獵各種書籍,具備較為寬闊的知識面,並學會在注釋過程中,通過一些手段獲得與古人相應的知識。顏之推《顏氏家訓·勉學》云:"觀天下書未遍,不敢妄下雌黃。"吳孟復在《古籍研究整理通論自序》中引林雲銘云："注書是古今第一大難事，大抵要讀得無數書在胸中，方理會得一部來；讀得全部在胸中，方理會得一篇來；讀得全篇在胸中，方理會得一段一句來。"以説明注書之不易，而"理會"二字，實爲注釋之最要者。陳寅恪《楊樹達積微居小學金石論叢續稿序》云："古來大詩人，其學博，其識卓，彼以其豐富卓絶之學識發爲文章，爲其注者亦必有與彼同等之學識，而後其注始可信。否則郢書燕説，以白爲黑，其唐突大家已甚矣。"張爾田《史微·經辨》謂明乎"古人作詩之例"，方可治詩。古人作詩，每篇有每篇之"主義"，注家亦須明確。焦循《辨學》一文，論著書者有所謂"叢綴"之學，學者"博鑑廣稽，隨有心獲，或考訂一字，或辨證一言，略所共知，得未曾有，溥博淵深，不名一物"，注釋之學，亦庶幾近之。注詩者宜涉獵群書，時刻留意，隨手摘録，以備取用，功不唐捐，勿以此爲餖飣獺祭之事而鄙薄不爲。有時注某詩某典出處，遍翻載籍，甚至經年不得，一日偶讀一書，其典則赫然在焉，"盡日覓不得，有時還自來"，欣悦之情，實難爲他人道也。

韓愈《師説》云："聞道有先後，術業有專攻。"注家須是通才，既要博學，還要學有專攻，經過長期的專業訓練，掌握一套完整的方法，纔能做好注釋工作。鄭樵《通志·藝文略第一》謂杜預解《左傳》，顔師古解《漢書》，皆因應本人學問之長處，"顔氏所通者訓詁，杜氏所通者星曆地理，當其顔氏之理訓詁也，如與古人對談；當其杜氏之理星曆地理也，如羲和之步天，如禹之行水"。注家須充分發揮所長，力避所短，纔能收事半功倍之效。所謂專攻，對於詩歌注釋來說，主要有兩方面，一是古文獻學知識，一是詩學。吴孟復指出"研究文學的人，往往忽視語言文字"，而"治語言文字者，亦視箋疏爲小技，薄而不爲"。[2]這種現象甚爲普遍。幾十年來，在分科治學的現代學術分類體系中，科則愈分愈細密，學則愈治愈粗疏，語言與文學分家，創作與研究異路，當代學人的知識結構有着明顯的缺陷。大學中文系研究文學的不通小學，不識訓詁，不懂創作，因而爲古代詩歌作注時，每有空疏以至曲解之弊。古人作注，"博引繁徵，考訂精覈，但求實證，絕少空言"，今人注本，能達到這標準的確實不太多。既要對傳統的訓詁之學有所研究，也要有較高的文學修養，特別是詩學詩功修養，纔能談得上箋注詩歌。這樣學有專攻的通才，還有待於今後培養。

古文獻學，亦以"辨章學術，考鏡源流"爲目的，其基本知識主要有以下幾方面：

目錄學。王鳴盛《十七史商榷》卷一云："目錄之學，學中第一緊要事，必從此問塗，方能得其門而入。"汪國垣《讀書舉要》又云："目錄者，綜合群籍，類居部次，取便稽考是也。目錄學者，則非僅類居部次，又在確能辨明源流，詳究義例，本學術條貫之旨，啓後世著述之規，方足以當之。"注家通過書目，找到所需的書籍，通過書錄，了解書的內容和價值，選擇值得去研究和注釋的詩家詩作。還有學會使用索引，檢索有關資料。

版本學。爲一書作注，先要了解該書的各種版本及其典藏的情況，選擇善本，搜羅異本，確定工作底本以及校勘用本，所謂"底本選對，事半功倍"，故須具版本學的知識。

校勘學。校勘學是門大學問。梁啓超《中國近三百年學術史》云："校勘之學，爲清儒所特擅，其得力處真能發蒙振落，他們注釋工夫所以能加精密者，大半因爲先求基礎於校勘。"注家校勘的目的，是要恢復原書的本來面目，確定或重造一個可供注釋的底本或定本。校勘古籍，也應懂書法。現存的詩歌文獻，有不少是手稿或鈔本，整理這些文獻，宜有文字學方面的知識，熟悉篆、隸、行、草等書體。此外，還有一些刻本，其題辭序跋等往往是手寫體的，也有整本是寫刻的，如不懂書法，則極易出錯。

此外，辨偽、輯佚、鑑藏等方面的知識也非常重要。

辨偽，主要是辨別偽書和偽作，去偽存真，如張之洞《輶軒語》所云："一分真偽，而古書去其半。"在古人的集子中，時有羼入偽詩或他人之作，須一一考出；甚至有些集子整部都是偽作，如《全唐詩》中有牟融詩一卷，陳伯海《唐詩彙評》已疑其為元、明人所偽，陶敏、劉再華《〈全唐詩·牟融集〉證偽》一文，謂牟融本無其人，更逐一考證偽作所從出。此文已發表多年，時至今日，牟融尚未被徹底除名。辨偽必須有確鑿證據，不應光從作品的藝術水平及語言風格上作推斷定論。如李白《姑熟十詠》詩，蘇軾疑其"淺近"，孫覿謂"聞之王安國，此乃李赤詩"，如此之類的猜想及傳聞，皆不足以為憑據。設疑尚可，如陸游謂其"決為贗作"，則純屬武斷矣。

輯佚，主要是從別集之外的其他資料中輯出佚詩，這也是很繁瑣細緻的工作，平日讀書時要時刻留意，歷時長久，方有少許收獲。輯佚與鑑藏關係密切，如在一九九二年，偶閱羅雨山《藤花別館詩鈔》手寫稿本，扉頁有陳寅恪題贈詩二首，亟持以檢校《寒柳堂集》，證實是佚詩。後胡文輝作《陳寅恪詩箋釋》，即據以錄入。二〇〇三年，香港學海樓出版《翰墨流芳》集，收入溫肅《春心圖》長卷，卷末有十九家題詠，發現其中王國維題詩二首，《觀堂集林》、《觀堂別集》失收，後來修訂《王國維詩詞箋注》，亦據以補錄，自以為可稱"完璧"矣。近日又見申聞《王觀堂應制題畫詩》一文，略云："美國大都會藝術博物館藏宋元書畫，於元人錢選《蘭亭觀鵝圖》卷後，偶見王國維於民國十五年(1926)丙寅應制題畫詩一首,爲《王國維詩詞箋注》所未載:"雪川妙繪世無多,内史風期意若何。須信飛潛無二理,跳天龍與戲池鵝。"欣悦之餘,亦自悔"完璧"一語之孟浪,可見輯佚之不易了。

詩中有史有玄。詩學與史學及"道"、"釋"二家密不可分。

知人論世,要論世,尤須讀史。宋琬《昌谷注敘》云:"龍眠姚經三曰:'世多以《詩》注詩,而不知本於《騷》,又以《騷》注詩,而不知本於史。'"《詩經》、《楚辭》以及各朝史傳,皆歷代詩人所取裁者,故注詩者必先留意。特別是詩人所處時代的歷史,更須精熟。如鄧廣銘本是宋史專家,故其箋注辛棄疾詞,於今典所得尤多。此外,還須關注新發現的歷史材料以及最新的研究成果,以便還原和了解歷史的真相。

中國傳統文化"儒"、"道"、"釋"三大源頭,儒爲主流,故較爲學者關注,而道、釋二家則每被忽略,當代不少注家遇到道典佛典時往往茫然無所知,更遑論對其義理的深入闡釋了。本人認爲,二教的基本典籍,也應進入大學課堂;佛教的大乘小乘、空宗有宗、南宗北宗,道教的齋醮科儀、符籙占驗、外丹内丹等常識,此外如陰陽五行之學,鬼神繆悠之説,尤其是文史哲方面的研究生,更不可不略知一二。儒、道、釋三家代表中國人的核心精神、最高信仰,詩,就是這種精神信仰的最美的結晶,無此精神信仰者,即與真詩絶緣。三家共遵的"天人合一"的信念,對人生與天命的思考和理解,更表現在禪詩、玄言詩中,如謝靈運、顏延之,如寒山、拾得、王梵志,如程顥、朱熹、陳獻章、湛若水、沈曾植等人的詩作,中含禪機理趣;大量的山水詩中都有寺觀僧道的内容,不諳道家、理學著述及道教、佛教典籍者,更是無從索解。

有關少數民族的知識亦須了解。多洛肯《元明清少數民族漢語文創作詩文敘錄》中，載有元代的蒙古族、色目人、契丹與女真，明代的回族、蒙古族、壯族、土家族、納西族、彝族、白族，清代更加上滿族、苗族、侗族、布依族、畲族等各族詩人共六百餘人，如耶律楚材、薩都剌、康里巎巎、納蘭性德、顧太清等更是一代名家，研究者及注家近世已留意到這一龐大群體。選注本如章荑蓀《遼金元詩選》、羅斯寧《遼金元詩三百首》以及王叔磐、孫玉溱《古代蒙古族漢文詩選》，王叔磐、孫玉溱、張鳳翔、吳繼昌、吳學恒《元代少數民族詩選》，張菊玲、關紀新、李紅雨《清代滿族作家詩詞選》等，已選入一些少數民族詩人詩作，《納蘭詞》、《顧太清詞》更有多種注本。

域外漢詩也值得關注，古來日本、朝鮮、越南以及近世海外華人也有大量的詩作，相信今後這方面的研究及詮釋將會成爲熱點。程千帆、孫望《日本漢詩選評》，吳錦、嚴迪昌、屈興國、顧復生爲作注釋；夏承燾選校《域外詞選》，收錄日本、朝鮮、越南十一位詞人詞作近二百首，張珍懷、胡樹淼爲作注釋；張珍懷爲日人森大來《槐南詞》、高野清雄《竹隱詞》、森川鍵《竹磎詞》作箋注，輯成《日本三家詞箋注》一書，這都是很有意義的嘗試。

海外學者對中國歷代詩歌亦多有研究，留下了各種類型的箋注、選注本。如宋人周弼《唐賢三體詩法》，于濟、蔡正孫《唐宋千家聯珠詩格》，明人李攀龍《唐詩選》等選本傳至日本後，就有日人爲作注解評析。朝鮮李朝學者柳允謙等撰《杜詩諺解》，在朝鮮半島影響深遠。這些注釋本可供當代學者借鑒，本人在選注《高啓詩選》時，曾參考日人近藤元粹《輯注增補高青邱全集》的評注，得益甚多。

注釋詩歌，除了上文所說的古文獻學、史學等方面的知識外，還須具有詩學方面的專門知識。歷代詩人，詩學詩功深厚，自然表現在其創作中，注家要理解其詩，亦須有相應的詩學根柢。錢鍾書指出，注家之"大病尤在乎注詩而無詩學"，又謂"詞章胎息因襲，自有其考訂，非於文詞升堂嗜胾者不能"。(3) 所謂詩學，所包含的内容極廣，要打好詩學的基礎，首先就是熟習傳統詩歌。《文心雕龍·知音》云："凡操千曲而後曉聲，觀千劍而後識器，故圓照之象，務先博觀。"在博觀的基礎上還要經過長期的理性訓練，掌握一整套傳統批評術語和具體的研究方法，纔能著手進行注釋。

詩學多方，傳統詩學當然是最重要的，而有關詩歌注釋學的新的學術思想和動態亦應了解。錢鍾書是較早借鑒西方的一位學者，他的中西互證互釋的理論與實踐影響深遠。近年更自西方移來"詮釋學"，當代學者普遍認爲，傳統詩學尚處於"混沌"狀態，有許多"本身無法解決的難題"，企圖借鑒西方詮釋學使之變得明晰而有條理，以實現中國解釋傳統的"現代轉化"。或認爲解釋非一次性行爲，同一文本可作多樣解釋，強調"再理解"，要對前代學者解釋的再解釋。當代詩學家葉維廉則企圖融西於中，認爲對古典詩歌的"解釋"、"詮釋"，都是一種"傳釋活動"，"文言文用字、用詞和語法所構成的傳意特色，然後進而觀察一般中國古典詩裏（作者）傳意和（讀者）應有的解讀、詮釋的活動"。使用"傳釋學"一詞，"是要兼及作者的傳意方式與讀者解釋之間互爲表裏又互爲歧義的複雜關係"。(4) 其用心良苦，但要理清所謂傳意與釋意的分合活動是極爲困難的，中國傳統的注釋，往往回避這種歧義太多而無法確定的關係，而當代學者，也祇是能就具體的個案去"傳釋"其隻言片語，要爲整個集子傳意、解讀、詮釋，幾乎是不可能的，即使作出來了，這"一家之言"也難以被讀者認可。葉嘉瑩用西方的符號學、接受美學等理論和觀點來評説詩詞,如所謂的"興發感動"説,強調讀者本人的感受,重新體驗詩人的情感,譽者謂其借西釋中,融會了中西詮釋之學。周裕鍇認爲,中國古代闡釋學是一種"互文性闡釋學",在闡釋者意識裏,任何文本和其他文本都存在着互文關係。他把文本劃分爲記事性文本和象喻性文本兩類,認爲前者可以"論世"、"逆志",後者允許"見仁見知"。[5]詩歌,既有記事内容,又有象喻因素,注家則需處理好這二者關係。學殖日新日益,這些新的理論,或沿襲西學,或個人獨創,在理解文獻客觀意義方面,對所謂"了解的技巧",提供了一些啓發性的見解,也值得研究者關注。西學中有關"現代性"、"孤獨"、"自由"一類的論述亦有助於對古典詩歌的理解。

　　注家是讀者,也是研究者,但不等同於一般的讀者和研究者,一般的讀者和研究者可以按任何理論隨心所欲地去閲讀和解釋詩歌,而傳統的注家卻不能,因爲他首先要承認作詩者有其"元意",而注釋最終目的就是忠實準確地表述元意,不少注家亦心知其不可爲而勉力爲之,無他,"盡心"而已。

　　湯一介曾發表《能否創建中國的"解釋學"?》一文,標題中所提出的問題,很值得思考。近代西方文學觀念東傳,流派衆多,内容複雜,時賢多主張融匯中西,對新的解釋學理論作了初步的探索,並在此基礎上試圖建立較爲完整的中國古代文學的解釋體系。然而,在西方文論和現當代文論影響下,中國古代文學研究逐漸偏離甚至背離傳統,在大學中,反客爲主,古代文論固有的概念和術語被排斥在外,失去話語權,歷史被割斷了,學者們已無法從本土視角、以本土語言去表達思想和論述問題,一些當代論文著述,大量采用外來術語,詰屈聱牙,晦澀不通,有甚於譯作,真如錢謙益《陳中丞時義序》所云"今世文體變壞,如夷言鬼語,不可方物"者,亦有對西方文學觀念一知半解即以此自欺欺人者。分析,固然是西學之長,可是,詩,卻是最不容易分析,甚至是不容分析的特殊文體;詩,必須感悟,而邏輯推理、理性分析往往成爲感悟的魔障。林林總總的新理論、新觀點、新方法,對研究者來説,也許是有用的,有意義的,但對中國古典詩歌本體性的理解,卻總隔一塵,甚至無濟於事。

經過多年的教學和創作實踐,終於領悟到,有着鮮明民族特色的傳統詩歌,自有其獨特的發展過程和演變規律;詩人在古代社會中生活,讀詩、寫詩,都受到在古典文化語境中形成的一整套文學批評詞彙及理論的影響,傳統文論自成體系,它纔是闡釋古典詩歌的最合適的工具。《詩》"比興"之義,《楚辭》"美人香草"之説,影響尤爲深遠。時流每貶斥諸如"氣象"、"性靈"、"神韻"、"體勢"、"境界"、"興會"等傳統術語,認爲概念模糊,意欠周密,並試圖用另一套術語以取代之,殊不知這"模糊",正是傳統詩學的本色。詩,本身就是"模糊"的,文言,以其獨具的"模糊"性,故最宜於作詩,傳統詩學術語,以其獨具的"模糊"性,故最宜於解詩,若祇陷於古今概念的困惑中,不理解它所藴涵的豐富意義,即不通詩學,注家若不通詩學,則無法撲入深處,切中肯綮。

馮友蘭《中國現代哲學史》云:"近代以來,我們所談的'中學與西學'祇是表象,本質上是古典之學與現代之學的分别。"注釋是一種詞章之學,中土舊傳,而今"西來殊學,蕩滅舊貫",以"現代之學"去解釋詩歌,可能會更多聽衆,養活更多學者;而"古典之學",不易爲當代人理解,祇被小衆所接受,故問津者鮮。注家若能保持着古典的精神傳統，不那麽世俗化，不那麽政治化，不那麽現代化，對古典詩歌的理解也許會更深刻些。時流貴"新"而賤舊，貴遠而賤近，崔塗《巴山道中除夜書懷》詩云："漸與骨肉遠，轉於僮僕親。"親者疏而疏者親，誦之悵然。

在詩歌注釋方面，要重構新的解釋體系，本人無此素養與能力，在本書中，袛能"集百家之言"，仰仗前賢所立之論，損益折衷，取得共識，以期復原中國傳統的理論和方法，《文心雕龍·序志》謂"彌綸群言爲難"，可知欲達此目的亦殊不易；至於"通古今之變，成一家之言"，建立具有本土特色的詩歌注釋學，還有待於以詩注研究爲志業的年輕一代的才人學者。

注釋詩歌，有特殊的專業方面的要求。其中最基本的一點，就是注家必須懂得"聲律"。《文心雕龍·聲律》云："夫音律所始，本於人聲者也。聲含宮商，肇自血氣。""故言語者，文章關鍵，神明樞機，吐納律呂，唇吻而已。"古時詩樂相通，詩教温柔敦厚，樂教廣博易良。《論語·泰伯》云："興於《詩》，立於禮，成於樂。"王夫之《夕堂永日緒論内篇序》亦云"樂語孤傳爲詩"、"明於樂者，可以論詩"，後世詩樂雖亡，格律猶在，格律可謂今之詩樂也。遵守格律，即明於樂，惟其守律，乃得立禮，方可論詩。《文心雕龍·聲律》又謂音韻不調者"猶文家之吃"，注家不明格律，則聾且吃矣。李東陽《懷麓堂詩話》謂"詩必有具眼，亦必有具耳，眼主格，耳主聲"，注詩者亦當如是。具眼，是識力，鑑别能力；具耳，指能解音律。具眼，自是不言而喻；而具耳，如分辨聲調之陰陽平仄，徐疾抑揚之類，於古人爲常識，於今人則知者鮮矣。詩詞格律的核心是平仄與叶韻。古人爲詩，重"聲情"合一，沈約"四聲"之論，影響深遠。唐代以還，詩家對格律尤爲講究。陳寅恪《與劉叔雅論國文試題書》

云：" 若讀者不能分平仄，則不能完全欣賞與瞭解，竟與不讀相去無幾，遑論仿作與轉譯。" 又云：" 若讀者不通平仄聲調，則不知其文句起迄。故讀古書，往往誤解。" 平仄相間，所謂 " 一陰一陽之謂道 "，可體會到漢語的精微之美。周祖謨《陳寅恪先生論對對子》一文云：" 平仄互相更迭，音調自然悅耳。如果不瞭解平仄，那就是很難領略作者的用心，其中用詞之美妙處也就無從欣賞了。" 又如張志岳所云，如果不懂得詞的格律，" 那你對於作品的感受，祇能是膚淺的、不全面的，乃至是錯誤的 "。[6] 懂得平仄，熟練地分別平上去入四聲，可以說是學習詩古文辭乃至一切傳統學問的先決條件，更是每一位古典文學研究者應具的基本技能，若不辨此，有似於音樂評論家不識音階，自然談不上去欣賞及評判作品。很難設想一位不懂平仄格律的大學教師，是如何向學生講解 " 永明體 " 的特點、初唐律詩的形成、唐詩宋詞在格律上的差異等常識問題的。

今體詩律嚴格，平仄四聲，務須和諧，但杜甫每用 " 吳體 "，黃庭堅以及江西詩派諸家的拗律，都是不依常格、平仄變亂的，音律不諧，以取得獨特的藝術效果，若不辨此，就不知何謂 " 緊峭 "、" 峭勁 "、" 奇險 "、" 古拙 " 了。如黃詩 " 清談落筆一萬字，白眼舉觴三百杯 "，爲 " 平平仄仄仄仄仄，仄仄仄平平仄平 "，這類拗句，前人一誦可知，今人則無此敏感，故亦須加以說明。張毅《蘇、黃的書法與詩法》（《文學遺產》2001 年第二期）舉出黃庭堅《再次韻兼簡履中南玉》詩爲 " 拗體 " 之例，並於詩句後逐字加注平仄，以證其何以爲 " 拗 "：" 諸生賡載筆縱橫（平平平仄仄仄平）"、" 胸次不使俗塵生（平仄仄仄平平平）"、" 江觸石磯砧杵鳴（平仄平平仄仄平）"。[7] 可惜的是，" 縱 "、" 俗 "、" 石 "、" 砧 " 四字的平仄都注錯了。文章作者的失誤，責任編輯也沒有糾正。

詞，更要注意四聲陰陽，諸如上聲與去聲的搭配、入聲的運用等等。有些特殊的詞調，其句中的關鍵字眼，對四聲陰陽要求尤爲嚴格。朱庸齋《分春館詞話》云："余填詞祗於一譜吃緊處，必依其聲。""必依其聲"，並不是指一般的平聲與仄聲，而是指平、上、去、入四聲。其"吃緊處"須辨五音，分陰陽，有些字眼還要辨明上聲去聲，如《齊天樂》、《玲瓏四犯》、《三姝媚》、《瑞鶴仙》等詞，末二字爲仄聲，則必用去上，音調上便得有餘不盡之致。某些詞調中的"吃緊處"，該用入聲字，不用上去，如《憶舊遊》詞，末句七言，第四字宜用入聲。古人填詞依律，精益求精，注家不知，則有負於作者矣。

中國南方各省以及山西等地，方言多具入聲，如粵語，更有陰平、陽平、陰上、陽上、陰去、陽去、陰入、中入、陽入，共九聲之多，故粵人作詩填詞，音律尤爲諧暢。生於斯者，宜熟習母語，以便掌握平仄韻律，亦有利於誦讀吟詠。

詩歌皆有韻腳。注家須掌握音韻學的基本知識，如黄侃所云："論古音者，能知乎古聲之所以合，古韻之所以分，而得其學以爲致用，適已足矣。"對上古音、中古音有所了解，熟悉《廣韻》、"平水韻"及有關詞韻的韻部，知道常用字當屬何韻。此外，詩有五、七言及雜體之分，詞有詞律，曲有曲律。注家作標點、校勘時，須把握詩、詞、曲之韻脚，以便斷句，僻調一定要檢索詞譜、曲譜。時人標點詞曲，每多訛誤，標點一誤，注釋則難以準確。

從事古籍整理及研究，若不辨平仄，在校勘、注釋時便不免有所乖隔。賈島《夕思》詩"洞庭風落木，天姥月離雲"與《夏夜》詩"磬通多葉罅，月離片雲棱"，同有"月離"一語，依據格律，可知兩詩"離"字音義不同。前者平聲，離開；後者仄聲，附麗、貼近。齊文榜《賈島集校注》注《夏夜》云："離，顯露出來。"不合詩意,誤。賀鑄《減字浣溪沙》詞"東風寒似夜來些"的"些"字,有選本特別注明"讀 suò,句末語氣詞,是古代楚地的方言",亦有選本謂"讀 suò 或 sā,語末助詞,無意"。按,suò 讀去聲,則不合平仄,亦不叶韻。又如吳梅村《題冒辟疆名姬董白小像八絶》之八"欲弔薛濤憐夢斷,墓門深更阻侯門",史學家唐宇元解"深更"爲"深更半夜",並據此以作考證,亦有學者撰文附和之。殊不知詩律要求此句第四字必須仄聲,而"深更半夜"之"更"字讀平聲,於格律不合。前提一誤,所考之結論何能令人信服?反爲識者所笑矣。

陸游《示子遹》詩有"工夫在詩外"一語,説的是學詩之法,推而論之,注釋之學,亦復如是,在專業學問之外,注家還須兼備其他"注外工夫",這主要有以下幾方面:

有詩學,還要有詩功,是以注詩者最好能詩。古典之學,義理、考據、辭章三者不應偏廢,作爲重中之重的辭章之學,在現代學術體系中已無立足之地,既不能爲古文,亦不能作詩的文科教授、專家,比比皆是,這不能不説是當代學界的悲哀。

詩,是歷代文化精英智慧的結晶;詩,是中華傳統文化的極致;詩,備於天地人之大美;詩,藴蓄着足以化育世道人心的人文内涵。"不學詩,無以言",古人論學而知詩,論詩而知學,所謂"學詩",當包括對詩歌的學習、創作和研究。《論語》篇首就是"學而時習之"五字,不"習",焉能爲"學"?《禮記·學記》亦云:"不學操縵,不能安絃;不學博依,不能安詩;不學雜服,不能安禮。"詩,是要去體悟的。有體驗,方能悟人。詩道,是君子養成之道。學詩的人,要努力成爲君子,有高尚的人生目標,有"爲天地立心,爲生民立命,爲往聖繼絶學,爲萬世開太平"的擔當精神,雖天地崩坼、世變蒼黄之際,詩道尚确然獨存。文以載道,寫詩時不懷説教的動機,而有教化的效果(旨在載道説教的詩,如理學詩、禪詩、新樂府等,難臻一流之列),《易·賁·彖傳》云:"觀乎人文,以化成天下。"是以古人重視詩教,温柔敦厚,調理心性,變化氣質,移風易俗。注家能詩,更能明其"興觀群怨"之旨,以傳達給讀者。今人通過學詩,潛移默化,感受高貴的文化傳統,養成優雅純粹的心智,獲得良好的審美能力,追求個人道德的完善,形成"與天地參"的高尚人格。精神上受到教益,自能加深對傳世詩歌的理解;通過學詩,轉變固有的白話思維方式,而代之以文言思維、詩性思維,既要認識到詩人思想感情中符合理性的"正常"一面,更要認識到詩歌語言中獨有的非理性的"反常"一面。是以注家能詩,當可收事半功倍之效。

言詩者不能詩,能詩者不言詩,每爲論者所譏。陳衍《詩品平議》議鍾嶸,其詩篇"未聞傳其隻字,存其片羽","風雅一道,尚何足論説短長,是非丹素"?張爾田《鮑參軍詩補注序》:"蓋善詩者或不善注詩,不善詩者又或假注詩掩其不善詩,説古之詩如牛毛,求今之詩乃麟角。"吴三立云:"不會做詩而注詩,第一就不懂得詩,第二對於詩中所用典故就懂得少,第三没有語言文字聲訓的知識,就無法將詩中訓詁注準確,特别是典故。"[8] 能詩者,經過長期的體究,對箇中甘苦能深切領略,所謂"得失寸心知",詩歌體製源流了然胸中,掌握作詩的法度,熟悉各種技巧,知道詩人是如何去寄寓自己的感情,並能理解其審美趣味,對詩歌别有會心之處,方有深造自得之言,即葉燮《原詩》所謂"能深入其人之心,而洞伐其髓"者,注家若無占畢操觚之能,又焉知其人之道心詩髓?如"古雅",是古典詩歌重要的"形式之美",王國維《古雅之在美學上之位置》一文指出,古雅之判斷,是後天的、經驗的。注家如無實踐，則難以取得此經驗，作出正確的判斷。法哲伏尔泰云，惟有詩人心靈方能解詩。如李賀、李商隱的某些詩歌，無論在創作意識還是手法方面，都是最接近所謂"現代性"的，不宜於學者作理性分析，而詩人衹憑直覺感悟，往往就能直接與作者精魄相通。

古代注家多能文擅詩，《山谷詩集注》作者任淵早年曾受黄庭堅指導詩歌創作，《集注分類東坡先生詩》作者趙次公曾"且注且和"蘇軾詩，《王荆公詩注》作者李壁"其絶句有絶似半山"者，現代注詩大家黄節、瞿蜕園、王蘧常、錢仲聯、白敦仁等更是傑出的詩人，他們既能詩，又熟悉所注釋對象的創作風格，爲其詩作注，自優爲之。馮振《人境廬詩草箋注序》謂錢仲聯"以詩人而注公度詩，吾知其必有當也"。程千帆云："從事文學批評工作，完全没有創作經驗是不行的。研究詩最好能够寫點詩。"[9] 又云："如果我的那些詩論還有一二可取之處，是和我會做幾句詩分不開的。""寫詩寄託我的悲歡，也深化了我對古代詩人的理解。"[10] 這真是用心良苦的藥石之言，值得每位注家深思。沈祖棻的《宋詞賞析》獲得成功，程千帆認爲，"她首先是一位詩人、作家，其次纔是一位學者、教授"，"她是以自己豐富的創作經驗來欣賞、體會、理解古代作品的"，詩人依仗心靈去讀詩解詩，故能"形成妙達神旨的境界"。[11] 是以袁行霈云："親自從事創作實踐纔更精於鑒賞。"[12] 注詩者若不能詩，缺乏實踐經驗，不懂詩詞格律，自會心懷畏怯，造成了精神上的疏離，無形中增强了詩意的不確定性和神秘感，使注者更難以進入詩人的内心世界。更令人詫怪的是，有一些名望頗高的詩詞研究家，不時在報刊上發表詩詞，出版詩集，其作品卻半通不通，不合格律，與其論文專著相較，如出兩手。其更甚者，還特意在"前言"中聲稱，要與時俱進，不拘舊律。或乏自知之明,或明知已所不能而强辯。未能以魚授人,又焉能授人以漁?

注家與詩人,往往是兩種不同類型的人。能行之者,未必能言;能言之者,未必能行。言行合一,當然是最理想的。詩歌作者可分成兩類:"詩人"與"會寫詩的人"。詩人,是天生的,無法培養;而寫詩的人,是可以養成的。科舉時代,爲了應試,每個讀書人都要學會寫詩,儘管自知成不了真正的詩人。今天的中國古代文學學者,聰明才智絕不下於古人,注家祇要願意,成爲"會寫詩的人",決非難事。

若注者與詩人爲同時代人,或爲同鄉,或爲親友,則於箋注當時人物、史事、地理、典章制度等尤爲有利。黃萱《懷念陳寅恪教授在十四年工作中的點滴回憶》一文引述陳寅恪云:"中國詩與外國詩的不同之處,是它多具備時、地、人等特點。"同代詩注者,自然熟悉詩人所處的社會環境及文化語境,熟悉詩中之時、地、人等今典,得見後人難以甚至無法看到的文獻資料,比如其詩集的手稿真迹,最早的版本以及當時的史籍、文集、詩話、筆記,故老相傳的材料,還有當事人及其子侄輩的耳聞口述等等。是以爲同時代人詩歌作注,自可收到事半功倍的成效。《四庫全書總目》卷一五四任淵《後山詩注》提要云:"淵生南北宋間,去元祐諸人不遠。佚文遺迹,往往而存。即同時所與周旋者,亦一一能知始末。故所注排比年月,鉤稽事實,多能得作者本意。"瞿鏞《鐵琴銅劍樓藏書目録》謂胡穉《增廣箋注簡齋詩集》:"書成紹熙初元,距簡齋在時僅越五十年,故所箋出處、時事及朋友酬答甚詳。如:卷中《無題》詩箋云:'此詩意爲王氏、程氏發也。'"微胡氏之箋,詩人之意旨無人能知矣。

當代詩注之較著者,在唐則有張庭芳之李嶠詠物詩注;在宋則有任淵、史容、史季温之黃庭堅、陳師道詩注，趙次公、王十朋、施元之父子的蘇軾詩注，李壁的王安石詩注，胡穉的陳與義詩注，以及傅幹的蘇軾詞注，陳元龍的周邦彥詞注，胡穉的陳與義詞注；在清則有錢曾的錢謙益詩注，靳榮藩、程穆衡、楊學沆、吳翌鳳的吳偉業詩注，江浩然、孫銀槎、楊謙、俞國琛的朱彝尊詩注，金榮、惠棟的王士禛詩注等。時至現當代，此類注本寖多，劉成禺《洪憲紀事詩本事簿注》、張伯駒《續洪憲紀事詩補注》，可作近代史料，鍾叔河箋釋周作人《兒童雜事詩》，詳紀一時民俗。以學者而論，如聶紺弩、王力、啓功、葉嘉瑩等人的詩詞集皆有注本，其中以程千帆箋注沈祖棻詩詞尤爲學界所關注。爲時人作注，於今典方面，自優爲之，信手即得，但又如錢鍾書所指出的，由於"聞知見知，習而相忘"，[13]太熟悉的反而不以爲意，認爲盡人皆知、毋須注釋。人類天性善忘，至深且鉅的創傷，不多年後，尚可從腦中抹去；當時習見之事物，很快便已影迹俱湮，空留遺憾。此外，由於時代距離太近，當時人物的著述、各種手迹、來往函件等材料或未刊行公佈，注者未能及身得見，在資料方面有時反不如後人完備。當代人注當代詩，也有很大的局限。當代史的真相總是掩蔽在迷霧中，檔案材料的嚴密管理，媒體的虛假報導，社會上的傳聞異説紛紜，網絡、微信上的信口雌黃、流言蜚語，即使是個人親歷的事件也難以知箇中真相，加以現當代歷史研究的某些禁區未能解除，如此種種，都爲當代詩注帶來一定的困難。無論如何，爲同時代人詩作注，還是很有意義的，百千年後，注本，也就是一部信史。

亦有時賢親爲一己之詩集作注者，恐人不解，於常典熟事，均詳引縷述，甚至細釋己詩中之用意，喋喋不休，則似視天下無讀書人矣。然如袁行霈《論詩絶句一百首》，以詩論詩，詞簡義豐，讀者未易領會，以注文補足詩意，與詩相得益彰,如曾祥波跋所云"自爲箋注,互文見義,尤見商量邃密之意",吾亦無譏焉。

注者爲詩家之至親好友,於詩中之今典,尤爲可信。錢曾爲錢謙益族曾孫,爲錢氏《初學集》、《有學集》作箋注。錢謙益《送涂德公秀才戍辰州兼簡石齋館丈》詩,錢曾注云:"道周辨對,而斥之爲佞口;仲吉上言,而目之爲黨私。稽首王明,歎息何所道哉?此公之深意,又當遇之於文辭之外者也。"陳寅恪云:"遵王(按,錢曾之字)所謂文辭外之深意,自當直接得諸牧齋之口。"[14]《沈祖棻詩詞集》,程千帆箋,舒蕪譽之爲"前無古人的箋注"。注者之於作者,是"四十年文章知己,患難夫妻",這種關係,是古今中外任何一位注家所無的。此書最突出的一點是對"今典"的考證。所謂比興之義,美人香草之説,古人用以注詩,每一一坐實,致成聚訟,而程注所言,卻是得自作者及注家本人經歷,外人莫知其詳,可信度自然極高。如《浣溪沙》十首,作者在序中已自言效游仙之體製,"旨隱辭微,若顯若晦",但所言何事,所喻何人,卻難以情測。如第一首:"蘭絮三生證果因。冥冥東海乍揚塵。龍鸞交扇擁天人。　月裹山河連夜缺,雲中環珮幾回聞。蓼香一掬佇千春。"程箋曰:"此第一首,謂中華民族反對日本帝國主義侵略之正義戰争終於爆發,希望長期抗戰,終能轉敗爲勝也。'蘭絮'句謂中日關係自一八九四年中日戰争以後,日益惡化,此次抗戰自有其歷史因果。'東海'句謂日寇入侵。'龍鸞'句謂全國一致擁護宣稱堅決抗戰到底之蔣介石也。'月裹'句謂日寇不斷深入,'雲中'句謂反攻渺無消息。'蓼香'句即前《臨江仙》第四首之'消盡蓼香留月小,辛苦相待千春'之意。"[15]經此一解,全詞豁然開朗。除了國家大事之外,於個人生活,朋友交遊等均作箋釋,原作加上箋注,堪稱一代信史。不過，話又說回來，詩詞欣賞，也許需要有點距離，帷燈匣劍、霧裏看花，自有一種難言之美。有時，字面很美而又辭旨隱晦的詩詞，能提供讀者無限的想象，一旦挑明了，"噫，不過如是"，反而會令人有茫然若失之感。這也許就是史實對詩意帶來的損害吧。設想有一天，發現了李商隱自注的手稿，每首詩的本事及寓意都一一說清楚，或如張采田《李義山詩辨正》所猜測的那樣，那真是所有讀者及研究者都不願看到的。注家、論者與詩人關係過於密切，也會產生弊病，或爲親者諱，故掩其非；或一味揄揚，言過其實。李慈銘《越縵堂日記》謂王昶"極口其師沈德潛，比之老杜"，"能盡掩衆人之耳目耶"？（同治癸亥三月初九日）這也是讀者須警惕的。

　　爲本地的詩人詩作作注，亦有其優勝處。詩歌，往往帶有地方色彩，一些詩歌流派，亦有地域特色，如江西詩派、嶺南詩派、吳詩派、越詩派、江右詩派等，皆以詩人群體所在的地域命名。注家與詩人同一里貫，於情分爲鄉親，自帶有特殊的傾慕之意，作注時故更爲矜慎。此外，如本土的山川風物、人情習俗，尤其是一些微細的事物，注家自然比外人熟悉，而於詩人的家世、親朋及交往情況，也較易考得，甚至了如指掌。如朱彝尊《曝書亭集詩》，嘉興江浩然、楊謙兩家爲作注；陳恭尹《獨漉堂詩集》，陳荆鴻爲作箋校，與詩人俱廣東順德龍山人，故所考尤爲真確。本人粵籍，長期從事嶺南詩歌研究，選注嶺南歷代詩詞，主編《屈大均詩詞編年箋校》及補訂《獨漉堂詩箋》時，亦曾親到屈、陳所至廣東各地考察，訪問詩家後人，了解到一些未見於載籍中的史地資料。白敦仁注鄭珍《巢經巢詩》，鄭氏黔人，白氏蜀人，黔蜀接壤，聲氣相聞，白氏熟習黔中史地，偏僻至溪壑徑道，俱一一注出。

　　還要說到一點，如果注家在性情、學養、遭際等方面與詩人相近，則更有助於爲詩歌作注。如錢謙益之於杜甫,黃節之於阮籍,王蘧常之於顧炎武,陳荆鴻之於陳恭尹,注家與詩人千古神交默會,全情投進詩中,幾欲與詩人同呼吸共命運,故能撲入深處,言他人所不能言,真得詩之懸解。當然,這樣的際會並不易逢,但注家也須努力創造條件,拉近與詩人的距離,使自己的感情和學養足以副注詩之用。韓楚原《重刊錢牧齋箋注杜工部詩弁言》謂錢氏"其才學既足以副闡發杜詩之用,而其生活之修養,復與杜同其遭遇,同其憂患,故其所箋注,不特於杜詩運用之故實,證明疏通,畢宣其蘊,而於杜有爲而作之隱衷,尤能梳爬剔抉,一一呈諸楮間,使千載下共知少陵當時之隱曲"。作爲女詞人的沈祖棻,對性別相同、身世才情相似的李清照,當有著惺惺相惜之心,她對李清照作品的感受,也要比他人更爲親切,對李清照詞的解釋,自然要度越流輩。在《宋詞賞析》中寫到的,李清照受"國破家亡之恨、離鄉背井之哀"以及"塊然獨處、辛苦艱難的悲痛",這也是沈氏親身所歷所感,故其賞析真正能做到如所云"由淺入深,文情並茂"。(16) 三十多年前,本人選注《康有爲詩文選》一書,當讀到《送門人梁啓超任甫入京》詩"悲憫心難已,蒼生疾苦多"二句時,想起剛經歷過的一場淪肌浹髓的彌天浩劫,不禁心魂悸動。有着悲憫之心的康有爲,纔是真正的詩人,詩,纔是真正的詩。法人羅丹云:"精神必得經受痛苦纔能解放思想。"陳寅恪《王觀堂先生挽詞》序云:"凡一種文化值衰落之時,爲此文化所化之人,必感苦痛,其表現此文化之程量愈宏,則其受之苦痛愈甚。"注家若無自身痛苦之經歷,若無自由精神與憂患意識,自不能理解詩人内心之苦痛。饒宗頤自言"對蔣春霖持批評態度","認爲他祇是在第一境界糾纏不清,無病呻吟",饒氏出身名門,一生平順,晚享大名,其思想自然能够"達到極高明境界",然未必能深知身處亂世的鹿潭内心的悲辛與絕望，更談不上"表一種之同情"了。一部《水雲樓詞》，率皆"有病呻吟"，何況關注社會和人生，在境界上要遠高於"超脱"和"瀟灑"的呢。

周汝昌《千秋一寸心》自序云："讀詩説詩，要懂字音字義，要懂格律音節，要懂文化典故，要懂歷史環境，更要懂中華民族的詩性、詩心、詩境、詩音。"即使上述種種條件俱已具備，注釋也未必能盡如人意。陳寅恪《柳如是別傳》第一章引錢謙益《復遵王書》云："居恒妄想，願得一明眼人，爲我代下注脚，發皇心曲，以俟百世。今不意近得之於足下。"陳氏案云："然則牧齋所屬望於遵王者甚厚。今觀遵王之注，則殊有負牧齋矣。"錢曾與錢謙益分屬宗親，過從甚密，頗得心傳，能文擅詩，學殖深厚，本是注詩的最佳人選，康熙十四年寒食夜，錢曾夢見牧齋以詩箋疑句相詢，大爲悲慟。（見錢曾《判春集・寒食行》自注）注家心中有疑，故形諸魂夢。遵王實不欲有負於牧齋，其注亦已盡心盡力，尚未能愜意，可見注家之難得。

沈德潛《説詩晬語》謂"有第一等襟抱，第一等學識，斯有第一等真詩"。遺憾的是，世間第一等真詩，容或有之，但要求得第一等襟抱、第一等學識的注家，在當代，夐夐乎難矣。

注釋之難，尤在於典實難考與本意難尋，二者實二而一，一而二，緊密關連，互爲因果，以下各章節有詳細論述。

前輩學者每有認爲注釋之難更甚於創作。柳宗元《與友人論爲文書》謂文章"得之爲難，知之愈難"。葉寘《愛日齋叢鈔》云："昔賢著作，非必有意古事，自爾語合，箋釋者揣度不流於鑿則簡矣，故難。"詩人隨意或無意而得之，而注家卻要去忖測其用意。錢文子爲史容《山谷外集詩注》作序亦云："夫讀古人之書,得之於心,應之於手,固非區區采之簡册而後用之也。而爲之注者,乃即群書而究其所自來,則注者之功宜難於作。"杭世駿《李太白集輯注序》更加以詳細地闡述："作者不易,箋疏家尤難。何也?作者以才爲主,而輔之以學,興到筆隨,第抽其平日之腹笥,而縱橫曼衍以極其所至,不必沾沾獺祭也。爲之箋與疏者,必語語覈其指歸,而意象乃明;必字字還其根據,而證佐乃確。才不必言,夫必有什倍於作者之卷軸,而後可以從事焉。空陋者固不足以與乎此,粗疏者尤未可輕試也。"詩人祇是"語合"而已,而注家卻要揣度其意,過於求深則易穿鑿附會,太簡又不能解説清楚。這兩難的情況是每位注家都會遇到的。錢謙益《與石林上人書》云:"注書之難,昔人所歎。觀陸放翁所論杜、蘇之注,知注釋之功,良不減於作者。"王士禎《居易録》亦引陸放翁事歎息"注書之難"。錢澄之《重刻昌谷集注序》亦云:"甚矣,注書之難於著書也。著書者亦欲自成一家言耳,其有言也,己爲政;注書者己無心而一以作者之心爲心,其有言也,役焉而已。故曰:著書者無人,注書者無我。"詩人創作時浮想溟漠,天馬行空,不受羈束,而用事運典,每在有意無意之間,信手拈來,渾化無迹;也許詩人並未讀過原書,所用典實乃輾轉稗販而來,而注者卻一一爲之訓釋,考究出處,所用的"功"自然更甚於作者。黄本驥《李氏蒙求詳注序》又云:"著書難,注書更難。非遍讀世間書,不能著書;而遍讀世間書,猶不能注書。世間書無盡,而古書之流傳至今者有盡。注古人書,無一字無來處,目中不盡見古人讀書,必欲察及淵魚,辨窮河豕,曰:某事出某書,某事出某書,條舉件繫,如數家珍,難矣。"黄永年亦云:"注釋當然要有學問,做出高水平的注釋比自己寫書更不容易。"[17]可見注書之難,實不下於著書,甚至有過之而無不及。

在古代名家大家中,尤以杜甫、蘇軾之詩最爲難注,故古來論者亦甚多。張榕端《宋牧仲刊施注删補本序》云:"古今詩人之總萃,唐則子美,宋則子瞻,顧兩家箋注之難,前輩屢言之。"韓崶《蘇文忠公詩編注集成序》亦云:"注古人之詩難矣,注大家之詩更難。若夫杜少陵、蘇長公二家之詩,則尤有難者。"而兩家之中,由於蘇軾經歷豐富,載籍中材料極多,"兩宋紀録非長公不道。故注蘇較難於注杜,雖熟有宋一代之史,勢不能括其全"。明末,程嘉燧建議錢謙益重注杜甫詩,錢曰:"注詩之難,陸放翁言之詳矣。放翁尚不敢注蘇,予敢注杜哉?"相與歎息而止。(見《讀杜小箋》)後來錢謙益箋注杜詩,仍極爲矜慎,在《吴江朱氏杜詩輯注序》、《草堂詩箋元本序》中,一再引陸游之語,説明"注詩之難"、"不敢輕言注杜"。錢謙益《與王貽上書》云:"杜詩非易注之書,注杜非小可之事,生平雅不敢以注杜自任。今人知注杜之難者亦鮮矣。"其《杜詩小箋》寫定後,尚放心不下,《致遵王書》云:"《杜箋》一册,略爲校對送去。恐中間疏誤處不少,更煩詳細刊定,庶可不遺人口實耳。全本標題,仍云《草堂詩小箋》爲妥,下一'小'字,略存箋者之意,不欲如彼以李善自居也。"彼,指朱鶴齡。時朱氏作《杜工部詩集輯注》。錢謙益不滿朱氏之注,亦不滿朱氏之自信。錢氏博學多才,又是傑出的詩人,於注詩一事,仍矜慎如此,"箋"前著一"小"字,尤見撝謙之意。

袁康竹《校印虞山錢氏杜工部草堂詩箋序》云:"自來箋詩難,箋杜詩尤難。何則?詩也者,昔之人假以言志者也。顧詩有易言者,有未易言者;有能言者,有莫能言者。於是鬱伊其旨,惝怳其辭,往往言在於此而志在於彼,徐氏讀詩者之自喻，孟子車氏有云：'以意逆志，是爲得之。'此千古讀詩之法，亦正千古箋詩之法。而昧者多所拘墟，強爲穿鑿，作者之志，因箋而晦其八九，故曰箋詩難也。"又謂杜詩"克集詩家之大成，而作箋者才學距杜遠甚"，"故曰箋杜詩尤難也"。袁氏謂箋杜之難，一是杜詩意旨難明，二是注家才學欠缺。李復《與侯謨秀才書》云："杜讀書多，不曾盡見其所讀之書，則不能盡注。"黃庭堅《答洪駒父書》亦謂杜詩"無一字無來處"，慨歎"後人讀書少"，故謂"杜自作此語耳"。今人洪業《杜詩引得序》中也舉出大量例子說明注杜之難。

注蘇詩之難，陸游《施司諫注東坡詩序》一文中已詳言之。陸游與范成大會於蜀，因相與論東坡詩，范云："足下當作一書，發明東坡之意，以遺學者。"陸謝不能。後反復討論東坡詩句中的含意，深感"未易窺測"，范成大亦太息曰："如此，誠難矣！"陸游之語，屢爲後人引述。洪邁《容齋隨筆·續筆》引述一事：蘄春一士人自謂注蘇軾詩十年，錢伸仲（紳）抽讀其書，"適得《和楊公濟梅花》十絕：'月地雲階漫一尊，玉奴終不負東昏。臨春結綺荒荊棘，誰信幽香是返魂。'注云：'玉奴，齊東昏侯潘妃小字。臨春、結綺者，陳後主三閣之名也。'伸仲曰：'所引止於此耳？'曰：'然。'伸仲曰：'唐牛僧孺所作《周秦行紀》，記入薄太后廟，見古后妃輩，所謂"月地雲階見洞仙"，東昏以玉兒故，身死國除，不擬負他，乃是此篇所用。先生何爲沒而不書？'士人恍然失色。"洪邁列舉出漢至唐的經史注家，其注已與原書並行千古，但仍不能無失，何況一般的讀書人，要作注書這樣"至難"之事呢！蘄春士人注蘇詩十年，可謂下足功夫，而對詩中語典的出處，仍不甚了了。不知典故，自然無法深入理解詩意。邵長蘅《注蘇例言》慨歎："注詩難，而注蘇尤難。"趙翼《甌北詩話》卷五云："坡公熟於《莊》、《列》諸子及漢、魏、晉、唐諸史，故隨所遇，輒有典故以供其援引，此非臨時檢書者所能辦也。如《送鄭戶曹》詩：'公業有田常乏食，廣文好客竟無氈。'則皆用鄭姓故事。嘲張子野買妾，所引'鬚長九尺'、'鶯鶯'、'燕燕'、'柱下相君'、'後堂安昌'等，皆用張姓故事。《戲徐君猷孟亨之不飲》，則通首全用徐邈、孟嘉故事。"蘇詩用典，多爲化用、合用，變化莫測，此亦非注家臨時檢書可辦者。趙氏又云："蓋注蘇詩，不難於徵典故，而難於考時事。東坡歷熙寧、元豐、元祐、紹聖，數十年間，朝局屢更，其仕而黜，黜而起，起而又遠竄，皆有關於國事；一時交遊之人，姦賢邪正，亦多與朝政相繫。""考時事"，即所謂注今典，王文誥《蘇文忠公詩編注集成》卷二二案語亦云："解杜與解蘇不同，杜無考，故易，蘇事事有考，故難。"蘇詩中"今典"特多，未易一一考出，故注解爲難。

　　平步青《霞外攟屑》云："注古人詩最難，即近人亦復不易。東坡逸詩有'山人更喫懶殘殘'句，《敬業堂詩集》（卷三十七）題吳寶崖《雪龕煨芋圖》云：'何似雪龕風味好，平生不喫懶殘殘'，本之文忠。甌北《李郎曲》'生平不喫懶殘殘'直用初白。末句云：'李下何妨一整冠。'人以爲用古詩'李下不整冠'句，不知本元遺山《題山谷小蠹詩》'祇消一句脩脩利，李下何妨也整冠'也。所謂故事中再加故事，若此者，豈易注出處乎？"平氏所謂的"故事中再加故事"，亦即趙次公《杜詩先後解》指出的"祖"典與"孫"典。黃永年更指出，平氏於"李下何妨一整冠"的出處仍未找準，並云："這是出於黃庭堅的題爲《明日獨酌自嘲呈史應之》的《鷓鴣天》詞，收入《山谷琴趣外篇》卷三，其上片即爲'萬事令人心骨寒。故人墳上土新乾。淫坊酒肆狂居士，李下何妨也整冠'。元詩係用其成句，趙詩則易'也整冠'爲'一整冠'。"(18) 舉此一例，即可知注近人詩之難。

近世學者亦有歎息注詞尤難於注詩者。古代詞集近人注本不多，錢仲聯《吳夢窗詞箋釋序》云："甚矣，箋注之難也。箋詩難，箋詞尤難。"這可以楊鐵夫《吳夢窗詞箋釋自序》所舉之例説明："〔吳文英〕《渡江雲》'西湖清明'詞有'墜履牽縈'句，初選本用張良事，心知其非。欲解以《淳于髡傳》，但墜珥非墜履，故改正本闕其解。後睹《北史·韋瓊傳》有'不棄遺簪墜履'之語，固依然用《淳于髡傳》也。"楊氏求索確解的艱辛情況，是每個注家都會遇到的。詹安泰箋注王沂孫《花外集》，歷三十餘年，自云："校注箋釋，不下五六萬言，而猶有疑義，未能確斷，因亦不敢遽付剞氏。"[19] 審慎如此，可知其難矣。

綜合上文所述，諸家論箋注之難，可以張舜徽之説作小結："替古書作注解工作，是一件極不容易的事。一方面固然要明於訓詁通例，解釋得很清楚；另一方面，又必需學問淵博，能夠作探本窮源的深入工夫。"張氏舉出李善《文選注》等名著，認爲這些"都是博引繁徵，考訂精覈，但録實證，絶少空言"，可稱是"注解中的典型寫作"。張氏一再强調，"過去學者對於注解古書，認爲是極其艱難的工作"。[20] 詩歌注釋的難度可能比其他文體更大。詩歌言近旨遠，用意幽微，推尋匪易。對注詩者的要求，除了要深研經史之外，還要有豐富的想象力，對詩歌文學意藴的理解，方能使詩中"不可言之理，不可述之事"燦然於前。如陳寅恪所云，"吾人今日可依據之材料，僅當時所遺存最小之一部"、"藉此殘餘斷片，以窺測其全部結構"。故必須具備"藝術家欣賞古代繪畫雕刻之眼光及精神，然後古人立説之用意與對象，始可以真瞭解"。語境的變化，詞義的差别，已是一般讀者難以逾越的鴻溝，何況是詩人深微的旨意呢！人能弘道，道亦弘人，真正好的注釋，如《維摩經》所云："譬如一燈，燃百千燈。

冥者皆明，明終不盡。"可引導讀者領略詩歌的思想價值與精神價值，探尋其深刻的人文意蘊，使詩人及其詩歌得以不斷充盈展拓，並流傳久遠。

注釋之事，大道多歧，行之實難，念之三歎。

（1）郭紹虞《杜詩鏡銓·前言》，《杜詩鏡銓》，上海古籍出版社，1962年版，第1頁。
（2）吳孟復《語文閱讀欣賞例談》，安徽人民出版社，1989年版，第63頁。
（3）錢鍾書《談藝錄》，中華書局，1984年版，第148頁。
（4）葉維廉《中國詩學》，人民文學出版社，2006年版，第14頁。
（5）周裕鍇《中國古代闡釋學研究》，上海人民出版社，2003年版，見第七四節。
（6）張志岳《讀宋詞賞析》，《北方論叢》1983年第1期。
（7）張毅《蘇、黃的書法與詩法》，《文學遺產》2011年第2期。
（8）吳三立《1975年7月21日致朱庸齋書》，錄自李文約藏品。
（9）程千帆《宋詞賞析臺灣版序》，轉引《程千帆沈祖棻學記》，貴州人民出版社，1997年版，第518頁。
（10）程千帆《詹詹錄》，《文史哲》1981年第3期。
（11）程千帆《閑堂自述》，《文獻》1991年第2期。
（12）馬自力《文學、文化、文明：橫通與縱通——袁行霈教授訪談錄》，國學網國學文庫資料。
（13）錢鍾書《談藝錄》，中華書局，1984年版，第80頁。
（14）陳寅恪《柳如是別傳》，中華書局，1984年版，第8頁
（15）程千帆箋《沈祖棻詩詞集》油印本，第3頁。
（16）沈祖棻《宋詞賞析》，上海古籍出版社，1980年版，第142頁
（17）黃永年《古籍整理概論》，上海書店，2001年版，第7頁。
（18）黃永年《古籍整理概論》，上海書店，2001年版，第137頁。
（19）詹安泰《花外集箋注》，廣東人民出版社，1995年版，第199頁。
（20）張舜徽《中國文獻學》，華中師範大學出版社，2004年版，第133頁。

道心章第二

　　注疏箋釋,是古典之學,是中國傳統治學之道。要做好注釋工作,應有歷史感和使命感,懷抱道心,志在千古,視之爲立言之業。孔子自謂"述而不作",朱熹《論語集注》云:"述,傳舊而已,作,則創始也。""其事雖述,而功則倍於作矣。"注釋之事,亦近乎述,其功雖不及作,而其難度,或有甚於作。如王鳴盛《十七史商榷序》所云:"夫以余任其勞,而使後人受其逸;余居其難,而使後人樂其易,不亦善乎!"一個好的注本,嘉惠學林,沾益百代,注家爲此付出辛勤勞動,"爲人作嫁",也是值得的。劉禹錫《送裴處士應制舉》詩"注書曾學鄭司農",薛季宣《州圖次元修韻》詩"箋書莫笑蟲魚注,善學須通天地心",林正《寄裴雲山》詩"手注三體詩,名滿四海耳",陳允平《瑞鶴仙》詞"瀹茗松泉,注書芸閣",皆以注書爲美事。不應把注釋之學祇看作是一種手藝之學,要懷着虔敬之心,視之爲心靈之學。

　　箋注一事,古人亦有視之爲畏途,或薄之而不爲者。韓愈《讀皇甫湜公安園池詩書其後》詩云:"《爾雅》注蟲魚,定非磊落人。"譏注家之繁瑣,頗含鄙視之意。秦系《寄浙東皇甫中丞》詩"注書不向時流説",方岳《次韻徐太博》詩"蟲魚枉注書連屋",吴偉業《廿五日偕穆苑先孫浣心葉予聞允文游石公山盤龍石樑寂光歸雲諸勝》詩又云"酈（道元）桑（欽）二小儒，注書事鈔撮"，似亦不以注書爲能事。古來文人，每有認爲注書下著書一等，注詩又下作詩一等者，是以注詩一事，淺學者不能爲，而邃於詩學詩功者又不願爲。胡震亨編定《唐音統籤》一千零三十三卷，《癸籤》中多論詩之語，亦深知注釋的重要性，他曾歎息"實學之難，即注釋一家，亦未可輕議也"，但當友人屠用明勸他爲李商隱詩作注時，他卻說："彼自祭魚獺，今又欲我拾獺殘耶？"又似厭之而不爲。注釋之學，在某些當代學者眼中，不是"科學"，治詩詞者亦有認爲箋注是雕蟲小技，僅翻書摘錄、檢索電腦而已，非"學術研究"，故不屑爲之。注詩大家錢仲聯也聲言"箋注是我的副業"，其心中似乎亦認爲箋注低於教學、研究一等，而錢氏一生最重要的學術成就仍是詩詞注釋。近年高校形成一套模式化的考核機制，在種種功令禁格中，箋注之作甚至不算是所謂的"科研成果"，一個注本的"得分"往往不如一篇論文，這使得不少有志於此道的中青年學者感到喪氣，望而卻步。

　　陳式《重刻昌谷集注序》云："世固無有不能注而能學者。"能注詩，亦意味着必先把詩讀通，並有能力進行注釋，纔能成爲合格的學者。是以注家必須端正態度，認識到注釋工作的重要性和必要性，並以最大的決心努力完成。爲古人詩作注，要懷有誠敬之心，秉公致正，特立獨行，不爲時風所左右。朱熹云："今之談經者，往往有四者之病：本卑也而抗之使高，本淺也而鑿之使深，本近也而推之使遠，本明也而必使之至於晦。"（《朱子語類》卷第十一）何止談經，注詩者亦每如是。一般來說，注家對所注的詩人詩作會有所偏好，常在序跋中特意聲明，其甚者以至盲目崇拜，認爲篇篇皆好句句皆妙，因而不惜穿鑿曲解，這種偏好影響了注家的理性判斷能力，近年出版的一些古代小名家的注本每有此弊。又如《紅樓夢》中的詩詞,本是曹雪芹代書中人物立言,風格亦與人物的公子小姐身分相稱,固非佳作,而當代的一些注釋家卻拔高至唐詩宋詞的水平,連篇累牘,贊歎不已,可謂愛屋及烏了。二十世紀七十年代,出版了一些今人注本、譯本,如所謂"法家"的劉禹錫、龔自珍等的選本,爲迎合當時政治需要,注釋者以"古爲今用"爲名,不惜歪曲原意,厚誣古人,以達某種目的,這樣的穿鑿,實際上是一種"詮釋暴力"。如郭沫若《李白與杜甫》一書,引用杜詩並加以解釋、今譯,有謂《三吏》、《三別》的基本精神是"不准造反"之類,時至今日,已成笑柄。古人著述,志在"立言",特重口碑,有"身後名"之想,不知趨時而作的注釋者所想何事? 亦有因政治而有所諱忌的,如錢曾注錢謙益詩,於明、清間時事多所避忌,不敢明言,這種情況,古已有之,於今尤烈。

不光是注家,教師、編輯也應力避誤解與偏見。否則,教師宣講謬論則誤導學生,編輯妄改書稿則貽誤讀者。一九八〇年,本人撰《黃庭堅詩選》一書,由三聯書店香港分店出版,選入的《武昌松風閣》詩"老松魁梧數百年,斧斤所赦今參天"二句,當時的串解是:"山上的老松樹,高大壯偉,已活了好幾百年,人們的斧子放過了它們,現已長得聳入雲天。"一九八五年,上海古籍出版社出版《黃庭堅詩選注》,責任編輯擅自改爲:"蒼老松樹和魁偉梧桐未被斧子砍掉,如今已高聳入雲。""魁梧"解作"魁偉梧桐",白紙黑字,有口難辯。一九八五年,撰《江西派詩選注》一書,中山大學出版社總編輯審稿後,提出兩點意見並親自動手:一、删去"思想性不強"的作品;二、删去注釋中"引經據典"的"無用的東西"。首當其衝的是宋末元初的詩人方回,原選十首,删存四首。總編乃中文系科班出身,教過多年古代文論課。他向我解釋説，方回是"投降派，思想反動"，並舉例證明：方回有"把酒從來不可期，吾降今日少人知"兩句詩，以爲自己投降元兵之事少人知道，就可以瞞天過海，繼續欺騙人民，結果被群衆拆穿了，續了兩句去駡他："但看建德安民榜，便是虛翁德政碑。"我聽了不覺失笑，説，感謝您認真查書舉證，方回人品不佳，但好作讜言高論，周密《癸辛雜識》已載明它是"自壽"詩，"吾降"的"降"，是降生，即小孩子出生，《離騷》"惟庚寅吾以降"就是這個意思，續詩的"輕薄子"故意偸换概念來諷刺他。我又説，選江西詩派的詩，是給大學程度以上的學生和詩詞愛好者讀的，不算是太"普及"的選本，應注明典實出處。但最後還是維持原判，全稿被删去了三分之一。

師法前人。初學注釋者，最好先有老師指導，指示門徑，然後遍讀歷代有關注釋方面的名著，吸取前人經驗，總結出一套方法。切勿自恃聰明，不屑學古；冥行擿埴，必無所成。《毛詩傳箋》向被學者認爲是治經者首選之書，也是有志於詩歌注釋的學者必讀的入門書。鄭玄《詩譜序》云："欲知源流清濁之所處，則循其上下而省之；欲知風化芳臭氣澤之所及，則傍行而觀之，此《詩》之大綱也。"《詩》乃國詩之原，《毛傳》乃詩注之始，張之洞《輶軒語》云："先師旌德吕文節教不佞曰：'欲用注疏工夫，先看《毛詩》。'"劉聲木《萇楚齋五筆》卷七引其説，謂："《毛傳》粹然爲西漢經師遺文，更不易得，欲通古訓，尤在於兹。""最切人事，義理較他經爲顯，訓詁較他經爲詳。其中言名物，學者能達與否，較然易見。""《詩》義該比興，兼得開發性靈。"又引茅謙《學詩堂經解序》云："聞之先師柳賓叔先生言，治經必先治《毛詩》。蓋經義隱奧，寓諸訓故，訓故不明，則典制無從考見，而先聖王之微言大義，皆以鼇戾而不能通。"所謂知源流、明訓故、言名物、識比興、考典制、顯義理、發性靈等等，皆爲注釋之要義，注詩者亦當以此爲務，若不解此，貿然而爲之，則難免舉鼎絕臏矣。《毛詩序》説明每首詩的内容，鉤玄提要，綱舉目張，亦堪爲注家取法。

　　黄侃《文心雕龍札記》云："李善之注《文選》，得自師傳，顏籀之注《漢書》，亦資衆解，是則尋覽前篇，求其根據，語能得其本始，事能舉其原書，亦須年載之功，豈能鹵莽以就也。"李善之注，可爲百世之法。一些注本，特别是大家名家的注本，每有其獨具的特色。如錢謙益，以史證詩，故其於唐代史實考據嚴密，這成爲《錢注杜詩》的一大亮點。查慎行《補注東坡先生編年詩》側重地理方面的考釋，於地名的來源及其歷史沿革情況，尤爲詳細，在多種蘇詩注中獨標一幟。近人黄節《漢魏樂府風箋》、《魏武帝魏文帝詩注》、《曹子建詩注》、《阮步兵詩注》、《鮑參軍詩注集説》、《謝康樂詩注》、《謝宣城詩注》等，功力深厚，見解精當。當代注家中，錢仲聯堪稱巨擘，所注詩詞别集如《鮑參軍集注》、《韓昌黎詩繫年集釋》、《劍南詩稿校注》、《後村詞箋注》、《吴梅村詩補箋》、《人境廬詩草箋注》等，皆可爲學者取法，其《沈曾植集校注》一書，尤以善注佛經釋典而見稱於學林。俞國林《吕留良詩箋釋》，於明、清之際史實抉隱發微，頗多創獲。劉學鍇、余恕誠《李商隱詩歌集解》，蕭滌非主編、張忠綱終審統稿的《杜甫全集校注》、謝思煒《杜甫集校注》，集注集評，兼附己見，堪爲集大成之範本。要之，歷代名家注本，皆可取法。陳寅恪《元白詩箋證稿》、《柳如是别傳》，在行文中箋釋錢謙益、柳如是之詩，開創了一種新的體例。錢鍾書《談藝録》、《管錐編》，中西貫通，尤多創見。陳、錢二家，高峰突出，雲騰致雨，沾溉無窮。

爲古人詩作注，必須長期準備，步步爲營，持之以恒。要注好一書，需要長期的資料及知識的積累。一事一典，求其出處，往往費日經年；一些未能解決的問題，存諸腦際，平日讀書，時刻留意，偶有所得，隨即記錄，經年累月，必有所成。古代注家，深知其中甘苦。李善之注《文選》，注至三注四注。不少注家，爲注一書而寢饋終身。王嗣奭《杜臆原始》云："蓋精之所注，行住坐臥，無非是物。夜搜枯腸作眞人想，朝拈枯管作蠅頭書，八十老人不知倦也。"《杜臆》卷三又云："余年二十而讀此詩（按，指《新安吏》），年八十而於枕上得此解，爲之一快。"錢謙益注杜詩，年四五十始，極年八十，書始成。錢曾爲錢謙益《初學集》、《有學集》作箋注，始自順治十七年（1660）夏，直至康熙三十二年（1693），還在作補注。趙夔、馮應榴注蘇詩，用盡心力，晝思夜想，以至在夢中與東坡相見。即如這類篤志精勤之作，尚每有微瑕可指，然淺學者貿貿然爲之，則不免如顧炎武《日知錄》卷一九所譏："愈多則愈舛漏，愈速而愈不傳。所以然者，其視成書太易，而急於求名故也。"

古籍注釋之事，煩難瑣屑。浦起龍《讀杜心解·發凡》云："偏遇艱難奧處，不肯一字放過，不敢一言牽率。蓋每讀一詩，必疏觀前後數册而創通其大致。非鑴搜之難，而穿穴之難。讀書往往如此。"詩中一字，己之一言，均以嚴謹負責的治學態度對待，認眞細緻，深索精思，力求字必有據，言必有得，不敢草率爲之。本人與學生何澤棠君合作，撰《山谷詩注續補》一書，自發軔至出版，歷時十年，猶有未能愜意者。本人在跋語中寫道："予與何君日夕討論羣書，檢索電腦，排比鉤稽，至忘食寢。稿凡十易，仍有所遺憾者，以予之譾陋，於山谷詩文，反復沈潛數十載，實未敢謂抱獨知之契，斯欲得其奧旨而盡言之，戛戛乎誠難矣！雖然，爲是注也，一詞一句，必溯其原，考覈時事,力求本意,有疑則闕之,不妄爲臆度,脫有餖飣繁蕪、釋事忘義之譏,亦所不顧也。"出版之後,一再細讀,發現尚有疏漏之處,可見注詩之難矣。

注家必須好好掌握注釋詩歌的具體方法。

初學注釋者,首先要選定注釋的對象。劉聲木《萇楚齋五筆》卷七引李家瑞《停雲閣詩話》所載錢大昕教門下弟子之語云:"欲學考據者,皆先著一書,以爲底本,其後旁徵側引,以拓見聞,積至日久,便已博矣。"著書如是,注書亦如是。注書也是學問的入門之徑。王仲犖《西崑酬唱集注·前言》亦云:"山陰任菫叔先生教導我揀擇一部使用典故多而卷數卻又較少的集子來加以注釋。"先注一書,取得經驗,打下良好的基礎。古來詩詞集數以千計,不是每一本集子都值得去注釋的。既然要付出時間和精力,就應選取有價值的集子進行注釋,做有意義的工作。還要弄清楚此集子是否有過注本,不作重複勞動。

注釋的第一步是認真閱讀。以讀書爲樂事,欣然方可會心。條件許可的話,先讀豎行綫裝書,這有利於營造古典氛圍,更與詩境詩情貼近。欣賞古典詩詞,閱讀紙質書籍與瀏覽電腦或手機屏幕的感受自有雲泥之別。先要讀無標點無注釋的文本。無標點,可迫使自己斷句,對文本有初步了解;讀未有箋注的文本,避免先入爲主,有利於獨立思考。閱讀白文的過程中,心中已把原文注釋了一遍。程瑤田《儀禮喪服文足徵記序》云:"治經不涵泳白文,而惟注之徇,雖漢之經師,一失其趣,即有毫釐千里之繆。"黃侃《文心雕龍札記·事類》又云:"又觀省前文,迷其出處,假令前人注解已就,自可因彼成功,若箋注未施,勢必須於繙檢,然書嘗經目,繙檢易爲,未識篇題,何從尋討？"即使詩集有舊注本，但讀者，特別是研究者，也應先讀白文，不可專賴注釋。前人注釋、評論，每有不當的，甚至是錯誤的，若不細細涵泳，則難以識別。盡信書不如無書，最重要的還是個人真切的理解，以個人的理解與舊注相比較，找出差異。與舊注同的，可能就是正確的；與舊注不同的，就需要進一步研究，廣泛吸取古人今人的研究成果，認真領會原作，弄通每一個問題，不回避，不猜度，孰正孰誤，得出明確的結論。

在下筆之前，還要逐篇誦讀。頭口皆動，耳目並治，可增強記憶力與理解力。常言曰"讀書"，書，就是要"讀"的，而不光是"看"的；而詩，則是要"誦"、"吟"、"詠"、"歌"的，而不光是"讀"的。《周禮·春官·大司樂》："以樂語教國子：興、道、諷、誦、言、語。"鄭玄注："倍文曰諷，以聲節之曰誦。"《孟子·萬章下》："頌其詩，讀其書。"孫疏："頌歌其詩，看讀其書。"《詩·周南·關雎序》云："吟詠情性，以風其上。"孔疏："動聲曰吟，長言曰詠，作詩必歌，故言吟詠情性也。"韓愈《進學解》云："口不絕吟於六藝之文。"朱熹謂"大凡讀書多在諷誦中見義理，況《詩》又全在諷誦之功，所謂'清廟之瑟，一唱而三歎'"，"讀《詩》正在於吟詠諷誦，觀其委曲折旋之意"。(《朱子語類》卷八十)黃宗羲《孟子師說》亦云："古人所留者，惟有詩書可見。誦讀詩書，正是知其人、論其世者，乃頌讀之法。"吟誦，有如梵唄清音，洞經吟唱，皆古樂之遺意。誦，即以古代讀書音念頌，是以讀書又稱為念書。吟，謂曼聲吟詠。古人寫詩，不厭百回改，改罷長吟，自我欣賞。詩，為詩人思想、感情、學養的精華所聚，注家應以敬慕之心，目、口、耳三官並用，辨清每字的讀音，因聲求氣，誦讀原作。在誦讀的基礎上，進一步掌握傳統的吟詠方法，依平仄聲調行腔使氣，注意每字聲調的高低長短，節奏變化，鏗鏘和協，聲入心通，體會其音律之美,感知其藝術魅力。吟誦,尤宜以母語方音爲之。古人亦如此,洪興祖《楚辭補注》謂隋僧道騫善讀《楚辭》,"能爲楚聲,音韻清切。至唐傳《楚辭》者皆祖騫公之音"。因普通話無入聲,讀詩時尤須注意。本人曾聆聽葉嘉瑩吟誦,於入聲處故作促音,此亦一法。今人與古人有了語言上的聯繫,同聲相應,建立了感情,成爲異代"知音",纔能再談對詩意的理解。新文化運動後,文言退出歷史舞臺,在新派作家筆下,吟誦詩文者,皆是搖頭晃腦醜態百出的落伍老朽形象。學者、詩人,鮮知誦讀之法,八十年前,錢基博已稱之爲"當代之絶學",如今更成所謂的"非物質文化遺產",罕有傳人,而日本、韓國能漢音、唐音、宋音、吳音吟誦詩文者卻數以萬計。静言思之,良可歎惋。

讀書,還要反覆讀。記誦之學,前人認爲是切要之學。陳壽《三國志·魏志·王肅傳》裴松之注引董遇語云:"讀書百遍而義自見。"沈酣書中,昕夕把玩,一遍又一遍地讀,積以歲年,熟讀之後,書中義理,自能領悟。熟讀成誦,細心涵泳,方有可能與作者精誠相通,古人之詩,如己所出,古人之意,如己所想。蔣寅撰文引清人李紱《與方靈皋論箋注韓文字句書》云:"此非歲月之功可能也,欲爲此事,須將韓文熟讀,句句成誦,然後盡覓韓子以前經史子集,遇有所得,則札記之,大約非二三十年功力不可,蓋書籍多也。"並云:"予昔撰《戴叔倫詩集注》時,讀戴詩至爛熟,雖不盡成誦,然遇別本異文或典故出處,隨時可知矣。"[1] 本人補注山谷集,十年間,誦讀其詩也不下十餘過。況且熟讀成誦,終身不忘,於注釋工作極有好處。博聞尤須強記。學殖深厚者,於詩中典實,著眼即知,一些疑難問題,一時未能解决,平日讀書,時刻留意,儻有異文故典,亦可隨時覺察。近百年來,西風東漸,新派學者每強調"理解"而輕視記憶,"反對死記硬背"一語已成爲不誦讀的口實,更無人願意費時間花硬功夫去記誦文本。如今處於電子化時代，人們迷失在過量的信息中，而不是沈潛於學海書山裏；破碎混亂的材料取代了完整系統的知識，"專家"取代了通人。學者們成爲馬克斯·韋伯所説的"裝配工"，束書不觀，按鍵檢索，都以西方的學術生産模式去製作論文了。其實，記憶是大腦的庫存，文本的材料，經過甄別陶冶，成爲終生享有的知識財富，成爲自己的文化底藴。缺乏記憶儲備，則難以融會貫通。西哲布魯姆云："審美價值出自記憶。"形成牢固的記憶後，對詩歌的理解亦可隨時日而加深，審美能力亦得以逐漸養成。大腦的聯想功能比任何電腦軟件的"聯想"（實爲聯結、聯繫）功能要豐富精妙得多。至於當代流行的"暗碼系統"之説，欲要"破譯"詩中"暗碼"，則尤需精熟文本。

初通，是第二步。經過幾輪閲讀與吟詠，對全詩的內容有了大致的了解，多讀一遍，則理解加深一層，短詩讀三五遍，長詩讀十遍八遍，全詩便大致可以初通，即基本了解其字面上的意思。在初通的基礎上，一步步確定何者須注，何者不須注，何者宜詳注，何者宜簡注；應有而盡有，應無則盡無，切忌應無而盡有，應有則盡無。可從字、句、章、篇幾方面逐步深入探索，即《文心雕龍·章句》所云："人之立言，因字而成句，積句而成章，積章而成篇。篇之彪炳，章無疵也；章之明靡，句無玷也；句之清英，字不妄也。"劉勰把文中的字、句、章、篇的關係已説得很清楚。

要正確理解詩意。當然，真正領會詩人最深層的用意，實在很難，但下筆前至少要把詩歌字面上的含義了解清楚，一詞一句，是什麼意義，全詩是在説些什麼。這最低的要求，看似尋常，要做到卻也不易。前人常説，讀書從識字始。要明語源，始於字詞的訓詁，弄通每個字詞的意義。注釋者必須逐字逐句吃透,句櫛字比,每個字詞都不可輕易放過,生字僻詞,固然要重視,但出問題的往往是看似普通的字詞。字有多音,詞有多義,要落實到具體一首詩中,此詞是何音何義,須要結合全句以至全詩的語境判斷。句中的"虛詞"尤應注意。解決了字詞的問題,進一步理解句意。大多數詩句,字面上的意義一覽可了,如果覺得句子讀不通,原因大概有二,一是自己真的不理解,二是句子或有誤字。兩種情況都是問題,不可輕易放過。對前者,祇能認真思考,多方檢索,弄清楚字詞、典故,真的不懂,最後還是請教他人。對後者,則要認真校讎,對勘版本。理順句子間的關係後,以自己的心思去重組全詩,在把握整體的基礎上纔開始正式動筆工作。

清代箋注家仇兆鼇《杜少陵集詳注·自序》云:"注杜者,必反覆沈潛,求其歸宿所在,又從而句櫛字比之,庶幾得作者苦心於千百年之上,恍然如身歷其世,面接其人,而慨乎有餘悲,悄乎有餘思也。"這真是甘苦之言。翁方綱《杜詩附記自序》亦云:"手寫杜詩全本而咀詠之,束諸家評注不觀,乃漸有所得。""徐徐附以手記,此所手記者,又塗乙删改,由散碎紙條積漸寫於一處。"鈔録原作,反覆吟誦,認真體會作者用心,精神今古相通,與詩人默會於意象之表,有所體會之後,不斷積累心得,方可言注釋其詩。詩,是感性的,是動情。注家,要進入詩内,再站在詩外,先入而後出。讀詩,要以一顆純浄的謙卑的心去接近古人,全心全意,細細品味,有所感觸,爲情所動,進入詩歌的境界中,悲歡啼笑,與作者融爲一體。然後,跳出來,冷靜地、理性地分析、研究。能入而不能出,祇溺而不反,而無法探驪得珠;祇出而不能入者,不爲詩情感動,則無異隔靴搔癢。陳寅恪亦云:"所謂真瞭解者,必神遊冥想,與立説之古人,處於同一境界,而對於其持論所以不得不如是之苦心孤詣,表一種之同情,始能批評其學說之是非得失,而無隔閡膚廓之論。"[2]這也是錢穆所說的"一種溫情與敬意"。陳氏之言,亦適用於注釋之學。道始於情,情生於性,注家若能以悲憫精神去關注古人,與詩人處於"同一境界"并表"同情",懷仁抱恕,將心比心,互饋互動,則對其人其詩有親切之感,上下千古,相視而笑,莫逆於心,所作的注解自能動人。這種"瞭解之同情"與"同情之瞭解",十分重要。朱光潛《詩論》指出:"詩的境界是用'直覺'見出來的","讀一首詩和做一首詩都常須經過艱苦思索,思索之後,一旦豁然貫通,全詩的境界於是像靈光一現的突然現在眼前,使人心曠神怡,忘懷一切。""它就是直覺,就是'想像',也就是禪家所謂'悟'。"[3]朱氏所說的這種直覺,頓悟,恐怕是每一位醉心詩歌的讀者都能體會到的。如黃庭堅《題落星寺》詩其四:"蜂房各自開戶牖,處處煮茶藤一枝。"潘伯鷹《黃庭堅詩選》注云:"各處房屋好像蜂巢,各開了窗子。而到處都用一枝枯藤燒火煮茶。"宋詩選本如錢仲聯《宋詩三百首》、《宋詩鑑賞辭典》等以及拙著《黃庭堅詩選》、《黃庭堅詩選注》、《江西派詩選注》均采錄此詩,注解亦一依潘氏之說。胡守仁後來指出,"藤一枝"應解作"一枝藤杖"。[4]後來我又撰文補充,謂此"藤"爲僧人所喜用的藤杖。唐李商隱《北青蘿》詩"獨敲初夜磬,閒倚一枝藤",亦寫僧人閒倚着一枝藤杖。故山谷此詩"處處煮茶藤一枝",當寫從外邊遠望僧房的情景:在寺中的僧房各自敞開窗戶,露出一根根藤杖,可知僧人正在拄杖煮茶云云。近年我再細讀黃詩,《題落星寺》詩其一有"更借瘦藤尋上方"之句,"瘦藤"即此"藤一枝",結合組詩四首整體意思,方悟到持藤杖者當爲詩人自己。且僧人居丈室之中,有老有少,亦不必人人持杖。詩意謂自己拄杖所至之處,都受到僧人煮茶接待。垂六十年,一語始得確解,可見注詩之不易矣。

要約明暢

要約明暢,是注釋的基本要求。

注釋宜簡明切要,力避繁瑣。《漢書·藝文志十》云:"後世經傳既已乖離,博學者又不思多聞闕疑之義,而務碎義逃難,便辭巧説,破壞形體;説五字之文,至於二三萬言。後進彌以馳逐,故幼童而守一藝,白首而後能言。"顏注:"言其煩妄也。桓譚《新論》云,秦(近)〔延〕君能説《堯典》,篇目兩字之説至十餘萬言,但説'曰若稽古'三萬言。"這類煩妄的注解,自漢及清,一直存在,不少有關《詩經》、《楚辭》的注釋,尤爲煩瑣。《毛傳》、《鄭箋》,皆要言不繁,至唐人孔穎達作疏,則稍爲繁雜,是以陳澧《東塾讀書論學札記》云:"《詩》疏實有令人生厭處。"《文心雕龍·論説》云:"若夫注釋爲詞,解散論體,雜文雖異,總會是同。若秦延君之注《堯典》,十餘萬字;朱普之解《尚書》,三十萬言,所以通人惡煩,羞學章句。若毛公之訓《詩》,安國之傳《書》,鄭君之釋《禮》,王弼之解《易》,要約明暢,可爲式矣。"

劉勰提出的"要約明暢"四字,是注家理應遵循的準則。劉知幾《史通·補注》稱譽《後漢書》"簡而且周,疏而不漏",亦可視爲注釋的主要標準。注釋之繁簡要恰到好處,過繁,則意旨難以突出;過簡,則内容容易遺漏。鄭樵《通志略·藝文略第一》謂不善解經之注家,"苟爲文言多而經旨不見,文言簡而經旨有遺"。朱熹云:"漢儒注書,祇注難曉處,不全注盡本文,其辭甚簡。"(《朱子語類》卷一五)朱氏之語,更爲後世注家指明取向。韓愈《進學解》云:"記事者必提其要,纂言者必鉤其玄。"提要鉤玄,是爲行文之標的。詩是高度濃縮的文學語言,爲詩作注釋,行文尤應簡潔明白,辭約旨豐,盡力做到文無賸語。

切忌繁瑣。經注的繁瑣風氣,無疑也影響到後世的詩歌注釋。鍾駕鼇《選詩偶箋》凡例謂"說經貴乎簡嚴,說詩不嫌繁碎"。繁碎,實亦説詩之忌。《文選》中之詩,李善注繁簡適當,可爲標式,而五臣注卻稍覺蕪雜了。歷代注杜,亦每見冗注,本來不須注釋的卻連篇累牘地徵引。如杜甫《秋日夔府詠懷奉寄鄭監審李賓客之芳一百韻》詩"伏臘涕漣漣"句,趙次公《杜詩先後解》注中批評舊注云:"杜田引《曆忌釋》及《左傳》、《風俗通》等三百餘言,卻成'伏'與'臘'門類之書……而何至支離引證之多邪?"楊倫《杜詩鏡銓》指斥仇兆鼇注"月露風雲,一一俱煩疏解,尤爲可笑"。蔣寅《金陵生小言》卷七亦云:"自黄山谷謂杜詩無一字無來處,後人迷信其說,注杜多穿鑿。《又呈吳郎》'無食無兒一婦人'一句,仇兆鼇注竟引三書爲出典。賈誼《新書》:'大禹曰:"民無食也,則我弗能使也。"'《晉書》:'皇天無知,鄧伯道無兒。'宋玉《神女賦》:'見一婦人。'不知此類常言,究有何本。"[5]可謂切中要害。

瑣屑饾飣,無當宏旨,現代箋注家亦每有此弊。如齊濤《韋莊詩詞箋注》中,《河清縣河亭》詩"竟日衷腸似有刀"句,"竟日"一詞,齊注云:"竟日,整日,終日。《列子·説符》:'不笑者竟日。'劉義慶《世説新語·言語》:'(張天錫)爲孝武所器,每入言論,無不竟日。'庾信《詠畫屏風》詩:'竟日坐春臺,芙蓉承酒杯。'杜甫《觀安西兵過赴關中待命》詩:'竟日留歡樂,城池未覺喧。'"一個極普通的時間詞,竟引録四個出處,以洋洋百餘言釋之,徒費筆墨。又如《三堂東湖作》詩首句"滿塘秋水"四字,齊注云:"沈烱《六甲》詩:'戊巢花已秀,滿塘草自生。'毛文錫《醉花間》詞:'春水滿塘生,鸂鶒還相趁。'《莊子·秋水》:'秋水時至,百川灌河。'劉眘虛《潯陽陶氏別業》詩:'霽雲明孤嶺,秋水澄寒天。'白居易《池上早秋》詩:'荷芰綠參差,新秋水滿池。'又,《龍昌寺荷池》詩:'冷碧新秋水,殘紅半破蓮。'"(6)如果要把韋莊之前歷代詩文中有"滿塘"、"秋水"字樣的句子全都摘錄出來,恐怕還要花好幾頁紙,大類於秀才書驢券了。通過電腦檢索,這樣的工作也不難做,但於讀者卻毫無裨益,還加重購書的消費負擔。

郭紹虞《杜詩鏡銓·前言》又指出:"前人之注杜固然病在鑿與繁,但是除了一些無識的注家援引僞作《杜詩事實》一類之書以外,一般都有一些特點可作參考之資。"(7)這也是平情之論。注釋過於詳盡,每被譏爲繁瑣蕪雜,但多徵典實,廣搜衆說,資料豐富,信息量大,對於研究者來說,則更便於取舍運用。書到用時方恨少,"書"字可易爲"注"字。如楊倫《杜詩鏡銓》,向以精簡著稱,對於今人來說,其注釋就顯得太簡略了,僅持此書,恐怕無法讀通杜詩。俞國林《吕留良詩箋釋》,"箋"中所引資料極爲豐富,内容充實,讀者亦不厭其繁。箋注之文,無論繁簡,最主要的還是要得當。宜繁則繁,可簡則簡,視具體情況而定,不可一律以求之。

前人注詩,常把一些常識性的語詞典故略而不注。《四庫全書總目》卷一九一余蕭客《文選音義》提要,指注者"鈔撮習見,徒溷簡牘"。"如《賢良詔》'漢武帝'下注:'向曰:《漢書》云,諱徹,景帝中子。'《洛神賦》'曹子建'下注曰:'武帝第三子。'世有不知漢武帝、曹子建而讀《文選》者乎?"洪業《杜詩引得序》亦謂"月露風雲,字句自明,無煩以典故爲注解者,闕焉"。又如

《四書》，是古代學人必須熟讀的經典，前人詩中所用《四書》詞語典故，每略而不注。徐嘉《顧詩箋注·凡例》："《五經》、《論語》，家絃戶誦者，用李善《文選》注例，略引未全。"靳榮藩《吳詩集覽·凡例》特別聲明："《四書》字不注。"但這些古代家絃戶誦的"常語"，今天的讀書人恐亦不甚了了。是以注家必須辨明，哪些詞語必須注，哪些可注可不注，哪些須詳注或簡注，哪些不須注。注釋或博洽，或簡約，應視具體情況而定；選注本與詳注本的要求亦各有不同，亦須視讀者對象而分別對待。

貼　切

貼切，指注釋要與題意、句意以及全詩意旨切合。在正確理解詩歌每字每句的基礎上，力圖每個注文都能符合詩意。首先，要切題。古人作詩，內容與題目是切合的，注家也一定要審清題意，理解詩旨，纔著手字詞句子的注釋，否則易致誤解，不如無注。如孟郊《臥病》詩"春色燒肌膚"一語，韓泉欣《孟郊集校注》引陳延傑《孟東野詩注》云："言春色鮮妍，如火如荼，故云燒肌膚也。"按，題爲"臥病"，春色，語意相關，實謂發高熱，皮膚潮紅也。今稱生病發熱爲"發燒"，可證。又如歐陽修《柴舍人金霞閣》詩："緩步應多樂，壺歌詠太平。"壺歌，《後漢書·祭遵傳》："遵爲將軍，取士皆用儒術，對酒設樂，必雅歌投壺。"柴舍人理軍事，用此典甚切。王世貞《答贈戚都督二十韻》詩"壺歌憶祭遵"亦用此典。洪本健《歐陽修詩文集校箋》箋注則引《世說新語》王敦詠魏武詩擊缺唾壺之典以釋之，何有"詠太平"之意？又，蘇軾《書艾宣畫四首》之《黃精鹿》詩,本為題畫之作,查慎行《補注東坡編年詩》題注云:"雷斅《炮炙論》:凡取鹿茸,以黃精自然汁浸兩晝夜,免渴人也。"注與詩題詩意全無干係,反而破壞了詩中"春山鹿養茸"的幽美意境,故四庫館臣譏為"舛誤"。吳文英《花心動·柳》詞:"斷腸也,羞眉畫應未就。"吳蓓《夢窗詞彙校箋釋集評》箋釋云:"'羞眉畫應未就',指月未上。'眉',指眉月。暗用歐陽修《生查子》詞意:'月上柳梢頭,人約黃昏後。'月未上,人無約。盼歸意。'羞眉',想見新嫁娘神情,風姿綽約。"詞意本唐人孫魴《楊柳枝》詞:"要與佳人學畫眉。"純是寫楊柳之葉如眉,箋釋云云,真是想入非非,全失詞旨。劉辰翁《鷓鴣天·和謝胡盤居覘橘為壽》詞:"為曾盤裏承青眼,一見溪頭道勝常。　商山樂,又相羊。上方不復記傳觴。"吳企明《須溪詞》校注謂"商山樂",指《漢書》中商山四皓。謂"上方"指天上仙界,"傳觴"指《穆天子傳》所載周穆王觴西王母於瑤池之事。按,全詞均著意於題中之"橘"字。牛僧孺《玄怪錄·巴邛人》載,巴邛人家橘園有二大橘,剖開,每橘有二老叟,皆相對象戲,一叟曰:"橘中之樂,不減商山。"因稱象棋之戲為橘中之樂。又,"上方"句,指當年朝廷賜宴賞橘之事,與上闋"盤裏"呼應。注不切題,全詞主旨皆失。

　　古人用字精切,一字不可移易。是以注釋亦要準確,字字句句落到實處。在前人的注釋中,往往有與詩意無關的考證,繁瑣的徵引,連篇累牘,致使讀者茫然無所適從。如顏延年《贈王太常》詩:"玉水記方流,璇源載圓折。"李善注引《尸子》曰:"凡水,其方折者有玉;其圓折者有珠也。"意已甚清晰。余蕭客《文選音義》補注曰:"王定保《摭言》:白樂天及第省試《玉水記方流》詩。"引五代人著作,已是以後注前,所引內容,乃枝蔓而非根本,故《四庫提要》譏爲"旁引浮文,苟盈卷帙"。又如高適《東平旅遊奉贈薛太守二十四韻》詩"遺墟當少昊,懸象逼奎婁",劉開揚《高適集編年箋注》云:"《禮記·月令》:'仲春之月,日在奎。'注:'仲春者,日月會於降婁,而斗建卯之辰也。'疏:'降,降也;婁,斂也。言萬物降落而收斂。'《爾雅·釋天》:'降婁,奎婁也。'注:'奎爲溝瀆,故名降。'"王維堤指出:"少昊之墟即曲阜,奎、婁皆星宿名,懸象謂星辰,逼者近也。……如劉注那樣解釋,未免太艱深周折,也完全不符合原詩之意。"[8]注釋的目的是要使人明白,劉注不惟周折,且一般讀者亦不知所謂。注文須一語中的,毋瑣屑,毋枝蔓。如吕留良《贈丘將軍維正》詩"南山射虎短衣隨",俞國林《吕留良詩箋釋》引《史記·李將軍列傳》:"李廣居藍田南山中射獵,……廣出獵,見草中石,以爲虎而射之,中石没鏃,視之石也。"及杜甫《送舍弟頻赴齊州》詩"短衣防戰地,匹馬逐秋風"注之,何不逕引杜甫《曲江三章章五句》其三"短衣匹馬隨李廣,看射猛虎終殘年"、陸游《過采石有感》詩"短衣射虎早霜天,歎息南山又七年"以注?

劉知幾《史通》有《浮詞》篇,力陳史書中浮詞之害。又《書志》篇云:"若乃前事已往,後來追證,課彼虚説,成此游詞。"史家忌作浮詞、游詞,注釋家亦應力避之。浮詞、游詞,指的是虚浮的,累贅的,似是而非的文辭。注釋的内容,表面看來似無錯誤,但與原意關係不大,甚至脱離原意者,亦可稱爲浮詞、游詞。尤其是注釋詞語出處,更應準確貼切,不能隨意牽合。《王直方詩話》:"注杜詩出處之誤"條云:"近世有注杜詩者,注'甫昔少年日',乃引賈少年。'幽徑恐多蹊',乃引《李廣傳》'桃李不言,下自成蹊'。'絶域三冬暮',乃引東方朔'三冬文史足用'。'寂寂繫舟雙下淚',乃引《賈誼傳》'不繫之舟'。'終日坎壈纏其身',乃引《孟子》'少坎坷'。'君不見古來盛名下',乃引《新唐書·房琯贊》云'盛名之下爲難居'。真可發觀者一笑。"引文雖無大誤,然與原詩祗在字面上相同或近似,而非詩人所用典故的確切出處,且語多枝蔓,故可算是游詞。

以常意注釋常意,亦屬浮詞之列。如王沂孫《掃花游·綠陰》詞:"小庭蔭碧,遇驟雨疏風,臙紅如掃。"吳則虞《花外集》箋注:"此用孟浩然《春曉》:'夜來風雨聲,花落知多少。'"風雨落花,詩詞中慣見之境,吳注直指王詞語出孟詩,亦甚無謂。常意而牽合典故以實之,更屬浮詞衍注。如周邦彥《側犯》詞"暮霞霽雨,小蓮出水紅妝靚",孫虹《清真集校注》注云:"小蓮句,《北史》卷十四《馮淑妃傳》:'馮淑妃名小憐,……慧黠能彈琵琶,工歌舞。《太平御覽》卷九七五《果部·蓮》引《三國典略》曰:'周平齊,齊幼主、胡太后等並歸於長安。初,武成殂後有謠云:'千錢買果園,中有芙蓉樹。破券不分明,蓮子隨他去。'調甚悲苦,至是應焉。又曰:'高緯所幸馮淑妃,名小憐也。'憐,諧音蓮。"按,兩句純爲寫景,小蓮,初開的蓮花而已,與馮小憐流亡之典了無干涉,僅注何遜《看伏郎新婚》詩"霧夕蓮出水"足矣。

作注釋不是編詞典。詞典須把每詞各種義項都一一列出,而作注釋,一般祗能取其一解,更不應模棱兩可。賈島《重酬姚少府》詩"百篇見刪罷,一命嗟未及",黃鵬《賈島詩集箋注》注釋云:"百篇見刪,蓋指浪仙所輯自作之詩,請姚合刪改,浪仙爲刪改結果感歎;或姚合贈奉自己的詩集,請浪仙刪改,刪改後,浪仙發出衷心感佩。二意俱通。'一命',意極含混,姑列數義以俟擇別。"接着羅列"任命"、"最低的官階"、"相同命運"、"一生"等四個義項讓讀者選擇。⁽⁹⁾其實本詩詩意極明確。賈島投詩姚合,有干祿之意,未能得官,因有此歎。且"見刪"之"見",是表示被動語態的,怎能說是"請浪仙刪改"呢?《代邊將》詩"來書絶如焚",黃注列出"書信如被火焚過絶無訊息"、"由於書信斷絶而心急如焚"兩解讓讀者選擇。注者作爲專門的研究家,都拿不定主意,而把疑難推給讀者,這是不負責任的態度。又如蔣捷《糖多令・壽東軒》詞:"金盞倒垂蓮。歌搖香霧鬟。任芙蓉、月轉朱闌。"楊景龍《蔣捷詞校注》注引楊萬里詩"長亭更放金荷淺",謂"指開懷暢飲,傾倒金荷酒杯",又云:"或謂此句指一種舞蹈,金盞倒垂,形容舞女蓮步。"又引《南史》潘妃"步步生蓮花"以證之。按,應引歐陽修《玉樓春》詞:"大家金盞倒垂蓮,一任西樓低曉月。"若需詳注字面出處,可再引庾信《北園新齋成應趙王教詩》:"蓮開長倒垂。"楊注"舞女蓮步"之說,枝蔓且謬,注云"或謂",未知誰謂? 未詳所以,若是注家已見而未敢確定之託辭,則似欠嚴謹。又如陳獨秀《夜雨狂歌答沈二》詩:"滴血寫詩報良友,天雨金粟泣鬼母。"有注本云:"金粟,釋義有五:① 金錢及糧食。② 佛名,金粟如來的簡稱。③ 桂花的別稱,以其花蕊如金粟點綴。④ 燈花。⑤ 度量衡的尺上或首飾上的金星。此處當指桂花。"⁽¹⁰⁾所列五個義項皆不着邊際,而真正的典故出處卻沒有注出來,應注出《淮南子・本經訓》:"昔者蒼頡作書,而天雨粟、鬼夜哭。"李賀《春坊正字劍子歌》:"提出西方白帝驚,嗷嗷鬼母秋郊哭。"戴良《秦鏡歌》:"秦鏡團團晝飛入,至今鬼母夜深泣。"若不知出典,則不能領會詩意。又如蔣捷《秋夜雨》詞:"紅麟不暖瓶笙噎。爐灰一片晴雪。"楊景龍《蔣捷詞校注》云"紅麟,紅色的暖爐","或謂指燒紅的麒麟炭"。按,蔣詞意全本蘇軾《贈月長老》詩:"白灰如積雪,中有紅麒麟。勿觸紅麒麟,作灰維那瞋。"那就應明確指出爲麒麟形的獸炭。注釋,尤其是普及性質選本中的注釋,要盡可能清晰明確,不要作含糊的不確定的解釋,也不要羅列諸說而無注家個人的見解,致使讀者無所適從。前人若有異說的,可別列出來,讓讀者參考。

氣　貫

　　注釋詩歌,尤其是古風與詞,要注意上下語氣的連貫。歸莊《玉山詩集序》云:"余嘗論詩,氣格聲華,四者缺一不可。四者中,以氣爲首。"全詩是一個整體,各句是有機聯繫的,一以氣貫之,氣貫則形神相契,動靜結合,此爲作詩要法,亦爲讀詩要旨。注家之注,切忌破碎文意,逐字逐句作注。如黄遵憲《感懷》詩:"吁嗟兩楹奠,聖殁微言絕。戰國諸子興,大道幾滅裂。劫灰出秦燔,六籍半殘缺。"錢仲聯《人境廬詩箋注》初版注,第二句引劉歆《移讓太常博士書》,第三句引《漢書·藝文志》,第四句引《莊子》,第五句引《初學記》、《史記·秦始皇紀》、劉歆《移讓太常博士書》,第六句引班固《東都賦》、《漢書·藝文志》。古直撰《人境廬詩草箋注跋》指出:"詩意原出《漢書·藝文志》《志》云:昔仲尼没而微言絕,七十子喪而大義乖。戰國縱横,真僞紛争,諸子之言紛然淆亂,至秦患之,乃燔没文章,以愚黔首。與《儒林傳》也。《儒林傳序》云:及此秦始燔詩書,殺術士,六學從此缺矣。"批評錢注"破碎滅裂,詩意全失"。錢氏或未留心古氏之說,此書再版時仍未能據以修改。

　　詩歌是美文,宜以美辭釋之。古人注釋中每有疏解詩意者,如鄭氏箋《詩》,王逸注《楚辭》,趙次公注杜,任淵注黄,傅幹注蘇詞,均辭旨暢達,語言優美。劉知幾《史通·補注》云："既而史傳小書,人物雜記……文言美辭,列於章句,委曲敍事,存於細書。此之注釋,異夫儒士者矣。"連史注都可以美辭行文,注詩家更應努力爲之。

蔡夢弼《杜工部草堂詩箋跋》述其箋釋之例："先正其字之異同,次審其音之反切,方舉作詩之義以釋之,復引經子史傳記,以證其用事之所從出。"即先校勘文字,再正字音,然後隨文釋義,得詞語之確解,然後纔引典籍證其出處。陳衍《致龍榆生書》云："注詩頗難。不如先注其出正史者,次則諸子,次則大家詩集。"錢鍾書《管錐編·左傳正義·隱公元年》對注釋的方法作了全面深入的分析："乾嘉'樸學'教人,必知字之詁,而後識句之意,識句之意,而後通全篇之義,進而窺全書之旨。雖然,是特一邊耳,亦衹初桄耳。復須解全篇之義乃至全書之指('志'),庶得以定某句之意('詞'),解全句之意,庶得以定某字之詁('文');或並須曉會作者立言之宗尚、當時流行之文風,以及修詞異宜之著述體裁,方概知全篇或全書之指歸。積小以明大,而又舉大以貫小;推末以至本,而又探本以窮末;交互往復,庶幾乎義解圓足而免於偏枯,所謂'闡釋之循環'者是矣。"錢氏此論極爲重要。注家既要見樹木,更要見森林。乾嘉學者由小而及大,由一字一詞而及全篇之旨,自是注釋的應有之義。錢氏所強調的是,注家必須有全局觀念,得詩人之"志",方能真正通詩之"義",得全詩之"義",方能真正通其文詞。衹有相輔相成,纔能完整地理解全詩。詩歌注釋,要盡量蒐集前代注家及評論者衆說,析出其中精闢的見解,加以肯定並闡明。所以說,注釋,不是簡單地疏通文義,還要體現注釋者的獨立見解,注釋實際上也是一種創作。

《禮記·中庸》云:"君子尊德性而道問學,致廣大而盡精微,極高明而道中庸。"注家若能秉持中庸之道,既廣大復精微,或可臻高明之境矣。

(1) 蔣寅《金陵生小言》,廣西師範大學出版社,2004年版,第439頁。
(2) 陳寅恪《馮友蘭中國哲學史審查報告》,《金明館叢稿二編》,上海古籍出版社,1980年版,第285頁。
(3) 朱光潛《詩論》,正中書局,1948年版,第48頁。
(4) 胡守仁《對陳永正〈黃庭堅詩選〉注釋的意見》,《江西師範大學學報》1987年第2期。
(5) 蔣寅《金陵生小言》,廣西師範大學出版社,2004年版,第154頁。
(6) 齊濤《韋莊詩詞箋注》,山東教育出版社,2002年版,第7頁
(7) 郭紹虞《杜詩鏡銓·前言》,《杜詩鏡銓》,上海古籍出版社,1962年版,第2頁。
(8) 王維堤《古詩注釋的幾個問題》,《古籍整理與研究》第四輯,上海古籍出版社。
(9) 黃鵬《賈島詩集箋注》,巴蜀書社,2002年版,第39頁。
(10) 安慶市陳獨秀學術研究會編《陳獨秀詩存》,安徽教育出版社,2003年版,第26頁。

釋意章第三

　　兩千年來，傳注、箋解、義疏之學，從歷史的、政治的、哲學的、文學的層面上對古代典籍作出解釋，已形成一整套詮釋經典的學問，也成爲歷代讀書人必修的學問。《易·解》之義，首在"解難濟險，利施于衆"；注釋之學亦復如是，其最基本任務是準確闡明作品的真實內容及意義，排難去惑，以使讀者能明白理解。前代學者對注釋的目的與內容作過系統的論述。《文心雕龍·事類》云："事類者，蓋文章之外，據事以類義，援古以證今者也。"古人撰述，每取資經典，是以黃侃《文心雕龍札記·事類》補充云："道古語以剴今，道之屬也；取古事以託喻，興之屬也。意皆相類，不必語出於我；事苟可信，不必義起乎今。引事引言，凡以達吾之思而已。"又云："逮及漢魏以下，文士撰述，必本舊言，始則資於訓詁，繼而引錄成言，終則綜輯故事。"這幾段話説的雖然是文人撰述的情況，其實已把注釋之旨揭出：一是字詞的訓詁，二是"成語"的出處，三是典故的來由。馮浩《玉溪生詩集箋注·發凡》云："徵典爲注，達意爲箋。"徵典與達意，實爲注釋之要義。徵典，務求完備，達意，務求深透。一般來説，典故的來由，多引四部及釋道等典籍中的文字以注，而於詩句的出處，沿波討源，還需引詩注詩。通過注釋，窮源竟委，查明作品之中,其內容與技法何者屬原創,何者爲因襲,何者覷天巧,何者仗人工,祇有好好解決這些問題,纔能正確理解傳統詩歌中繼承與創新的關係,對當代的詩詞創作亦不無裨益。

古代詩歌的注釋是必要的。胡震亨《唐音統籤》卷三二云:"唐詩不可注也。詩至唐,與《選》詩大異,說眼前景,用易見事,一注詩味索然,反爲蛇足矣。有兩種不可不注:如老杜用意深婉者須注明,李賀之譎詭、李商隱之深僻及王建《宮詞》自有當時宮禁故實者,並須作注,細與箋釋。"畢沅《杜詩鏡銓序》又謂杜詩"不可注","後人未讀公所讀之書,未歷公所歷之境,徒事管窺蠡測,穿鑿附會,刺刺不休,自矜援引浩博,真同癡人說夢。於古人以意逆志之義,毫無當也。此公詩之不可注也。"胡氏之論,並不是真的說唐詩不可注,而是說淺近者不須作注,如馮集梧《樊川詩集注自序》所云:"牧之語多直達,以視他人之旁寄曲取而意爲辭晦者,迥乎不侔。……茲故第詮事實,以相參檢,而意義所在,略而不道。"對一些較爲直白的詩歌,就不一定要詳解其意旨,而用意深僻者及當時故實則須詳細箋釋。胡氏所謂"用易見事"者,對今人來說,也許不"易見"了,故須就具體情況而定。古人讀詩,或可無注;今人讀詩,則不可無注。詩中的名物典故,於古人是常識,於今人則不能通曉。近年一些學者的論著,其中每有常識性的謬誤,迹其緣由,就在於沒有讀懂原作。古來詩歌總集及名家別集甚多,而注本所占的比例極少,詩歌注釋工作時至今日,已成興滅繼絕之業,大有可爲。至於畢氏之言,祇不過是說杜詩之難注而已,目的是警告後學,不要輕易動手注杜。

任淵《後山詩注·目錄》引言云:"讀後山詩,大似參曹洞禪,不犯正位,切忌死語,非冥搜旁引,莫窺其用意深處,此詩注所以作也。""冥搜旁引",爲注家應有之義。鉤深抉隱,探明詩旨,"務使詞語明而詩義彰",是注釋的主要目的。南宋許尹《黄陳詩集注序》云:"予嘗患二家詩興寄高遠,讀之有不可曉者。得君之解,玩味累日,如夢而寤,如醉而醒,如痿人之獲起也,豈不快哉!"注釋如古人所謂幽室夜行,照之列炬,於己於人,均可得益。吳之振刊《瀛奎律髓》序云:"其詮釋之善,則不濫於餖飣,而疏瀹隱僻;其論世則考其時地,逆其志意,使作者之心,千載猶見;其評詩則標點眼目,辨別體製,使風雅之軌,後學可尋。"吳氏提出評注家的具體標準。好的注釋,應把深僻的字詞典故解釋清楚,而不繁蕪瑣碎,還要做到知人論世,發現作者的本心,評詩要揭出要領,使後人有法可循。注釋、評論古典詩歌,用淺近的文言是較爲合適的。文言語彙中的模糊性,似乎更能傳達詩歌複雜的不確定的意藴。

詩歌注釋的内容是多方面的。因應不同時代、作者及注家的情况而又有所側重。古代注家,大致可分爲"尚語"、"尚意"、"語意兼尚"三類。"尚語"者重在釋古語,"尚意"者重在述原意,"語意兼尚"則爲大多數注家之首選。注釋的具體内容,古代注家或在書前"凡例"中説明,每流於繁瑣,近代學者所論則較爲概括簡要。浦起龍《讀杜心解·發凡》云:"凡注之例三:曰古事,曰古語,曰時事。"古事、古語,即"古典";時事,即"今典"。汪國垣《注古人詩文》云:"注古人詩文,徵事第一,數典第二,摘句第三,平文第四。"所謂"徵事",汪氏認爲是"指與作者及本文事實,非注不明者";數典,謂注明典故;摘句,謂解釋詞句;平文,謂評論詩文。陳寅恪《柳如是別傳·緣起》指出:"自來詁釋詩章,可别爲二:一爲考證本事,一爲解釋辭句。質言之,前者乃考今典，即當時之事實；後者乃釋古典，即舊籍之出處。"說明當時的情事，即注出所謂"今典"。今典，可包括兩方面內容，一是個人的，如寫詩時的心情、環境，以及個人的交遊、經歷等等，若不注出，他人無從知曉。二是社會的，當時所發生的大小事情，不一定備載於史籍，若不注出，後世亦難盡悉。高明的詩家，往往把古典和今典交迭使用，或如《南齊書·文學傳論》所謂"全借古語，用申今情"者，陳氏所謂的"古典字面、今典實指"者，尤須細考。錢仲聯《後村詞箋注》，注者在"前言"中說明，箋注內容有三："一是箋釋作品的本事和有關交遊等，是爲了知人論世。""二是注釋作品所引的故實詞語，如山川、地理、官制、典故出處，運用前人詩詞句等都是。"三是"把可以明確考訂其寫作年月的，編年排列"。[1]楊伯峻"將注釋的內容大致定爲字音字義、語法規律、修辭方式、歷史知識、地理沿革、名物制度和風俗習慣等"。[2]關於"注"所包括的內容，郭紹虞有很中肯的解釋："我所謂注，是包括注和解和評三方面的。注以明其義，解以通其旨，評以闡其志和論其藝，所以注則重在學，解則重在才，而評則於才學之外，更重在識。"[3]陳伯海主編《唐詩學》中對注釋之學亦有精到的見解。文中認爲："注"，主要是名物訓詁；"解"，即段落結構分析；"釋"，是釋義；"箋"，著重在引證詩句中詞語和典故出處。"注、解、箋、釋結爲一體，形成我國固有的解釋學系統。"[4]張三夕又把注釋內容分爲注音、釋義、闡述語法、說明表現方法及修辭手段、闡釋其他文化知識等五個內容。[5]

綜上所述，廣義的詩歌注釋，具體內容大致可歸納爲以下九個方面：

一、訓詁字詞。包括對字音、字義以及名物、地理、職官、典制等方面的解釋。

二、揭示用事。包括使用典故及化用"成語"。

三、考訂史實。史事的考辨、訂證。包括詩人所處的時代、創作背景及其生平事迹、經歷、交遊等。可編纂"年譜"。

四、疏解詩意。疏通文字,解釋詩句,闡發奧義,揭露心志。亦可作串解或今譯。

五、探求詩法。包括字法、句法、章法以及各種修辭手段。

六、評論賞析。包括圈點、眉批、題解、評述、議論、鑑賞等。

七、補漏辨正。詩歌文本的輯佚及各種資料的彙輯、補輯、辨析、糾謬、辨偽、訂正等。可編纂"資料彙編"。

八、校勘文字。搜集版本,條列異文,審定正誤。可出"校記"。

九、闕疑待考。有疑未決,則付闕如,標明"待考",以俟後來。

以上九項,不是孤立的,而是互相關聯的。注釋的要點,約言之,不外是解釋與評論兩端,而注釋的最終目的就是揭示作品中蘊涵的原意。

原　意

《後漢書·鄭玄傳》所引鄭玄戒其子益恩之書云:"但念述先聖之元意,思整百家之不齊。"二語已把箋注的目的闡述得很清楚:一是要把原作者的"元意"表述出來,二是要把各家各説加以整理,以成自己一家之言。整理和箋釋經典,是鄭氏的志願,也是他畢生從事的工作。

元意,即原意、本意,是詩人創作時所確立的主旨。孔子云:"言以足志,文以足言。"(《左傳·襄公二十五年》引)認爲語言、文字是有意圖的,注釋家也希冀與作者的意圖同一,並傳達給讀者。章學誠《文史通義·史注》云:"古人專門之學,必有法外傳心。"故史注可明述作之本旨,其爲用甚鉅。詩歌注釋也是專門之學,所傳者惟詩人之心志而已。詩,是很奇妙的文體,即使能認識每一個字,弄通每一個典故,考證出每一個有關史實,還是不一定能真正理解詩意。王夫之《薑齋詩話》卷上云:"作者用一致之思,讀者各以其情而自得。"張爾田《玉谿生年譜會箋》卷四云:"同一詩也,此解之而通,彼解之亦通,則無爲定論。"同一詩,理解亦因時因地因人而異。勃蘭兌斯《十九世紀文學主流》云:"文學史,就其最深層的意義來說,研究人的靈魂,是靈魂的歷史。"然而企圖"用學術的方法來復活那個已逝的世界",已是奢望;企圖返回歷史的原點,"還原"古人的真實生活及思想,更屬妄作。注家衹能努力進入詩人之精神世界,盡可能去理解其主體意識,揭示隱藏在詩句深處中的孤獨的靈魂。至於能否確立客觀的、標準的詮釋?當代學者似乎是一邊倒地作出否定的答案,而在中國古代所有的注釋家都在做那似乎是不可爲的事情。

《春秋繁露·精華》云:"《詩》無達詁,《易》無達占,《春秋》無達辭。從變從義,而以一奉人。"《詩汎曆樞》作"《詩》無達詁,《易》無達言,《春秋》無達辭"。《説苑·奉使》又引《傳》曰:"《詩》無通詁,《易》無通吉,《春秋》無通義。"可見"《詩》無達詁"一語,漢代經師早已熟知,董仲舒提出一"變"字,目的是要變而能通。"詩無達詁",漢儒董仲舒此語常爲論者引用,在兩千年的詩歌詮釋史中影響深遠。董仲舒所謂的"詩",是成了儒家經典的《詩經》,漢儒解經，志在闡明義理，發其微言大義，因時所需，隨心所欲，所以強調"詩"是不能明白而準確地解釋的。錢鍾書《談藝錄·補訂》云："《春秋繁露·竹林》（按，"竹林"當爲"精華"）曰：'詩無達詁'，《説苑·奉使》引《傳》曰：'詩無通故'，實兼涵兩意，暢通一也，變通二也。詩之'義'不顯露，故非到眼即曉，出指能拈；顧詩之義亦不游移，故非隨人異解，逐事更端，詩'故'非一見便能豁露暢'通'，必索乎隱，復非各説均可遷就變'通'，必主於一。既通正解，餘解杜絶。"錢氏之説，真可謂通而能達者，變通最終目的還是董氏所説的"一"。無論是鄭玄、董仲舒還是古往今來的注釋家，萬變而不離其宗，均力圖以義一其歸，即錢氏所要求得的"正解"，洞"言外"以究"意内"。但錢氏同時亦警告注家，勿隨意立説，強作解人。

宋人沈作哲《寓簡》云："《詩》之作也，其寓意深遠，後之人莫能知其意之所在。因《詩序》而知耳。"《詩序》對詩意雖然作了權威的解釋，但依然受到後世學者的不斷質疑，至今仍是各説紛紜，未有定論。如《詩》説，於毛、鄭之外，尚有齊、魯、韓三家，《漢書·藝文志》已云三家之説，"或取《春秋》，采雜説，咸非其本義"。即以《關雎》爲例，自漢及今，解者甚衆。此詩在字面上頗爲顯淺，稍涉舊學者皆能理解其意，而其所謂"本義"卻各家各説，莫衷一是。《大序》云："《關雎》，后妃之德也。"《魯詩》云："后、夫人雞鳴佩玉去君所，周康王后不然，故詩人歎而傷之。"意謂康王晏朝，故詩人作諷。《後漢書·明帝紀》："昔應門失守，《關雎》刺世。"李賢注引《春秋説題辭》曰："人主不正，應門失守，故歌《關雎》以感之。"又引宋均云："《關雎》樂而不淫，思得賢人與之共化，脩應門之政者也。"又引薛君《韓詩章句》曰："詩人言雎鳩貞絜慎匹，以聲相求，隱蔽於無人之處。故人君退朝，入於私宮，后妃御見有度，應門擊柝,鼓人上堂,退反宴處,體安志明。今時大人内傾於色,賢人見其萌,故詠《關雎》,説淑女,正容儀,以刺時。"朱熹《詩集傳》云:"周之文王生有聖德,又得聖女姒氏以爲之配。宫中之人,於其始至,見其有幽閒貞静之德,故作是詩。"及至清代,説者益多,如崔述《讀風偶識》云:"言夫婦也,乃君子自求良配而他人代寫其哀樂之情耳。"方玉潤《詩經原始》謂爲民間之詩,賦初昏;魏源《詩古微》輯得《韓詩序》佚文,謂爲"刺時也",並坐實爲"刺紂王";近代學者或認爲是結婚歌,或認爲是求愛詩,不一而足。歷兩千餘載,而"正解"難求。

何謂"正解"? 正解是惟一的,即詩人創作時的本意。如上文所言,後世所有的解釋,都是揣測的,外加的,是因時因地因人而產生的各種意義,各自修行,各自領悟,亦即鄭玄所謂"百家不齊"。"正解"難求而注家卻一意求之,知難而進,兩千多年來,注家最主要的指導思想就是孟子所謂"知人論世"與"以意逆志"。

知人論世　以意逆志

知人論世。以此尚友,以此尚論古人,以此修身,以此得明世道。注家面對古代詩人詩作,首要問題,就是要深入了解當時的社會、政治、文化、習俗等情況,作者的處境及其思想感情,他在怎樣的環境下生活,經歷過怎樣的重大事件,思想發生怎樣的變化等等。對這一切,要懷着理解與同情之心。研究詩歌,應將詩歌創作置於文化生態視野之下,探究中國社會文化生態環境變遷與詩歌創作之間的内在關係,深入探討其生存狀態、創作成就、文學意義、文體特徵、審美傾向和風格流變等問題;注釋詩歌,亦須探討詩人創作的整體概貌、發展歷程,依託歷史背景,分析其風格的紛紜變換;詩歌與時代風會密切相關,反映了社會、經濟、思想文化、生活方式等諸多方面的變遷,詩中還會涉及大量的人事,人與事的關係錯綜複雜,也需一一理清,是以知人論世,極爲重要。章學誠《文史通義·文德》云:"不知古人之世,不可妄論古人文辭也。知其世矣,不知古人之身處,亦不可以遽論其文也。"知其世,誦其詩,方得尚友古人,明其心迹。王國維《玉谿生詩年譜會箋序》云:"顧意逆在我,志在古人,果何修而能使我之所意不失古人之志乎?"又云:"是故由其世以知其人,由其人以逆其志,則古人之詩,雖有不能解者,寡矣。漢人傳《詩》,皆用此法。"這裏所謂的"法",不是具體的技法,而是理解問題的思想方法,王氏認爲在論世與知人的基礎上,就能以己之意去逆古人之志。

《書》曰"詩言志",子曰"詩以達意",所謂"志",既指"文以載道"之"道",亦是詩人個體的生命意志。"以意逆志"之"意",究竟是詩中之"意"還是讀者心中之"意",雖然各家各説,但注家多是要用自己之"意"去逆詩人之"志"的。趙岐《孟子章句》云:"意,學者之心意也。人情不遠,以己之意逆詩人之志,是爲得其實矣。"宋人姚勉《詩意序》云:"古今人殊,而人之所以爲心則同也。心同,志斯同矣。是故以學詩者今日之意,逆作詩者昔日之志,吾意如此,則詩之志必如此矣。"吾人看到的是與古人同樣的山川,五嶽還是五嶽,三峽還是三峽。遺傳基因和文化傳統決定古人與今人共通的天性,儘管社會環境不斷變化,傳統觀念還是一直延續下來,如陸九淵《雜説》所謂"人心至靈,此理至明。人皆有是心,心皆具是理",心有靈犀一點通,上下千年,神交默會,相視而笑。詩歌,誕生於過去,也延展向未來。是以學詩者、注家都通過求諸自己本心,以求得古詩人之心。

　　心同固佳,可真實的情況是,許多時候,人之心,有如紂之有臣億萬,而心亦億萬,何況代異時移,尤其是近百年來,不斷的變革已使現實社會與文化傳統嚴重撕裂,今人之心與古人之心,同者日少,異者日多。陳寅恪《馮友蘭中國哲學史上册審查報告》云:任何人若"有意無意之間、往往依其自身所遭際之時代,所居住之環境,所薰染之學説,以推測解釋古人之意志","其言論愈有條理統系,則去古人學説之真相愈遠"。陳氏此論用於詩歌解釋,尤爲切當。今之言詩者注詩者亦每有此弊,其所謂"以意逆志",亦即以今人之思想意識去理解古人、推測古人。如柳永《菊花新》詞:"欲掩香幃論繾綣。先斂雙蛾愁夜短。催促少年郎,先去睡、鴛衾圖暖。　　須臾放了殘鍼綫。脱羅裳、恣情無限。留取帳前燈,時時待、看伊嬌面。"薛瑞生《樂章集校注》(增訂本)云:"此詞寫少年夫妻房中之樂,當作於柳永與前妻新婚後不久。至於寫於初結縭之當年或後一二年,資料短乏,則難於確斷,後二首同此,不另注。若論情調,自爲豔科。然若論'淫褻',柳詞更有過於此者。"[6]薛氏把一些此類詞定爲詠妻者,謂歷來解作詠妓皆誤,更認爲這是經過多年研究的獨得之見。按,夫婦關係,是五倫之一,試檢古人爲妻子所作的詩詞,多寫其賢良淑德,即使偶有寫閨房之樂,也絶不作窮形極相的情色描寫,在古代道德文化的背景中,這是丈夫對妻子應有的尊重,詩家詞人絶不會逾越這一底綫。北宋詞人創作,主要是用於宴樂,即使柳三變如何放浪形骸,也不會以自己夫妻間的性事提供給歌妓在大衆面前演唱的。作爲注家,更不應以今度昔,厚誣古人。

不須説到唐宋元明清的陳年舊事,在信息閉塞或被封鎖的時代,一些重大事件,甫隔數十年,已被遺忘或歪曲,當時之心,亦掩蔽於重重迷霧之中,如今相距一二十年的人,已有"代溝",何況相去千百年的古人呢!茫茫今古,兩者之間,更是橫亘着無法逾越的鴻溝,今人實在難以想象和理解古人的處境,亦無法真正求得古人之心。身處斯世,於人心欲求其同者,欲求真得與古爲友者,亦誠難矣。人實難知,志亦難逆,同異之間,實難取捨,更遑論正解之求矣,良可浩歎。

以意逆志,向被稱爲"千古以來讀詩之第一妙法"(陳式《問齋杜意》),要做到却殊爲不易。錢鍾書《管錐編·增訂二》:"孟子所謂'以意逆志',莊子所謂'意有所隨',釋典言之更明。劉宋譯《楞伽經·一切佛語心品》第三:'觀義與語,亦復如是。若語異義者,則不因語辨義,而以語入義,如燈照色。'《一切佛語心品》第四:'依於義,不依文字。……如爲愚夫以指指物,愚夫觀指,不得實義。'"真正的詩人,具有其獨特的詩人氣質,是進取的狂者,也是頽放的癡人;既有淑世情懷,而又遺世獨立;不守故常,多疑善變;有着極其敏鋭的心理感受,更葆有純真的童心。要解釋這些詩人詩作,真如魯迅所譏的"近乎説夢"。陶淵明《讀史述九章》之"屈賈",就説到屈原、賈誼,"逢世多疑",屈原《卜居》亦自言"余有所疑"。多疑,實是二賢的本性。在普通人看來,詩人似乎都是有精神問題的畸人,黄庭堅就曾説詞人晏幾道個性"癡絶"。注家多是受過嚴格的理性知識訓練的學者,邏輯思維特强,是比普通人更正常的人,以正常人的思維去"逆"畸人的詩,無異於爲"癡人"解夢。有些詩人,縱情酗酒,迹近顛狂,畢生處於半醉半醒、半夢半醒的迷亂狀態之中,他們那些"無理而妙"的詩語,夢境般的模糊,在正常人看來,是不合理的,邏輯混亂的,不通的,不知所謂的。而在"狂者"、"癡人"眼中,常人均是愚夫,以愚夫之意,去"逆"狂者癡人之志,欲得其本來就不清不楚的"實義",以致佳詩盡成死句。如王國維所說的"詩人之境界",是與"常人之境界"格格不入的。假如注家也是詩人,如上文"知難章"中所述,其注詩當別有會心之處,但也帶來另一個問題,就是詩人強烈的個性,偏激的觀點,會造成理障,失去公心,妨礙其作出正確的判斷。是以注家既要融入個人感情,又要冷靜和克制,避免被一己之情所左右。

　　過分強調人心之異,則易陷於詩不可解之泥潭;過分強調人心之同,則易誤以一己之心取代詩人之心。祇有深知古今人心之同異,方可言詩,方可注詩;祇有在認可"人同此心,心同此理"的前提下,方可討論"以意逆志"的可行性。歐陽修撰《毛詩本義》,出於"和氣平心,以意逆志";浦起龍《讀杜心解》云:"吾讀杜十年,索杜於杜,弗得;索杜於百氏詮釋之杜,愈益弗得。既乃攝吾之心,印杜之心,吾之心悶悶然而往,杜之心活活然而來,邂逅於無何有之鄉,而吾之解出焉。"學者、注家,"平心"、"印心",以今索古,今古冥合,遂得真解。陳寅恪屢謂對古人須"表一種之同情"、"具瞭解之同情",其《王靜安先生遺書序》又云:"古今中外志士仁人,往往憔悴憂傷,繼之以死。其所傷之事,所死之故,不止局於一時間一地域而已。蓋別有超越時間地域之理性存焉。而此超越時間地域之理性,必非其同時間地域之眾人所能共喻。""神州之外,更有九州。今世之後,更有來世。其間儻亦有能讀先生之書者乎? 如果有之,則其人於先生之書,鑽味既深,神理相接,不但能想見先生之人,想見先生之世,或者更能心喻先生之奇哀遺恨於一時一地、彼此是非之表歟？""同情"二字,已道盡學者求索瞭解之心；"鑽昧既深,神理相接"八字,亦爲注詩家力臻之境。能作善意之解讀,方可逆知作者之心志。

若不能逆知作者之志,注家一切努力都是白費的。黃生《杜詩說》云："竊怪後之説詩者,不能通知作者之志,其爲評論注釋,非求之太深,則失之過淺,疏之而反以滯,抉之而反以翳,支離錯迕,紛亂膠固,而不中窾會。若是者何哉？作者之志,不能意爲之逆故也。"宋代以還,注杜者無論千百家,每一位注家都自以爲能"通知"老杜之志,獨得聖解。如黃生所指出的問題,每一位注家都難以避免。其實,詩是一首一首寫出來的,注家也是一首一首地進行注釋的,老杜之志,不可能都"通知",能大略"逆知"作者畢生之志,以及每首詩中作者企圖表達之志,也就夠了。如老杜一類的大家,衹有通過歷代衆多注家長期努力,一字一句地不斷探索,闡繹每首詩的意旨,融會貫通,逐步取得共識,或有可能接近並認知其全部著作的真相。

何澤棠指出："因一定的具體事件有感而發,采用'賦'的方法,直接敘事、議論、抒情的詩歌,其基本意義可用'知人論世'的方法推斷。""爲作者一時一地之感興而發的詩歌,一般可以單獨采用'以意逆志'方法來解釋其意義。至於使用比興、用典等較曲折隱晦的表現手法來表達作者內心深意的詩歌,則必須在'知人論世'的基礎上使用'以意逆志'。"[7] 概括说明注家使用"知人論世"與"以意逆志"方法的重點。

衹是強調"知人論世"與"以意逆志",很可能會陷入另一窘境,難以自拔。如上所述,詩,是一種非常特殊的文體,詩人,更是一類非常特殊的人群。知人不易,知詩人更難,知詩人之詩尤難。在讀者心目中的詩人形象,是由"詩中人"的形象加上典籍中的紀傳志狀的記載、同時代人及後世對其人的評價、歷代讀者對其詩的理解和評價這幾個因素所構成的。讀者,包括注家,往往把現實中的詩人、自己心目中的詩人形象和"詩中人"這三者等同起來,以爲"言爲心聲","詩即其人",以爲在詩中所體現到的"詩中人"就是真實的詩人自己,知其人則可以逆其志。但事實是,人是非常複雜的,詩比人更爲複雜。首先,詩是真實的,比人真實。人在社會上不免披上面紗,甚至戴着面具,而寫詩時可以成爲赤子,哀樂過人,笑得更真,哭得更切。然而,詩人寫出的詩,往往並不源於他的生活而是來自他的想象,他的思想與精神。詩,是詩人靈魂的升華,幾乎所有詩人,都把自己最好最美的一面融進詩中。詩,要比真實的本人也許要好得多美得多。典籍上不乏這樣的記載,"恨不得與之同時","恨不見其人,一承謦欬",可是,真的見到其人,並與之相處時,恐怕會大失所望了。嚴武欲殺杜甫之事,空穴來風,未必是胡編亂造。朱彝尊《解佩令·自題詞集》云:"老去填詞,一半是、空中傳恨。幾曾圍、燕釵蟬鬢。"這極具哲學意味的"空中傳恨"四字,傳遞了多少信息!鏡花水月,是幻是真? 空中樓閣,無中生有,彈指即現,華嚴境界,存於詩人的夢境中,非箇中人無法領略。李白如是,李賀如是,李商隱如是,甚至某些所謂"現實主義"詩人亦復如是。詩也可能是誇張的、虛構的、失"真"的,有時是"正言若反"的,可是,嚴肅的學者、注家們卻不這樣想,不知佛家所謂的"非有非無"、"非實非虛"之奧義,卻費盡移山心力,企圖把詩人構造的幻影演化爲實在,一定要去"論世",一定要去"逆志",一定要去"破解密碼",總要在無中生出有來,不穿鑿附會者幾希矣。古人如是,今人亦復如是,良可嗟詫。有相當一部分詩,本是詩人佇興之作,神來之筆,"初不用意爲",有似"無標題音樂",祇可意會,難以言詮。以"無題"爲題的詩,更引動古今多少讀者的遐想,但賞其情辭之美足矣,而注家以己之意去"逆"詩人本無之"志",強以比興寄託附會之,則是對詩人及其作品的褻瀆。相信不少詩歌,是在完成之後纔加上標題的,即如本人在十年浩劫時所寫的千百首詩詞,泰半是沒有標題的。諸如"即目"、"即景"、"有感"、"偶成"之類,更算不上是真正的標題。有些作者乾脆把詩首句二字作爲標題。詞,更是如此。有了《浣溪沙》、《念奴嬌》等詞牌就算了,根本不必加標題。王國維謂"詩有題而詩亡,詞有題而詞亡",語似過甚,然不無道理。一些詩人詞人好爲小序和自注,坐實了具體內容,如姜夔詞多長篇"小序",填滿詞意,每爲論者所非議。然而,標題、小序和自注,也許會限制了讀者的想象,但對於注家和研究者來說,卻是最珍貴的第一手資料。還有一些詩詞,祇不過是文字遊戲,有些多產詩人,平生作詩萬首,甚至號稱三、四萬首者,寫詩已成其生活習慣,不少作品並無深意,與老人日常的嘮叨無異,不必認真對待。歷代的紀傳志狀、論者的理解和評價,無論傳世的資料是如何豐富,也多偏見和不實之辭,詩人本身是不可能複製重現的,"詩人形象"存在各人的心目中,有一詩人,就幻化出萬千形象。"知人論世"與"以意逆志",也祇能知其難而勉爲之,如上文所言,但求"盡心"可矣。

命　意

讀詩,注詩,皆應了解詩人命意所在。黃庭堅云:"文章必謹佈置。每見後學,多告以《原道》命意曲折,後以此求古人法度。如老杜《贈韋見素》詩,佈置最得正體,如官府甲第廳堂房室,各有定處,不可亂也。"黃氏以論文之法論詩,以韓文杜詩爲例,說明結構與命意的關係。陳洵《海綃説詞》又云:"一詞有一詞命意所在,不得其意,則詞不讀也。"更強調讀者要理解每一作品的創作用意所在。注釋最主要的目的也就是揭示被作者曲折隱藏起來的原意。注家要在理解詩人獨特用語的基礎上,掌握其個性化的表述方式和手段,認真揣摩其用心,發現詩人精神世界中最隱秘之處,并向讀者明晰地揭露出來。

幾乎古來有注釋詩歌的學者,都以爲自己的解釋能符合作者的原意,這種自信,多來自飽學之士,引書愈多,箋注愈細,分析愈周密,解釋愈詳盡,似乎原意就能顯露出來了,這當是極大的誤解。詩人本意,深蘊於詩中,即使盡知其用典出處與當時事實,本意終不可全知,何況詩人用典,每不取原典初義,讀者更難確知其所指。祇有像陶淵明這樣的大詩人,纔能悟出"不求甚解"的道理。對於某些詩歌的所謂真正意旨,千百年來,注釋家、詩評家陷於無休無止的爭辯中,各持己説,誰也説服不了誰,想盡辦法推翻他人的論點,一廂情願地認爲祇有自己纔真正理解古人的詩心,沈溺在個人構出的幻境中無法自拔,總以爲自己的詮釋纔是最準確無誤的。如阮籍《詠懷》詩八十二首,迷倒了古今無數注家評家,陳伯君《阮籍集校注》就收錄了數十家評注,中有沈约、李善、吕延濟、吕向、張銑、劉良、李周翰、劉履、謝榛、陳德文、劉禮、馮維訥、蘭齊華、于光華、鄒思明、何焯、沈德潛、朱嘉徵、蔣師瀹、孫志祖、陳沆、范大士、張琦、張畸、吴淇、陳祚明、曾國藩、方東樹、王闓運、高静、吴汝綸、黄侃、黄節等,可謂細大不捐網羅殆盡矣。李善注阮詩,謂其"身仕亂朝,常恐罹謗遇禍,因兹發詠,每有憂生之嗟,雖志在刺譏,而文多隱避,百代之下,難以情測,故粗明大意,略其幽旨也"。又云:"觀其休趣,實爲幽深,非夫作者不能探測之。"李善此評,本亦可算是步兵知己,"粗明大意,略其幽旨"八字,正是李善聰明之處,所評亦在情理之中,但也不免受到何焯的嘲譏:"按籍之憂思,所謂有甚於生者,注家何足以窺之。"注者解者,衆說紛紜,或篇篇皆引喻附會,"穿鑿拘攣,泥文已甚",或"一一舉其事以實之",或"撫字以求事,改文以求已",一千七百年來,每位注者解者都在批判前人之説,並作出新的解釋,自以爲已破解部分或全部的詩歌,誰能真正了解阮籍作詩的"本意"?如陳伯君《阮籍集校注序》中所云"接近於揭穿一些謎底"?陳氏如此自信已取得終極答案,恐怕還會受到當今和後世學者的不斷的質疑和挑戰。對古人的各種成說,應采取包容和開放的態度,不盲從,也不輕率去否定,力圖在衆多的"異"中先求其"同",然後再別出己意。

　　詩人的"本意",有如謎底般深藏於捉摸不定的言辭中,《詩·蒹葭》云:"所謂伊人,在水一方。溯洄從之,道阻且長。溯游從之,宛在水中央。"惝恍迷離,可望而不可即,這也是每位讀古詩者都會有的感受。鄧實《謝皋羽〈晞髪集〉後序》云:"談勝國事,輒悲鳴不勝,所爲詩文,多廋詞隱語,人莫能識,而大抵皆傷心之作。"代異時移,百千年後的注家、讀者,對這些廋詞隱語又能猜到多少?古人諸多辯論,其中不少在今人看來,是顯得那麽偏執,那麽可笑。而今,當代詮釋學的理論輸入中國,學者們掀起向西方學習的熱潮,對傳統詩歌文本展開新一輪的探索,并努力建構出"現代意義"上的注釋學體系。也許是因爲知道本意難尋,學者們放棄"揭穿謎底"式的努力,轉以産生新的意義爲目的,原詩在詮釋過程中"靈魂轉世"而"重生"。文本已被徹底"操控",全失本真,化身千萬,不斷輪回,擾擾攘攘,重入春夢。後之視今,猶今之視昔,當代以"解構"精神顛覆傳統的後現代主義者,是否真的如小說家高陽所嘲笑的,企圖"用一把歐美名牌的鑰匙"來開"中國描金箱子上的白銅鎖"呢？在批判或否定傳統注釋學的同時,是否也想到,他們也將會落入那輪回不息的怪圈中呢？

所謂"本意",也因時因地因人而異,有的詩歌原意是非常分明的,一望可知的,有些是原意隱藏在詩句中的,有些原意是模糊不清的,也許作者本來就沒有什麽很確定的"原意"。詩歌是一種很特殊的文體,詩人創作時祇是一刹那間的靈感,如王世貞《藝苑卮言》卷一所謂"信手拈來,無非妙境"者。曾國藩《求闕齋讀書錄》提出"機神"之說,謂"機者無心遇之,偶然觸之","神者人功與天機相湊泊",是以"其義在可解不可解之間",詩的語言,有時是非理性的,甚至是反邏輯的。詩句的結構,有"語"而無定"法",因而不能套用當代白話語法去分析它。"至道之精,窈窈冥冥",詩中所表現的,每是一種意象,一點感觸,目擊道存,天然妙悟,惟妙手方可偶然得之。若注家過於追求原意,一定要作出明晰確定的解釋,往往求深反淺,求顯反晦。

蘇軾《書鄢陵王主簿所畫折枝》其一云:"賦詩必此詩,定非知詩人。"袁枚《隨園詩話》卷七云:"此言最妙。然須知作此詩而竟不是此詩,則尤非詩人矣。其妙處總在旁見側出,吸取題神;不是此詩,恰是此詩。"此語甚益人心智,"注詩必此詩,定知非解人"。箋注家當由此悟出,如果一個詩人,每首詩都是爲時、爲事而作,他往往就不是真正的詩人,翻開每一個詩人集中,更多是即景生情,興感而作的,即使杜甫也不能每飯不忘家國,元、白詩也不全是"合爲時而作"的。劉將孫《新刊杜詩序》云:"自或者謂少陵一飯不忘君,於是注者深求而彊附,句句字字必傅會時事曲折;不知其所謂史、所謂不忘者,公之於天下,寓意深婉,初不在此。""第知膚引以爲忠愛,而不知陷於險薄。凡注詩尚意者,又蹈此弊,而《杜集》爲甚。"可謂語語中的。甚者如姚文燮之注李賀,一部《昌谷集》,被解釋成篇篇皆忠君愛國之辭,這更是無法使讀者信服的。仇兆鰲《杜少陵集詳注・自序》所云"得作者苦心於千百年之上",發千古之覆,固然是所有注家的最高目標,但能有幾人真正做到呢? 杜甫《偶題》詩云:"文章千古事,得失寸心知。"也許祇有作者纔能真正知道詩歌創作動機以及用意。即使詩人自己,事隔多年之後,要重檢當時具體情事,恐亦多已淡忘。本人喜好作詩填詞,最怕的是別人要求講解己作,曾有學生持我數十年前所寫的詩詞詢問,是否有什麼"微言大義"在焉。我執卷重讀,有如夢影波痕,茫然悵然,無言以答,也就祇能一笑而已。因爲自己有時也無法明確其中的"原意",這在他人看來是不合情理的,但我相信,每位真正的詩人詞人都會同此感受。有時候,詩,還可以略説一二;詞,祇能是緘口不言,詞的本意,比詩更爲空靈縹緲,更難以捉摸,王焕猷《小山詞箋自序》云"意常爲無定之意,言亦爲無定之言,期夫後人咀含玩味,申其意於千載之下耳",然人意本已難測,何況是詩詞之意,何況是千百載前的詩人詞人之意呢! 注家"祇在此山中,雲深不知處",欲求何永紹《昌谷詩注序》所謂"以千載以下之注,印千載以上之心",其難可知矣! 如杜甫名作《哀江頭》結語:"黄昏胡騎塵滿城,欲往城南望城北。"末句雖似字面淺近,句意顯豁,卻古今解者紛紜。陸游《老學庵筆記》云:"言方皇惑避死之際,欲往城南,乃不能記孰爲南北也。"錢謙益駁之云:"沈吟感歎,瞀亂迷惑,雖胡騎滿城,至不知地之南北,昔人所謂有情癡也。陸放翁但以避死惶惑爲言,殆亦淺矣。"陳婉俊《唐詩三百首注》又云:"往城南潛行曲江者,欲望城北,冀王師之至耳。"陳寅恪《隋唐制度淵源略論稿》云：" 少陵以雖欲歸家，而猶回望宫闕爲言，隱示其眷戀遲回不忘君國之本意矣。"錢鍾書《管錐編》又云："杜疾走街巷，身親足踐，事境危迫，衷曲惶亂。"此外，有謂爲"心念朝廷"者、"對故國的眷念"者，不一而足。能自圓其説者，即成一家之論，至於杜甫本人當時的用意，實難言之。葉燮《原詩》云："古人或偶用一字，未必盡有精義，而吠聲之徒，遂有無窮訓詁以附會之，反非古人之心矣。"一字一句如此，一章一什亦應作如是觀。謝章鋌《賭棋山莊詞話》之"雖讀者未必無此意，而作者亦未必定有此意"，以及譚獻《復堂詞録序》之"作者之用心未必然，而讀者之用心未必不然"等語，不應成爲附會妄解者的口實。

詩歌的注釋，歷來都陷於兩難的境地，不少説詩者都明白，詩人的本意不易追尋，詩意亦難以準確地解釋，而他們在説詩時，卻要清楚地告訴讀者，詩歌的本意如此這般，即使一些很深曲難解的詩，都要强作解人，真有點"以己昏昏，使人昭昭"的感覺。"道不可言，言而非也"，詩人作詩之本意，或可推尋，或恍惚迷離，無法指實。若强爲揣測，則必貽笑大方。徐增《説唐詩》，《四庫全書總目》云："所録唐詩三百餘首，一一推闡其作意，其説悠謬支離，皆不可訓。"袁枚《程綿莊詩説序》云："作詩者以詩傳，説詩者以説傳，傳者傳其説之是，而不必盡合於作者也。"爲詩歌作注釋的都是説詩者，能有自己一家之説，即足以傳，而説詩者亦爲以己説爲是，亦多認爲己説是"合於作者"的。袁枚所謂"不必盡"三字很有意思。也就是説，説詩，基本符合作詩者的本意就夠了，不必太多發揮，過度闡釋。要"盡合"，恐怕是很難、甚至是不可能做到的，即使由詩人自己去解釋創作時的本意也是不容易的。注家總是想要求得惟一正確的注釋,其實,多中有一,一中有多。無論用哪一種學説、哪一種技巧去演繹文本,對文字本體最基礎的理解,即字面上的解釋、譯述,祇能有一,絕不能錯,錯了,就是"硬傷",不容分辯。在古典上,在淺層意義上,應盡力作出正確解釋;在今典上,材料難以竭盡,在深層意義上,要做到"惟一",幾乎是不可能的,能做到"近真",也就夠了。

錢鍾書云:"歌德深非詩有箋釋(Auslegung),以爲釋文不啻取原文而代之,箋者所用字一一抵銷作者所用字。"錢氏所引的話,見《歌德談話録》(1823.11.10)。愛克曼認爲歌德在這裏指出解釋詩歌者所遇的窘境。因詩人所用字,義藴深富,錢氏謂"不僅一字能涵多意,抑且數意可以同時並用"。[8] 陳寅恪亦謂"詩若不是有兩個意思,便不是好詩"。詩中詞語,其所隱藏之意,言外之意,遠超乎字面所表達之義。若箋詩者僅以一義釋之,則作者之深意益爲埋没。所以歌德明確地説:"你要領會這首詩的意思,你必須深入其中。"感悟詩中那些難以言傳的微妙恍惚之處。

以今人之意去逆古人之志,儘管極不容易,但注家還是要努力去做的。盡可能去設身處地,貼近古人,與古人精神相接,根據有關的史料,推測當時的社會環境和政治氣候,並想像詩人的生活狀况與創作時的心境。欲求古人之"真相",還須向古人中求。古時社會環境、文化變化不大,明、清時人去逆唐、宋時人之志,要比今人逆百年前人之志容易得多。古人解古人之詩,亦比今之强作解事者似乎更要接近真相些。如上文所指出的,《詩》本是貴族雅歌,漢人注疏無異辭。後世言詩者各逞新説,國風遂定性成"民謡",真不信朱熹、姚際恒、方玉潤、聞一多、高亨、余冠英諸公要比毛、鄭更了解周人。當代的古典詩歌理論家喜追求"新意",另闢蹊徑,盡量尋找新的角度,不受傳統評價左右，祇有這樣，纔有可能生存下去；而注家，則應努力發掘"舊意"，注釋如積薪般叠加，所謂後來居上者會更偏離了原來的起點。在今天，保守，也許就是最好的創新，然而在這個"遠離原始語言的時代"（福柯語），在虛妄的創新衝動中，在考核制度的壓力下，要守成，還需很大的勇氣。美國批評家布魯姆認爲，"一切閱讀都是誤讀"，是一種"異延"行爲。話似乎説得過頭，但也揭示了詩歌在歷史的詮釋過程中閱讀者所處的窘境。

傳統的注釋多是世代相傳被歷史認可的解釋，試研究歷代詩歌的"集注"、"集評"，瞭解各家各説，比較其同異，則可發現，大多數詩歌，古往今來各家的解釋、評論是一致的或大體相近的。多數詩歌，其言中之意，意中之言，是可以發而明之，没有太多歧見的。並不是每一首詩都是迷宫，每一句詩都是陷阱，即使如李賀、李商隱這類以語言雕琢、意旨隱晦著稱的詩人，論者對其詩作的解釋，大都是可以取得共識的。詩人的原意，也許真的是難以確知，求同存異，大多數讀者對其詩歌所持有的相近的理解和釋讀，也許就可算是"達詁"了，也許就可算是知道詩人的"元意"了。從這個角度來看，"詩無達詁"一語，也許祇適合用於部分詩篇或部分詩句，這當使説詩者和讀者都感到欣慰。

詩　心

詩人的原意難知，主要原因有二，一是詩心難測，二是詩法難明。

鄭樵《通志略序》云："詩者，人心之樂也。"詩人作詩，首先是"道己一人之心"，但還要"言一國之事"，以"總天下之心"（《毛詩序》孔穎達正義），是以詩心既在方寸之間，亦在普天之下；既有私人之情，亦兼衆人之意。顧隨《駝庵詩話》謂"詩人尚應有'詩心'。'詩心'二字含義甚寬，如科學家之謂宇宙，佛家之謂道。"陳義過高，於我輩常人則未易理解。詩心，是詩人應有之心，既有一生之心，又有即時之心。一生之心的形成，固然與其時代環境、學識閱歷有關，更重要的是詩人的"天性"，赤子之心，啼笑無端，哀樂過人，獨特的氣質、性格、感情是與生俱來的，與衆不同的。即時之心，指創作時萌發的詩心。感發興起，偶有所觸，偶有所感，不得不發。一生之心，或約略有迹可尋，即時之心，包括偶現的契機、突如其來的靈感等，均遊離於語言藻繪之外，要眇精微，實難以揣測，更非筆墨所能表達。詩法，是指詩人創作的技法，詩法多端，如章法、句法、字法、用典、煉意、比喻、點化等。不少詩人，特別是生活在惡劣的社會環境、政治氣候中的詩人，在文字獄的恐懼中，爲避禍計，尤好運用特殊的技法，刻意把詩旨隱藏起來，使讀者難窺真相；或用《春秋》曲筆，暗寓褒貶，更有待索隱發微。總的說來，作者的詩心是遊離在可知與不可知之間，注家須力求其可知而回避其不可知，不知而不知，是可知矣，毋須求得全璧。

測詩心，明詩法，要具備先決條件。陸游《跋柳書蘇夫人墓志》云："近世注杜詩者數十家，無一字一義可取。蓋欲注杜詩，須去少陵地位不大遠，乃可下語。不然，則勿注可也。今諸家徒欲以口耳之學，揣摩得之，可乎？"所謂"地位"，不是指個人的身分、職位，而是指詩人的思想、人格以及其創作能力、審美情趣、藝術品味所達到的高度，猶克羅齊所說的"你要了解但丁，必須達到但丁的水平"。此論似屬苛求,但注家在這些方面若未能達到一定的水準,則在精神上無法與詩人相通,更談不上測其詩心、明其詩法了。歷代傳世的詩歌,泰半爲士大夫所作,由於其身份特殊,其作品比起底層讀書人之作較易留存,而這些貴族士大夫的生活,今人不易了解,而其文化精神及審美意識更是難知,古人通過寫詩,以追求人格的自我完善,是以注家須提高素養,盡可能在精神上靠攏古人,理解其高貴的靈魂、高尚的品質、高潔的胸襟、高雅的意趣,努力去探明其詩心。葉燮《原詩·内篇》云:"有是胸襟以爲基,而後可以爲詩文。不然,雖日誦萬言,吟千首,浮響膚辭,不從中出,如剪綵之花,根蒂既無,生意自絶,何異乎憑虚而作室也!""可以爲詩文"之"爲"字改作"注"字,則極切上文之意。注家得詩心,猶探驪得珠;不得詩心,則買櫝還珠矣。齊己《寄鄭谷郎中》詩云:"詩心何以傳,所證自同禪。覓句如探虎,逢知似得仙。"詩家如是,注家亦應如是。

　　詞心,比詩心更不易知。詞人,相對於詩人來説,其病態人格更爲顯著,感情更難測度。詞人於詞,終生沈溺其中,往而不反,其真正的詞心,惟一己或知之。琦君《詞人之舟》引夏承燾語云:"你不一定要做詞人,卻必須培養一顆溫柔敦厚、婉轉細膩的詞心。對人間世相,定能別有會心,另見境界。"然而,詞心,實源於天性,是無法培養的。真有着這顆詞心的個體,在尚力尚爭的塵世中活得非常痛苦。徐晉如又云:"惟有深刻領略絶望的滋味的人,才是真詞人,才是有詞心的詞人。"(《何似在人間——唐宋詞人的愛欲與救贖》)而今芸芸衆生中的注家,學問不斷增長,職稱也愈評愈高,正滿懷理想與希望,要領略詞人那"絶望的滋味",那纏綿悱惻的情懷,則更是難上加難了。注家不一定能培養這顆詞心,但要努力去感悟,去理解,去接受,盡可能把詞旨傳達給讀者。

陸機《文賦序》云："余每觀才士之所作，竊有以得其用心。"讀詩，須得詩人用心，注詩，更須探求詩人之用心所在。近人黃節《鮑參軍詩補注序》云："鮑詩之注，蓋有二難"，一爲"文字之譌異"；一爲"注者第求典實，無與詩心，隱志不彰，概爲藻語"。黃氏所指的二難，一是版本、校勘上之難，二是求"詩心"之難，後者纔是二難中最難的。讀詩與注詩，均是解釋詩歌的過程，解釋詩歌，須重建詩創作時的語境。除了縝密的考證外，解釋者還必須具備詩心及想象力。詩心，既是指注者之心，對詩情、詩意的敏感與領悟；更是謂作詩之心，通過對詩歌的吟誦、覃思，體會詩人作詩時的心志、興寄所在，以及所使用的藝術技巧等等。詩，是詩人生命的最高層次的表現；詩心，是詩人心志中的精華。要瞭解古人的詩心，就需要在心靈上"感通"。北宋理學家楊時《餘杭所聞》載其教羅從彦讀書之法："某嘗有數句教學者讀書之法云：'以身體之，以心驗之，從容默會於幽閒靜一之中，超然自得於書言象意之表。'此蓋某所自爲者如此。"《寄翁好德其一》又云："夫至道之歸，固非筆舌能盡也。要以身體之，心驗之，雍容自盡於燕閒靜一之中，默而識之，兼忘於書言意象之表，則庶乎其至矣。反是，皆口耳誦數之學也。嗚呼！道無傳久矣。"這也可理解爲讀詩之法。今人瞬間之頓悟與古人偶發之靈感遙相呼應，在"童心來復"之時，在"超然自得"的境界中，"脫心志於俗諦之桎梏"，默會詩人的內心世界。

錢謙益《馮定遠詩序》云："古之爲詩者，必有獨立之性，旁出之情，偏詣之學，輪囷偪塞，偃蹇排奡，人不能解而己不自喻者，然後其人始能爲詩，而爲之必工。"錢氏所謂"人不能解而己不自喻"者,既是詩人之心,亦是詩人之詩。性格愈是獨特的詩人,感情亦異常穆摯執著,其詩就愈是費解,即所謂"深人無淺語"者。如李商隱《錦瑟》一類的詩,相信起作者於九原之下,也未必能清清楚楚地說明自己的"元意"。如上文所說,詩人往往有"病態"人格,敏感,多變,神經不穩定甚至不正常,祇有詩,纔能收納他那泛濫而無所依歸的感情。學者們以其堅實的邏輯思維去理解詩人及其詩作,恐怕是極不容易的。馮班《鈍吟雜錄》云:"宋人詩逐字逐句講不得,須另具一副心眼,方知他好處。"何止宋人詩,各代詩亦復如是,"另具一副心眼",可理解爲注家須擺脫一己常人之心,轉換成詩人特異之心。先要"忘我",纔能進而求古詩人之心。可是人生在世,對他人,包括自己的親人、朋友,都無法完全了解,何況間隔了幾個世代的古人呢,更何況是深微旨義的古人之詩呢。今人與古人的思想、感情、言行、生活習慣、處事方式等等,都有很大的距離,要正確理解詩意,先要盡可能設身處地去理解古人,特別是去理解詩人那種獨立之性,旁出之情。

　　以上所舉的多是古人的論述,以說明注詩之難,而當代人注古人詩,比前人注詩更多一重難處,那就是難以逾越的時代差距。近百年,中國發生了亙古未有的大變局,整個社會環境,語言環境都有了質的變化,今人要進入古代的詩境,理解古人的詩心,比百年前的人困難得多。一些古人習知的史實,常用的典故,對今人來說,已顯得陌生和艱深,經史子集中的名著,當代學者已不能盡讀,更不用說成誦了。這就是時人的注本中出現大量的常識性錯誤的主要原因。注釋古代詩歌,應有歷史感,力圖以古人的眼光去看古人,以詩人的眼光去看詩歌。祇有置身於古代詩人的語境中,纔有可能較爲正確、全面地理解古代詩歌,纔能做好注釋工作。所以,設身處地四字,是注釋的要素。

《文心雕龍·知音》云:"知音其難哉!音實難知,知實難逢,逢其知音,千載其一乎!"知音難得,詩人自己也深知,是以杜甫在歎息:"百年歌自苦,未見有知音。"(《南征》)今之人欲作古人知音,亦誠難矣。然而,劉氏又云:"夫綴文者情動而辭發,觀文者披文以入情,沿波討源,雖幽必顯。世遠莫見其面,覘文輒見其心。豈成篇之足深,患識照之自淺耳。夫志在山水,琴表其情,況形之筆端,理將焉匿?故心之照理,譬目之照形,目瞭則形無不分,心敏則理無不達。"今人若能深於識照,顯幽達理,雖不能起古人於九原之下面晤,亦有望作古人之異代知音,超越時空而與詩人作心靈對話,然周裕鍇又云:"任何希望超越千百年之上的時空距離,身歷其世,面接其人,而與作者的自我合而爲一的理想,都祇是一個虛幻的夢。"[9]是以注釋家陷於兩難之中,既要領會詩人當日的詩心,又知道難以真正的"思接千載",能做到的祇是孟子所謂"盡心"而已。每個人的知識都是有限的,思想都是有限的,注家祇能以己之心,度他人之腹,將心比心,盡可能親近古人,契合古人。《四庫全書總目》陳經《尚書詳解》提要曰:"《自序》稱今日語諸友以讀此書之法,當以古人之心求古人之書,吾心與是書相契而無間。"讀者要體會詩人之詩心,切忌以當代的思想和標準去理解古人、要求古人、衡量古人、判斷古人。

人心有真僞,而詩亦有真僞,注家須雙目如電,洞察其心靈之至幽至遠處。《抱朴子·應嘲》主張文字應"心口相契",批評"違情曲筆,錯濫真僞"者;《文心雕龍·情采》亦反對"爲文造情",認爲"言與志反,文豈足徵"。言爲心聲,詩人爲詩,亦當爲個人精神世界之真實寫照,然而亦有如元好問所云"心畫心聲總失真"者,顧炎武《日知錄·文辭欺人》亦云:"人情彌巧,文而不慙。固有朝賦《采薇》之篇,而夕有捧檄之喜者。"詩人以文辭欺人,苟就其言而取之,則易爲所欺。注家欲求詩之本意,自當燭其本心。顧氏又云:"世有知言者出焉。則其人之真僞,即以其言辨之,而卒莫能逃也。《黍離》之大夫,始而'搖搖',中而'如噎',既而'如醉',無可奈何,而付之蒼天者,真也。汨羅之宗臣,言之重,辭之複,心煩意亂,而其詞不能以次者,真也。栗里之徵士,淡然若忘於世,而感憤之懷,有時不能自止,而微見其情者,真也。其汲汲於自表暴而爲言者,僞也。"顧氏舉出《黍離》之周大夫、屈原、陶潛以爲情之真者,舉出謝靈運、王維爲情之僞者。這種真僞之別極爲微妙,然注詩者不可不察。

亦有懷着各種目的而製作僞詩者。或爲掩蓋歷史真相而有意作僞,或應時應命違背良心而作僞,或不知羞恥趨炎附勢而作僞;亦有倒填歲月者,或爲表示自己洞燭先機而以事後之補作冒充舊作,或爲證明自己是天縱之才而以新作冒充少作;而最甚者則竊他人之作爲己作。如此種種,無論其何種目的,有意或違心,被迫或自發,皆非真詩人所應爲,雖不足以細論之,然注詩者亦不可不察。

古人言詩,常把詩品與人品相提并論,認爲人心術之誠僞,均可自其詩中察見。楊維楨《趙氏詩錄序》謂"評詩之品無異人品",劉熙載《藝概·詩概》亦謂"詩品出於人品"。龔自珍《書湯海秋詩集後》甚至認爲"詩與人爲一,人外無詩,詩外無人"。詩以人見,人以詩見,大抵如是。詩人畢竟是詩人,既能爲文而造境,亦可以爲文而造情,既可以誇張其長處,又需要掩飾其缺點。言爲心聲,詩者,美言也,詩爲最美之心聲,詩人總要在詩中把自己認爲最美好的東西呈現出來。真中或有僞，僞中也有真，實在不易判別。嚴嵩《鈐山堂集》、阮大鋮《詠懷堂集》，其詩"恬澹自持"、"不乏風人之致"，就詩論詩，二人的詩品頗高。李慈銘《越縵堂日記》謂嚴嵩"似亦非喪心病狂者，使不及敗而早死，復無姦子，亦足安其丘壠"（咸豐庚申十月初六日）。阮大鋮是個極熱衷於功名富貴的人，但當他被東林黨所斥棄，匿居十七年，心境也許能有所變化，那些恬退閒適的詩歌，很難說都是情僞之作。況且人是會隨環境而改變的，嚴、阮後來利欲熏心、敗壞朝政，蓋棺定論，自是罪不可逭，設想兩人一生困守山中不出，其心之真僞難知，又誰能判其詩作的真僞呢。胡先驌《讀阮大鋮詠懷堂集》一文中，指出阮詩"其言不由衷"，錢鍾書《談藝錄》亦謂"阮圓海欲作山水清音，而其詩格矜澀纖仄，望可知爲深心密慮，非真閒適人寄意於詩者"，胡、錢事後之言，自當抱有成見。偶然寫詩作僞以欺世，或有可能，但不可能長期甚至一輩子寫詩都在作僞自欺。真正的"詩"，好詩，在行家眼中，是作不了僞的。又如清末詩人樊增祥，私生活尚稱嚴謹，旁無姬侍，而性耽綺語，好作艷詩，故有"樊美人"之稱；汪精衛晚節不終，然其爲革命者時有"引刀成一快，不負少年頭"之句，樊、汪之詩，皆當時性情之作，恐非作僞。或有詩家，詩詞陳義甚高，沖澹清遠，迥出凡塵，而其人卻頗好名利，是以社會上嘖有煩言，但我相信他那些被認爲是作僞的詩也可能是真心的，那是詩人希望達到而實際上未能達到的理想之聖域，如陳衍《何心與詩敘》所云："吾嘗謂詩者，荒寒之道，無當於利祿，肯與周旋，必其人賢者也。"此外，當九縣飆回、三精霧塞之日，詩人出於種種原因，或有違心之作，實不得已而爲之者，當非有意作僞，後世亦應察而諒之。

　　元好問知道詩人也可能有情僞之作，故有心聲失真之歎，而其論詩，則主詩人須心誠,不誠,則"言無所本";學詩,則以"無爲正人端士所不道"自警,是以季惟齋箋曰:"言詩人之心,必以中正爲繩尺。"[10] 要"以意逆志",當先設定詩人之心中正,情是真情,詩是真詩,否則一切皆爲妄作。亦如王嗣奭《杜臆·杜詩箋選序》評杜甫所云:"一言以蔽之,曰'以我爲詩',得性情之真而已。"詩中無"我",即非真詩。注家應把詩人中正之心、真實之情以傳達給讀者。《易·乾·文言》云"閑邪存其誠",又云"修辭立其誠",防閑邪惡,正意誠心,詩人如是,注家更應如是。

儘管詩人的詩心難測、本意難明,但歷代的注釋家還是鍥而不舍,努力追尋。不過,注釋還是有別於考證的。考證靠實學,靠材料,一時未能弄清楚的問題,有朝一日或會真相大白,而詩人的本意,藏於一己的心中,其在文字中所表現的,也許祇是柏拉圖所說的"洞穴中的人影"而已。詩人的原意,有時也會隨考證的深入而顯現出來。洪業《杜詩引得序》云:"考證之學,事以辨而愈明,理以爭而愈勝。"一些詩人詩作,經過千百年來的學者深入的探索,原來比較隱晦的詩旨也逐漸明晰,一些新材料的發現,一些前人所未注意到的證據的獲得,使一些本以爲不可解的詩得到確解,使一些錯誤的解釋得到糾正。然而,詩人創作時在感情上的升華,語言上的美化,導致詩歌的內容與現實有很大的不同,研究者據以考索時亦不可不慎。王國維《浣溪沙》詞云:"本事新詞定有無。這般綺語太胡盧。燈前腸斷爲誰書。　隱几窺君新製作,背燈數妾舊歡娛。區區情事總難符。"這也許是作者對他的詞集的一份"說明書"吧。他要向讀者説清楚,特別是要向後世的箋注者説清楚:不必細細推求每一首詞的"本事"。因爲,一、詞中的綺語可能是美人香草式的譬喻,逐句坐實之,則會弄出笑話;二、即使是真的寫戀情,也容許有藝術加工,不一定與事實全符。對詩歌的理解,不能過於執著,活法成了死語。黄庭堅《病懶》詩:"乃知善琴瑟,先欲絶絃尋。"《荆南簽判向和卿用予六言見惠次韻奉酬四首》其四又云:"覓句真成小技,知音定須絶絃。"要作古人的知音,必須絶絃以尋,"絶絃"二字,道盡妙悟之意,箇中消息,政復難道。

上文反覆論述,不嫌瑣屑,亦僅説明詩心雖難知而應力求知之而已。

釋　意

當代的注釋,大致可分爲學術性的與普及性的兩大類型。

學術性的注釋,多見於詩歌別集的整理本。注釋者在版本、校勘、辨僞、輯佚以及作者生平、時代背景等方面作深入細緻的考辨之後,纔對詩歌本身進行詳細的注釋。普及性的注釋,多見於選注本。扼要介紹作者生平及時代背景;解釋詞語含義,不必全引出處;亦可對詩句串解、今譯,分析詩意,力求通俗易曉。學術性與普及性兩者之間,頗難界別,近年一些箋注本,既詳徵典實,又不厭其煩地解釋一般詞語,皆因應注家水平或讀者對象而定。本書所述,以學術性的爲主。

注釋,也可以從兩個角度着眼,一是客觀的,一是主觀的。客觀的注釋,主要表現在"釋事"方面,主觀的注釋,主要表現在"釋義"方面。廣義的釋事,包括有關字詞音義、名物、典故、史地、制度等具體的內容。所謂客觀,是指這類注釋是有標準的,注釋的正確與錯誤是分明的。釋義,有賴於注釋者本人對詩歌的理解。詩歌的修辭是變化多樣的,情境是朦朧不定的。以意逆志，帶有很強的主觀因素。注釋可能真的符合詩人的原意，亦有可能祇是注家心中的設想甚至幻象。這類主觀的注釋，正確與錯誤有時是可以分得清楚的，但許多時候是纏雜不清的。注釋的工作有兩個層面，釋事，是注釋的第一步，釋義，是注釋的第二步。做好這兩步工作，已達到注釋的基本要求。客觀與主觀兩者又是統一的，釋事釋義，不能祇局限於詩歌中的一詞一句，還須結合全篇考察，句與句，段與段之間的關連，全篇的整體意義；而這一篇，又應放到詩人的全部作品中去衡量。若能做到貫通今古，竟委窮源，那就是注釋的最高境界了。

詩意的理解可分爲三個層次：一、言内意，二、言外意，三、象外意。注釋，在釋義方面，有兩個步驟。第一步是要釋"言内之意"，而最主要的還是要釋"言外之意"。一是揭示其表層意義，一是發掘其深層意義。舊題梅堯臣《續金針詩格》"詩有内外意"條云："内意欲盡其理，外意欲盡其象，内外含蓄，方入詩格。詩曰：'旌旗日暖龍蛇動，宮殿風微燕雀高。''旌旗'喻號令也；'日暖'喻明時也；'龍蛇'喻君臣也。言號令當明時，君所出，臣奉行也。'宮殿'喻朝廷也；'風微'喻政教也；'燕雀'喻小人也。言朝廷政教纔出，而小人向化，各得其所也。'旌旗'、'風日'、'龍蛇'、'燕雀'，外意也；'號令'、'君臣'、'朝廷'、'政教'，内意也。此之謂含蓄不露。"這裏所謂的"外意"，指表面上的意思，即"言内意"；"内意"，指字面之外的意思，即"言外意"。"言内意"和"言外意"都是詩人有意識去表達之意。

言内意，即所謂表層意；就是詩歌在字面上意義。一字一詞，注釋清楚，每句每章，解說明白，這是屬於"訓詁"的最基本的工作。每個詞語的具體意義，每句詩的字面解釋，言内之意是確定的，不容有錯，一錯即是"硬傷"。近代選家的"串解",大體上都是解釋言内之意。讀者也可依據注釋,準確地把詩句翻譯成口語。

言外意,即所謂深層意,就是詩歌所藴含的内在意義,包括詩人的本意以及其普遍意義。詩人的本意,是當時詩人作詩的動機以及其所希望表達的意義;普遍意義,則是超越時空的,以小而喻大,言近而旨遠,歷千古而常新。古人云"詩無達詁",當謂對詩歌的深層意難以作出確切的解釋,言外之意,是詩歌的内在精神,要把握言外之意,則需要直溯詩人的靈魂深處。《易·繫辭上》有兩句名言:"書不盡言,言不盡意。"《莊子·齊物論》云:"言者有言,其所言者,特未定也。"揚雄《法言》亦云:"言不能達其心,書不能達言,難矣。"詩人之"言",是"未定"的,是有意識地"不盡意"的,詩人,甚至無法用詩語完全地表達其心意。如果言意皆盡,那就很難説是好詩,如蘇軾所謂"賦詩必此詩,定非知詩人"。詩,是最爲精煉的,含蓄的,詩人意之所貴,尤在意言之外,注家要在個人感悟之餘,用文字傳達這種言外之意,再讓讀者去接受,好比越裳重譯,則更是難上加難了。如《莊子·秋水》中所云:"世之所貴道者,書也,書不過語,語有貴也。語之所貴者,意也。意有所隨,意之所隨者,不可以言傳也。"郭象注云:"其貴恒在意言之表。"莊子歎息"知者不言,言者不知,而世豈識之哉",良有以也。司馬光《温公續詩話》云:"古人爲詩,貴於意在言外,使人思而得之。故言之者無罪,聞之者足以戒也。"歐陽修《六一詩話》又謂作詩"含不盡之意,見於言外,然後爲至矣"。張戒《歲寒堂詩話》卷上:"沈約云:'相如工爲形似之言,二班長於情理之説。'劉勰云:'情在詞外曰隱,狀溢目前曰秀。'梅聖俞云:'含不盡之意見於言外,狀難寫之景如在目前。'三人之論,其實一也。"黄侃《文心雕龍札記》"續隱秀篇"

云："然則隱以複意爲工,而纖旨存乎文外;秀以卓絕爲巧,而精語峙乎篇中。"此論亦可用於注家。注詩有如賦詩,若不解悟言外之意,句句坐實,黏而不脱,亦非真得詩人之旨者。常人意之所從,已難以言傳説,何況是詩人深婉之意呢?

中國的文人向來有這樣的傳統,即所謂的"微言大義"。劉歆《移書讓太常博士書》云:"及夫子殁而微言絶,七十子卒而大義乖。""微言",就是"微見其義之言"。《漢書·藝文志》更揭出微言之成因:"隱其書而不宣,所以免時難也。"這也可以理解,在多災多難的歷史時期,詩人何以要隱約其辭,把真實的思想深藏於晦澀的詩句中了。

如何能見詩人之意?《易·繫辭上》:"夫《易》,聖人之所以極深而研幾也。"又云:"然則聖人之意,其不可見乎?子曰:'聖人立象以盡意,設卦以盡情僞,繫辭焉,以盡其言。'"詩人雖非聖人,而其爲詩也,無深不至,無幾不察,故能通天下之志。象,在詩中可理解爲形象、意象、興象,詩人亦通過"立象",以比興手法表情達意,以窺天地之心。繫辭,可理解爲注釋,注家要好學深思,通過對"象"的理解,藉個人之慧眼,深入詩人的内心世界,體察詩情之深淺真僞,盡可能再現詩歌的深層意義。葉燮《原詩》舉出杜甫《冬日洛城北謁玄元皇帝廟》詩"碧瓦初寒外"句爲例,逐字論之,最後總結云:"然設身而處當時之境會,覺此五字之情景,恍如天造地設,呈於象,感於目,會於心。意中之言,而口不能言;口能言之,而意又不可解。劃然示我以默會想象之表。"儘管詩人是想明晰地以情景示人,而讀者卻要從内心去默會其意,方能想象出詩人當時之境會。

錢鍾書把言外之意歸納成兩類,一爲"含蓄",一爲"寄託"。王闓運《詩法一首示黃生》云："詩者,持也。持其志,無暴其氣;掩其情,無露其詞。"詩以含蓄寄託爲美,宜"不道破以見巧思","説破乏味"。《管錐編·毛詩正義三四》云:"夫'言外之意'(extralocution),説詩之常,然有含蓄與寄託之辨。詩中言之而未盡,欲吐復吞,有待引申,俾能圓足,所謂'含不盡之意,見於言外',此一事也。詩中所未嘗言,別取事物,湊泊以合,所謂'言在於此,意在於彼',又一事也。前者順詩利導,亦即蘊於言中,後者輔詩齊行,必須求之文外。含蓄比於形之與神,寄託則類形之與影。"錢氏接着引《詩·鄭風·狡童》爲例申明之。首章云:"彼狡童兮,不與我言兮。維子之故,使我不能餐兮。"而次章承之云:"彼狡童兮,不與我食兮。維子之故,使我不能息兮。"錢氏解釋説:"習處而生嫌,迹密轉使心疏,常近則漸欲遠,故同牢而有異志,如此詩是。其言初未明言,而寓於字裏行間,即'含蓄'也。'寄託'也者,'狡童'指鄭昭公,'子'指祭仲擅政;賢人被擯,不官無禄,故曰'我不能餐息'。"錢氏又舉歐陽修《詩話》以説言外之意,謂溫庭筠《商山早行》詩"雞聲茅店月,人迹板橋霜"與賈島《喜過山村》詩"怪禽啼曠野,落日恐行人"兩聯,"則道路辛苦、羈愁旅思,豈不見於言外乎"?

由此可見,含蓄之意,尚可以情理推求,隨讀者之悟性而有所深淺,似較易知,而所謂的寄託,則無迹可尋,讀者難以從詩歌的字面得之,而"有待於經師指授,傳疑傳信者也"。元好問《論詩絶句》歎息"詩家總愛西崑好,獨恨無人作鄭箋",也就是"恨"無人能理解李商隱詩中的言外之意。指出詩歌中的寄託,是注家的要務。自屈原《離騷》始,歷代詩人,或藉美人芳草以見意,或假仙道禪悦以寄懷,注家當標舉出其勝義。如阮籍的《詠懷》詩,郭璞的《遊仙》詩,李商隱的《無題》詩,都是以善寄託著稱的名作。馮舒《家弟定遠遊仙詩序》云："心有在所，未可直陳，則託爲虛無惝怳之詞，以寄幽憂騷屑之意。"葉燮《原詩》又謂詩歌"含蓄無垠，思致微妙，其寄託在可言不可言之間，其指歸在可解不可解之會"。也就是説，詩，尤其是好詩，絶不是一覽可知的，它不是思想的直接顯示，不是理性的表述，而要通過特殊的技法，以寄寓深刻隱約的思想感情，注家要用語言傳達出詩歌這種言外之意，自然是難上加難，是以方玉潤《詩經原始》卷三《匏有苦葉》解云："是在乎善讀詩者觸類旁通，悠游涵泳，以求其言外意焉，斯得之耳。"

詞之旨意，似較詩旨更爲難尋。詞心纏綿悱惻，詞境惝恍迷離，如周濟《介存齋論詞雜著》所謂"天光雲影，搖蕩緑波，撫翫無斁，追尋已遠"，不少佳詞均可作如是觀。如歐陽修的《蝶戀花》："雨橫風狂三月暮。門掩黄昏，無計留春住。"袁行霈《境與象》一文解釋説："可以理解爲黄昏時分將門掩上，也可以理解爲將黄昏掩於門外，又可以理解爲，在此黄昏時分，將春光掩於門外，或許三方面的意思都有。"以本人的鈍根參究，"門掩黄昏"就是"黄昏門掩"，總無法理解袁氏何以生發出這三方面的意思。把鏡象作爲真相，求明反晦，求深反鑿，非但不能揭出言外之旨，反而誤導了讀者。況且下文還有"淚眼問花花不語，亂紅飛過秋千去"兩句，所寫的不過是風雨落花，芳春將逝而已。周濟又云，詞"非寄託不入，專寄託不出"，張惠言在《詞選序》中，更力倡"意内言外"之旨，然其解詞則多鑿空之論。以特別的意象作政治性的隱喻，注家既要領會詞本身優美的意境，又要作出政治性的解讀，真是難上加難，往往吃力而不討好。

注詩時先要認明題意，理清作者的思路，纔能進一步了解其言外之旨。如項斯《落第東歸逢僧伯陽》詩中二句："翠桐猶入爨，清鏡未辭塵。"黄鵬注云:"翠桐入爨,猶言無心於琴技。翠桐,琴之代名詞;入爨,用於燒飯。清鏡蒙塵,即爲無心修理邊幅。二句狀詩人落第後之頹唐。"(11) 按,上句暗用漢蔡邕"焦尾琴"之典。翠桐,桐之未成琴者,喻未第者。此以桐之被燒,鏡之蒙塵喻己之落第,爲自己的有材能被扼殺被棄置而深感傷恫。兩句緊扣題意,是"比"而不是"賦"。注家須解釋詩句字面之外的含意,如王令《暑旱苦熱》詩"落日著翅飛上山",《宋詩精華錄》曹中孚注:"這句意爲太陽不肯下山。"而詩句實際含意是,太陽雖已下山,而苦熱卻未消減,甚至更熱,好像太陽插上翅膀,重新飛回山上。曹注誤導讀者。詩詞中,每通過一些詞語作暗示,令讀者想象其言外之意。如周邦彦《看花回》詞:"細看豔波欲溜,最可惜、微重紅綃輕帖。"有注本祇解釋:"豔波,美女的眼波。""紅綃輕帖,謂用綢絹拭妝。"其實關鍵在"微重"一詞。秦觀《臨江仙》詞:"眼兒失睡微重。"周詞中的"微重",亦謂"豔波",以暗示其一宵失睡。

象外意。《易傳·繫辭上》謂"聖人立象以盡意",王弼《周易略例·明象》:"夫象者,出意者也;言者,明象者也。盡意莫若象,盡象莫若言。言生於象,故可以尋言以觀象;象生於意,故可以尋象以觀意。意以象盡,象以言著。"是以司空圖《與極浦書》有"象外之象",皎然《詩式·用事》有"象下之意"之說。卦象之"象",似實還虛,似有還無,絕非客觀世界中的現象。詩中的"象",若有若無,是模糊的,不確定的,甚至是神秘的,亦不等同於客觀世界中的具象,執象而求,咫尺千里,不理解這一點,就讀不懂詩,更寫不出好詩。詩歌的象外意,可理解爲由"象外之象,景外之景"所生之意,即讀者在欣賞詩歌過程中主觀感受到的意境,並由之而產生的聯想,也就是所謂的"第二藝術形象"。象外意,既可能包括詩人原意,亦可指人人心中所得之義,超乎詩的本意。注釋目的,是要闡明言内意和言外意。詩人作詩,佇興而得,其意象玄妙空靈,有如中國古代哲學概念的"氣",是難以言説的,有時甚至連詩人自己也無法辨知。至於象外之意,讀者佇興而會,如電光火石,偶或得之於心,更非手口所能摹述,且人人領會各異,不能一概而論。嚴羽《滄浪詩話·詩辯》云:"不涉理路,不落言筌者,上也。"既然不落言筌,則須妙悟天開,是以嚴氏强調"禪道惟在妙悟,詩道亦在妙悟"。黄庭堅《病懶》詩云:"縱觀百家語,浩渺半古今。空蒙象外意,高大且閎深。"又《古詩二首上蘇子瞻》,任淵《山谷内集詩注》注云:"姑隨所見,箋於其下,庶幾因指以識月,象外之意,學者當自得之。"此高大閎深的"象外之意",爲讀者各自妙悟所得之義,更非箋注者所得而盡言者。佛曰"不可説",第一義畢竟空,故不可以言説詮示,其庶幾近之矣。謝榛《四溟詩話》卷一:"詩有可解,不可解,不必解,若水月鏡花,勿泥其迹可也。"如禪宗棒喝,真是通人之論。

袁行霈認爲,詩歌語言有兩個意義,一是"宣示義",即詩歌借助語言明確傳達給讀者的意義;一是"啓示義",即詩歌以它的語言和意象啓示給讀者的意義。[12]所謂的宣示義,大抵相當於言内意與部分言外意;所謂的啓示義,大抵相當於部分言外意與象外意、意外意。袁氏提出的"啓示義",既包有詩人要"啓示"讀者的意圖,又有讀者的主觀因素,概念太籠統,把"言外意"割裂了。古代箋注家着眼點在言内意與言外意,而評點家和當代的鑑賞家則對"啓示義"似乎情有所鍾。

詩意含蓄,寄託難明,是以注家須一反詩人爲詩之道,力圖"説破",以表出詩人之巧思,以體會詩中所深藴之意味。注釋,要明確解釋詩人的"言内意",盡可能揭示詩人的"言外意";回避詩歌的"象外意",不應過度闡釋而演繹出各種詩中本無的"意外意"。

注家每借古人之酒杯，澆自己之塊壘，如杜濬《杜詩舉隅序》所云："古人注書，往往託之以自見。"錢澄之《昌谷集注序》又云"古今無著書人，祇有注耳"，注家"依文生解，皆可掃卻"，能使古人之書"注我，此即千古第一注書法也"。錢氏認爲姚文燮之注，"語語出長吉意外，旁引曲通，直令字無虛設"者，方爲真注李賀。後又於《重刻昌谷集注序》云："注不必無我，亦自信我之意即作者之意而已。"姜承烈《昌谷集注序》亦謂姚氏之注，"昌谷如是解，吾注之；即不如是解，吾亦注之。"這種所謂"《六經》注我"的說法，若真的用於注詩，不以書注書，而以我注書，注家之注要演繹出詩人之"意外"，以己之意代作者之意，那就無所謂"元意"了，這頗近於西方詩學中的"接受說"。榮格《論分析心理學與詩歌的關係》一文中所說的"由於理性對於意義的飢渴而暗中塞給事物"的情況，注家尤應避免。譚獻《復堂詞敍錄》有"側出其言，傍通其情，觸類以感，充類以盡。甚且作者之用心未必然，而讀者之用心何必不然"之說，一般讀者可以隨心所欲，想入非非，自娛自得，而注家則不應如此，夸過其理，則名實兩乖，且貽誤後學。考據之學，後出轉精，而闡釋詩意，往往是今不如昔，並不因出了某主義某學說某思想某理論，對詩歌的理解，今人就要比古人高明正確。注家切勿專恃小慧，鑿空浮想，一意推翻舊說，另立新說。還有一種情況，就是受政治因素干擾，或出於個人某種目的，注家有意扭曲作者原意，強作新解，那就更不足爲訓了。

無論是莊子的"得意忘言"或孔子的"言不盡意"，都認爲，語言的作用是有限的，而人類的思維空間是無限廣闊的，與其讓語言局限人的思維，不如讓思維超越語言以臻無盡之境。注釋詩詞亦如是。猶如禪宗之不立文字與不離文字,詩,從本質上來說,宜不落言筌;而注釋,卻不離言筌,這亦令注家陷於兩難之境。注釋,不可能有像分析哲學那樣的知性精確度和清晰度,它的作用是極其有限的。真正好的注釋,也許不必完全"説破",盡發詩中的意蘊,而是誘導、啓發讀者進入詩中,親自去解悟其意旨。

　　錢鍾書《管錐編·周易正義·乾》"窮理析義,須資象喻"八字,可概括解詩之妙旨。詩人認識到語言在表意上的不確定性,故意在詩歌中運用它、強化它,以期在一首詩甚至一句詩中表達多層意思,使詩歌的形象顯得更豐滿。注家在解詩時,切勿膠柱鼓瑟,呆板片面去理解,把本來就是朦朧的詩意轉化爲清晰固定的文字,也是一種誤導。許尹《黃陳詩集注序》云:"雖然,論畫者可以形似,而捧心者難言;聞絃者可以數知,而至音者難説。天下之理,涉於形名度數者,可傳也;其出於形名度數之表者,不可得而傳也。昔後山《答秦少章》云:'僕之詩,豫章之詩也。然僕所聞於豫章,願言其詳;豫章不以語僕,僕亦不能爲足下道也。'嗚呼!後山之言殆謂是耶?今子淵既以所得於二公者筆之於書矣,若乃精微要妙,如古所謂味外味者,雖使黃、陳復生,不能以相授,子淵尚得而言乎?學者宜自得之可也。"此深識詩道者之語。無論言外之意抑或象外之意,猶輪扁斫斫所成,心中所有,即至親如子女亦不能言傳。詩之味外味,亦祇能由讀者各自修行親嚐領略了。

　　事義兼釋。錢大昕《經籍籑詁序》云:"有文字而後有詁訓,有詁訓而後有義理。詁訓者,義理之所由出,非別有義理出乎詁訓之外者也。"理學家每謂經師釋事忘義,經學家又謂宋儒棄事發義,漢學與宋學之爭,延續千年,兩派還是各執一端,互不相讓,似乎考據與義理不能二者得兼。相比之下,詩歌注釋一途,似乎更爲通達,無論是釋事忘義或棄事發義都是偏頗的,不可取的。朱鶴齡《杜工部詩集輯注·凡例》強調"訓釋之家,必須事義兼析"。朱氏主張"於考注句字之外,或貫穿其大意,或闡發其微文",力求做到"於詩理詩法有所發明"。不少注釋家都折中其間,努力做到事義兼釋。儘管如此,還不免被人譏彈。賢如李善注《文選》,也被指爲釋事忘義,甚至其子李邕也認同此説,乃別作注,一一附事見義。其實李善還是能兼析文義的,祗不過是著重點不同而已。程千帆云:"李善作《注》之方,原重解故訓,疏典實。其有涵義淵深,必待曲暢精微,旁通要眇者,始爲之發揮消釋。"(13)一般來説,對字詞音義和典故作出疏解就足矣,而對深曲費解的,纔別出己見,詳申作意。這種作法,一直爲後世注家所沿用。任淵注黃庭堅詩,亦能事義兼釋,但仍有人吹毛求疵。如方回《瀛奎律髓》卷二四批評云:"任淵所注,亦多鹵莽。止能注其字面事料之所出,而不識詩意。如《次韻文潛同遊王舍人園》'自移竹湛園'……而淵不能注。"方回云云,可謂攻其一點,不及其餘,殊欠公允。

注釋的功能,上述各項之外,最好還加上一點,就是能有助於詩歌的創作。注家通過注解、分析、評論,示人以規矩、方法,增進讀者的識力。蔣梅笙云:"取前人專集之有注釋者,時時披覽,則覘其篇章,既爲先路之導;觀其隸事,兼獲饋貧之糧,一舉兩得,計無便於此焉。"(14)優秀的注本,如任淵《山谷内集詩注》、趙次公《杜詩先後解》、仇兆鰲《杜詩詳注》,對杜甫、黃庭堅的詩法細加剖析,對後世詩人學詩甚有啓發。

（1）錢仲聯《後村詞箋注·前言》，上海古籍出版社，1980年版，第3頁。
（2）李解民《注釋·譯文·詞典——楊伯峻先生古籍整理方法試析》，《古籍整理與研究》第一輯。
（3）郭紹虞《杜詩鏡銓·前言》，《杜詩鏡銓》，上海古籍出版社，1962年版，第1頁。
（4）陳伯海《唐詩學》，河北人民出版社，2004年版，第6頁。
（5）張三夕《中國古典文獻學》，華中師範大學出版社，2003年版，見第297—303頁。
（6）薛瑞生《樂章集校注》（增訂本），中華書局，2014年版，第1頁。
（7）何澤棠《從詩歌注釋的視野看王文誥的蘇詩批評》，《南昌大學學報（人文社會科學版）》2013年第4期。
（8）錢鍾書《管錐編·周易正義·論易之三名》，中華書局，1996年版，第3頁。
（9）周裕鍇《中國古代闡釋學研究》，上海人民出版社，2003年版，第251頁。
（10）季惟齋《徵聖錄》，華東師範大學出版社，2010年版，第297頁。
（11）黃鵬《賈島詩集箋注》，巴蜀書社，2002年版，第254頁。
（12）袁行霈《中國詩歌藝術研究》，北京大學出版社，1987年版，第6頁。
（13）程千帆《古詩考索》，上海古籍出版社，1984年版，第297頁。
（14）蔣梅笙《詩範》，世界書局，1931年版，第2頁。

訓詁章第四

　　陳澧《東塾讀書記》卷一一對"訓詁"之義作出解説："'詁者,古也;古今異言,通之使人知也。'此《毛詩·周南·關雎詁訓傳第一》孔疏語。《爾雅》邢疏襲之。《爾雅·釋宫》郭注云"通古今之異語",又孔疏所本也。蓋時有古今,猶地有東西,有南北,相隔遠,則言語不通矣。地遠則有翻譯,時遠則有訓詁。有翻譯,則能使別國如近鄰;《方言》即翻譯也。有訓詁,則能使古今如旦暮,所謂通之也,訓詁之功大矣哉。"注釋,也就是解説古言,使今人能了解古人之意。劉師培《中國文學教科書》中《周代訓詁學釋例》云:"同一事物而歷代之稱各殊,則生於後世,必有不能識古義者,若欲知古言,必須以今語釋古語。同一名義而四方之稱各殊,則生於此地必有不能釋彼地之言者,若欲通方言,必須以雅言證方言。且語言既與文字分離,凡通俗之文必與文言之文有別,則書籍所用之文,又必以通俗之文解之。"劉氏在文中指出,語言隨時代而殊,隨地域而變,且有文言與俗語之別,故訓詁之學由是而興。劉氏之説,也是對陳澧之説進一步發揮。

　　有學者認爲,訓詁就是注釋,訓詁學就是注釋學。這是欠妥的。訓詁是注釋的基礎,訓詁中的注音、辨字、釋義都是注釋的重要内容,但訓詁並不等同於注釋。

注詩，首先是在詞語上的訓詁。對字音、字義、名物、地理、職官、制度等方面的解釋，這是自漢代以來注詩的傳統。

一、注明字音

注音，是中國古籍注釋的首要之義，也是注詩第一步工作。識字，先要辨音。章太炎《國學講演録·小學略説》云："象形象聲，神旨攸寄；表德表業，因喻兼綜。是則研討文字，莫先審音。"鄭玄爲經籍作箋注，以音訓的方法來正音釋義，故對注音尤爲重視。陸德明《經典釋文·敍録》云："爲《詩》音者九人：鄭玄、徐邈、蔡氏、孔氏、阮侃、王肅、江淳、干寶、李軌。"即以鄭氏爲首。鄭氏注音有其特定的術語，如云："讀曰"，即表示注釋同音假借字，還有"讀若"、"讀如"、"讀爲"、"讀當如"、"讀當爲"等，開後世注音之先河。古人注詩，很重視字音的注明。陸德明爲《詩》作"音義"，王逸、洪興祖爲《楚辭》作注，對生僻字和特殊用法的字，都一一注音。後世注家，一直沿用這種做法。時至今日，注音，似乎衹用在普及讀物上，大多數的箋注本都不作注音了。當代人對漢字辨音讀音的能力已遠遜於古人，爲古代詩歌注音，仍是注釋的要項。前代學者對先秦兩漢古籍的注音，重點放在難字、多音字等方面，已取得極爲豐富的成果，今人爲古書注音，有大量資料可查閱，已不算是太難的事。

爲詩歌注音，則有其一定的特殊性，不可忽視。注音，主要有下列幾個方面：

一、爲難字注音。

二、爲多音字注音，視其具體情況，明確注出正確讀音。

三、爲平仄互通之字注音，視其格律、用法而定。

四、爲入聲字注音。

鄭樵《通志略·六書略》"論急慢聲諧"云："聲有急慢，則發而爲文，抑揚合度，鏗鏘中節，箋注之家，全不及此。"是以爲古詩注音，須稍通音韻學，知反切、七音、四呼、雙聲、疊韻、對轉、旁轉、陰陽、清濁、洪細等基本知識。注家亦應明古今音之變，陳第《屈宋古音義序》云："蓋時有古今，地有南北，字有更革，音有轉移，亦勢所必至。"音聲文字，與世轉移，上古音與中古音有異，中古音與今音亦殊，注家應區別對待。李因篤《漢詩音注》，評點漢詩，兼注音韻。《四庫全書總目》云："漢人有漢人之韻，下不可律以今，上不可律以古。因篤概以《三百篇》之韻斷其出入，未免膠柱之見。"上古語音之學，是專門之學，非一般涉獵者所能通曉，周秦、兩漢詩歌的音韻問題，可讓專家去研究。唐詩宋詞所用的中古音，詩詞注者則須掌握其基本知識，對各種分析字音結構的方法要有所了解；每字所屬的平、上、去、入四聲，均應明確無誤。如不知格律，不懂平仄，則談不上去研究和注釋詩歌。

王夫之《夕堂永日緒論內編》云："作詩亦須識字，如思、應、教、令、吹、燒之類，有平仄二聲，音別則義亦異。"爲詩歌中平仄互通之字注音，須視其格律、用法而定，靈活多變。如杜牧《過華清宮》詩："一騎紅塵妃子笑"，"騎"字要讀去聲 jì，爲一人一馬之合稱，若讀平聲 qí 則於律不合。又如李商隱《無題》詩"青鳥殷勤爲探看","看"字應讀平聲,若讀爲仄聲,則不叶韻。又如曹丕《燕歌行》:"星漢西流夜未央,牽牛織女遥相望。""望"字,應讀平聲,叶韻。周邦彦《訴衷情》詞:"風翻酒幔,寒凝茶煙。""凝"字要讀去聲。另一同調詞"年少最無量","量"字要讀平聲。此外,還有如下之字:更、難、乘、從、傳、分、王、燕、便、勝、爲、雍、占、扁、治、正、判、不、傍、浪、強、施、當、稱、要、旋、頗、供、那、華、禁、殷、任、蒼、禪、長、創、翰、荷、和等等,這些常見字皆有平仄兩讀,或意義不變,或意義各別,若不注出,則每易讀錯解錯。

　　要注出舊讀音。有些字普通話今讀跟傳統讀法不同,如奏疏、注疏、書疏的"疏",舊讀"所去切",屬去聲,御韻,今讀平聲。在近體詩中,字的平仄不能含糊。如杜甫《秋興》詩之三:"匡衡抗疏功名薄,劉向傳經心事違。"上句應是"平平仄仄平平仄",如"疏"字按今讀爲平聲,則格律不合,杜甫《潭州送韋員外牧韶州》詩:"洞庭無過雁,書疏莫相忘。""疏"字亦應注明去聲。又如"治",治國平天下的"治",一讀平聲,音持。王安石《次韻和甫詠雪》"平治險穢非無德,潤澤焦枯是有才",若讀仄聲,則不合律。

　　爲入聲字注音,宜用拼音加上直音。如蘇軾《儋耳》詩:"垂天雌霓雲端下,快意雄風海上來。""霓"字在這裏應讀入聲,"五的"反,方合平仄。有選本以今音"ní"作注,則不合律。直音,宜用入聲字注入聲字,有利於讀者辨別入聲。特別是叶韻處,古詩與詞,每以入聲叶韻,若不注出,則一般人難以辨明韻腳。

二、解釋詞語

　　古漢語中一字多義、一詞多義的現象非常普遍，一字可以兼含兩種或數種詞性，注釋詩歌時必須清楚每一字的詞性及意義，隨文釋義，否則一字之差便使全句甚至全詩解錯。如賈島《早起》詩"秋寢獨前興，天梭星落織"二句，齊文榜注釋："謂秋夜寢臥時依然生起前此居京默觀星象的興致。"[1] 按，興，讀平聲，"起"也。並非讀去聲的興致之"興"。前興，扣詩題之"早起"。又如蔣捷《秋夜雨》詞："鬃車轉急風如喧。冰絲鬆藕新雪。"楊景龍《蔣捷詞校注》云："鬆藕新雪，鬆脆的藕片如新雪一樣潔白。"(p328)按，雪，澡雪，謂洗滌，動詞。句意謂把藕洗淨後削成藕絲。語本杜甫《陪諸貴公子丈八溝攜妓納涼晚際遇雨》詩"公子調冰水，佳人雪藕絲"。一些看來很普通的詞語，在不同語境中就有不同的意義，如"危"字，古詩詞中常見的"危欄"、"危樓"、"危檣"、"危臺"、"危堞"之"危"字，均應解作"高"，李霽野《唐人絕句啓蒙》、《唐宋詞啓蒙》卻全解作"危險"，那就真的會危及詩意了。名詞設喻的誤解，如王國維《蝶戀花》詞："衆裏嫣然通一顧。人間顏色如塵土。"錢仲聯、錢學增選注《清詞三百首》注引辛棄疾《摸魚兒》詞："君莫舞，君不見、玉環飛燕皆塵土。"[2] 按，王詞意謂此女子美麗，而一般女子與之相比則有如塵土，而辛詞則謂玉環、飛燕皆已逝去，化爲塵土。兩詞中的"塵土"，意義完全不同。前者用爲設喻，虛寫；後者用作陳述，實寫。錢注可能會誤導讀者，以爲人間一般女子皆如玉環飛燕化爲塵土也。又如錢鍾書《故國》詩："壯圖虛語黃龍搗,惡識真看白雁來。"陳寅恪《乙未迎春後一日作》詩:"黃鶯驚夢啼空苦,白雁隨陽倦未歸。"謝泳認爲"陳寅恪錢鍾書詩同用一典","白雁"一詞,"可能確有出處"。(語見《中華讀書報》2015年4月8日謝泳文)按,錢詩之"白雁",典出元人王惲《玉堂嘉話》:"初,宋未下時,江南謠云:'江南若破,白雁來過。'當時莫喻其意。及宋亡,蓋知指丞相伯顔也。"伯顔領兵攻宋,陷臨安,俘謝太后、恭帝。而陳詩之"白雁",則是一般名詞,並無典故。

一詞多義,要聯繫上下文意,或參考同類詩句,以求得正解。如賀鑄《雁後歸·想娉婷》詞:"青松巢白鳥,深竹逗流螢。"鍾振振《東山詞》校注云:"白鳥,《大戴禮記·夏小正》:白鳥也者,謂蚊蚋也。"按,賀鑄《宿寶泉山慧日寺》詩:"流螢逗深竹,白鳥巢青松。"又,蘇元鼎《遊齊山寺》詩:"白鳥巢危樹,孤猿叫斷岡。"姜特立《江口阻風寄琅山衷老》:"白鳥巢半山,掩映畫圖中。"可知此巢居於山樹中之"白鳥"也者,乃謂白羽之鳥而非蚊蚋也,而王十朋《飛蚊》詩"青蠅與白鳥,自古常紛紛"、李處權《道夫惠詩爲和五首》其三"白鳥飢逾靜,蒼蠅飽不聲"之"白鳥",則確爲蚊蚋無疑。

古漢語中,同樣是由兩個字構成的詞或詞組,很可能詞性及詞義完全不同。王沂孫《慶清朝·榴花》詞:"誰在舊家殿閣,自太真仙去,掃地春空。"吳則虞《花外集》箋注:"春空:李白《陽春歌》詩:'長安白日照春空。'"王詞的"春空",謂春色已去,繁華不再,而李詩的"春空",則指春季的天空,意思不同,不可引以作注。當代學者作注釋,普遍使用電腦檢索,往往把檢索中連在一起的兩個字詞誤認爲一個詞。又如周邦彦《看花回》詞"雲飛帝國",孫虹注云:"馬戴《廣陵曲》:'煬帝國已破,此中都不知。'此句暗用隋煬帝汴堤典故。"周詞中的"帝國"爲一詞,意爲帝都,而馬詩的"帝"、"國"是兩個詞,更不能因馬詩而推論周詞是用煬帝典故。

語涉雙關，意外有意，更是詩人之能事，句例不勝枚舉，注家尤須將相關之意注出。

諸如此類誤釋、失注，當代注本及論文中常見。

詞語有古今義，注釋時尤須辨明。注釋詞語，要分清本義與後起義。以後起義作注，每易致誤。傅山《耐貧》詩"骯髒置從來"，有注本云："把自己安排在一條骯髒的路子上。"(3) 馬斗全《傅山詩文選注刊誤》一文指出，"骯髒"一詞，古義爲高亢剛直貌，詩中以寫自己的志節，若照今義解爲污穢，則有乖本意，全詩之要旨皆失。有不少古代詞語、典故，因已成爲現代漢語的常用詞語，易爲注家忽略。如最常見的"革命"一詞，陶潛《夷齊》："二子讓國，相將海隅。天人革命，絶景窮居。"必須注出《易·革》"湯武革命"之典。

名物訓詁，是注釋詩意第一步，也是重要的一步。古人以敘物、索物、觸物爲重要的抒情手段，比物連類，一字一詞都關係到全句全詩的整體意義，是以每一字詞都必須解釋清楚。戴震云："有一字非其的解，則於所言之意必差。"的解，確切的解釋。一石當途，則全路難通；一字之失，會導致全句以至全詩理解錯誤。

所謂名物，包括有多方面的內容。《周禮·天官·庖人》："辨其名物。"賈公彥疏："此禽獸等皆有名號物色，故云'辨其名物'。"《周禮·地官·大司徒》："辨其山林、川澤、丘陵、墳墓、原隰之名物。"鄭玄注："名物者，十等之名與所生之物。"世間事物，林林總總，詩人用於詩中，常人不能盡識，故須一一辨明，爲作訓詁。這是最基本的注釋。如《詩·周南·芣苢》"采采芣苢"，毛傳："芣苢，馬舄。馬舄，車前也。宜懷妊焉。"先云馬舄，再云車前，以見"芣苢"一詞的名字變遷。可助婦女懷孕，是車前草的功效。注明之後，小序中所云"婦人樂有子"一語即可迎刃而解。

名物省稱，亦易混淆。如朱敦儒《好事近》詞："祇願主人留客，更重斟金葉。"鄧子勉《樵歌》校注云："金葉，酒名。毛滂《醉花陰》詞：'金葉猶溫香未歇。塵定歌初徹。'"按，金葉，"金蕉葉"之省稱，酒杯名。馮贄《雲仙散錄》："酒器九品，《逢原記》曰：'李適之有酒器九品：蓬萊盞、海川螺、舞仙盞、瓠子巵、慢卷荷、金蕉葉、玉蟾兒、醉劉伶、東溟樣。'"毛滂詞中之金葉，亦杯名。又，史承謙《南樓令》詞："撥香灰、空對銀荷。"馬大勇《史承謙詞新釋輯評》注："銀荷：白荷花。"按，當指荷葉形的銀燭臺或銀燈盞。楊基《無題和唐李義山商隱》詩："傷心兩炬緋羅燭，吹作銀荷葉下灰。"即此意。文人好雅忌俗，詩文中常以代語易本語。如以桂華代月，紅雨代桃等，亦應留意。又常有以物代人者，如紅袖、綠裙代女子，鳩杖、韋袍代老人之類甚多，作注時亦應分別。

專有名詞與泛稱相混，是釋名物時最易出現的失誤。如鄺露《詠懷》詩："我聞希有鳥，厥大無方隅。"楊明新注："希有，即稀有，罕有。"[4]按，《神異經·中荒經》，謂崑崙之山"上有大鳥，名曰'希有'。南向，張翼覆東王公，右翼覆西王母。"《神異經》亦非希有之書，希有鳥之名亦常見於典籍，注家不宜出錯。

在各類的名物中，以人名、地名、職官、方言俗語、天文曆法、方術、釋道等尤易致誤。

人　名

要注意人名的省稱。在古籍中，或取其姓，或取其名、字、號中的一字，稍不留意，便會致誤。顧炎武《日知錄》有"二名止用一字"條，遍徵經史，舉出多例。詩句一般爲五、七言，爲精煉見，人名入詩，常壓縮爲一字，兩人並稱而用兩字。注家於此亦須留意。謝靈運《初去郡》詩"彭薛裁知恥"，李善注謂彭薛指彭宣、薛廣德。"即是羲唐化"，羲唐指庖羲、唐堯。諸如此類，歷代詩中極多，注者必須據詩意一一辨明。韋莊《和薛先輩見寄初秋寓懷即事之作二十韻》詩："鑑貌寧慚樂，論才豈謝任。"齊濤注："樂，當謂伯樂。""任，當爲任父。"按，樂，當謂樂廣。任，當爲任昉。又《古詩箋》錄黃庭堅《李君貺借示其祖西臺學士草聖並書帖一編二軸以詩酬之》詩："當時高蹈翰墨場，江南李氏洛下楊。"聞人倓注："《名畫評》：李蕭遠，南唐人。清涼寺有元宗八分題名、蕭遠草書、董羽畫海水爲三絕。"按，李氏，指李煜，南唐後主。能文善書畫。又"使之早出見李衛"，聞人倓注："李衛，李斯、衛恒。"按，李衛，指衛夫人。衛夫人名鑠，衛恒從女，李矩妻。冠其夫姓，故稱"李衛"。二人名，聞注皆錯。又如陳經國《沁園春》詞："向猷家載酒，詡室題詩。"彭妙豔注："詡室，漢人蔣詡的宅院。"[5]"猷家"則失注。按，猷，王徽之，字子猷。《世說新語》載其好酒愛竹。陳詞序中謂"偶因庭竹有感"，故用子猷的典故。人名略稱，常有一名而多指者，尤須據上下文意而辨別。如黃庭堅《減字木蘭花·中秋無雨》詞："小謝清吟慰白頭。"馬興榮、祝振玉《山谷詞》校注："小謝，指南齊詩人謝朓。"[6]按，聯繫上文"兄弟會"，可知詞中的"小謝"，當指謝惠連，引以喻作者之弟黃叔達。曾敏之《藝林紀事》一文，[7]議及陳寅恪《柳如是別傳》時，引用陳氏《辛丑七月雨僧老友自重慶來廣州承詢近況賦此答之》詩，並爲"鍾君點鬼行將及，湯子拋人轉更忙"二句作注云：1. 指鍾馗點鬼喻專制迫害；2. 指《漢書·食貨志》記廷尉張湯以"腹誹"罪殺人。梁守中撰文駁之云："曾氏所加的兩個注，把鍾君看作是鍾馗，湯子看作是張湯，可謂望文生義，胡亂臆測。由於把所指的人物搞錯，其所注的内容也就跟着錯了。"[8] 梁氏指出，鍾君指元代戲劇家鍾嗣成，撰有《錄鬼簿》；湯子指湯顯祖，下句反用《牡丹亭》開篇曲詞中"忙裏拋人閒處住"一句之意。詩意慨歎自己年已老邁，時日無多，但仍忙於著述，與"專制"、"腹腓"無涉。引用前人詩句每爲作注，以證己說者，其注謬誤，立論亦不復有據了。

專有名詞誤作一般名詞。

古人稱謂，頗爲複雜，姓名之外，還有字、號、室名、小名、綽號以及種種代稱，若不弄清，易生誤解。馬斗全《〈歷代名人詠晉詩選〉注釋之質疑》一文指出，郝毓蘭《登蓬萊閣》詩"崎崎希夷翁，片石留題古"句，注者把"希夷翁"釋爲"虛寂微妙的老者"，而不知即五代陳摶；鄭洛《過懸空寺》詩"停車欲向山僧問，安得山僧是遠公"，注者把"遠公"釋爲"來自遠方的不相識的客人"，而不知即東晉僧人慧遠。人名，或被誤爲別的詞語。如孔尚任《送牧堂上人遊五臺》詩"層崖翠接蔚藍天，百丈清風待皎然"句，注云："皎，白色的光，這裏指月光。"馬斗全謂"百丈"與"皎然"俱爲僧名。[9] 詩中以皎然喻牧堂上人，百丈清風喻五臺佛地。人名錯解，全詩主旨皆失。人名，每易忽略，陳洵《塞垣春》詞："羯鼓促花奴，恨春事遲緩。"劉斯翰《海綃詞箋注》引南卓《羯鼓錄》所載唐玄宗親自擊羯鼓事以注，而未引下文："上（玄宗）性俊邁，酷不好琴。曾聽彈琴，正秦，未及畢，叱琴者出，曰：'待詔出去！'謂內官曰：'速召花奴將羯鼓來，爲我解穢。'"花奴，爲汝陽王李璡小名。

文人厚古薄今，詩文中常以古名易今名。何孟春《餘冬序錄》云："今人稱人姓，必易以世望；稱官，必用前代職名；稱府州縣，必用前代郡邑名，欲以爲異。"又云："官職郡邑之建置，代有沿革，今必用前代名號而稱之，後將何考焉。"詩家每以古爲雅，借古名以入詩，竟成習尚。注家於此，則不可不細察。古書中常以郡望、封邑、籍貫之地名以代人名，如韓愈稱爲韓昌黎，康有爲稱爲康南海之類，經常連姓氏也省略了，就稱爲昌黎、南海，用於詩中，極易誤解，人名、地名亦每易混淆。如陳經國《沁園春·吳門懷古》詞："惆悵要離招不回。離之後，似舞陽幾個，成甚人才。"彭妙艷注："舞陽，要離同時代的舞陽（今屬河南）籍某某，指伯嚭諸人。"(10) 詞中的"舞陽"，實指秦舞陽，與荆軻同入秦的刺客。

詩中的古人名，每有喻指，亦須注出。如杜甫《同諸公登慈恩寺塔》詩，有"回首叫虞舜，蒼梧雲正愁。惜哉瑶池飲，日晏崑崙丘"之語。趙次公《杜詩先後解》注云："南望而遠想蒼梧，則託虞舜而思高宗之晏駕，蓋帝王之孝莫大於虞舜也。""西望而遠想瑶池，則託西王母而思文德不留，蓋以女仙之尊者名之也。"文德，指太宗文德皇后。而師民瞻又注云："此以譏明皇荒樂不若虞舜。瑶池言王母，以比楊妃，崑崙以比驪山。"潘檉章《杜詩博議》又謂"高祖號神堯皇帝，太宗受内禪，故以虞舜方之"。虞舜與西王母，杜詩中肯定是有所喻指的，但究竟指的是誰，各家各說。明人許學夷《詩源辯體》斥趙注"迂遠無當"，而清代注家或遵趙注，或立新説，甚至認爲並非喻指，如黃生《唐詩評》云："時明皇巡遊無度，故以虞舜、周穆反正爲比。"此類喻指，是注釋的難點，注家不得回避。

尚有一種特殊的借用，對時人不便在詩中直斥其名，而代之以他人名、書名。這種情況古已有之，近世尤甚。是以錢仲聯《沈曾植詩集校注·發凡》特意列出一條："詩有借用人名、書名者，兹特舉其來處，非果以爲人名、書名也。"

職　官

　　職官方面的詞語，常見於詩中。有關官署、官名以及品秩、章服、俸禄、賞賜等名物，極其複雜，尤多歧義。有古名今用的，有借用的，有簡稱的，注釋者必須分清。如戴叔倫《吴明府自遠而來留宿》詩："綺城容敝宅，散職寄靈臺。""靈臺"一詞，蔣寅釋爲"靈臺郎"，《長安早春寄萬評事》詩："何事靈臺客，狂歌獨不知。"釋爲"靈臺寺"。陶敏指出："唐人詩中常以靈臺指國子監。""叔倫曾'載遷廣文博士'，正屬國子監，故或自稱'靈臺客'，或自云'散職寄靈臺'。"[11] 詩人好古而薄今，是以古名今用，尤爲常見，注家務必充分注意。

　　實詞泛用、虚用、活用，易生誤解。黄庭堅《次韻子瞻和子由觀韓幹馬因論伯時畫天馬》詩："曹霸弟子沙苑丞，喜作肥馬人笑之。"任淵注："張彥遠《畫記》云：'韓幹官至太府丞，尤工畫馬，初師曹霸，後自獨擅。'此云'沙苑丞'，未詳。"任淵已知韓幹曾任太府丞，但詩中稱其"沙苑丞"，又查不出韓幹任此職的證據，祇得説是"未詳"。此詩爲黄氏名作，常被收入各種評注本，而"沙苑丞"一語，均不得確解。按，據《元和郡縣圖志》卷二載，沙苑在華州馮翊縣南十二里，"以其處宜六畜，置沙苑監"。詩云"沙苑丞"實爲詩人之謔語。沙苑丞專管牲畜，自要求養得肥壯，韓幹喜畫肥馬，故以此戲稱，並不是説他真的當過沙苑監的官吏。又如白居易《宿紫閣山北村》詩有"紫衣挾刀斧，草草十餘人"句，一些選注本祇是就字面理解，釋紫衣爲朱紫之服。吴孟復指出:"白詩中'紫衣'當爲神策軍服裝'紫褶袴'。這首詩揭露當時由太監統率的神策軍擾民,故解'紫衣人'爲神策軍是切合詩文的。"[12]

以現當代的官職對應古代的官職,如鍾叔河《念樓讀書筆記》以"國家元首"、"領導人"解釋"君"、"主",以"中央政府副秘書長"解釋"中書舍人"之類,切忌用於詩注中。

地 名

地理名物方面的考釋,是箋注的重點和難點。清經學家惠棟爲王士禛詩作注,在《漁洋山人精華錄訓纂·凡例》中強調地理名物"注家最易舛訛"。郡國州縣的沿革,山川泉石的變遷,亭臺寺觀的成毀,都不易一一考釋。何況更有一名多地,一地多名的種種情況,偶有不察,則貽笑大方。倪璠《注釋庾集題辭》云:"若夫山河屢異,陵谷幾遷,雖使豎亥尋山,夸父逐日,今之所遊,或非古處。笨伯之談,爭相標榜,以爲古人某地即今某處,驗諸前典,正復不然。"可見注地名之難。

古今地名變化很大,地理志書亦因時有異。注家運用志書作注,不能隨宜,則易致誤。注唐宋詩詞,最好還是用當時的志書,如《元和郡縣圖志》、《太平寰宇記》、《輿地紀勝》、《方輿勝覽》等,盡可能不用明清《一統志》。如盧燕平《李紳集校注》注"越王臺"一詞,引《佩文韻府》卷一〇灰韻下引《一統志》,則引上引,尤爲不妥。浦起龍《讀杜心解·發凡》指出"詩中關合地志處,不可悉數",又云:"注家承訛於地志,十有三四。"以今注古,以前注後,皆爲注家之忌。是以《續四庫全書》中之《三昧集箋注》提要云:"職官輿地,今古不同，苟非洞熟胸中，正如囫圇吞棗，不得味中味，又安得味外味哉！"

舊地名或沿用至今，或經多次改易，或已湮滅無考。黃節《謝康樂詩序》云："歸瀬三瀑布、兩溪，不詳何地。諸書方志，勤求殆遍，溪壑沿襯，舊名易湮，則誠憾已。"故其於謝靈運《發歸瀬三瀑布望兩溪》詩注云："未詳何地。"翁方綱《石洲詩話》卷二："韓文公《岳陽樓》詩，'宜春口'未知在何處？注以爲宜春郡，非也。且上句云在袁州，而下句'夜纜巴陵郡'注云'即岳州'，亦殊可笑。"歷代注家衆説紛紜。查慎行謂宜春口"豈即今之淥口耶"？沈德毓謂"宜春口蓋爲醴陵東達袁州之水口"。陳景雲謂爲"洞庭中小洲渚名"，王元啓則謂"當爲湖旁汊港之名"，沈欽韓謂當在岳州府巴陵縣西南，文廷式又謂其在洞庭山之北，錢仲聯補釋謂沈欽韓之説無誤，查、王兩家均屬臆説。由此可見地名之考釋實爲不易。此外，地名亦每爲後人亂改。杭世駿《訂訛類編》卷五云："詩人改地名以就己意，俗人以同聲而易他字。種種錯謬，不可枚舉。"故尤須考證。

有時一個普通的地名，會涉及大事，不可等閒視之。謝靈運《述祖德詩》之二："高揖七州外，拂衣五湖裏。"李善注："舜分天下爲十二州，時晉有七，故云七州也。"方回《文選顔謝鮑詩評》則駁之曰："予獨謂不然，指謝玄所解徐、兗、青、司、冀、幽、并七州都督耳。謂晉有七州而高揖於其外，則不復居晉土耶？非也。道子解玄七州都督，而爲會稽内史，釋兵柄於内郡，自是左遷。然玄亦嘗疾篤，詔還京口，玄不以爲怨，而靈運微有怨辭，蓋以己之不得朝柄爲望耳。"所解甚是。謝玄於太元九年因功加都督徐、兗、青、司、冀、幽、并七州諸軍事，十二年解職，爲會稽内史。"七州"一詞，中含深意，故非泛泛言之。

古詩文中一個地名可能就代表一個典故甚至是典故群。如劉辰翁《霜天曉角·壽蕭靜安，時歸永新》詞："苦苦留君不得，攜孺子、到汾曲。"吳企明《須溪詞》校注云："汾曲，汾水之曲。"按，此用隋末學者王通隱於汾曲之典。詞中以王通喻蕭靜安，若不注出，則蕭氏之素抱不顯，全詞之用意亦不明矣。

注釋詩歌，尤要有歷史地理知識，了解地名含義及歷史沿革。如賈島《留別光州王使君建》詩中"楚從何地盡，淮隔數峰微"二句，齊文榜《賈島集校注》注："淮：淮水，即今淮河也。"黃鵬《賈島詩集箋注》云："楚地爲淮南道，故此處楚、淮對舉。"(13)按，二注均未能達意。詩爲留別光州刺史王建之作。光州，地處淮水南岸，其北則爲河南道，已非楚地，故云"盡"。"何地盡"，猶言"此地盡"，故作問語，更見留別之情誼。且衹可云淮南道爲楚地，不得謂"楚地爲淮南道"。不明地理，便無法正確理解詩意。王勃《送杜少府之任蜀州》，文研所《唐詩選》注謂蜀州"治所在今四川省崇慶縣"。吳孟復指出："唐設蜀州在王勃死後十年，王勃何能預知？王勃講的'蜀州'，大概是沿用隋代蜀郡舊稱，在成都而不在崇慶。"(14)又，杜甫有《鐵堂峽》詩，鄧魁英、聶石樵《杜甫選集》注謂鐵堂峽"地在今天水縣東五里"。王德全指出："注者把《方輿勝覽》中的'天水縣'和現在的天水縣混爲一談。""鐵堂峽遺址在今甘肅省天水縣天水鎮東北六七里處的貓兒眼峽內的張家峽和趙家窯之間。"(15)

一名異地，極易舛亂，注家須據詩人生平行實及詩意細爲考證。如江淹《吳中禮石佛》詩，胡之驥注云："是時淹謫於吳興而作此詩也。"而江淹所謫的吳興乃建安吳興，在今福建浦城，不在吳中。(16)可謂失之毫釐，謬以千里了。如李白《望廬山瀑布》詩之"香爐"，陳舜俞《廬山記》卷二云："香爐峰，此峰山南北均有，其形圓聳，常出雲氣，故名以象形。李白詩云：'日照香爐生紫煙，遥看瀑布掛前川。'即謂在山南者也。"清代王琦注謂在廬山西北部，爾後各家注本選本，多仍王氏之誤。又如杜甫《石硯》詩："公含起草姿，不遠明光殿。""明光殿"一詞，注家各説，莫衷一是。王洙認爲是霍去病借以避暑處，杜時可、趙次公認爲是成都侯王商借以避暑處。程大昌、王楙爲作考證，指出漢有兩明光宫，一在長樂宫，一在甘泉宫，而杜詩所云"明光殿"則在未央宫漸臺西面的桂宫，與前二者無涉。又如岑參《熱海行送崔侍御還京》詩有"氣連赤阪通單于"句，陳鐵民、侯忠義《岑參集校注》云："赤阪，地名，在陝西洋縣東龍亭山。"王劉純指出："詩中所言皆西域景物，故此赤阪亦當爲西域地名。"[17]並引《漢書·西域傳》中的赤土阪以證之。又，岑參《登北庭北樓呈幕中諸公》詩有"二庭近西海"句，注謂二庭指西突厥南北二庭，王氏指出："岑詩所指，當爲漢車師二王庭。""在唐代分屬庭州、西州之地，故岑參登北庭城樓，念其爲漢代車師後王庭故地，又憶及昔日曾讀《漢書·西域傳》，而有'二庭近西海'之語。"又如"龍山"一名，古詩中，多用重九桓溫登山、孟嘉落帽事，蘇軾《陽關》三絶之二："濟南春好雪初晴，行到龍山馬足輕。"趙次公注謂爲桓溫九日所登之山，施宿父子略而不注，當亦以爲常典。王士禎《池北偶談》曰："龍山在濟南郡城東七十里，章邱城西南四十里，古平陵城，唐之全節也。"又謂趙次公注中之龍山，"在今江南之太平府，與濟南了不相涉，詩意何緣及此？可見注詩不易，信如陸務觀語周益公云云也。"又如屈大均爲僧時所住的"雷峰"，是廣東番禺的一個小山丘，海雲寺在焉，有選注本卻誤釋爲杭州西湖之雷峰。以方位標志的地名，尤多相同，如名爲"東"、"西"、"南"、"北"的山、湖、園、樓等，在古代詩文中常見。劉聲木《萇楚齋隨筆》卷八:"以地名西湖者,天下三十有六。"這三十六個西湖,可能衹是見於典籍中的,而全國各地以"西湖"爲名的更不知凡幾。

地名的專有名詞,或被誤爲泛稱。如李紳《逾嶺嶠止荒陬抵高要》詩,盧燕平《李紳集校注》注:"嶺嶠,高而陡的山。《南史·陳武帝紀》:'長驅嶺嶠,夢想京畿。'""荒陬,此指端州。"按,嶺嶠,即南嶺。又稱粵嶠、東嶠。《南史》所云,亦指嶺南,今廣東一帶。"嶺嶠"一詞錯解,"荒陬"之釋亦誤。荒陬,指荒遠的角落。左思《吳都賦》:"其荒陬譎詭,則有龍穴内蒸。"盧注則把泛稱誤爲地名了。許渾《鷺鷥》詩"緑蒲紅蓼練塘秋"句,劉肅秋《唐人絶句選》注:"練塘,清澄無波的池塘。"徐俊指出:"練塘爲湖名,又稱練湖,古稱曲阿後湖,歷代地理書均有紀載,在今江蘇丹陽縣城西北。"[18]張可久有《紅繡鞋·天台瀑布寺》一曲,陳永正在《元曲鑑賞辭典》中解釋説:"天台,山名,在浙江天台縣北。山中有方廣寺,寺旁有瀑布,奔騰直下數十丈,爲天台八景之一。"陳漢冕在2001年1月31日浙江《天台報》發表《再談元曲中吕紅繡鞋天台瀑布寺》一文,指出"瀑布"是寺名,位於天台棲霞鄉,宋文帝元嘉二年(425)僧法順建,久廢。并謂"將瀑布寺誤認做方廣寺了,原因在於石梁飛瀑就在寺旁"。

詩中地理名詞,亦常爲虚指,若認真坐實,或斥詩人謬誤,則不免膠柱鼓瑟。如《顔氏家訓·文章》云:"文章地理,必須愜當。梁簡文《雁門太守行》乃云:'鵝軍攻日逐,燕騎蕩康居。大宛歸善馬,小月送降書。'蕭子暉《隴頭水》云:'天寒隴水急,散漫俱分瀉。北注徂黄龍,東流會白馬。'此亦明珠之纇,美玉之瑕,宜慎之。"顔氏認爲日逐、康居、大宛、小月等地,與詩題中之雁門相去甚遠,而黄龍、白馬等地,亦與題中之隴水無關。顧炎武是地理學家,其《日知錄》卷二〇同意顏氏之語，認爲是"文人之病"，王利器《顏氏家訓集解》則云："所侈陳之地理，皆以誇張手法出之，顏氏以爲文章瑕纇，未當。"古人詩中的燕然、龍沙、樓蘭以及揚雄宅、庾公樓等名詞，或實或虛，必須具體分析。時人注唐詩，亦每斤斤於地理考證，以指詩中之誤，實屬無謂。宋詞中泛稱之地，每被注家誤以爲專名。如柳永《法曲第二》詞有"香徑偷期"句，薛瑞生《樂章集校注》云："香徑，即采香徑。《太平寰宇記》：'香山，《吳地記》云："吳王遣美人采香於此山，以爲名。故有采香徑。"'"[19] 柳詞中的"香徑"，猶言花徑，指一般的花間小路，如晏殊《浣溪沙》之"小園香徑獨徘徊"。若要坐實爲吳宮的采香徑，則必須有人事的確證，如白居易《題靈巖寺》詩之"娃宮屧廊尋已傾，硯池香徑又欲平"。

要重視地理志書及地方文獻。詩中涉及地方上的人名、地名時尤應注意，檢索方志及有關書籍。如黃庭堅《山谷詩外集》有題爲《避秦十人》詩："九真承詔上龍胡，盡是驪山所送徒。惟有鄧公留不去，松根楂鼎煮菖蒲。"史容僅注"龍胡"、"驪山"等常典，全詩之意茫然不知。按，王象之《輿地紀勝》卷三〇四引此詩，注云："山谷題玉笥山鄧仙詩"，同卷又載玉笥山上有"九真池"、"九仙臺"之勝。多種方志皆載，世傳孔邱明等十人避秦時亂，隱居玉笥山中，修煉歲久，九仙得道，九龍控馭上昇。故詩中"九真"當指九仙，"鄧公"，爲十人中未得上仙者。人名、地名弄清楚後，全詩即可通解。白敦仁注鄭珍詩，於《五蓋山硯石歌》中"黯淡灘頭鳳凰觳"一句，久而不得其解，後始從《曝書亭集》中獲綫索，爲之狂喜，跟蹤追究而從祝穆《方輿勝覽》中得之。[20] 而今地志書籍已大量整理出版，《方輿勝覽》後附有索引，一檢即得。

天文曆法術數

有關天文、曆法、術數等專門的學問，連韓愈、陳澧等學者都愧欺未精，遑論碌碌餘子。史籍中的《天官書》、《天文志》、《律曆志》的研究，歷來都被一般學者視爲畏途，再加上方術的神秘色彩，令人望而卻步，而對注家來説，這些專門之學更是注釋的難點，無法回避。鄭樵《通志略・藝文略第一》認爲顔師古不識天文地理，故其注《漢書》，"於訓詁之言甚暢，至於天文地理，則闕略焉。此爲不知爲不知也"。浦起龍《讀杜心解・發凡》説到詩中有"涉天官家言"者，而注家"至舉天官等書，則不謬者十無一二矣"。

吾華以農業立國，星象、節氣等天文曆法知識爲農人所必具者。顧炎武《日知録・天文》云："三代以上，人人皆知天文。'七月流火'，農夫之辭也；'三星在天'，婦人之語也；'月離于畢'，戍卒之作也；'龍尾伏晨'，兒童之謡也。後世文人學士，有問之而茫然不知者矣。"可舉出一個爲學界所熟知的例子：《古詩十九首》有"玉衡指孟冬"一句，李善注："《春秋運斗樞》曰：'北斗七星，第五曰玉衡。'《淮南子》曰：'孟秋之月，招摇指申。'然上云促織，下云秋蟬，明是漢之孟冬，非夏之孟冬矣。《漢書》曰高祖十月至灞上，故以十月爲歲首。漢之孟冬，今之七月矣。"後世學者或循其説，或以爲孟冬就是初冬十月。金克木《古詩玉衡指孟冬試解》又認爲孟冬不是指節令，而是指孟秋或仲秋後半夜的某個時刻。但按金氏的説法，同爲十九首中的"孟冬寒氣至，北風何凜冽"中的"孟冬"又如何解釋？而且"孟冬"一詞的解釋牽涉到此詩的寫作年代，若據李善注，此詩則可能産於西漢，若謂孟冬是初冬，則此詩可能産於東漢後期，但又與詩中的"促織"、"秋蟬"矛盾。可以説，詩中"孟冬"一詞，至今尚難作確解。

聖人好言天道，臣民妄覘天意，詩人亦每以天象寄意抒懷。李白詩"太白入月敵可摧"，杜甫詩"少昊行清秋"，若不識天文曆法，則不知所謂。如李紳《過梅里七首家於無錫四十載今敝廬數堵猶存》詩："卷舌墮讒諛，驚波息行潦。"盧燕平《李紳集校注》校注："卷舌，閉口。《文選·揚雄〈解嘲〉》：'是以欲談者卷舌而同聲，欲步者擬足而投迹。'"盧注固然無誤，但何以"墮讒諛"呢？若不知出典，則詩人之匠心枉費了。按，卷舌，星名。主口舌佞讒之事。《漢書·天文志》："〔元帝〕二年五月，客星見昴分，居卷舌東可五尺，青白色，炎長三寸。占曰：'天下有妄言者。'"《隋書·天文志上》："卷舌六星在〔昴〕北，主口語，以知佞讒也。"又如史承謙《風流子》詞："觀黏雞貼燕，玉琯暗移。"馬大勇《史承謙詞新釋輯評》："玉琯，用玉製成的六孔管狀樂器，多爲歲末祭祀時吹起。"(21)誤。按，此爲立春之詞。古人以葭莩灰置於定音之十二律管中，以占節候。立春至，則相應之"太簇"律管內的葭灰飛出，以示報春。是以立春則律移歲換也。玉琯，指律管。王綽《迎春東郊》詩："玉琯潛移律，東郊始報春。"又，雜體詩有所謂"建除體"，"建除"一詞，爲古代天文術數用語，若對建除十二辰一無所知，亦不解其所以。

有關術數的更是難中之難，注家稍一不慎，即生誤解。張淏《雲谷雜記》舉出"玉帳"一詞爲例：杜甫《奉送嚴公入朝十韻》詩："空留玉帳術，愁殺錦城人。"又《送盧十四弟侍御護韋尚書靈櫬歸上都二十韻》詩："但促銅壺箭，休添玉帳旗。"王洙注及增釋者祇以"兵書"、"《玉帳經》"注之。張氏按，"顏之推《觀我生賦》云：'守金城之湯池，轉絳官之玉帳。'又袁卓《遁甲專征賦》

云：'或倚其直使之游宫，或居其貴人之玉帳。'蓋玉帳乃兵家厭勝之方位，謂主將於其方置軍帳，則堅不可犯，猶玉帳焉。其法出於《黃帝遁甲》，以月建前三位取之，如正月建寅，則巳爲玉帳，主將宜居。李太白《司馬將軍歌》云：'身居玉帳臨河魁。'戌爲河魁，謂主將之帳在戌也。非深識其法者不能爲此語。"張氏指出，"兵書"祇能注"玉帳術"，而"玉帳旗"，則爲兵家於厭勝方位所置之軍帳。莫礪鋒《宋人杜詩注釋的特點與成就》一文更指出，仇兆鰲《杜詩詳注》竟引張氏之說注前詩"玉帳術"，而"玉帳旗"則無注，"可謂張冠李戴，這從反面證明，宋人張淏的辨析真是細入毫芒，精確無比"。仇氏對張說實際上沒有讀懂，一字之差，謬以千里。

王維堤指出，高適"受星象術的影響頗深，以星象占戰爭吉凶勝負，是當時的迷信思想，今天的讀者是不了解這一點的，就是在唐代，也不是個個人都弄得清那些客觀上並不存在的'規律'的"。[22] 王氏還指出，高適詩多次出現"太白星高"之語，劉開揚《高適集編年箋注》脱離上下文，孤立地釋太白爲將星，而不知"太白星高是大舉用兵的吉兆"，並引《史記·天官書》"太白……出高，用兵深吉淺凶"爲證。

秦觀《田居四首》其一："眷言月占好，努力競晨昏。"周義敢《秦觀集編年校注》注引《初學記》卷一"月"條所引《帝王本紀》載"蓂莢"之典，誤。按，月占，爲古代占卜之法，大致有兩類，一爲據月象以占吉凶，《開元占經》有"月占"條。一爲據每月某特定之日的氣象以占驗年成，《田家五行志》中亦多每月月占之例。本詩當屬後者。劉辰翁《法駕導引》有"床下玉靈頭戴九"之語，吳企明《須溪詞》校注失注，不知"戴九"當謂神龜所負《洛書》九宫"戴九"履一之數。又，蘇過《大人生日》詩："壽條固已占黃髮，珠火還應養寸田。"舒大剛等《斜川集校注》："條，絲帶。壽條即壽繩。"[23] 按，壽條，即項條，又稱壽帶，指老人頸上之條狀皮摺，與眉毫、耳毫均爲相人術中之壽徵。吳曾《能改齋漫錄》卷七引顏之推云："眉毫不如耳毫，耳毫不如項條。"陳文蔚《壬申老人生旦》詩："自古作善天所佑，賦與厖眉並壽條。"楊維楨《强氏母》詩："日日起居太夫人，項間壽帶日見雙條文。"即此。

亦偶有誤普通名詞爲天文名詞者。如汪元量《杭州雜詩和林石田》之四："百年如過翼，撫掌笑孫劉。"胡才甫《汪元量集校注》注云："過翼，謂星馳，喻時間迅速。翼，星名。"按，過翼，指飛鳥。杜甫《夜》詩之二："城郭悲笳暮，村墟過翼稀。"

釋道典故

古代詩文中，經常用釋、道二氏之典，古典文學研究者對佛教和道教的基本理論和主要典籍都應有所了解。

佛典的注釋，更是一大難題。唐代詩家好以釋典入詩，或用佛經語詞典實，或用中土禪宗故事，而佛教典籍浩如煙海，檢索尤難。王維詩舊有顧起經注本，後來趙殿成更作箋注。《四庫全書總目》云："維本精於佛典，顧注多未及詳。殿成以王琦熟於三藏，屬其助成，亦頗補所未備。"洪芻在其所著《詩話》中已指出北宋時杜詩王洙注本的謬誤："其甚紕謬者：佛經稱善巧方便，僧璨、祖可二師名，故詩曰'何階子方便'，又曰'吾亦師璨、可'，注乃云：'子方，田子方。''璨可，詩僧。'顧愷之小字虎頭，維摩詰是過去金粟如來，故《乞瓦棺寺顧愷之畫摩詰》詩卒章云：'虎頭金粟影，神妙獨難忘。'注乃云'虎頭,僧像;金粟,金地當飾。'此殊可笑也。"陳寅恪《元白詩箋證稿》校補記(六)中引劉禹錫《馬嵬行》"平生服杏丹,顏色真如故",並引《神仙傳》中《董奉傳》命患者栽杏樹以釋之。陶敏、李一飛指出,"杏丹"一語,出《雲笈七籤》卷七四"杏金丹方",云杏金丹乃以杏子、羊脂爲原料煉製而成,"其色如金,狀如小兒。……令人顏色美好"。[24] 陳氏所釋未能中的。賈島《哭柏巖和尚》詩:"自嫌雙淚直,不是解空人。"齊文榜注釋:"慚愧自己已不是僧人,然仍爲大師寂滅沈痛落淚。解空人,僧人也。"[25] 黃鵬箋注:"未解空者,即未能消除煩惱障也。"[26] 按,"空",是佛家重要的概念,所謂諸法皆空,解空,意謂悟解諸法之空相。能做到解空的人,就不會産生悲痛之情。有些詩人,特別是詩僧,如寒山、拾得、王梵志等,在詩中使用大量佛教典故、語詞,對佛教典籍沒有深入的研究,是無法作好這類詩歌注釋的。錢仲聯《沈曾植集校注》一書,可作善注佛經釋典的樣本。

釋道之典,宋人詩詞更爲常用。蘇軾、黃庭堅等飽學之士,精通佛典,信手拈來,渾然融會。如蘇軾《念奴嬌·赤壁懷古》詞:"談笑間,檣櫓灰飛煙滅。"灰飛煙滅,看似常語,當代注家都忽略不注,但實出自《圓覺經》上:"譬如鑽火,兩木相因。火出木盡,灰飛煙滅。"又,《景德傳燈錄》卷二四載,石門山紹遠禪師云:"亡僧遷化,向甚麼處去?師曰:'灰飛煙滅,白骨連天。'"《圓覺經》、《景德傳燈錄》皆是宋人持誦的經典,蘇、黃詩詞亦屢用之,若詳注蘇詞,亦應注此出處。若知此典,對詞意的理解又深一層。又如黃庭堅《漁家傲》詞:"方猛省。無聲三昧天皇餅。"馬興榮、祝振玉校注《山谷詞》失注。按,《祖堂集》卷五載,龍潭崇信禪師在俗時爲餅師,常以十餅饋天皇和尚道悟,天皇每食已,常留一餅與之,云:"吾惠汝,以蔭子孫。"一日忽訝之，問其返惠之意。天皇曰："是汝持來，復汝何咎？"遂大悟，因投天皇出家。不知此典，則不解句意。又，《促拍滿路花》詞"自然爐鼎，虎繞與龍盤，九轉丹砂就。"校注："道家謂煉金丹有一至九轉之別，而以九轉爲最勝。晉葛洪《抱朴子·金丹》：'九轉之丹服之，三日得仙。'"按，詞中所寫的是道教內丹術，而不是服食金丹的外丹術。九轉，喻內丹煉養的火候。爐，喻人的頭頂，鼎，喻人體中的丹田。龍、虎，喻鉛、汞，即木、金。亦即元神與元精。虎繞龍盤，謂元精與元神互結。由此數例可知，一典不明，全詞之要旨俱失。

然亦偶有注家以常語附會釋典者。黃庭堅《次韻漢公招七兄》詩："白髮霏霏雪點斑，朱櫻忽忽鳥銜殘。"史容《山谷外集詩注》引《景德傳燈錄》："溈山與仰山邂行次，鳥銜一紅柿落前。祐將與仰山，仰山接得，以水洗了，卻與祐云云。"史氏注"鳥銜殘"一語，牽強附會。此語出自《呂氏春秋·仲夏》"羞以含桃"，高誘注："含桃，鶯桃。鶯鳥所含食，故言含桃。"焦竑《焦氏筆乘·鶯桃》："櫻桃亦曰鶯桃。"鳥銜櫻桃，遂摯爲常典。王維《敕賜百官櫻桃》詩："芙蓉闕下會千官，紫禁朱櫻出上闌。纔是寢園春薦後，非關御苑鳥銜殘。"均與釋典無涉。"鳥銜"一語，亦非最早見於《景德傳燈錄》，鮑照《三日》詩即有"黃鳥銜櫻梅"之語。又如李紳《趨翰苑遭誣構四十六韻》詩："大樂調元氣，神功運化爐。"盧燕平《李紳集校注》注謂："大樂，菩薩名，大樂不空金剛菩薩。"按，詩中之"大樂"，即《禮記·樂記》"大樂與天地同和，大禮與天地同節"之"大樂"，詩中之"調元氣"、"運化爐"，亦即"與天地同和"、"與天地同節"之用意，與佛典全無關係。

方言俗語

　　方言、土語、俗語，一般讀者未必能解，亦須注出。各地皆有其獨特的風土名物，往往不見於載籍，非當地人不能知之，博學的注家亦每致誤。杜甫《戲作俳諧解悶》詩：「異俗可吁怪，斯人難並居。家家養烏鬼，頓頓食黃魚。」「烏鬼」一詞，沈括《夢溪筆談》解爲鸕鷀，黃庭堅《杜詩箋》解爲鴉雛，夏侯節解爲豬，《王直方詩話》云：「川陝路民多供事烏蠻鬼以臨江，故頓食黃魚耳。俗人不解，作畜養字讀，遂使沈存中自解以烏鬼爲鸕鷀也。」《蔡寬夫詩話》引元稹《江陵》詩自注云：「南人染病，競賽烏鬼。」謂烏鬼爲巴楚間所事神名，可爲鐵證。邵伯溫《聞見錄》亦載夔峽人養烏鬼事。故「養烏鬼」爲供奉烏鬼神，當無疑義。川人郭沫若《李白與杜甫》認爲鸕鷀之說「比較可靠」，當未細究耳。又如黃庭堅《送舅氏野夫之宣城》詩有「春網薦琴高」句，任淵注：「琴高，鯉魚也。《列仙傳》：『琴高乘赤鯉。』歐公亦有琴高魚詩。」宋人趙與時《賓退錄》卷五指出：「今寧國府涇縣東北有琴溪，俗傳琴高隱處。有小魚，他處所無，號琴高魚。」並謂：「蜀人任淵注山谷詩，不知土宜，但引《列仙傳》，誤矣。」按，項安世《以琴高魚茶芽送范蜀州》自注：「相傳魚乃琴高生藥查。」如此則詞義完整了。有些古代方言，至今猶存，杜甫《遣興》詩：「問知人客姓，誦得老夫詩。」《陪王使君晦日泛江就黃家亭子二首》其一：「非君愛人客，晦日更添愁。」洪仲謂「『人客』字必當日方言」，周篆謂「人客，賓客也，今紹興土俗尚有此稱」。吾粵方言至今仍有「人客」一詞，歷千載而未變，讀詩至此，覺興味盎然。

古代的口頭俗語，後世昧於其含意，或作主觀推測，強爲注解而造成失誤。王梵志詩"典吏頻多擾，從饒必莫嗔"，張錫厚《王梵志詩校輯》注："從饒，謂討饒，求饒。"蔣紹愚指出："釋義誤。'饒'爲'任從'意，此義唐代習見。"[27] 又，王詩"師僧來乞食，必莫惜家常"，張注："家常，居家常用之物，指便飯。"蔣紹愚云："'家常'在唐宋時還有其特定的含義，即'佈施'之義。"王應麟《困學紀聞》卷一七："陸務觀記東坡詩'翠欲流'，謂蜀語'鮮翠'，猶言'鮮明'也。愚按，嵇叔夜《琴賦》云：'新衣翠粲。'李周翰注：'翠粲，鮮色。'李善注引《子虛賦》：'翕呷翠粲。'張揖曰：'翠粲'，衣聲。《漢書》作'萃蔡'。班倢伃賦：'紛綷縩兮紈素聲。'其義一也。以鮮明爲翠，乃古語。"蘇軾《和述古冬日牡丹》詩"一朵妖紅翠欲流"，若不明"翠"字之義，句意則不可解。蘇軾蜀人，蜀語保留古語之義，以鮮明釋翠。又如辛棄疾《鷓鴣天》詞："燕兵夜娖銀胡䩮，漢箭朝飛金僕姑。"胡雲翼《宋詞選》注："娖：捉，握的意思。"郭在貽指出："此注非是。娖是俗語詞，其義爲整頓、整理。"[28] 又如韓愈《華山女》詩："廣張福罪資誘脅，聽衆狎恰排浮萍。"或釋云："狎洽，當時口語，你邀我，我邀你的意思。"郭在貽指出："謂狎恰是當時口語不錯，但釋之爲'你邀我，我邀你'，則臆說無據。'狎恰'在這裏是多而密集的樣子。"[29]

清代以還，各地都有詩詞家嘗試用方言創作，如廣東何淡如、胡漢民等人寫過不少粵語詩，廖恩燾刊印了粵白話詩《嬉笑集》，亦有研究者爲這些方言詩作注。

詩詞中使用的"語辭"，張相《詩詞曲語辭匯釋》一書已有詳明的解釋，但不少注者對此仍未注意，以致失誤。如唐圭璋等《唐宋詞選注》中，賀鑄《減字浣溪沙》"東風寒似夜來些"句，注云："些(suò)，語助詞。"並引《楚辭·招魂》爲證。辛棄疾《鷓鴣天》"陌上柔條初破芽，東鄰蠶種已生些"句，注云："些(sā)，句末語氣助詞。"劉凱鳴指出，"以上兩注專業性失誤，置詞律詞意於不顧。"(30)"些"字音義當取《廣韻》下平聲麻韻寫邪切："些，少也。"

數量詞

汪中《述學·釋三九》云："人之措辭，凡一二之所不能盡者，則約之三，以見其多。三之所不能盡者，則約之九，以見其極多。此言語之虛數也。實數可稽也。虛數不可執也。"葉德輝《古書疑義舉例補·虛數不可實指之例》又云："古人屬文，多出想象之詞，不必盡合於實數。"能會此意，則"古籍膠固罕通之義，均渙然冰釋矣"。數量詞，在詩中有時是實指，有時是泛指，必須弄清楚，尤其是地理方面的數詞，更不能籠統而論。如杜牧《江南春》有"千里鶯啼綠映紅"、"南朝四百八十寺"之句，明人楊慎《升庵詩話》云："千里鶯啼，誰人聽得？千里綠映紅，誰人見得？若作十里，則鶯啼綠紅之景，村郭、樓臺、僧寺、酒旗，皆在其中矣。"何文煥《歷代詩話考索》批駁云："即作十里，亦未必盡聽得著，看得見。題云《江南春》，江南方廣千里，千里之中，鶯啼而綠映焉，水村山郭，無處無酒旗，四百八十寺，樓臺多在煙雨中也。此詩之意既廣，不得專指一處，故總而命曰《江南春》。"詩中之"四百八十寺"，亦言其多而已，不必一一坐實。又如沈括《夢溪筆談》引杜甫《武侯廟柏》詩云："霜皮溜雨四十圍，黛色參天二千尺。"評曰："四十圍乃徑七尺，無乃太細長乎？"拘執之說，令人發笑。竺可楨是科學家，故讚美沈氏"他能夠對於數字注意"，陳望道是修辭學家，故指出杜詩乃用鋪張手法，譏彈沈氏使用算盤來計較爲不恰當。[31]杜甫《將赴成都草堂途中有作先寄嚴鄭公五首》之四有"惡竹應須斬萬竿"一語,郭沫若《李白與杜甫》一書據此考證,謂草堂裏的竹林占一百畝地以上,過的是地主生活云云,郭氏能詩,何有此說?時至今日,已成話柄。

亦有誤實指爲虛指者。如康有爲《遊三水城》詩:"三十六江水,群流大會歸。"舒蕪等《康有爲選集》注云:"三十六是言其衆多之意。"其實三十六是實指。《三水縣志》謂西江、北江、綏江匯流於三水縣西。各支流流入北江者九,流入西江者二十七,共三十六。三十六江,每條江都有具體的名字。

隨文釋義

隨文釋義,是注釋詞語的一個重要原則。

同一詞語,在不同時代、環境,不同詩歌中有着各異的解釋。要準確地注釋,就先得正確地理解詩意。詞語,並不是孤立的,它是詩句的一部分,更是全詩的一部分,必須結合上下文意,因應具體情況而作注。茲以最常見的"風雨"一詞,舉杜甫詩爲例:

《哭李尚書》詩:"風雨嗟何及,江湖涕泫然。"語出《詩·鄭風·風雨》:"風雨淒淒,雞鳴喈喈。既見君子,云胡不夷。"《詩序》云:"風雨,思君子也。"以寫對李之芳尚書的思念。

《通泉縣署屋壁後薛少保畫鶴》詩:"高堂未傾覆,幸得慰佳賓。曝露牆壁外,終嗟風雨頻。"數語暗用《詩·豳風·鴟鴞》"予室翹翹,風雨所漂搖"之意。詩題"畫鶴"及詩中的"高堂",亦與《詩》意相應。

《寄李十二白二十韻》詩:"筆落驚風雨,詩成泣鬼神。"語本庾信《謝滕王集序啓》:"譬其毫翰,則風雨争飛;論其文采,則魚龍百戲。"風雨則爲形容設喻。

《萬丈潭》詩:"閉藏脩鱗蟄,出入巨石礙。何事炎天過,快意風雨會。"此亦《夔府書懷四十韻》詩:"社稷經綸地,風雲際會期"之意。"脩鱗"指龍。《易·乾》:"雲從龍,風從虎。"《淮南子·説林》:"人不見龍之飛舉而能高者,風雨之奉也。"

以上諸詩中的"風雨"一詞,均各有所喻指,非自然界的一般風雨,而古今杜詩注本每忽略失注,或語焉不詳,若不一一注出,則詩意難得確解。

一詞多義,同一詞語在不同的場合下有不同的含義,必須細察上下文意,選擇最貼切的義項作注釋。不要脱離原文,孤立地就字釋字,就詞釋詞。如秦觀《和游金山》詩:"寄語山阿人,泠然行復御。"周義敢等《秦觀集編年校注》:"泠然,解悟。《一切經音義·十四》:'泠然,解悟之意也。'御,進用。"按,此詩寫山行,據上下文意,當用《莊子·逍遥遊》"夫列子御風而行,泠然善也"之語。泠然,輕妙貌,與解悟無涉。又《春日雜興》之一:"秣馬膏余車,行行不周路。"周注:"不周,指不平直的路。"按,不周,爲傳説中山名,見《山海經》。又如王國維《賀新郎》詞:"遣愁何計頻商略。"葉嘉瑩、安易《王國維詞新釋輯評》注云:"商略,商量,討論。宋姜夔《點絳唇》詞:'商略黄昏雨。'"按,王詞寫自己孤身度歲,那有頻頻商量討論之理?詞中的"商略",意爲估計、忖度。陸游《枕上》詩"商略明朝當少霽",即用此義。又如王國維《鵲橋仙》詞:"沈沈戍鼓。"葉注云:"邊防駐軍的鼓聲。"按,王氏此時正在江南上京的途中，焉有邊防駐軍？戍，這裏祇是泛指軍營、守軍而已。亦有詩人好自鑄新詞，以置換常見常用者。如孟郊《冬日》詩："凍馬四蹄吃，陟卓難自收。""陟卓"，即"陟高"。《詩·卷耳》："陟彼高岡，我馬玄黃。"韓泉欣《孟郊集校注》："陟卓，遠行。"則是隨便猜測了。

  不要就詞釋詞。釋一詞須結合全句甚至整篇之意。如王沂孫《八六子》詞："繡屏鸞破。"吳則虞《花外集》箋注："韋莊《應天長》詞：'寂寞繡屏香一炷。'"祇釋"繡屏"一詞，亦非最早出處。王詞以"鸞"字見意，古人屏風上常畫有或繡有鸞鳳圖案，因有"鸞屏"、"鳳屏"之稱。"鸞"，亦指"鸞鏡"，鸞破，暗用破鏡之典，意味着夫婦分離，石孝友《滿江紅》詞"因追念、鏡鸞易破"，注家須引有關語典，並點明此意。又如陳洵《東風第一枝》詞："青未上、鳳鞋麗句。"劉斯翰《海綃詞箋注》引元人岑安卿《美人行》"鳳鞋濕翠行遲遲"以注。然陳詞有題云"爰和梅溪"，詞中又有"挑薺"一語，故"鳳鞋麗句"當指史達祖《東風第一枝》詞"恐鳳靴、挑菜歸來"之句。

  要注好一部詩集，必先要熟悉全部作品，上下鉤連，前後對比，纔能得出每個詞語的確切含義。如杜甫《愁》詩："人今罷病虎縱橫。"朱鶴齡注引張璁曰："虎縱橫，謂暴歛也。"仇兆鼇注："虎縱橫，暴歛亟也。"又引《禮記·檀弓》"苛政猛於虎"之語。按，杜甫《客從》詩："多虎信所過。"仇兆鼇注："多虎，餘寇未平。"兩句之"虎"字均爲"寇盗"之意。每位詩人都有自己獨特的用語習慣，姚合《送裴宰君》詩："還應施靜化，誰復與君同。"吳河清《姚合詩集校注》："靜化，完全清除世俗之念。"[32]如果結合姚合其他作品來看，會得出另一解釋。《寄絳州李使君》詩："獨施清靜化，千里管橫汾。"《送林使君赴邵州》詩："清净化人人自理，終朝無事更相關。"可知"靜化"，即"清净化人"。

施行"無爲而治"的理念,以"清静"教化民衆,使人能自覺自理。吴氏之注,未能到位。又如黄仲則《偕容甫登絳雪亭》詩:"顛狂駡座日佗傺,疇識名山屬吾輩?著書充棟腹常飢,他年溝壑誰相貸?"本人撰《黄仲則詩選》,把"疇識"句解爲"誰知道天下名山的美景是屬於我們的呢?"劉世南撰文指出,"名山",乃"名山事業"之省,指著述,並引《兩當軒集》卷九《贈程厚孫時爲厚孫作書與汪容甫定交》詩有"名山屬公等,吾行荷鋤錇"爲證。[33]

某些詞語若欲求得確解,還須從同時同類作品中歸納總結。如温庭筠《菩薩蠻》詞:"小山重疊金明滅。""小山"一詞,古來各説紛紜,有枕屏説、屏山説、山枕説、額黄説、雲鬟説、螺髻説、眉峰説,當代學者沈從文又有梳背説,莫衷一是。試檢索唐宋人詞,温庭筠《酒泉子》:"日映紗窗,金鴨小屏山碧。"顧夐《醉公子》詞:"枕倚小山屏。"歐陽修《虞美人》詞:"畫屏寒掩小山川。"盧祖皋《菩薩蠻》詞:"巫峽小山屏。夢雲猶未成。"吕渭老《燕歸梁》詞:"雙枕細眉顰,女郎番馬小山屏。"孫惟信《燭影摇紅》詞:"夢雲不入小山屏。"胡翼龍《徵招》詞:"愁壓曲屏深,更小山無數。""小山無數",更是襲用"小山重疊"之意。大量例證,可謂一目了然,枕屏之説至確,毋庸再辯。

對於歧義較少的詞語的解釋,須準確無誤。如劉長卿《湖南使還留辭辛大夫》詩:"大才生間氣,盛業拯横流。"楊世明《劉長卿集編年校注》注云:"間氣,混合之氣。《太平御覽》卷三〇六引《春秋演孔圖》:'正氣爲帝,間氣爲臣。'"[34]何謂"混合之氣"?既不知何據,讀者亦不明所以。應再引宋均注:"間氣則不苞一行,各受一星以生。"並説明古之偉人才士,上應星象,秉天地之靈氣,間世而出。詩人以此歌頌辛大夫。

普及性注本中,由於不引詞語典故出處,解釋時尤須準確無誤。逯欽立校注《陶淵明集》一書[35]，釋"說彼平生"之"平生"爲"平時"（p13），釋"薄言東郊"爲"到了東郊"（p14），釋"依依墟里煙"之"依依"爲"偎依留戀"（p41），釋"披榛步荒墟"之"荒墟"爲"荒廢村落"（p43），釋"吾生行歸休"之"行歸休"爲"將要休息"（p45），釋"及晨願烏遷"之"烏遷"爲"太陽遷逝"（p51），釋"君其愛體素"之"體素"爲"體質"（p53），釋"新疇復應畬"之"畬"爲"第三年治理田地"（p58），釋"巽坎難與期"之"巽坎"爲"風水"（p74），釋"時時見遺烈"之"遺烈"爲"古烈士"（p78），釋"斂翮遥來歸"之"斂翮"爲"整飭翅膀"（p89），釋"素抱深可惜"之"素抱"爲"樸素懷抱"（p96），釋"漂流逮狂秦"之"漂流"爲"時代流蕩下去"（p100），釋"相知不中厚"之"不中厚"爲"不夠厚道"（p109），釋"辭家夙嚴駕"之"嚴駕"爲"裝上車子"（p110），釋"及時當勉勵"之"勉勵"爲"勉勵爲善事"（p115），釋"飛蓋入秦庭"之"飛蓋"爲"車蓋如飛"（p132），釋"俯仰終宇宙"之"俯仰"爲"低頭抬頭之間"（p133），如此種種，全書甚多，或錯誤，或欠準確，或似是而非，令一般讀者難以索解。

（1）齊文榜《賈島集校注》，人民文學出版社，2001年版，第32頁。
（2）錢仲聯選注《清詞三百首》，岳麓書社，1992年版，第436頁。
（3）侯文正等《傅山詩文選注》，山西人民出版社，1986年版，第36頁。
（4）楊明新《嶠雅》，廣東高等教育出版社，1990年版，第93頁。
（5）彭妙豔校注《龜峰詞》，中華工商聯合出版社，1998年版，第15頁。
（6）馬興榮、祝振玉校注《山谷詞》，上海古籍出版社，2001年版，第6頁。
（7）《羊城晚報》2002年2月1日"花地"版。
（8）《澳門日報》2002年5月26日"新園地"版。
（9）馬斗全《〈歷代名人詠晉詩選〉注釋質疑》，《運城學院學報》1984年第4期。

(10) 彭妙豔校注《崑峰詞》,中華工商聯合出版社,1998年版,第28頁。
(11) 陶敏《唐詩別集整理的優秀成果——評蔣寅〈戴叔倫詩集校注〉》,《古籍整理出版情況簡報》第290期。
(12) 吳孟復《古詩古文校注得失例談》,《安徽教育學院學報》1955年第1期。
(13) 黃鵬《賈島詩集箋注》,巴蜀書社,2002年版,第284頁。
(14) 吳孟復《語文閱讀欣賞例談》,安徽人民出版社,1989年版,第60頁。
(15) 王德全《談〈杜甫選集〉的地名誤釋》,《社會科學》1985年第5期。
(16) 說見《江文通集彙注·出版說明》,中華書局,1984年版,第5頁。
(17) 王劉純《〈岑參集校注〉的幾個問題》,《河南大學學報》1985年第5期。
(18) 徐俊《〈唐人絕句選〉地名注商榷》,《讀書》1985年第2期。
(19) 薛瑞生《樂章集校注》,中華書局,1994年版,第89頁。
(20) 白敦仁《巢經巢詩鈔箋注·前言》,巴蜀書社,1996年版,第27頁。
(21) 馬大勇《史承謙詞新釋輯評》,中國書店,2007年版,第109頁。
(22) 王維堤《古詩注釋的幾個問題》,《古籍整理與研究》第四輯。
(23) 舒大剛、蔣宗許、李家生、李良生《斜川集校注》,巴蜀書社,1997年版,第18頁。
(24) 陶敏、李一飛《隋唐五代文學史料學》,中華書局,2001年版,第327頁。
(25) 齊文榜《賈島詩集注》,人民文學出版社,2001年版,第89頁。
(26) 黃鵬《賈島詩集箋注》,巴蜀書社,2002年版,第62頁。
(27) 蔣紹愚《〈王梵志詩校輯〉商榷》,《北京大學學報》1985年第5期。
(28) 郭在貽《訓詁學與古籍整理》,《杭州大學學報》1984年增刊。
(29) 郭在貽《俗語詞研究與古籍整理》,《社會科學戰綫》1983年第4期。
(30) 劉凱鳴《〈唐宋詞選注〉指瑕》,《重慶師院學報》1986年第3期。
(31) 《新校正夢溪筆談》,中華書局,1975年版,第228頁。
(32) 吳河清《姚合詩集校注》,上海古籍出版社,2012年版,第17頁。
(33) 劉世南《談〈黃仲則詩選〉的注釋——與止水先生商榷》,《古籍整理研究學刊》1995年第6期。
(34) 楊世明《劉長卿集編年校注》,人民文學出版社,1999版,第351頁。
(35) 《陶淵明集》,逯欽立校注,中華書局,1979年版。

詩法章第五

傳統詩歌理論指導歷代詩人和"寫詩的人"進行創作,這些理論分散在文人的各種論著和文章中,尤其集中在詩話、詞話一類著述中,詩法,則是其中最受關注的部分。所謂詩法,是指詩人創作的技法和規律。汪琬《吳公紳芙蓉江唱和詩序》云:"善學詩者,必先以法爲主。"翁方綱《詩法論》又云:"法之立也,有立乎其先立乎其中者,此法之正本探源也。"詩法繁富,前人有關論述甚多。詩法之定義亦各家各説。嚴羽《滄浪詩話》"詩辨"章云:"詩之法有五:曰體製、曰格力、曰氣象、曰興趣、曰音節。"謝榛《四溟詩話》謂作詩"其法有三,曰事,曰情,曰景"。葉燮《原詩》又以三言而概括萬法,"曰理、曰事、曰情",均爲虚法,理論而已,無補實踐。實法則如《滄浪詩話》"詩法"章中有關除"五俗"、"語忌"之説,對句、結句、發句之法,押韻、用事、下字、造語、結尾之宜忌以及活句、死句等議論,言簡意賅,益人心智。又云:"其用工有三:曰起結、曰句法、曰字眼。"嚴氏所謂"用工",主要在詩的章法、句法和字法方面。韓愈《答孟郊》詩有"文字覷天巧"之語,"巧",即在"用工"之處,仗人力得以奪天工。詩詞有其體格上的特色,積句叶韻而成篇,跟古文結構不盡相同,層次句序,並没有固定的模式,語言錯綜跳躍,章節變化多端。是以前人解詩，注重篇章結構的分析，長篇古詩固忌平順，即近體律絶亦須講求曲折。此外，如屬對、煉意、比喻、點化等各種修辭手段以及聲律、用韻等方式方法，皆爲詩家常用的技法，而在衆多的詩法中，尤以"用事"爲最要之法，本章後有專章論述。

詩法爲歷代詩人所重視，宋人尤甚。每一位詩人都有其不同的思維方式，作詩技巧亦各異。蘇軾《送參寥師》："詩法不相妨，此語更當請。"陳造《次章房陵韻四首》其二："詩法究源委，今古有正傳。"所謂"正傳"，或力學古人，或父祖傳承，世守家法，或投師學藝，遍訪名家。詩人鑽研詩法，處心積慮，偶有一得，則詫爲枕中秘寶。王十朋《又各贈一絶·施良臣》詩"學傳士丐舊家聲，詩法肩吾句已成"，即謂施良臣繼承施肩吾的家法。陳師道《後山詩話》："黃魯直云：'杜之詩法出審言，句法出庾信，但過之爾。杜之詩法，韓之文法也。詩文各有體，韓以文爲詩，杜以詩爲文，故不工爾。'"即謂杜甫繼承杜審言的家法。元人鄭采《送姚子章之浙東帥掾》詩"政愛夔州詩法高"、黃清老《上繼學王公》詩"願從輞川覓詩法"，即謂以杜甫、王維爲學習對象。

詩法，古人亦有對之持不同態度者。方回《虛谷桐江續集序》云："讀書有法，作詩無法。"可是，他的《瀛奎律髓》一書卻處處示人以法，可算是集詩法之大成者。詩法多爲後人所歸納者，過於強調，易成程式，歷代出版的《詩法入門》之類的書籍，多以簡單的教條示人，以圖速成，吳敬梓《儒林外史》寫到，從來沒作過詩的匡超人，"在書店裏拿了本《詩法入門》，看了一天兩夜，便覺得自己的詩比景蘭江等人詩好"了。真如錢名山所云"迂腐不通之人言詩法"，爲平生之恨。周弼《四體唐詩》，提出所謂的"四實四虛"之說，以爲"定法"，影響甚深。葉燮《原詩》云："詩文一道，豈有定法哉？"然又云："凡事凡物皆有法,何獨於詩而不然,是也。然則法有死法,有活法。"周氏之説,可謂"死法"之典型,以教三家村塾中之蒙童尚可,但於真正的詩道了無干涉。徐增《而庵詩話》云:"故作詩者先從法入,後從法出,能以無法者爲有法。"可謂平情之論。至於習見的章法、句法、字法,平仄粘對、"起承轉合"、"一情一景"、"奇正相生"諸多具體法門,固需掌握,然畫地成牢,爲法所困,則良法變成敝法,活法變成死法,是以注家亦須善於抉取。《孟子·盡心下》:"梓匠輪輿,能與人規矩,不能使人巧。"對詩法,亦應作如是觀。大量的"入門"一類的書籍爲人所詬病,亦職是之故。如明人王用章所輯《詩法源流》三卷,託稱傳自"杜甫九世孫杜舉",標立結上生下格、拗句格、牙鎮格、節節生意格、抑揚格、接頂格、交股格、纖腰格、雙蹄格、續腰格、首尾互換格、首尾相同格、單蹄格、應句格、開合格、開合變格、疊字格、句應句格、敘事格、歸題格、續意格、前多後少格、前開後合格、興兼比格、興兼賦格、比興格、連珠格、一意格、變字格、前實後虚格、藏頭格、先體後用格、雙字起結格。凡三十三格,繁瑣怪異,是以《四庫全書總目》譏"其説極爲荒誕"、"其謬陋殆不足辨"。近世李鍈《詩法易簡錄》、林東海《詩法舉隅》等入門書籍則似較勝古人,可供學詩者參考。

  注者須了解詩人慣用的技法,好好揣摩原作詩法,理清脈絡。然而,對詩法的理解因人而異,難以有確切的標準,故也有學者主張把有關詩法者概從注釋中删芟。洪業《杜詩引得序》云:"至於剖章句、標對偶、玩靈巧、賞玄妙、論格調,以示詩法者,則人人興會不同,領悟各別,自可後生不讓前賢,但僅可選詩而論之,後載諸詩話焉,不必列入全集也。"

  詩,不可無法。詩法亦世代相傳。《景德傳燈錄》云:"燈能照暗,禪宗祖祖相授，以法傳人，猶如傳燈。"詩法多方，各家各法，難以縷述，本書祇能舉與注釋關係較大者略述數端如下。

祖　述

《禮記·中庸》："仲尼祖述堯舜，憲章文武。"古人"謀事必就祖，發政占古語"，"援經義以折衷是非"，引經據典已成爲中國政治文化生活的常態，表現在文字創製上就是祖述前賢。流傳下來的詩法，是歷代文人創作實踐的歸納和總結。不斷繼承，不斷創新，詩法便愈加豐富多彩。祖述，是學習和掌握詩法的要義。

《文心雕龍·通變篇》云："楚之騷文，矩式周人；漢之賦頌，影寫楚世；魏之策制，顧慕漢風；晉之辭章，瞻望魏采。"又云："夫誇張聲貌，則漢初已極，自茲厥後，循環相因，雖軒翥出轍，而終入籠内。枚乘《七發》云：'通望兮東海，虹洞兮蒼天。'相如《上林》云：'視之無端，察之無涯，日出東沼，月生西陂。'馬融《廣成》云：'天地虹洞，固無端涯，大明出東，月生西陂。'揚雄《校獵》云：'出入日月，天與地遝。'張衡《西京》云：'日月於是乎出入，象扶桑於濛氾。'此並廣寓極狀，而五家如一。諸如此類，莫不因循，參伍相革，通變之數也。"作者揭出了兩種情況，一是歷代的文體遞相祖述，一是漢人的文章遞相因襲。對此，後人亦有所論述。

沈約《謝靈運傳論》云："異軌同奔，遞相師祖。"所謂"遞相師祖"，可以從三方面去理解：一是"擬古"，摹擬前人的體裁和風格；一是學習前人的法度,仿效句法,蹈襲成語;一是襲用前人作品的內容和意境。詩文家摹擬襲用前人,初時似覺不大光彩,甚至以此互相攻訐。《北齊書·魏收傳》:"收每議陋邢(邵)文。邵又云:'江南任昉,文體本疏,魏收非直模擬,亦大偷竊。'收聞乃曰:'伊常於沈約集中作賊,何意道我偷任昉?'"但後來這已成文人的慣技。其實,不必忌諱,摹擬前人佳作,是學詩必由之徑。習詩如同習字,臨摹古代名家碑帖,先力求逼肖,然後纔取其神韻。幾乎所有需要講究技法的文藝門類,不從摹擬入手,則終生祇能作門外觀,難以升堂入室。祖述,已成爲中國古典詩歌創作的重要手段。鍾嶸《詩品》中屢屢指出某家源出於某家。所謂源出,既是風格上的仿效,亦是詩法上的襲用。漢、魏詩,如古詩十九首及三曹、七子詩,成爲西晉詩人的摹擬對象;晉詩如阮籍《詠懷》,更爲六朝詩人所取法。以"詩體總雜,善於摹擬"著稱的江淹,就有《效阮公詩十五首》、《雜體詩三十首》等擬古詩,風格上仿效原作,又能自出己意,或有度越前賢者。唐、宋以還,在長期的傳承過程中,更是層叠累積,所仿效的對象愈來愈多,學習的途徑也愈來愈廣。

李善注《文選》云:"諸引文證,皆舉先以明後,以示作者必有所祖述也。"李善之注,創立了被稱爲"類比"的注釋方法,爾後歷代的注家都沿用下來,引前人詩文中的語句爲證,以明其淵源所自,把前後詩人互相憲述的過程揭示出來。如胡應麟《詩藪》指出的,江淹"日暮碧雲合,佳人殊未來",源於曹丕的"朝與佳人期,日夕殊未來"和謝靈運的"圓景早已滿,佳人猶未適",梁、宋、魏三代詩人,體格不同,然"愈衍愈工",後人化用前人詩意,點鐵成金,青出於藍,精益求精。宋人高似孫《文選句圖·自序》云:"宋襲晉,齊沿宋,凡茲諸人,互相憲述,神而明之,人莫知之,惟李善知之,予亦知之。乃爲圖詁,略表所以憲述者。"高氏摘句爲圖,略仿鍾嶸《詩品》之意,謂某句源出某句,這也是"舉先以明後,以示作者必有所祖述"的發揮。

《舊唐書·文苑傳序》云:"臣觀前代秉筆論文者多矣。莫不憲章《謨》、《誥》,祖述《詩》、《騷》。"祖述《詩》、《騷》,更是歷代詩家學詩之要法。杜甫《戲爲六絶句》之六:"未及前賢更勿疑,遞相祖述復先誰?"論者多以爲乃老杜夫子自道之語。孫奕《履齋示兒篇》卷九"遞相祖述"條"用古今句法"條列舉多例,以證杜甫之句法得諸前賢,如謂《春日憶李白》"何時一樽酒,重與細論文",即孟浩然"何時一杯酒,重與李膺傾"之體,《江邊小閣》"薄雲巖際出,孤月浪中翻",取何遜"薄雲巖際出,初月波中上"之句法。同卷"類前人句"條更舉出多位詩人祖述前人之例。清嘉、道間廣東香山(今中山)黃熊文撰有《詞場祖述》一書,列舉歷代詩人祖述前人數百例,分條縷析,可謂集大成矣。

古人的語詞、典故、文句,歷代流傳,輾轉襲用。在意象上的沿襲,尤宜注意。《顏氏家訓·勉學》云:"《羅浮山記》云:'望平地如薺。'故戴暠詩云:'長安樹如薺。'"顏氏所識者,後來成了語典,爲詩人所襲用。薛道衡《敬酬楊僕射山齋獨坐》詩有"遥原樹若薺"之句,孟浩然《秋登蘭山寄張五》詩"天邊樹若薺",李商隱《偶成轉韻七十二句贈四同舍》詩"迴望秦川樹如薺",顧瑛《湖光山色樓口占》詩"晴山遠樹青如薺",均以薺喻樹,又用爲專指。竇鞏《登玉鉤亭奉獻淮南李相公》詩:"綠楊如薺繞江城。"因山中有樹,更有以薺喻山者,獨孤及《雨後公超谷北原眺望寄高拾遺》詩:"五陵如薺渭如帶。"明、清以後,以薺喻遠樹者更僕難數,如吳偉業《送何省齋》詩"楚天樹如薺"等,注家必須指出戴暠《度關山》詩及《羅浮山記》爲原始出處。

又如形容瀑布,晉人裴啓《語林》有"懸河瀉水,注而不竭"之語,《水經注·清水》云:"瀑布垂巖,懸河注壑,二十餘丈,雷扑之聲,震動山谷。"首先把瀑布與天河聯繫起來的是梁元帝。其《隱居先生陶弘景碑》云:"飛流界道,似天漢之橫波。"還有梁簡文帝《招真館碑》:"懸河瀑布,雜天河而俱灑。"李白《望廬山瀑布》二首,分別有"初驚河漢落,半灑雲天裏"及"疑是銀河落九天"之語。如衆多"草"的典故中,有把"草"與女子聯繫起來的意象。《詩·鄭風·野有蔓草》:"野有蔓草,零露漙兮。有美一人,清揚婉兮。"以"蔓草"與美人連語。陳朝詩人江總之妻有《賦庭草》詩:"雨過草芊芊,連雲鎖南陌。門前君試看,是妾羅裙色。"此詩謂因蔓草色綠,如見女子之裙。後人便輾轉相襲。唐人如杜甫《琴臺》詩:"野花留寶靨,蔓草見羅裙。"白居易《杭州春望》詩:"草綠裙腰一道斜"。太易《湘夫人祠》詩:"苔痕澀珠履,草色妒羅裙。"劉禹錫《憶春草》又有"西子裙裾曾拂來"。劉長卿《湘妃廟》詩:"苔痕斷珠履,草色帶羅裙。"許渾《途經敷水》詩:"重尋繡帶朱藤合,更認羅裙碧草長。"張元一《詠靜樂縣主》詩:"馬帶桃花錦,裙銜綠草羅。"五代牛希濟《生查子》詞:"記得綠羅裙,處處憐芳草。"爾後仿者不絕。以草喻衣袍,最早見於漢《古詩五首》之四:"青袍似春草,長條隨風舒。"遂爲詩家襲用,如何遜《與蘇九德別》詩:"春草似青袍,秋月如團扇。"吳均《答蕭新浦》詩:"觀濤看白鷺,望草見青袍。"陳後主《立春日泛舟玄圃各賦一字六韻成篇》詩:"石苔侵綠蘚,岸草發青袍。"庾肩吾《亂後行經吳郵亭詩》詩:"青袍異春草,白馬即吳門。"蕭子顯《樹中草》詩:"幸有青袍色,聊因翠幄雕。"然後就是杜甫的名作《渡江》詩:"渚花張素錦,汀草亂青袍。"後世襲用者更不知凡幾。有關草的意象,又有另一來源。漢朝班婕妤失寵退居長信宮,作《自悼賦》,有"中庭萋兮綠草生"之句。梁劉孝綽《詠長信宮中草》詩,因有"全由履迹少,並欲上階生"之語。唐崔國輔《長信草》詩:"時侵珠履迹,不使玉階行。"反用劉詩。劉長卿《湘妃廟》詩:"苔痕斷珠履,草色帶羅裙。"把兩個意象分用在兩句中,而金完顏璹《龍德宮八景》"裙腰草色趁階斜"、楊維楨《士女》"階前草色上羅裙",更合用在一句中了。又有把"草"與遊子聯繫起來的意象。《楚辭·招隱士》中有"王孫遊兮不歸,春草生兮萋萋"之句,自此,王孫、草、游子、離別等意便交融在一起,成爲思念游子,抒寫離情的常用典故。韋莊《春日》詩:"紅塵遮斷長安陌,芳草王孫暮不歸",王孫,由王室子孫的專指,變成爲隱士、游子、朋友的泛稱。王孫草,也成爲牽惹離愁別恨的特定景物。李恒《題少府監李丞山池》詩:"窗外王孫草,牀頭中散琴。清風多仰慕,吾亦爾知音。"又用作懷人之意。儲嗣宗《和顧非熊先生題茅山處士閒居》詩:"惟有階前芳草色,年年惆悵憶王孫。"宋詞套用此意。秦觀《憶王孫》詞:"萋萋芳草憶王孫,柳外樓高空斷魂。"注家一定要弄清上述典故的來龍去脈,纔能真正了解詩詞的本意。

　　比喻方面的襲用,尤爲常見。一個佳喻出現之後,詩人們便明目張膽地襲用。襲用也是一種繼承,這不能簡單地指責詩人想象力貧乏,無法以另一物設喻。如謂好女如花一樣,出處典雅,形象優美,將來還會繼續沿用。晉人傅玄《九曲歌》:"歲暮景邁群光絕,安得長繩繫白日。"首創"長繩繫日"之喻。此後則有江總《歲暮還宅》詩:"長繩豈繫日,濁酒傾一杯。"李白《惜餘春賦》:"恨不能掛長繩於西天,繫此西飛之白日。"白居易《浩歌行》:"既無長繩繫白日,又無大藥駐朱顏。"李商隱《謁山》詩:"從來繫日乏長繩,水去雲迴恨不勝。"趙牧《對酒》詩:"長繩繫日未是愚,有翁臨鏡捋白鬚。"宋代李甲《過秦樓》詞："已蜨稀鶯散，便擬把、長繩繫日無由。"最後，"長繩繫日"變成了"成語"，隨人使用了。又如南朝釋惠標《詠水》詩有"舟如空裏汎，人似鏡中行"之語，沈佺期《釣竿篇》詩"人疑天上坐，魚似鏡中懸"，從惠標詩化出，李白《江上贈竇長史》詩"人疑天上坐樓船"、杜甫《小寒食舟中作》詩"春水船如天上坐"，均襲用沈詩字面及用意。可能受杜詩影響，宋人不斷因襲"天上坐"之喻，如王炎《湘中雜詠》詩"倚柂穩如天上坐"，孫覿《平江燕張節使樂語》詩"笑倚柂樓天上坐"，張綱《彥達乘小舟醉歸墮水作此戲之》詩"長歌扣舷天上坐"，陸游《因王給事回使奉寄》詩"正歎船如天上坐"，鄭伯玉《和夏日國清塘泛舟》詩"水滿人如天上坐，波澄舟在鏡中行"，胡舜陟《泛歙溪用老杜詩青惜峰巒過爲韻》詩"水從雲際來，舟疑天上坐"，錢時《夜半觀潮》詩"月夜舟如天上坐"，趙長卿《蝶戀花·和任路分荷花》詞"短艇直疑天上坐"等皆是，此後沿襲者更多，陳陳相因，了無新意。

由此可知，古人所謂"無兩字無來歷"、"無一字無來處"，詞語、句子、用意，輾轉襲用，這種作法，古來詩家並不忌諱，或仿題面，或擬體格，或用語意，注家要覓得真正主人，實在是難事。又如李紳《上黨奏慶雲見》詩："寧作無依者，空傳陶令文。"盧燕平《李紳集校注》注引陶潛《歸去來辭》："雲無心而出岫，鳥倦飛而知還。"按，"無依"一語之來歷，當引陶潛《詠貧士七首》其一"萬族各有託，孤雲獨無依"、《於王撫軍座送客》詩"寒氣冒山澤，遊雲倏無依"，"無依"字面始有著落。注者泥於一"文"字，失之交臂。如陳師道《除夜對酒贈少章》詩"髮短愁催白，顏衰酒借紅"一聯，當時盛稱其工，後人紛紛爲覓出處。冒廣生《後山詩注補箋》引《王直方詩話》云："樂天有詩云'醉貌如霜葉,雖紅不是春',鄭谷有詩云'衰鬢霜供白,愁顏借酒紅',老杜有詩云'髮少何勞白,顏衰肯更紅',無己詩云'髮短愁催白,顏衰酒借紅',皆相類也。"又引《優古堂詩話》云:"程文簡公有《飲酒戴花》詩云'衰顏紅易借,短髮白難遮',乃知陳無己'髮短愁催白,顏衰酒借紅',蓋本此。"還可以舉出唐人徐夤《義通里寓居即事》詩:"愁鬢已還年紀白,衰容寧藉酒杯紅。"黃滔《寄刑部盧員外》詩:"半白侵吟鬢,微紅見藥顏。"宋人宋祁《望仙亭置酒看雪》詩:"光侵病鬢都成白,寒著酡顏久未紅。"張耒《耒將之臨淮旅泊泗上屬病作迎候上官不敢求告比歸尤劇疏拙無以自振但自憫歎耳》詩:"雙鬢雖青應早白,病顏更醉不成紅。"上文中所舉諸聯,俱爲輾轉仿製者。後來本人偶然讀到《文苑英華》卷二六六所載隋人尹式《別宋常侍》詩:"遊人杜陵北,送客漢川東。無論去與住,俱是一飄蓬。秋鬢含霜白,衰顏倚酒紅。別有相思處,啼鳥雜夜風。"方知此乃真正的原創。杜甫、鄭谷、徐夤、黃滔、程琳、宋祁、張耒、陳師道諸作,皆由此輾轉化出,而注杜、注鄭諸家,均未明其出處。尹式之名不顯,今存詩僅二首而已。又如"淚墨"一語,形象淒婉動人,詩詞家每用之。孟郊《歸信吟》詩:"淚墨灑爲書,將寄萬里親。"晏幾道《訴衷情令》詞:"此時還是,淚墨書成,未有歸鴻。"《采桑子》:"淚墨題詩。欲寄相思。"吳文英《鶯啼序》詞:"臨分敗壁題詩,淚墨慘澹塵土。"試檢各家注本,均未注其最早出處。賀鑄《杵聲齊》詞:"砧面瑩,杵聲齊。搗就征衣淚墨題。"鍾振振校注《東山詞》僅注晏幾道《思遠人》詞:"淚彈不盡臨窗滴,就硯旋研墨。"而此以淚研墨之意象,實出自南朝吳均《和蕭洗馬子顯古意詩》六首之四:"何處報君書,隴右五歧路。淚研兔枝墨,筆染鵝毛素。"類似上述詩人獨得之名言雋語,竟爲後世多位詩詞家久假不歸,無人指出,深可惋歎。

原　典

　　注典必求其朔，直探本原，尋得最初出處，即所謂"原典"、"初典"。注家失注，則每爲識者所譏。洪邁《容齋續筆》指責傅幹《注坡詞》，謂其"不知天上宮闕，今夕是何年"，不能引"共道人間惆悵事，不知今夕是何年"之句，"笑怕薔薇胃"、"學畫鴉黃未就"，不能引《南部煙花錄》。按，洪氏所引"共道"二語，見於唐人牛僧孺《周秦行紀》。再溯本源，應更引《詩·唐風·綢繆》："今夕何夕，見此良人。"及《越人歌》："今夕何夕兮，搴舟中流。"劉尚榮《注坡詞考辨》更謂蘇軾二語實出自戴叔倫《二靈寺守歲》詩"已悟化城非樂界，不知今夕是何年"，而蔣寅《戴叔倫詩集箋注》已考定此詩爲明人丁鶴年所作，誤入戴集。呂巖《憶江南》詞又有"不知今夕是何年，海水又桑田"之語，亦爲僞託。《四庫全書總目》卷一五四，《補注東坡編年詩》提要，批評查慎行的補注，並舉例云："又如《紀夢》詩引李白'燦然啓玉齒'句，不知先見郭璞《遊仙》詩；《遊徑山》詩引《廣異記》'孤雲'、'兩角'語，不知先見辛氏《三秦記》。"又，東坡《南堂五首》之五："簟紋如水帳如煙。"施元之注："李商隱《惆悵》詩：'水紋簟滑鋪牙床。'又《小亭詩》：'水紋簟上琥珀枕。'"何不引更早的李益《寫情》詩"水紋珍簟思悠悠"、韓愈《新亭》詩"水文浮枕簟"以注？此外，如歐陽修《有贈余以端溪綠石枕與蘄州竹簟皆佳物也》詩"蘄州織成雙水紋"、賀鑄《璧月堂》詞"簟紋如水竟檀床"，當代詳注本均未能注最早出處。又，王沂孫《八六子》詞："寶釵蟲散。"吳則虞《花外集》箋注："張元幹《卜算子》詞：翡翠釵頭綴玉蟲。"(按,當爲《浣溪沙·王仲時席上賦木犀》)而張詞又本於韓愈《詠燈花同侯十一》詩:"黃裹排金粟,釵頭綴玉蟲。"又,王沂孫《醉落魄》詞:"垂楊學畫蛾眉綠。"吳注:"吳文英《花心動·柳》詞:'斷腸也,羞眉畫應未就。'"王、吳詞意均本唐人孫魴《楊柳枝》詞:"要與佳人學畫眉。"朱彝尊《棹歌》:"荊南豫北鬭新釀,不比吾鄉清若空。"自注:"清若空,秀州酒名。見《武林舊事》。"楊謙《曝書亭集詩注》引孫覿詩,"銀瓶快瀉清若空,令君一笑面生紅。"以注之。楊注祇能説明"清若空"一詞已見於宋人詩中,仍未能指出最早出處。吳仰賢《小匏庵詩話》卷三云:"按,唐李郢《陽羨春歌》曰:'祝陵有酒清若空,煮糯蒸魚作寒食。'則秀州官酒蓋取郢詩以命名也。""清若空"一詞,得朱氏自注、楊注,益以吳氏之説,則可謂窮原竟委矣。蔣春霖《探春》詞有"霧鬢風鬟"一語,劉勇剛《水雲樓詩詞箋注》引李清照《永遇樂》詞"風鬟霧鬢"以注,然唐人傳奇《柳毅》已有"風鬟雨鬢"之語,蘇軾《題毛女真》詩"霧鬢風鬟木葉衣",更爲直接,亦早於李清照。沈曾植《浴佛日超社第五集……》詩"春流野色露沾衣",錢仲聯《沈曾植集校注》:"陳師道詩:'重露已沾衣。'""露沾衣"三字,魏晉古詩常見,如王粲《從軍》詩"草露沾我衣"、《七哀》詩"白露沾衣襟",曹丕《善哉行》"霜露沾衣"等皆是,唐人則更多了,何以引後出之宋人詩? 王國維《鷓鴣天》詞:"霜高素月慢流天。"葉嘉瑩、安易《王國維詞新釋輯評》注:"素月,明月。晉陶潛《雜詩》之二:'素月出東嶺。'流天,在天空中移動。宋趙鼎《烏夜啼》詞:'雨餘風露淒然,月流天。'"按,"素月"一詞,最早見於古樂府《傷歌行》:"昭昭素月明。"而王詞是化用謝莊《月賦》"白露曖空,素月流天"之語,亦可添注杜甫《嚴氏溪放歌行》"秋宿霜溪素月高"句,葉注破碎而不得要旨。又如吕碧城《踏莎行》詞"荒涼古道秋風早"句,李保民

《呂碧城詞箋注》引曾習經《無題》詩"橫塘一夕秋風早"以注;"一鞭遙指青山小"句,引蔣劍人《買陂塘·秋柳》詞"玉鞭遙指章臺路"以注。曾、蔣皆與呂碧城時代相近,何不引唐人盧照鄰《曲池荷》詩"常恐秋風早",王建《田侍郎歸鎮》詩"玉鞭遙指白雲莊"與清人曹貞吉《孤鶯》詞"驢背一鞭遙指"以注?又,《鷓鴣天》詞"井欄梧葉傳涼訊",李氏引宋人王詵《行香子》"金井先秋,梧葉飄黃"以注。句中"涼"字甚重要,何不引唐人白居易《早秋獨夜》"井梧涼葉動"或唐彥謙《懷友》詩"金井涼生梧葉秋"以注?前輩學者記誦功深,注釋但憑記憶,信手拈來,未暇檢索,每有此弊。由此可見,注家意欲窮源竟委,實在不易。

典故成語,古來作者輾轉援引,辭語亦每有改動,注者既要注出未改動時的原始出處,也要注出改動後的最早出處。趙次公《杜詩先後解》一書揭出用典"祖"、"孫"的概念。趙次公《杜詩先後解自序》:"又有用事之祖、有用事之孫。何謂祖?其始出者是也。何謂孫?雖事有祖出,而後人有先拈用或用之別有所主而變化不同,即爲孫矣。杜公詩句皆有焉。世之注解,謬引旁似,遺落佳處固多矣。至於秖見後人重用、重說處,而不知本始,所謂無祖。其所經後人先拈用,而但引祖出,是謂不知夫舍祖而取孫。"即以首出之典爲祖,後出者爲孫,然"孫"的意思似較含混,本人認爲可以采用"祖典"、"父典"、"孫典"爲術語,概念似更明確。祖典,指典故最早出處,即"初典",亦即陳寅恪《柳如是別傳》所稱的"第一出典";父典,即典故直接的出處。而祖典與父典之間,可歷一個至多個層次,有似高、曾、祖、父,猶趙次公所謂的"用事之孫",即任淵《山谷詩集注》謂黃庭堅詩有"一句一字有歷古人六七作者"者,亦即陳氏所稱的"第二出典"、"第三出典"。孫典,宜指後人詩作中出自其詩之典者,即《談藝錄》、《管錐編》中常見的"以後釋前"者。趙次公序對用典之法作出系統的歸納和分類,祖孫相承之論,尤有見地。如果再深一步探討的話,除了趙氏所指出的典故的縱向關係之外,還有橫向的關係。好比一個蜘蛛網,一個典故,就是網上蛛絲的交會點,它引伸開來有許多網絲,許多交會點,觸一點則全網動,一個典故會牽涉到一個典故群。要注出一個典故往往先要弄通許多相關的典故,這是所有注家都不能回避的難題。儘管這些相關的典故不一定都用在注中,但注家還是要窮其極本,對這些史實、典故中"核實無虛,已有定論"(《文史通義·與甄秀才論修志第一書》)者,方可使用,這纔是最正確的態度。

數典忘祖,固然不妥,而嗣祖忘父更是注家之失。所謂嗣祖忘父,是指祇注原始出處,而沒有注明直接所從出。

陳寅恪指出:"解釋古典故實,自當引用最初出處,然最初出處,實不足以盡之,更須引其他非最初而有關者,以補足之,始能通解作者遣辭用意之妙。"[1] 陳氏接著舉出李壁《王荆公詩注》中的例子為證,卷二八《張侍郎示東府新居詩因而和酬》二首之一:"功謝蕭規慚漢第,恩從隗始詫燕臺。"李注引蔡絛《西清詩話》:"熙寧初,張揆以二府初成,作詩賀荆公,公和之以示陸農師。曰:'蕭規曹隨,高帝論功,皆摭故實,而"請從隗始",初無"恩"字。'公笑曰:'子善問也。韓退之《鬬雞聯句》:"感恩從隗始。"若無據,豈當對"功"字也?'"陳氏認為"王介甫此言,可以見注釋詩中古典得其正確出處之難"。王詩"恩從隗始"的最初出處為《戰國策·燕策一》,燕昭王招賢,郭隗曰:"今王誠欲致士,先從隗始。"而所謂"非最初而有關"的出處,則爲韓愈《鬭雞聯句》詩,韓詩亦用此典,然詩中的"恩"字,則爲王詩所從出。《戰國策》與韓詩,即陳氏所云的"遠近出處之古典故實",也就是趙次公所云用事之"祖"與用事之"孫"。這兩典都應表出之,如缺其一,則被視爲"荒疏"。

注典故應注多少層次,宜有最基本的準則:

一、注出最早之典。即使最早之典不是最切詩意的,在注本中,尤其是詳注本中,不應略去。

二、注出最切之典。

三、注出直接所從出之典,即"父典"。

四、典故層累積淀,即所謂"歷古人六七作者"者,則須視具體情況,選擇有關者一二出注,不必全部羅列。

五、後人詩作中從出襲用之典,一般不須出注。

黃庭堅《答洪駒父書》云:"自作語最難。老杜作詩,退之作文,無一字無來處。蓋後人讀書少,故謂韓、杜自作此語耳。"在這段話中,黃氏首先提出的是"自作語",《詩經》《楚辭》多爲自作語,漢魏六朝詩用事雖漸多,然亦不少爲自作語。自作語之所以爲最難,要皆爲詩人所獨創,隨時世推移,詩歌愈積愈多,所謂"天然好語"多已被古人說過,後人作詩作文,便不免在古人的作品中尋出路。大手筆如杜甫、韓愈,既力求語必已出,也明白學習並運用前人語彙也是創作的良法。黃庭堅的說法可能源於他的岳父孫覺。趙次公《杜詩先後解·自序》云:"余喜本朝孫覺莘老之說,謂杜子美詩無兩字無來處。"《集注東坡詩前集》(十家注本)中《和劉京兆石林亭之作石本唐苑中物散流民間劉購得之》"鴻毛於泰山"句注引胡云："嘗喜本朝孫莘老之說,謂杜子美詩無兩字無來處,而僕意又謂非特兩字如此耳,往往一字緊切,必有來處。今句云'鴻毛於太山',其'於'字則《孟子》云:'太山之於丘垤'也,可謂一字有來處。"[2]趙、胡均引孫覺之說,黃庭堅又進一步把"兩字"變爲"一字",此説一出,和者景從,似乎已成定論,後世論者,一而再,再而三地重複這一説法:李之儀《雜題跋》云："作得字字要有來處,但將老杜詩細考之,方見其工。若無來處,既謂亂道亦可也。"陳長方《步里客談》卷下云："章叔度憲云:'每下一俗間言語,無一字無來處,此陳無己、黃魯直作詩法也。'"仇遠《讀陳去非集》詩跋云："近世習唐詩者,以不用事爲第一格,少陵無一字無來處,衆人固不識也。若不用事云云,正以文不讀書之過耳。"繆鉞《論宋詩》云："凡有來歷之字,一則此字曾經古人選用,必最適於表達某種情思,譬之已提煉之鐵,自較生鐵爲精。二則除此字本身之意義外,尚可思及其出處詞句之意義,多一層聯想。運化古人詩句之意,其理亦同。一則曾經提煉,其意較精,二則多一層聯想,含蘊豐富。"數語極有見地。是以注家也應字字追究其由來,以見作者用事精妙之處。如鄭谷《中年》詩:"情多最恨花無語,愁破方知酒有權。"嚴壽澂、黃明、趙昌平《鄭谷詩集箋注》:"酒有權,謂酒量無定,因心情而易,句即以酒澆愁之意。"一般讀者不明所以,應指出"權"爲衡器,稱酒之具。元稹《酬竇校書二十韻》詩:"塵土抛書卷,槍籌弄酒權。""權",亦語意相關,謂酒有"權",故有破愁之力也。引發聯想,語涉諧趣。

宋代以及後世一些注家,也把"無一字無來處"作爲注釋的基本要求,千方百計地注出詩句每字的來處,如上文引蘇詩十家注中的胡注,尋得杜詩中一"於"字的來歷,詫爲創獲。趙夔《百家注東坡先生詩序》謂己注蘇詩"一句一字，推究來歷，必欲見其用事之處"。趙次公《杜詩解》對杜詩出處，更是一字亦不放過。如《戲爲六絕》之四"未掣鯨魚碧海中"，趙注云："鯨魚有力，最難得者。木玄虚《海賦》云：'魚則橫海之鯨。'潘岳《西征賦》曰：'貫鰓屬尾，掣二牽兩。'此無一字無來處矣。"引木華賦，注出"鯨"、"魚"、"海"三字出處；引潘岳詩，注出"掣"字出處，句中的主要字眼便都有了著落。王勃《白下驛餞唐少府》詩："相知何用早。"蔣清翊《王子安集注》《楚辭》："樂莫樂兮新相知"僅注出"相知"二字的出處。而"早"字無著落。《北史·李曉序傳》云："古人相知，未必在早。必謂急難，須悉心以告。"若不注"早"字出處，"急難"二字不顯，則詩人之深意隱矣。乾隆五十一年《新鐫鄭都官集》集評："鄭都官(谷)'雪滿長安酒價高'句，正用《南史》王僧辯《平侯景表》也。表云：'長安酒食，於此價高。'隸事若絕不知有事，此爲得隸事之法。"當代人也許覺得不可思議，詩居然可以這樣作，注釋居然要求這樣作，但事實的確如此。

不少詩人是以"字字有來歷"作爲創作指導思想的，注家也得相應以此作爲標準注釋。如不注出，便屬失注。如蘇過《愛人堂爲李幾仲賦》詩："莫求捷徑拾青紫，口但瀾翻腹空虚。"舒大剛等《斜川集校注》引揚雄《解嘲》"紆青拖紫"及顔師古注，把"青紫"二字解釋清楚了，但"拾"字無着落，宜再引《漢書·夏侯勝傳》："經術苟明，其取青紫如俯拾地芥耳。"唐人崔日知《冬日述懷奉呈韋祭酒張左丞蘭臺名賢》詩："光榮拾青紫，名價接通賢。"如此則完美矣。陳亮《水龍吟·春恨》詞："金釵鬥草，青絲勒馬，風流雲散。"夏承燾《龍川詞校箋》謂"鬥草以金釵爲賭注"，過於簡略。宜先引宗懍《荆楚歲時記》："五月五日，四民并蹋百草，又有鬥百草之戲。"再引鄭谷《采桑》詩："何如鬥百草，賭取鳳皇釵。"柳永《夜半樂》："競鬥草、金釵笑爭賭。"則字字皆有出處。若能再引文同《和子山春日雨中書事見寄》詩："鬪草玉釵應復約，看花金勒誤重尋。"則陳詞上下句均有所本矣。又，呂留良《園林早秋》詩："病骨蘇先覺，愁腸割更深。"俞國林《呂留良詩箋釋》引徐賁《病中春日即事寄主人尚書》詩"層冰照日猶能暖，病骨逢春卻未蘇"以注，固然不誤，但祇"病骨"、"蘇"字面出處，而呂詩題有"秋"字，實本自杜甫《江漢》詩"落日心猶壯，秋風病欲蘇"及陸游《秋思》詩"秋入窗扉病骨蘇"等語，若補此以注，字字有出處，則纖髮無遺憾矣。又如康有爲《與菽園論詩兼寄任公孺博曼宣》詩有"正始如聞本風雅"句，好幾種選注本都把"正始"注作"正始體"、"正始之聲"，謂指嵇康、阮籍等人的詩歌繼承了《詩經》的傳統。詩中"聞"字無著落。按，《世說新語·賞譽》："不意永嘉之中，復聞正始之音。"意謂"微言之緒絕而復續"。有爲詩中用此，自有其深意。注家既要着眼詞語注釋，更要聯繫詩人的思想感情、政治觀點去闡明詩意。康有爲是把當時的政治環境看成是晉代永嘉亂世的。故希望當代詩歌能復續風雅之緒。詩中以一"聞"字點明典故的出處，滑眼看過，便失本旨。陳子昂《與東方左史虬修竹篇序》云："不圖正始之音，復睹於茲。"蘇軾《張安道見示近詩》詩"殷勤永嘉末，復聞正始音"、李黼平《南園詩社行》詩"不意永嘉聞正始"，亦用此典。

明人陳璸《旅書》"解詩"條云："凡選詩者不妨訓詁，以爲初學便於諳曉，至於字句多引前人之詩，爲某句某字本於某人，亦過矣。蓋多讀書則落筆自無杜撰，豈擇其爲某人之句字而用之哉？若夫訓解意義，附會當時之事，則所謂郢書燕說，極壞詩體，一概抹之可爾！"陳氏指出"無一字無來處"的過度闡釋之弊。對初學者而言，作簡單明白的訓釋即可，但從學術的角度來看，把每句每字之所本注出，則更有利於深入進行研究。如黃庭堅《次韻坦夫見惠長句》詩：“張侯先不露文章，十年深深豹藏霧。”一般注釋衹引劉向《列女傳·陶答子妻》：“妾聞南山有玄豹，霧雨七日而不下食者，何也？欲以澤其毛而成文章也。故藏而遠害。”本已足夠，但詩中尚有玄機，上句實本杜甫《古柏行》“不露文章世已驚”，“世已驚”是潛藏的用意，目的是贊美張坦夫的原作，由此可窺見詩人創作時的思路和手法。又如葉夢得《水調歌頭·九月望日與客習射西園余偶病不能射》：“霜降碧天静，秋事促西風。寒聲殷地初聽，中夜入梧桐。”蔣哲倫《石林詞箋注》僅注明“秋事”、“寒聲”字面的出處，而葉詞實襲自杜甫《秦州雜詩》二十首之四“秋聽殷地發，風散入雲悲”二語，若不注出，終覺遺憾。

有關祖述的問題，在“用事章”中尚有論述。

比　興

比興，是古典詩詞的傳統手法。揭示比興之旨，也是注家的要務。當代學者每以“譬喻”一詞釋比興，實未能盡比興之義。朱熹《詩集傳》中《螽斯》注云：“比者，以彼物比此物也。”《關雎》注云：“興者，先言他物，以引起所詠之詞也。”胡寅《致李叔易書》引李侗（仲蒙）語云：“蒙物以託情謂之比，情附物者也；觸物以起情謂之興，物動情者也。”二家釋詩歌的比興，似較妥切。比興二義中，比義較直接，也較易理解，而興義則較抽象，内涵也較豐富。《文心雕龍·比興》云：“毛公述傳，獨標興體。”標舉“興”體，是詩歌闡釋史上一大成就。宋學者王應麟《困學紀聞》卷三引吴泳語云：“毛氏自《關雎》而下總百十六篇,首繫之興。"有所觸而興起,乃爲詩之始。鄭玄在箋語中更對興體作出具體的解説。興體觸物起情,以景言心,能得象外之旨。興象一端,幽微難測,然亦如黄侃《文心雕龍札記》所云:"若乃興義深婉,不明詩人本所以作,而輒事探求,則穿鑿之弊固將滋多於此矣。"後世觸物起情之興義漸失,而演化爲狀物寄意,"興"與"比"遂緊密結合,統稱"比興"。在毛、鄭的鼓吹下,比興寄託,成爲二千年來詩歌最重要的創作手段,傳承了二千多年。屈原《離騷》以香草美人相比況,王逸注云:"《離騷》之文,依《詩》取興,引類譬喻,故善鳥香草,以配忠貞;惡禽臭物,以比讒佞;靈修美人,以媲於君;宓妃佚女,以譬賢臣;虯龍鸞鳳,以託君子;飄風雲霓,以爲小人。其詞温而雅,其義皎而明。"這就總結了"美人香草"式的比興手法的含義。千百年來,仿效者不絶。如曹植《美女篇》以"美女"、"佳人"喻己之懷才不遇,張九齡《感遇》以"蘭葉"、"桂華"喻己之人品節操。宋詞比興之作益多,南宋詞家尤講求寄託。把詩詞中的比興寄託揭示出來,是不可回避的工作。陳沆《詩比興箋》,特標"比興"之義,闡明詩篇主題,如魏源序中所云,其旨在"以箋古詩三百篇之法,箋漢魏唐之詩。使讀者知比興之所起,即知志之所之也"。張惠言編撰《詞選》,意在推尊詞體,強調比興寄託,所選之詞下每有解説,申明選者的觀點,頗多創見。

比興寄託,也是注釋的重點。《文心雕龍·比興》云:"明而未融,故發注而後見也。"指出衹有通過注釋,纔能了解比興之詩的旨意。比興之義,用以注詩,要真正把握作者的本旨,難度極大。《文心雕龍·隱秀》又云:"隱以複意爲工。""隱也者,文外之重旨",指出詩中的重旨複意,正是注家的要務。其實,作爲詩詞家,創作時有兩種情況,一是特意使用比興手法,有着實的寄託之旨的,這類作品所使用的意象,一般較爲明晰、不易產生歧義,也較易索解。如曹植筆下的"野田黄雀",左思筆下的"澗底松",又如陶潛《詠貧士》詩"萬物各有託,孤雲獨無依",以孤雲喻貧士,這類設喻,已成古來學者共識,注家自可一語中的。另一是寓意隱晦的,則切忌妄爲臆度,注釋時宜作持平之論,以免誤導讀者,前所未有的個人"洞見"和"新意",大可寫成論文發表,不必在注釋中表達。

　　古來箋注家濫用比興解詩,每一一坐實所謂比興之義,牽強附會,過度闡釋,求深反鑿,致成聚訟。同一作品,衆説紛紜,令讀者無所適從。李頎《古今詩話録》云:"説者謂王右丞《終南山》皆譏時宰。詩云'太乙近天都,連山接海隅',言勢位盤據朝野也。'白雲迴望合,青靄入看無',言徒有表而無内也。'分野中峰變,晴陰衆壑殊',言恩澤偏也。'欲投何處宿,隔水問樵夫',言畏禍深也。"把一首雄奇的寫景詩解釋成政治諷刺詩,歪曲了原意。所謂比興設喻,往往是隱晦難明、似有若無的,過於求索,反爲着迹。黄庭堅《大雅堂記》亦謂箋杜甫詩之"喜穿鑿者,棄其大旨,取其發興於所遇林泉、人物、草木、魚蟲,以爲物物皆有所託,如世間商度隱語者,則子美之詩委地矣"。謝枋得《注解章泉澗泉二先生選唐詩》一書,《四庫未收書提要》稱其"能得唐詩言外之旨",然其中亦不少穿鑿之論。如李涉《春晚遊鶴林寺》詩,謝注云:"此詩有愛惜人才之意。'野寺尋花春已遲',喻人才零落,朝廷無賢人,山林草野亦不多見也;'背巖猶有兩三枝',喻孤寒疏遠之士,尚有二三人可用;'明朝攜酒猶堪賞',喻大臣當汲汲獎拔之也;'爲報春風且莫吹',喻大臣當長養成就,不可摧殘沮抑之也。"四句詩,句句確定其意旨,亦句句牽強穿鑿,無怪陳獻章《批答張廷實詩箋》云:"觀其《注唐絶句》諸詩,事事比喻,是多少牽强,多少穿鑿也。"鍾惺《砵評詞府靈蛇二集》,羅列數十種物象,一一指實其比諷。如云:"水深、石磴、石徑、怪石,此喻小人當路也;幽石、好石,此喻君子之志也;巖嶺、崗樹、巢木、孤峰、高峰,此喻賢臣位也。"字字落到實處,以此解詩,已覺無謂,若持此觀點作詩,則更是陷於魔道了。

　　古代詩家中,杜甫尤好用比興手法,趙次公《杜詩先後解》對此作了深刻的闡釋。如《天河》詩"縱被微雲掩,終能永夜清",注云:"頷聯兩句雖實道其事,若以寄興亦可,蓋言小人終不能掩君子也。"把物象與寄意聯繫起來,揭示詩人的深旨。這種寫實兼比興的手法,至杜詩可謂發揮得淋漓盡致。郭知達《九家集注杜詩》,亦重視其"比興深遠",詳爲注出。錢謙益《注杜詩略例》批評"宋人解杜詩,一字一句,皆有比託",比託,是杜詩重要的寫作手段,但以"一字一句皆有比託"去解釋杜詩,則是杜詩的厄運。正如謂杜甫不忘君國,自可理解,但說到"每飯不忘",則不近情理了。如《四庫全書總目》卷一四九《杜詩攟》提要云:"詠月而以爲比肅宗,詠螢而以爲比李輔國,則詩家無景物矣;謂紈袴下服比小人,謂儒冠上服比君子,則詩家無字句矣。"阮籍、李賀、李商隱、溫庭筠等詩人詞人,亦常爲注家曲解。《四庫全書總目》卷一五〇《箋注評點李長吉歌詩》提要云:"賀之爲詩,冥心孤詣,往往出筆墨蹊徑之外,可意會而不可言傳","而諸家所論,必欲一字一句爲之詮釋,故不免輾轉轇轕,反成滯相。又所用典故,率多點化其意,藻飾其文,宛轉關生、不名一格。如'羲和敲日玻瓈聲',因羲和馭日而生敲日,因敲日而生玻璃聲,非真有敲日事也。又如'秋墳鬼唱鮑家詩',因鮑照有《蒿里吟》而生鬼唱,因鬼唱而生秋墳,非真有唱詩事也。循文生義,詎得其真?"張宗柟亦謂李賀詩"一厄於須溪之評,再厄於曾益之解,而長吉詩意反晦"。(見王士禛《帶經堂詩話》卷一七張氏附識)劉、曾二家之解李賀，劉則強不知以爲知，曾則循文生義，強合史事，俱失於穿鑿附會。黃侃《文心雕龍札記·比興》云："近世有人解李商隱詩'虎過遙知阱'，以爲刺時政。解温庭筠《菩薩蠻》詞，以爲與《感士不遇賦》同旨。解《詠懷詩》'天馬出西北'，以爲'馬'乃晉姓。解《洛神賦》'君王'，以爲即文帝。此皆所謂強作解事，離其本真者已。"

詞家之於比興，時有時無，似有似無，尤難確解，亦易招誤解。如張惠言《詞選》，力倡"意内言外"之旨，解讀温庭筠等人詞，動輒套入比興之義，穿鑿附會，致爲論者所譏。王焕猷《小山詞箋》釋晏幾道詞，亦多附會時事，如謂《采桑子》(白蓮池上當時月)等五首皆"指蔡京三入相三罷相"而言，"無端惱破桃源夢，明日青樓。玉膩花柔。不學行雲易去留"，箋云："首句言其罷相，二、三句言其卑污不堪。乃以'不學'句申其戀棧之貪。"如此箋釋，真可謂"張茂先我所不解"矣。王鵬運、朱祖謀之《庚子秋詞》若干首，其中不少在字面上似是言情，其實是《楚辭》"美人香草"之喻，是以當代注家亦大力表而出之。本人少作《鋸解令》詞："可憐消受昨宵風，又立盡、今宵冷雨。知君不肯便輕來，更不管、有人最苦。　短書又附。料得明宵又負。明宵縱負我仍來，共路樹、悄然爾汝。"有評家云："此猶《離騷》'亦余心之所善兮，雖九死其猶未悔'之意。"而本意純是言情，並無深旨。近年所作《蝶戀花》詞三首之二："六月鳳凰花似酒。不醉花開，衹醉花飛後。神血已凝香未透。成丹化碧終難久。　持醉問天天醉否。不夢天都，衹夢天涯友。海未成田根已朽。心中風雨年年又。"有評家云："此寫一場延綿數十載之戀情。"實際上是寫某一歷史事件以及個人的前後感受。由此亦可見本書中屢言的比興難明、今典難知了。

在詩歌結構上，章法、句法、字法三者，最爲詩人及評論家所重視。王世貞《藝苑卮言》卷一云："首尾開闔，繁簡奇正，各極其度，篇法也。抑揚頓挫，長短節奏，各極其致，句法也。點掇關鍵，金石綺彩，各極其造，字法也。篇有百尺之錦，句有千鈞之弩，字有百煉之金。"又云："篇法之妙，有不見句法者；句法之妙，有不見字法者。此是法極無迹，人能之至，境與天會，未易求也。"此數語，總論篇法、句法與字法，得其要領，亦宜注家深味之。

章　法

章法，指篇章結構的方法，謀篇佈局的技巧。章法分析，源於漢人章句之學。劉勰《文心雕龍·章句》："夫設情有宅，置言有位；宅情曰章，位言曰句。故章者，明也；句者，局也。局言者，聯字以分疆；明情者，總義以包體。區畛相異，而衢路交通矣。夫人之立言，因字而生句，積句而成章，積章而成篇。"詩歌章法紛繁，因詩體詩意而各異，詩家亦各有其獨特的章法。注家對詩歌作章法分析，主要是劃分段落，概括每段的內容及其用意。如《詩經》中詩歌，每篇都包含著若干數量不等的"章"。毛傳、鄭箋每就各章分析箋注。劉勰又云"若乃改韻從調，所以節文辭氣。賈誼、枚乘，兩韻輒易；劉歆、桓譚，百句不遷：亦各有其志也。昔魏武論賦，嫌於積韻，而善於資代。陸雲亦稱'四言轉句，以四句爲佳'，觀彼制韻，志同枚賈。然兩韻輒易，則聲韻微躁，百句不遷，則脣吻告勞；妙才激揚，雖觸思利貞，曷若折之中和，庶保無咎。"指出古詩轉韻之章法。"節文辭氣"一語，尤爲後世詩法之要旨。

杜甫於章法尤爲重視，趙次公《杜詩先後解》對其長篇古體亦多作段落分析。如《寄岳州賈司馬六丈巴州嚴八使君兩閣老五十韻》詩，長達五百字，趙注分爲六段。第二段"衡嶽啼猿裹"句下，趙注云："自此以下二十句，皆公自言在鳳翔所見，以至收復京師時事也。"以下各段均一一作出評述。古人作詩，講求"布置"，亦即所謂"行布"、"布局"，范溫《潛溪詩眼》中對杜甫《贈韋見素》一詩的章法作了細緻的分析，認爲此詩之所以"前賢録爲壓卷，蓋布置最爲得體"。楊倫《杜詩鏡銓凡例》亦云："杜集凡連章詩，必通各首爲章法，最屬整齊完密，此體千古獨嚴。茲於轉接照應、脈絡貫通處，一一指出，聊爲學詩者示以繩墨榖率。"是以《杜詩鏡銓》亦常作章法分析。葉燮《原詩》於詩法雖未盡許可，然在"外篇"中亦對杜甫《丹青引·贈曹將軍霸》一詩作詳細分析，並云："杜甫七言長篇，變化神妙，極慘澹經營之奇。""章法如此，極森嚴，極整暇。余論作詩者不必言法，而言此篇之法如是。"

　　律詩章法分析，亦爲注家之要務。元代楊載《詩法家數》云："律詩要法，起、承、轉、合。"將律詩分爲"破題"、"頷聯"、"頸聯"、"結句"四部分，並謂起句"要突兀高遠"，頷聯"要接破題"，頸聯要"與前聯之意相應相避"，結句"必放一步作散場"等等，其後傅若金《詩法正論》引其師范德機語，謂："作詩成法，有起、承、轉、合四字。以絶句言之，第一句是起，第二句是承，第三句是轉，第四句是合。律詩第一聯是起，第二聯是承，第三聯是轉，第四聯是合。"明清的評點家好以評文的方法分析章法，劃分段落結構，解説篇章大意，講究起、承、轉、合，這種程式化的方法雖利於初學詩者，但亦局限了作者及讀者的思路，故每爲識者所譏評。試帖詩極其講究章法，梁章鉅《試律叢話》中引述大量例子，分析説明破題、承題、頸比、腹比、後比的作法，尋行數墨，以標準程式示人。

當代中小學語文教學以及各級考試，過於強調"劃分段落"、"概括段意"，最後"總結中心思想"等等分析手段，祇見樹木，不見森林，把完美的作品割裂成碎片，古典詩文也就失去了活活潑潑的生機。

句　法

句法，既指句子構成之法，也指詩人煉句之法。漢語是"孤立語"，語法也是獨特的，尤其是未受西方、日本近現代語言影響的"文言"語法。要明句法，須用文言思維、詩性思維。兩百年前，英國漢學家馬士曼所撰的《中國言法》有句名言："整個漢語語法就取決於位置。"另一位德國漢學家甲柏連孜在所著的《漢文經緯》中強調，"漢語的語法其實就是句法"，還指出文言文句子中有"心理主語"和"心理謂語"，"心理主語"指思維所及的對象，始終處於句首；"心理謂語"指就此對象而強調突出的內容。這兩位學者能用文言思維去研究漢語，用詩性思維去研究文言句法，故能真正深入了解古代漢語的特質。本人在授課時，曾以"天遠一聲雞"五字，令學生排列組合成多個不同的句子，句式有："遠天一聲雞"、"遠天一雞聲"、"遠天雞聲一"、"天遠雞一聲"、"天遠一雞聲"、"天遠雞聲一"、"雞聲一天遠"、"雞聲遠天一"、"一聲遠天雞"、"一聲天雞遠"、"一天遠雞聲"、"一天雞聲遠"、"雞遠一天聲"、"雞遠聲一天"、"遠雞一天聲"、"遠雞聲一天"、"天雞一聲遠"、"天雞遠一聲"、"天雞一遠聲"、"天雞遠聲一"、"遠聲一天雞"、"聲遠一天雞"等二十餘種，皆可成爲詩句,我再令學生逐一爲作對子,以明其語法結構,並分析每字位置與"心理主語"、"心理謂語"的關係。有學生質疑"雞聲遠天一"怎能成句,我說,試用"人影明月三"作對子,就可知道"一"與"三"的詞性了。詩中字詞的多義性、含混性,真如葛兆光所謂"漢字的魔方",極爲神奇變化,不應簡單地貶稱作"語法結構模糊",此正是詩歌的魅力所在,如不理解箇中微妙之處,則不知詩矣。還有一種回文詩體,句法變化無端,充分體現了漢語漢字的特色。宋代桑世昌輯《回文類聚》,收錄了自魏晉至宋的回文詩四卷。如前秦竇滔妻蘇蕙,作《璇璣圖》,宛轉回環而成文,演化出數以百計的詩章。又如《玉臺新詠》之無名氏《盤中》詩,或謂爲傅玄作,或謂爲蘇伯玉妻思念其夫而作。寫之盤中,讀時從中央以周四角。自古到今,不少學者爲這些形式特異的詩體"復原",解讀出各種結果。

每位大詩家,都有其獨到的組詞成句的方法。杜甫、韓愈、李商隱、黃庭堅等風格鮮明的詩人詩作,即使糊名亦可寓目即知。後世習詩者均極重視摹擬前賢句法,文獻記載,黃庭堅得句法於謝景初,徐俯得句法於黃庭堅,潘大臨得句法於蘇軾,晁沖之得句法於陳師道,張順之得句法於吳可,張元幹曾問句法於徐俯,杜耒曾問句法於趙師秀。精於句法的前代詩家,見於宋詩中的就有:

曹植、謝靈運。(李彌遜《和張嵇仲秋日病中見示》詩:"句法妙曹、謝。")

陶淵明。(鄧肅《醉吟軒》:"淵明句法古無有。")

鮑照、謝靈運。(黃庭堅《寄陳適用》:"句法窺鮑、謝。")

謝朓。(朱松《秋懷》:"句法妙玄暉。")

陰鏗、何遜。(黃庭堅《元翁坐中見次元寄到和孔四飲王夔玉家長韻因次韻率元翁同作寄溢城》詩：“句法妙何遜。”李彭《演上人以權詩示余歸其卷演師系以長句》詩：“句法不復陰梁州。”周紫芝《讀外舅高晉翁詩集》詩：“陰、何句法精。”）

孟浩然。（洪芻《次韻閱道見貽之句》詩：“句法襄陽孟浩然。”吳芾《和董伯玉讀當塗小集》詩：“句法寧窺孟浩然。”）

李白、杜甫。（張鎡《約周希稷遊湖上園》詩：“句法參同李翰林。”謝邁《寄饒次守》詩：“句法窺李、杜。”王之道《和吕叔恭題和州香林湯》詩：“句法杜陵舊。”張擴《和李元叔正字書懷崇字韻奉還所借詩卷》詩：“杜陵句法今誰到。”）

韋應物。（劉宰《再用韻呈同席者》詩：“句法不減韋蘇州。”京鏜《水調歌頭》詞：“仍得蘇州句法。”）

劉長卿。（李彭《夢秦處度持生絹畫山水圖來語予此畫劉隨州詩也君爲我作詩書其上夢中賦此》詩：“隨州句法自無敵。”）

元稹、白居易。（吳芾《和范遷善見寄》詩：“句法追元、白。”樓鑰《彭宜義挽詞》詩：“香山句法新。”）

賈島。（李新《過賈浪仙崔秀才故祠》詩：“浪仙句法得全功。”）

歐陽修。（喻良能《次韻王待制讀東坡詩兼述韓歐之美》詩：“醉翁句法到勝處。”）

蘇軾。（黄庭堅《次韻文潛立春日三絶句》詩：“傳得黄州新句法。”蕭之敏《滴翠樓》詩：“我愛東坡句法遒。”）

黄庭堅。（蘇軾《次韻范淳甫送秦少章》詩：“句法本黄子。”王庭圭《又和酬子餘》詩：“句法出修水。”

陳師道。(陳造《次張節推山字韻詩留其行》詩："句法還能逼後山。")

洪芻、徐俯。(王炎《和吳秀才二絕》詩："句法洪、徐可逼真。")

呂居仁。(趙蕃《題方士繇伯謨五丈所居》詩："句法親傳呂紫微。")

韓駒。(王十朋《陳郎中公說贈韓子蒼集》詩："句法且學今陵陽。")

佳句法如何？古人作詩均講求句法，注家注詩亦須說明句法。對於句法方面的闡述，各種筆記、詩話中的材料尤爲豐富，其議論常爲後世的評注家所采用。如《詩人玉屑》卷三"句法"類中有"錯綜句法"、"影略句法"、"拆句"等多種"句法"，"象外句"條引冷齋云："唐僧多佳句，其琢句法，比物以意，而不指言一物，謂之象外句。如無可上人詩曰：'聽雨寒更盡，開門落葉深。'是落葉比雨聲也；又曰：'微陽下喬木，遠燒入秋山。'是微陽比遠燒也。用事琢句，妙在言其用而不言其名耳。"姜夔《白石道人詩說》云："意格欲高，句法欲響，祇求工於句、字，亦末矣。故始於意格，成於句、字。句意欲深、欲遠，句調欲清、欲古、欲和，是爲作者。"像這類的所謂"句法"，包括各種語言風格、修辭手段等，已在本書別的章節中有所論述。

詩歌句法，歷代轉相襲用，"擬似依倚爲勢"，故趙次公稱之爲"用勢"，趙夔稱爲"使古人句法"，任淵稱爲"效其體"、"用其律"，史容稱爲"仿其語"。對這些模仿前人句法的"用勢"，注家亦須求其原始出處。句法多端，最受論者關注的句法是詩人獨創的句式。范溫《潛溪詩眼》云："句法之學，自是一家工夫。昔嘗問山谷：'耕田欲雨刈欲晴，去得順風來者怨。'山谷云，不如'千巖無人萬壑靜，十步回頭五步坐'。此專論句法，不論義理，蓋七言詩四字三字作兩節也。"《潛溪詩眼》又云："山谷常言少時曾誦薛能詩云：'青春背我堂堂去,白髮欺人故故生。'孫莘老問云:'此何人詩?'對曰:'老杜。'莘老云:'杜詩不如此。'"連黃庭堅少時也誤以爲是杜甫詩,可見尋源不易。程千帆《重來》詩有句云:"青春無那去堂堂。"蔣寅《金陵生小言》謂其本自薩天錫《述懷》詩:"青春背我堂堂去,黃葉無情片片飛。"薩詩實全襲唐人薛能《春日使府寓懷》詩。蘇轍《次韻姚道人》詩"青春去堂堂"、王之道《追和東坡送春和陳德夫》詩:"青春已作堂堂去"、王十朋《次韻程泰之酴醿》詩"青春果作堂堂去",皆襲薛詩句法。自古及今,不少詩家都好襲用前人的成句,如黃庭堅就以此作爲作詩的手段之一,有些詩家甚至好襲己詩,如陸游、元好問等,常以舊作中的一句或一聯納入新作中。以上情況,注家不察失注,則終覺遺憾。

杜詩句法,承前啓後,開詩家無數法門。趙次公《杜詩先後解》注,就經常指出杜詩句法淵源。如《九日寄岑參》詩:"君子強逶迤,小人困馳驟。"趙注:"君子、小人之句,亦曹子建《贈丁翼》云'君子義休待,小人德無儲'之勢也。"《熱三首》之一:"乞爲寒水玉,願作冷秋菰。"趙注:"句法蓋《和樂儀同苦熱》云:'思爲鸞翼扇,願借明光宮。'"《後出塞》詩:"借問大將誰,恐是霍嫖姚。"趙注:"句法使曹子建《七哀》詩:'借問歎者誰,言是客子妻。'又,郭景純《遊仙》詩:'借問此何誰,云是鬼谷子。'"趙翼《甌北詩話》卷二:"杜詩又有獨創句法,爲前人所無者。如《何將軍園》之'綠垂風折笋,紅綻雨肥梅。'"而杜詩這些句法,又爲後世詩人所摹擬。陳師道《謝趙使君送烏薪》詩:"欲落未落雪迫人,將盡不盡冬壓春。"任淵注:"老杜詩:松浮欲盡不盡雪,江動將崩未崩石。"所引爲杜甫《閬山歌》之句。摹仿杜詩句法,是有意的,明顯的,一經注出，便可知陳詩淵源所在，也給讀者增添了興味。陳與義《題許道寧畫》詩：「向來萬里意，今在一窗間。」出黃庭堅《椰子》詩：「向來萬里物，今在籬落間。」儘管祇換了三字，意思卻迥然不同，化實爲虛，青出於藍，遠勝於原作了。《甌北詩話》又云：「昌黎不但創格，又創句法。《路旁堠》云：『千以高山遮，萬以遠水隔。』此創句之佳者。」這類句法，又爲黃庭堅等詩人所摹擬。是以注家亦應指出。句法中以句律爲重，尤以五、七言律詩對偶句律爲重，上文所舉諸例亦多爲偶句律法。《潘子真詩話》謂黃庭堅稱美杜甫「句律精深」，陳傑《和後林寄以夢中不知天盡頭之韻》：「詩筒自江社，句律到夔州。」杜甫夔州詩，是句律精深的代表作。陳師道句律亦爲人所重，曾幾《次陳少卿見贈韻》：「華宗有後山，句律嚴七五。」句律佳，則全詩振響。葉適《翁誠之墓誌銘》：「詩尤得句律，讀之者如在廟朝聽《韶濩》之音，金石之聲，非山澤之臞所能爲也。」

古人爲詩，重命意曲折，無論章法句法，均忌平鋪直敘，是以注家尤應深入領會，揭出詩法。如陳寅恪所謂「詩句有兩個意思纔是好詩」，這兩個意思，可作兩種理解，一是詩句中意思曲折，如黃曾樾《陳石遺先生談藝錄》錄陳衍所言：「宋詩中如楊誠齋，非僅筆透紙背也。言時摺其衣襟，既向裏摺，又反而向表摺。因指示曰：他人詩祇一摺，不過一曲折而已，誠齋則至少兩曲折。他人一摺向左，再摺又向左，誠齋則一摺向左，再摺向左，三摺總而向右矣。生看《誠齋集》，當於此等處求之。」其曲折之處，一般讀者無法領會，則需注家爲之箋釋。二是詩句中的表層意義與深層意義，亦須點明。

詞氣，是句法的重要根基。楊樹達《尚書正誤考》云：「讀書當通訓詁，審詞氣。二者如車之兩輪，不可或缺。"俞樾《古書疑義舉例》中列舉大量有關"審詞氣"的例子，可供學者參考。古人讀書多，精熟詩文作法，其審詞氣，往往祇憑感受，憑經驗，詞氣之通塞順逆，一讀而知，今人無此直覺，則須通過分析研究句子中用詞造句的規律，分析語法、句子結構，了解其"心理主語"和"心理謂語"，以領會其詞氣。詩詞，有不同散文的特殊的語法，尤須注意句子和辭彙的結構。詩詞句式最爲靈活多變，審識詞語的位置至爲重要。詩詞中，每每一意一韻，即每一韻中的幾句，都是一意貫串的，句中主語是統一的，注家解說，切忌割裂。前後數句，主語或句句變換，須認真細讀，理清脈絡，理解深意。不審詞氣則易致誤解，如柳永《受恩深》詞："待宴賞重陽，恁時盡把芳心吐。陶令輕回顧。免憔悴東籬，冷煙寒雨。"薛瑞生《樂章集校注》注云："意謂花落煙冷，陶令也會憔悴東籬，無悠然之興。"[3]孫光貴、徐靜校注《柳永集》云："陶淵明可以少回頭幾次，免得在東籬下采菊而憔悴不堪。"其實"憔悴"的主語是菊花而不是陶令。詞意謂希望詩人能好好欣賞它，免得它籠煙打雨，寂寞地萎謝在東籬之下。如周邦彦《看花回》詞"秀蕊乍開乍斂，帶雨態煙痕，春思紆結。"孫虹《清真集校注》注云："春思紆結：紆結，鬱積不暢。此喻柳條低垂，似懷悲鬱。"[4]其實三句的主詞都是"秀蕊"，謂其似開還斂，如結春思，用以暗示人的情感。注釋中所引用的例句要與原作有一致性。又，黃庭堅《喝火令》詞"見晚情如舊"，馬興榮、祝振玉《山谷詞》注："此首中云'晚情'"，"當是晚歲羈留他鄉時作。"按，句中"晚"字屬上文，"情"字屬下文，意謂重見已晚，非謂晚歲之情。王國維《滿庭芳》詞："人何許，朱樓一角，寂寞倚殘霞。"葉嘉瑩、安易《王國維詞新釋輯評》注云："倚殘霞：謂倚樓而望暮霞。"其實詞意謂人去樓空，祇見一角紅樓憑倚在暮霞的光影裏。語本李商隱《閒遊》詩："强下西樓去，西樓倚暮霞。"又，劉天民《發草涼樓驛一十里飯一黎姓樓和壁間任少海韻一絶》詩："紫巖山閣倚殘霞。""倚"的主體是樓而不是人。以上數例皆因不審詞氣而致誤。

近體詩的注釋，還應注意其用典的相應性，特別要注意對偶句的詞性連屬。《文心雕龍·麗辭》云："造化賦形，支體必雙，神理爲用，事不孤立。夫心生文辭，運裁百慮，高下相須，自然成對。"張載《正蒙·太和篇》云："有象斯有對，對必反其爲；有反斯有仇，仇必和而解。"可借此語説明對偶句的特徵。古人作詩，尤其是唐人，無論是古體近體，其對偶句均講究勻稱。對偶，在意義上古有"言對"、"事對"、"正對"、"反對"之分，對偶句，在句法上，一般來説，實詞對實詞，虛詞對虛詞，叠詞對叠詞，連綿詞對連綿詞，上下銖兩相稱，但又要避免"合掌"，方爲合格。這包括典故的時代、內容以及典籍的種類、性質等等。如出句用先秦典籍，對句亦每用先秦典籍；出句用經史語，對句亦每用經史語；出句襲用唐詩，對句亦每襲用唐詩，這無形中也給注家作出提示。

杜甫《曲江》詩："且看欲盡花經眼，莫厭傷多酒入脣。"仇兆鰲《杜詩詳注》："傷多，傷對偶於酒也。"王堯臣《唐詩合解箋注》："傷心之事，還多於酒。"兩句是七律中的頷聯，對偶甚工。"且看"對"莫厭"，"欲盡"對"傷多"，短語的語法結構相似，仇、王的解釋顯然是不合的。傷，猶言"過"、"太"，唐人慣用的語辭。又如杜甫《解悶》十二首之九："先帝貴妃今寂寞，荔枝還復入長安。炎方每續朱櫻獻，玉座應悲白露團。"仇兆鰲注："帝妃偕亡，而荔枝猶獻，得無先帝神靈，尚悽愴於白露中乎？蓋微諷之也。"所釋甚是。靳極蒼駁之曰："這注連'白露團'是什麽都不知道。""'白露團'，是去了皮的荔枝的形象","指剝去荔枝皮露出荔枝肉如一團白露。"⁽⁵⁾按,白露團,語本南朝梁詩人張率《白紵歌》九首之五:"遥夜方遠時既寒,秋風蕭瑟白露團。"末二句對偶。"團"與"獻"詞性相同。且下句典出《禮記·祭義》:"霜露既降,君子履之,必有悽愴之心。"鄭玄注:"爲感時念親也。"與"先帝"句呼應。韓偓《漫作二首》之一"污俗迎風變,虛懷遇物傾",陳繼龍注:"物傾,事物之傾頹。"⁽⁶⁾在句法上,兩句主語是"污俗"與"虛懷",動詞是"變"與"傾","迎風"與"遇物"是狀語。不應把"風變"與"物傾"連在一起解釋。蔣春霖《春雨》詩:"蟻穴空庭樹,蝸緣小徑苔。"劉勇剛《水雲樓詩詞箋注》:"蟻穴,蟻巢。"按,此"穴"字爲動詞,與下句"緣"字詞性同。

字 法

　　字法,詩人煉字之法。煉字,濫觴於《文心雕龍》之"練字"篇,練字,謂簡擇最宜之字。詩法之煉字,主要的目的是琢句。皮日休《劉棗强碑》云:"百鍛爲字,千煉成句。"在詩歌所有的字法中,最爲詩人及評論家注意的就是所謂的"句眼",亦稱"句中眼"、"詩眼"。《文心雕龍》"一字詭異,則群句震驚"之語,可以從另一角度去理解:詩句中最精彩最關鍵的一個字眼,能起到畫龍點睛的作用,亦能使全篇振起。何汶《竹莊詩話》卷一引《漫齋語録》云:"古人煉字,祇於句眼上煉。"又云:"凡煉句眼,以尋常慣熟字使之,便似不覺者爲勝也。"又引《句眼》云:"好句不如好字。"清人賀貽孫《詩筏》對詩眼作出解釋:"詩有眼,猶弈有眼也。詩思玲瓏,則詩眼活;弈手玲瓏,則弈眼活。所謂眼者,指詩弈玲瓏處言之也。學詩者但當於古人玲瓏中得眼,不必於古人眼中尋玲瓏。"黃庭堅詩云:"拾遺句中有眼,彭澤意在無絃。"任淵注云:"謂老杜之詩,眼在句中,如彭澤之琴,意在絃外。"可見,詩歌有了句中之眼,就生出絃外之意。黃庭堅把"句中有眼"與"意在言外"聯繫起來,惠洪《冷齋夜話》卷五《句中眼》條,載黃庭堅評王安石、蘇軾詩云:"此皆謂之句中眼,學者不知此妙,韻終不勝。"學者須知此妙。范溫《潛溪詩眼》就在題上特意標明"詩眼"二字,分析字法句法。

《漫齋語錄》又云:"五字詩,以第三字爲句眼;七字詩,以第五字爲句眼。"句眼每爲"活字",即帶有動詞性質的詞語,故多在句子中部,然亦有在其他位置上者。吕本中《童蒙詩訓》引潘邠老言:"七言詩第五字要響,如'返照入江翻石壁,歸雲擁樹失山村',翻字、失字是響字也。五言詩第三字要響,如'圓荷浮小葉,細麥落輕花',浮字、落字是響字也。所謂響者,致力處也。"這些"響字"也就是句眼。杜甫《春宿左省》詩"星臨萬户動,月傍九霄多",《杜詩詳注》引趙汸曰:"唐人五言,工在一字,謂之'句眼'。如此詩,三、四'動'字、'多'字,乃'眼'之在句底者。"又如杜甫《船下夔州郭宿雨濕不得上岸別王十二判官》詩"晨鐘雲外濕"句,葉燮《原詩》指出詩中"下'濕'字"之妙,云:"其於隔雲見鐘,聲中聞濕,妙悟天開,從至理實事中領悟,乃得此境界也。"

宋代注家,尤重視句眼,每在注中一一指出,并説明其作用。如王安石《自金陵至丹陽道中有感》詩:"荒埭暗雞催月曉,空場老雉挾春驕。"李壁注:"《藝苑雌黄》云:'予與鄉人翁行可同舟泛汴,因談及詩。行可云:"介甫善下字,如'空場老雉挾春驕',下得'挾'字最好。'挾'即《孟子》'挾貴挾長'之

'挾'。"予謂介甫又有"紫莧凌風怯,蒼苔挾雨驕",陳無己有"寒病挾霜侵敗絮,賓鴻將子度微明",其用"挾"字亦與前一聯同。'"挾"字即句中詩眼。方回《瀛奎律髓》亦云:"未有名爲好詩而句中無眼者。"并在所選詩歌批語中指出詩中的"句眼",加以圈點。注家,尤其是評點家應知此妙,通過對字法的探究,以揭示詩歌之真諦所在。

古人講究句眼,主要目的是爲了指導詩歌欣賞及創作,當代詩歌注本,則重在分析解說,故於字法一途,甚少議及,間或有引述前人之說者,亦每語焉不詳,實有遺憾。此外,如虛字、叠字、連綿字的使用,在句法、字法中均極其重要,歷代學者對此多有討論,在此不再縷述。

各家各法,各詩各法,還有許多具體的技巧問題,古來議者紛詥不已。要知道,大多數詩法是後人總結出來的,好詩,絶不是依賴繁瑣的詩法作出來的,詩人的天賦、才情、閲歷等纔是決定因素。《金剛經》云"無有定法",又云:"如來所説法,皆不可取、不可説、非法、非非法。"法愈多而弊愈多,詩論家津津樂道的詩法反而成爲真詩人的夢魘了。

(1)陳寅恪《柳如是别傳·緣起》,上海古籍出版社,1980年版,第11頁。
(2)轉録自何澤棠《蘇詩十注之傅、胡考》,《樂山師範學院學報》2010年第3期。
(3)薛瑞生《樂章集校注》,中華書局,1994年版,第39頁。
(4)孫虹《清真集校注》,中華書局,2002年版,第398頁。
(5)靳極蒼《注釋學芻議》,山西人民出版社,2001年版,第40頁。
(6)陳繼龍《韓偓詩注》,學林出版社,2001年版,第139頁。

用事章第六

用事,是古典詩文創作最主要的語言藝術技巧,是詩法的核心,也是注釋的重點。方回《瀛奎律髓》云:"此但爲善用事,亦詩法當爾。"用事作爲一種修辭手法,蘊含着深厚的傳統文化内容,涵育著千百年來的詩人,成爲詩家必須掌握的重要詩法。用事,又稱使事、引事、隸事、事類。内涵與用典相近,但外延則大於用典。對詩中之用事若不明瞭,則無法正確理解詩意,讀如不讀,故注家須一一注明,令疑難渙然冰釋。

用事,有着悠久的傳統,從《詩》開始,運用古事,已是一種創作手段。毛傳鄭箋,都注出不少更古的典實,也有當時的本事。如《詩·大雅·烝民》:"人亦有言,柔則茹之,剛則吐之。""人亦有言,德輶如毛。"《詩·大雅·抑》:"人亦有言,靡哲不愚。"當引前哲之言。時人常論及的"古典"、"今典"之注,已在二千年前出現。學者早已指出,春秋時士大夫的賦《詩》言志,斷章取義,可説是用事之濫觴。[1]《文心雕龍·事類》云:"觀乎屈宋屬篇,號依詩人,雖引古事,而莫取舊辭。"其實《楚辭》亦有引古語,如《九辯》"竊慕詩人之遺風兮,原託志乎素餐",本《詩·魏風·伐檀》"彼君子兮,不素餐兮"之語。真正的用事,除了"引古事",還要"取舊辭"。曹操《短歌行》"青青子衿,悠悠我心"、"呦呦鹿鳴,食野之苹"、"我有嘉賓,鼓瑟吹笙"、"周公吐哺,天下歸心",可説是詩歌用典的標志。

自此之後,層層積澱,愈深愈厚,典故也就愈來愈多。《文心雕龍·事類》云:"事類者,蓋文章之外,據事以類義,援古以證今者也。""至若胤征羲和,陳《政典》之訓;《盤庚》誥民,敘遲任之言;此全引成辭,以明理者也。"詩人爲詩,亦重事類,借助古事以表情達意。南朝重文,詩人多博學之士,尤喜在詩中用事。張戒《歲寒堂詩話》云:"詩以用事爲博,始於顔光祿。"顔光祿,即顔延之。爾後齊、梁詩人,以博聞强記是尚,如沈約之"博物洽聞",爲"當世取則"。《詩品》謂任昉爲詩,"既博物,動輒用事",典故是層叠累加的,大抵時代靠前的用典較少,愈後用典就愈多。好古成風,愈演愈烈,有些詩人幾乎無詩不用典,甚至句句有典,一句多典,殆同書鈔,滿眼雕繢,釋讀維艱。唐人杜甫、韓愈、李商隱均是善於用典的大家。宋人蘇軾、黃庭堅、陸游等,用典之繁富遠超唐人。清人每資書爲詩,用典則更多更廣更細更僻。學者不妨使用電腦統計一下,歷代詩歌用典與不用典的比例是何等懸殊,可知用典已成爲寫詩不可或缺的手段了。

用事,近世習慣稱爲"用典"、"使典"。用典,是一種繼承,是對傳統的認知和尊重。所謂"典",本指簡册,可爲典範的古書;所謂"故",是指古代的故事,成例。詩中所用的"典故",有所謂的事典與語典,事典,指詩歌所運用的古代典籍文獻中的"故事",亦稱"掌故",即所謂"古典"。語典,指經詩家所化用的前人詩句及用語。用事,主要包括兩個方面,一是"用典",使用典故;二是化用"成辭"(或稱"成語"、"成言"),即指引用的古書中故事及有出處的詞語。以典故况喻現實,有學者認爲屬於詩歌的"比"、"興"手法。

世界上所有民族都有自己的傳統文化，自然也有許多本民族的歷史典故。沒有一個國家不珍惜這些文化遺產，更沒有一個政權敢於去漠視或毀棄它。典故，是中國歷史的濃縮精華，是中華精神文化積澱。典故的使用，也是文化道統的一種傳承，道統不可以割裂，文化傳承亦不可以斷絕。中國古代讀書人從小就受到《千字文》、《三字經》、《成語考》等蒙書教育，一些基本的典故早已融匯於胸中，下筆創作文章詩歌時，自然就會運用這些典故。用典，對於文人來說，已成爲不可或缺的日常習慣。詩歌，力求簡煉，用最少的文字表現最豐富的内容。典故，則是經過精煉壓縮的詞句，是雅言的源頭活水，沾溉千秋，最宜用在古典詩文中。《抱朴子外篇・鈞世》云："然古書雖多，未必盡美，要當以爲學者之山淵，使屬筆者得采伐漁獵其中。"古時文人常以記憶典故數量多少以爲競賽，稱爲"隸事"、"徵事"，《南史・王諶傳》："諶從叔摛，以博學見知。尚書令王儉嘗集才學之士，總校虚實，類物隸之，謂之隸事，自此始也。儉嘗使賓客隸事多者賞之，事皆窮。"《文心雕龍・書記》："解者，釋也。解釋結滯，徵事以對也。"胡應麟《少室山房筆叢・華陽博議下》："六代文章之學，有徵事，有策事。徵者共舉一物，各疏見聞，多者見勝。"詩人隸事數典，采擷精華，以爲己有，用事已成爲作詩的不二法門，不少詩人在日常讀書時就積儲資料以備應用。《文鏡秘府論・論文意》引王昌齡《詩格》云："凡作詩之人，皆自鈔古人詩語精妙之處，名爲隨身卷子，以防苦思。作文興若不來，即須看隨身卷子，以發興也。"白居易編著《白氏六帖》亦有此目的，李商隱有《金鑰》、《雜纂》、《蜀爾雅》之製，爲人所譏；名家如蘇軾、黃庭堅輩，儘管腹有詩書，也不免臨文時堆集獺祭，據云近世陳三立亦擅此法。當代詩人吳三立自言："曾做過一些'笨巧結合'的工作。其中之一，是把平聲三十韻中之字,看比較用得少而又不易用的字,就是難押之韻,選鈔幾個最有名之詩家句子,分韻排列之。在《佩文韻府》有的,亦選要附入,已積累了二三寸高的卡片。此外,還有一種'兔園册子',可以供集句用的,把幾部有名詩集通通畫了符號,把符號另鈔成册,這是祇有自己纔會使用的。"[2]作者是有意爲之,讀者也須尋源究本,了解典故的來龍去脈,纔能讀通原作。

用事的作用是,既可表明言之有據,又能喚起聯想,豐富內涵;簡化語彙,精切達意;雅化言辭,委曲抒情;深化義蘊,透闢説理。如繆鉞《論宋詩》一文所云:"用事,亦爲達意抒情最經濟而巧妙之方法。蓋複雜曲折之情事,決非三五字可盡,作文尚可不憚煩言,而在詩中又非所許。如能於古事中覓得與此情況相合者,則祇用兩三字而義蘊畢宣矣。"注家須明瞭其作用,並加以闡發。古人作詩,力求字字精到,境深意厚,迥不猶人,尤其是所用的典實,非加注釋,一般讀者難知其真義。任淵《黃陳詩集注序》云:"前輩用字嚴密如此,此詩注之所以作也。"典故的含義是多樣的,在不同語境下有不同的喻義,注家應在注典的同時,結合詩意進行概括分析,疏通文義。詩人使典用事,每隨其所處時代對及個人性格、愛好等因素而有不同習尚。或根柢經史,多援古義;或嫻熟老莊,語仿玄虛,或好《楚騷》綺語,或襲《世説》故事,或專學老杜,或力擬長吉。故注家須先迹其詩學淵源,則可事半功倍。如黃庭堅好用《莊子》、《世説》、前後《漢書》、杜詩,若爲任、史未注的數百篇黃庭堅詩作續注,則必先精熟此數種典籍。

關於"用事",歷代詩論家每持貶斥的觀點。鍾嶸《詩品》謂顏延之"喜用

古事,彌見拘束"。其《詩品序》亦云:"至乎吟詠情性,亦何貴於用事?"皎然《詩式》卷一"詩有五格"條指出:詩有五格:不用事第一,作用事第二,直用事第三,有事無事第四,有事無事、情格俱下第五。舊題賈島《二南密旨》云:"詩有三格:一曰情,二曰意,三曰事。"把用事置於第三格。齊己《風騷旨格》亦云:"詩有三格:上格用意,中格用氣,下格用事。"以用事爲下格。所謂"不用事",往往是妙手偶得,佳者自是天然好語,皎然舉出不少漢魏六朝的詩句爲例。趙次公亦以蘇軾詩"不使事"爲尚,如《惠崇春江晚景》詩,趙注云:"此篇直以意参其畫而書之耳,別不使事。"這類"不用事"的"格",詩句没有出處,自然也不用注典,而其餘各格均不免用事,則須注出事典。《詩式》中又提到:"時人皆以徵古爲用事,不必盡然也。"儘管皎然不大同意這説法,但可見當時人都認爲,詩中徵引古事,即屬用事,注家亦當徵引古事作注。嚴羽《滄浪詩話·詩法》云:"押韻不必有出處,用事不必拘來歷。"此語亦爲世人所訾病,陶明濬《詩説雜記》駁之曰"詩之有需才學識,正因出處來歷二端而然。備此三者:則不用典則已,用則必有出處,不使事則已,使則必有來歷,安得如嚴氏之汗漫乎?"近世"新文化運動"以來,新文論家鄙視傳統,往往把用典貶斥爲形式主義,認爲典故是僵化的、死亡的,祇有口語纔是活潑潑有生命力的。胡適《文學改良芻議》提出的"八不主義",就有所謂的"不用典",失去了典故,口語也就無根,也會逐漸枯槁,所以胡氏也不得不申明,有"廣義之典",如"古人所設譬喻"、"成語"、"引史事"、"引古人作比"、"引古人之語"亦可用。顧隨亦曾説用典是"才短"與"偷懒",其實,不懂得用典,即不肯認真讀書,不好好學習前人經驗,這纔是真正的才短與偷懒。顧氏是學者、詞家,其詩詞也用了不少典故及成語,他人不得藉爲口實。在種種偏見的影響下，幾千年積累下來的歷史和知識不再爲人們所熟知，當代學人閱讀古書時也感到力有不逮，因此，注釋已成爲古籍整理的要務。而注出詩人所用之典故，更是注家首要的工作。

有關用事之法，古人每有論述。張戒《歲寒堂詩話》卷上云："詩以用事爲博，始於顏光禄而極於杜子美。"杜詩用事方法多端，尤爲後世詩家所師法。《杜詩趙次公先後解輯校》趙次公自序又云："若論其所謂來處，則句中有字、有語、有勢、有事，凡四種。兩字而下爲字，三字而上爲語，擬似依倚爲勢，事則或專用、或借用、或直用、或翻用、或用其意，不在字語中。於專用之外，又有展用、有倒用、有抽摘滲合而用。"此外，尚有暗用、疊用、化用、貼用、承用等名目。任淵《山谷詩注》中亦稱之爲"用其事"。

《王狀元集百家注分類東坡先生詩》中引趙夔《東坡詩集注序》，對蘇詩的用事方法總結爲用字、用句法、用事、用意四種。序云："僕於此詩分五十門，總括殆盡。凡偶用古人兩句，用古人一句，用古人六字、五字、四字、三字、二字，用古人上下句中各四字、三字、一字相對，止用古人意不用字，所用古人字不用古人意，能造古人意，能造古人不到妙處，引一時事，一句中用兩故事，疑不用事而是用事，疑是用事而不用事，使道經僻事，釋經僻事，小説僻事，碑刻中事，州縣圖經事，錯使故事，使古人作用字，成一家句法，全類古人詩句，用事有所不盡，引用一時小詩，不用故事而句法高勝，句法明白而用意深遠，用字或有未穩，無一字無來歷，點化古詩拙言，間用本朝名人詩句，用古人詞中佳句，改古人句中借用故事，有偏受之故事，有參差之語言，詩中自有奇對，自撰古人名字，用古謡言，用經史注中隱事，間俗語俚諺；詩意物理，此其大略也。"趙夔序中之論述，雖稍嫌瑣屑，然於用事諸方，實已囊括無遺，後之注家宜細細體會。

宋末陳繹曾《文說》，把用事分爲九類。即正用、反用、借用、暗用、對用、扳用、比用、倒用、泛用。又云："凡用事，但可用其事意，而以新語融化入吾文。"陳氏所論，雖是作文之法，而詩歌用事亦然。詩人善於活用典故，把陳舊的，用濫了的典故化成新的，這就是"化用"。除"正用"外，其餘各種用法都可以稱爲化用。注家要注明出處，"正用"者自是一索可得，而"反用"、"借用"、"暗用"、"倒用"等則不易尋繹。

朱庭珍《筱園詩話》卷一論"用典之法"云："正用不如反用，明用不如暗用。"已作出高度概括。正用與反用，是指典故的內容和意義，明用與暗用，是指使用典故的手法。正用與明用，較易注出，而反用與暗用，則是注家用力之處。方世泰《方南堂先生輟鍛錄》亦云："作詩不能不用故實，眼前情事，必須有古事襯託而始出者。然用事之法最難，或側見，或反引，或暗用。吸精取液，於本事恰合，令讀者一見了然，是爲食古而化。"又云："用事遂有正用、側用、虛用、實用之妙。"方氏所謂"側用"和"虛用"，也屬"暗用"之列。

用事最高境界，就是把典故運用到無迹可尋。

顏之推《顏氏家訓·文章》："邢子才常曰：'沈侯文章用事，使人不覺，若胸憶語也。'深以此服之。祖孝徵亦嘗謂吾曰：'沈詩云"崖傾護石髓"，此豈似用事邪？'"沈詩所用事，見《晉書·嵇康傳》："康又遇王烈，共入山，嘗得石髓如飴，即自服半，餘半與康，皆凝而爲石。"《文選》卷二二沈休文《遊沈道士館》詩，有句云："朋來握石髓。"李善注云："袁彦伯《竹林名士傳》曰：'王烈服食養性，嵇康甚敬信之，隨入山。烈嘗得石髓，柔滑如飴，即自服半，餘半取以與康，皆凝而爲石。"邢邵用"使人不覺"四字，概括簡明，故顔之推深服之。徐時棟對此作出解釋："吾生平最服膺此語，以爲此自是文章家正法眼藏。故每作文，偶以比事，須用僻典，亦必使之明白曉暢，令讀者雖不知本事，亦可會意。"(3) 不同讀者，對詩文的理解各有深淺。不知本事者，自可解其字面之意；知本事者，自然對作者匠心獨運之處，更能深刻領會。古來許多佳作，在一般讀者看來，似乎是平易曉暢的，但其實仍是語語用典，句句用典。即如李白許多長篇古風，看以流水行雲，一瀉千里，中略無滯礙之處，在注家筆下仍然把大量典實一一指出。

《文鏡秘府論・論文意》引王昌齡《詩格》云："五曰用事。謂如己意而與事合。謝靈運《廬陵王墓》詩：'灑淚眺連崗。''連崗'，是諸侯事也。古者諸侯葬連崗。""連崗"，似是一般詞語，極易隨眼看過。李吾注："《青烏子相塚書》曰：天子葬高山，諸侯葬連崗。"讀到李注方知詩人用事之精。這就是顔之推所云"用事使人不覺"，劉勰所云"不啻自其口出"，王直方所云"用事工者如己出"。正因如此，這類的用事，注釋則有很大的難度。注家作注，必先假定詩中"無一字無來處"，窮搜群籍，纔有可能避免失注。李頎《古今詩話》云："作詩用事要如水中著鹽，飲食乃知鹽味。此說詩家秘密藏也。"接著舉杜甫《閣夜》詩"五更鼓角聲悲壯，三峽星河影動搖"爲例，謂上句出《禰衡傳》："撾《漁陽摻》聲悲壯。"下句出《漢武故事》："星辰動搖。東方朔謂'民勞之應'。"《瀛奎律髓》錄此詩，紀昀評曰："衹是現景，宋人詩話穿鑿可笑。"紀氏認爲並非用事。其實杜詩中這種情況是相當多的，看起來是詩人自鑄偉詞，語皆己出，而實際上前人已用過相同或相近的詞語。像這種運化無迹的"用事"，如果作爲一般普及性的注本，自不必注出，如要作詳注，最好還是能遡其出處，爲讀者提供更豐富的信息。

高明的用典是要不似原來出處。楊載《詩法家數》云："用事。陳古諷今，因彼證此，不可著迹，祇使影子可也。"李壁《王荆文公詩箋注》中《窺園》詩注引《蔡寬夫詩話》云："荆公嘗言：'詩家病使事太多，蓋皆取其與題合者類之，如此，乃是編事，雖工何益？若能自出己意，借事以相發明，變態錯出，則用事雖多，亦何所妨？'故公詩如'董生祇被公羊惑，肯信捐書一語真'、'桔槔俯仰妨何事，抱甕區區老此身'之類，皆意與本處不類。此真所謂使事也。"王安石此二詩，前爲《窺園》，用《漢書·董仲舒傳》中董仲舒典，後爲《賜也》，用《莊子·天地》漢陰丈人典，皆以原典爲本，生發出新意，與原意有很大距離。詩人化用典故，往往不着痕迹，難以察覺。詩中有些詞語，字面平常，似無典實，每易放過。黃徹《䂬溪詩話》卷六舉出幾個例子：杜甫《戲題山水圖》詩"尤工遠勢古莫比，咫尺應須論萬里"二句，"乍讀似非用事"，其實典出《南史·蕭賁傳》："〔賁〕能書善畫，於扇上圖山水，咫尺之内，便覺萬里爲遥。"又《垂老别》詩"男兒既介冑，長揖别上官"，用《史記·絳侯周勃世家》："介冑之士不拜。"《新婚别》詩"婦人在軍中，兵氣恐不揚"，用《史記·李將軍傳》："軍中豈有女子乎？"以上數例，"皆用其意而隱其語"，注家尤要留心。又如駱賓王《帝京篇》："相顧百齡皆有待，居然萬化咸應改。桂枝芳氣已銷亡，柏梁高宴今何在？"陳熙晉《駱臨海集箋注》以二百餘言注之，獨漏注"有待"一語。錢鍾書《管錐編·全晉文卷一五八》指出："有待"一詞出《莊子·逍遥遊》。又云："晉人每狹用，以口體所需、衣食之資爲'有待'。"若不明"有待"指衣食，則下文"高宴"之義亦不顯。杜甫《將赴成都草堂途中有作先寄嚴鄭公》詩"過客徑須愁出入，居人不自解東西"二語，錢謙益認爲本自謝靈運《登石門最高頂》詩之"連巖覺路塞，密竹使徑迷。來人忘新术，去子惑故蹊"。並云："此詩家采銅縮銀、攢簇烹煉之法也。今人注杜，輒云某句出某書，便是印板死水，不堪把玩矣。"(《復遵王書》)這正是老杜最擅的詩法，宋人每專意學此。以上所舉諸例，非深於詩學、精於詩功者不能爲此，亦不能解此。

古人精博，用事常在有意無意之間，靈活變化，索解爲難。如嵇康《贈秀才入軍詩》："目送歸鴻，手揮五絃。俯仰自得，遊心太玄。"李善僅注"目送"、"五絃"之出處，歷來注家，均沿其說，惟余嘉錫《世說新語箋疏》引《淮南子·俶真訓》云"夫目視鴻鵠之飛，耳聽琴瑟之聲，而心在雁門之間"，謂"叔夜之意，蓋出於此。李善注未引"。真是讀書有得。一經點出，詩味倍增。白敦仁《巢經巢詩鈔·前言》曾舉例："如後集卷二《與趙仲漁婿論書》'斯實柳和鄭嫵媚'句，題目是'論書'，一見'柳'字，自然想到柳公權，但'和'字無法落實；且'鄭'是何人？百思不得。繼因'嫵媚'字想到魏鄭公徵，檢《魏徵傳》，其子叔瑜'善草隸'，徵本人卻無能書之稱。此句求之甚久，終不可解。一夜苦思：何苦拘拘求之書法？《論語》稱柳下惠'直道而事人'，《孟子》卻以'聖之和者也'目之；魏徵'疏慢'，而唐太宗'但見其嫵媚'。二事實承上句'亦有中稜外婀娜'句來。以人品喻書品，亦猶東坡《錢安道惠建茶》詩之以人品喻茶品耳！常典活用，遂成'僻典'，殊自笑也。"真是注家甘苦之言，非箇中人不能道也。

還有一點必須注意的，詩中用典就是用典，不要都當成詩人的實事。當代的研究家、注家每有此弊，見到古人詩中有"乞米"、"典琴"等字樣，就以爲詩人真的在乞米、典琴了，甚至還據此以考證向何人乞米，所典何琴。張喬

《贈友人》詩"典琴賒酒吟過寺"、李洞《賦得送賈島謫長江》詩"琴典在花村"、陸游《秋懷》詩"典琴沽市釀,賣劍買吳牛"。詩中之"典琴",祇不過是說家貧而已。徐積《送呂清叔》詩"買魚沽酒向村市,典卻蔡家焦尾琴",假如有研究者據此而考證徐氏曾收藏過蔡邕之琴,那就鬧笑話了。典琴,也有真的,如今峭《對陳喬生夜話》詩"焦琴典更頻",陳子升的確曾典當唐琴,並有《典琴》詩以記。

用　詞

　　詩人用典,最常用的方法是所謂的"用詞"。把典籍中的故事,摘取片言隻字,提煉成一個詞語,成爲"語典",縮龍成寸,把語典用在詩歌中,就是"用詞"。如《漢書·東方朔傳》中有名的"索長安米"故事,原文長達二百餘言,寫東方朔恐嚇侏儒,謂皇上"欲盡殺若曹"。上召問朔:"何恐朱儒爲?"對曰:"臣朔生亦言,死亦言。朱儒長三尺餘,奉一囊粟,錢二百四十。臣朔長九尺餘,亦奉一囊粟,錢二百四十。朱儒飽欲死,臣朔飢欲死。臣言可用,幸異其禮;不可用,罷之,無令但索長安米。"上大笑,因使待詔金馬門。後世詩人用此典,於《漢書》原文摘取兩三字,或四五字,運入句中。寒山詩之一二八:"不憐方朔飢。"東方朔字曼倩,許渾《早秋三首》之二:"貧憂曼倩飢。"又可簡爲"索米",李賀《勉愛行二首送小季之廬山》詩:"辭家三載今如此,索米王門一事無。"又作"索長安米"、"索米長安"、"索米金門",還有"臣飢"、"朔飢"、"侏儒米"、"侏儒飽"等等,隨意摘用,變化多端。更有甚者,如元稹《酬張秘書因寄馬贈詩》"減粟偷兒憎未飽",添上《漢武帝內傳》中東方朔偷西王母桃事,合用兩典,語更怪異。此類型的"用詞",注釋者須十分小心,不可滑眼看過。又如《搜神後記》中著名的"遼東鶴"故事:"丁令威,本遼東人,學道於靈虛山,後化鶴歸遼,集城門華表柱。時有少年,舉弓欲射之。鶴乃飛,徘徊空中而言曰:'有鳥有鳥丁令威,去家千年今始歸。城郭如故人非昔,何不學仙塚纍纍。'遂高上沖天。"詩人用此典,亦隨意摘用其字,或作"遼東鶴"、"遼陽鶴"、"遼城鶴"、"遼海鶴"、"遼鶴"、"丁令鶴"、"丁鶴"、"丁家鶴"、"華表鶴"、"千年鶴"、"化鶴"、"歸鶴"等等,不一而足。更有用得隱晦的,如武元衡《和李中丞題故將軍林亭》詩:"城郭悲歌舊,池塘麗句新。"謝應芳《暮春陪周明府顧將軍祠下看碑》詩:"柱頭老鶴作人語。"袁枚《過葵巷舊宅》詩:"兒時老屋喜重經,鄰叟都疑客姓丁。"亦用此典。若不留心,則極易失注或誤注。此外,還有節取、化用典中鶴語者,如王安石《送丁廓秀才歸汝陰》詩"昔人且在不應非"、蘇軾《清平調》"江山猶是昔人非"、陸游《伏日獨遊城西》詩"山川良是昔人非",皆本自"城郭如故人非昔"之語,亦不可不知。

還要注意的是,有些語典,不止一個源頭,詩家所用者各異,注家亦須分別對待。如"歌梁"一語,有"繞梁"之典,出自《列子·湯問》:"昔韓娥東之齊,匱糧,過雍門,鬻歌假食。既去,而餘音繞梁欐,三日不絕。"又有"梁塵"之典,出自劉向《別錄》:"漢興以來,善雅歌者魯人虞公,發聲清哀,蓋動梁塵。"而唐人沈亞之《歌者葉記》云:"韓娥亦能使逶迤之聲,環輿而遊,凝塵奮發,激舞上下者,三日不止。"則韓娥之聲亦動塵矣。詩家或獨用其中一典,或合用兩典,注家則須根據詩意,分清來源。如謝朓《和伏武昌登孫權故城》:"舞館識餘基,歌梁想遺轉。"李善注:"歌有繞梁,故曰歌梁。"劉良注又云："妙歌者發聲繞梁而塵起,故見梁則想其餘聲。"李注但云繞梁,而劉注則增塵起一意。又如李昶《奉和重適陽關》詩："舞閣懸新網,歌梁積故埃。"蕭琳《隔壁聽妓》詩："惟有歌梁共,塵飛一半來。"張說《傷妓人董氏》詩："舞席沾殘粉,歌梁委舊塵。"此數詩有"埃"、"塵"字樣,注家以"梁塵"之典注之足矣。白居易《江南喜逢蕭九徹因話長安舊遊戲贈五十韻》詩："雪飛回舞袖,塵起繞歌梁。"則點出一"繞"字,合用兩典,必須注出。王勃《銅雀妓》詩："舞席紛何就,歌梁儼未傾。"僅用"歌梁"一語,無"繞"復無"塵",蔣清翊則僅引"繞梁"之典注之。黃庭堅《寄陳適用》侍:"歌梁韻金石,舞地委蘭麝。"史容注云："'歌梁'用'韓娥能使迤逶之聲,環梁而凝塵,奮飛三日不止'事。"又引謝靈運"清歌拂梁塵"李白"清歌繞飛梁"以注之,則似謂其合用數典矣。

　　以上所舉的是已經定型的典故,也就是所謂的"熟典",無論詩人是如何"熟典生用",注家也較易檢出,這些成語亦大量收入各種類書、辭典中。最難注出的是那些詩人"自鑄"的典故詞語,其中暗用古人詩文中語句,是最難識別的。於舊文中掇拾三五字,組織成句,乍看來似是詩人自運,並無依傍,經注家點出,讀者便當會心微笑。如黃庭堅《寄懷藍六在延平》詩："取端於此更何求。""取端"一語,是《孟子·離婁》中"取友必端"四字的壓縮,贊美友人藍六是位"端人",如不熟悉《孟子》原文,則無法理解詩意。李詳《杜詩證選自敘》謂杜甫詩"有暗用其語者"。並謂："《玉華宮》詩'萬籟真笙竽',此用左思《吳都賦》'蓋象琴筑并奏,笙竽俱唱'語,故云'真笙竽',蓋引古自證也。如此之類,歷來注家尚未窺此秘。"古人爲詩,語約而意深,把本需許多文字敘述或論說的內容,濃縮成四字甚至兩字,極度精煉。對於詩歌這種語言藝術來說,這無疑是良法。李清照《浯溪中興頌詩和張文潛》詩："酒肉堆中不知老。"張昌餘《李清照詩考釋》指出"酒肉堆"化用"酒池肉林"之典,見《史記·殷本記》。指出此典很重要,實際上是以殷紂王比唐玄宗。"不知老",語出《論語·述而》:"發憤忘食,樂以忘憂,不知老之將至云爾。"謂玄宗"樂以忘憂",語含反諷。王學初《李清照集校注》、徐培均《李清照集箋注》都不采張説,終覺遺憾。如上述這樣的"用詞",可稱天衣無縫了。

古人爲詩文,好用代字,這也是一種變相的用典。《顏氏家訓·勉學》云:"呼徵質爲周鄭,謂霍氏爲博陸,上荆州必稱陝西,下揚都言去海郡,言食則餬口,道錢則孔方,問移則楚丘,論婚則宴爾,及王則無不仲宣,語劉則無不公幹。"顏氏批評這是"皆耳學之過也",但這種"耳學"卻一直流行千載。

詩人用典,與文章家亦有不同。用典手法變化多端。吳孟復指出:"詩人用典有時祇借用原義中的某一部分,如果硬按原義理解,則歪曲了詩意。"[4]吳氏並舉顧炎武誤釋辛棄疾詞爲例。辛棄疾《瑞鷓鴣》詞:"山草舊曾呼遠志,故人今又寄當歸。""寄當歸",典出《三國志·吳志·太史慈傳》:"曹公聞其名,遺慈書,以篋封之,發省無所道,而但貯當歸。"太史慈是北人,曹操以寄當歸暗勸其棄吳歸北。顧炎武據此謂辛棄疾晚年"思用趙人",即棄宋歸金,當代學者,亦有據此而坐實其事。其實辛氏用典,僅用其字面上的意思,並無原典中北歸之義。一典之釋,關繫到辛氏的出處大節,不可不辨明。

化用成語

上文"詩法章",已論"祖述"之義。師古,是創作的重要途徑,歷代詩家,無不遵此而行。其實，每一位詩人，都會自覺或不自覺地襲用"成辭"，所謂成辭，是指前人現成的辭語。本書中采用"成語"一詞，以指前人詩作中的語句。兩千多年來的中國詩歌，是世界上不可多得的文化寶藏，詩人不可能不向其中發掘占取。詩人襲用前人詩語、詩意，更是注釋必須揭示的。焦循《焦氏筆乘》卷四"詩用成語"條云："詩有就用成語爲句者。隋常琮侍煬帝遊寶山，帝曰：'幾時到上頭？'琮曰：'昏黑應須到上頭。'子美《香積寺》詩全用之。"按，杜甫《涪城縣香積寺官閣》詩，末句全用琮語。詩中全用經史之語，古人認爲是意存典雅，不算盜襲。洪邁《容齋續筆》卷一五云："詩文當有所本，若用古人語意，別出機杼，曲而暢之，自足以傳示來世。"化用前人的詩句語意，更是詩人的慣技，唐人好襲《選》詩，宋詞好襲唐詩，元曲好襲唐詩宋詞。宋詩人賀鑄亦自供"吾筆端驅使李商隱、溫庭筠，常常奔走不暇"。王士禎《池北偶談》云："唐詩佳句，多本六朝，昔人拈出甚多。"並列出王維、孟浩然等人用六朝詩的例爲證。古代詩人從不諱言"偷"字，詩評家也有"偷字"、"偷語"、"偷句"、"偷法"、"偷意"、"偷格"、"偷勢"、"偷神"諸如此類的説法。如何把詩人所"偷"之物查明證據，還歸原主，是注家最主要的工作。明火執仗搶劫，是惡賊，聰明的詩人自不屑爲之。馮班曾痛斥"點鐵成金"、"奪胎換骨"手段，謂是"剽竊之黠者"，然試觀其《鈍吟集》中詩，亦可人贓俱獲，發現有竊自古人之物。詩人這種"偷竊"行爲，曾屢被錢鍾書嘲笑，然在其《槐聚詩存》中恐亦未能免此。清賀裳《載酒園詩話》亦云："偷法一事，名家不免。"所謂偷法，賀氏解釋云："或反語以見奇，或循蹊而別悟"，"妙於以相似之句，用之相反之處。"宋葛立方《韻語陽秋》指出這些"點化"之法，"學詩者不可不知此"。既然學詩者運用了點化的手法，注詩者則更不可不知，要在注釋中

"還原"被點化的原作。詩人用事,追求新意創意,所謂"死蛇解弄活潑潑",把前人用得爛熟的典故翻新,"死典活用"、"熟典生用"、"正典反用",高明者自能點鐵成金,鑄廢銅而成新器。襲用前人詩句,亦有貌似與神似之別。貌似者如錢鍾書所譏之"明火打劫",直接襲用前人成詞成句,了無新意;神似者則所謂"大而化之",活用前人格式及語意,泯其端倪。注家有如警察,於前者稍加注意,即可指認緝得,於後者則須細加推尋,方可得訪其物主。如黃庭堅《寄陳適用》詩:"幸蒙餘波及,治郡得黃霸。"任淵注僅引《左傳》:"重耳曰:'其波及晉國者,君之餘也。'"固然無誤,而山谷此二語實本杜甫《趙十七明府之縣》詩:"惠愛南翁悦,餘波及老身。"中隱含上句"惠愛"之意,若不注出,詩人之深意則不顯矣。

襲用前人詩,亦稱爲借用,是詩人創作法門,宋代詩家,尤擅此道。任淵注黃庭堅、陳師道詩,常見"借用其字"、"此借用"等語。古人認爲這是正常的,被認可的。即使大名家也毫不客氣從古人的庫藏中挪用材料。有襲一詞一語者,有襲一句一聯者,更有全篇襲用古人詩意者,注家亦必須指出。洪邁《容齋續筆》卷一五:"左太沖《詠史》詩曰:'鬱鬱澗底松,離離山上苗。以彼徑寸莖,蔭此百尺條。世胄躡高位,英俊沈下僚。地勢使之然,由來非一朝。'白樂天《續古》一篇全用之,曰:'雨露長纖草,山苗高入雲。風雪折勁木,澗松摧爲薪。風摧此何意,雨長彼何因?百尺澗底死,寸莖山上春。'語意皆出太沖。"白居易《新樂府》又有《澗底松》一篇,亦全襲左思詩意。類似這樣全篇襲用的,或徑取原作的標題,或以原作中的核心詞語作題,或在題中有"擬"、"效"、"仿"、"廣"、"續"的字面,作者直接聲明其詩之所本。

化用前人詩句，有多種形式，注家亦不可不知。以下簡介最常見的幾種方法：

一、所謂"偷句"，把前人句子原封不動地移植過來，成爲己作的一部分。這種偷句，亦屬於"借用"之法。詩家在詩中全襲古人成句，有兩種情況，一是生吞活剝，全無創意者，是爲偷句的鈍賊，宜乎爲詩評家所譏；一是靈活運用，深化原意或賦予新的含義、另創境界者，詩評家則不以爲病，且每加贊許，如楊萬里《誠齋詩話》所云："詩家借用古人語，而不用其意，最爲妙法。"對這兩種情況，今之注家，亦當分別對待。在詩人來說，或是偶有所觸，隨手拈來，或是特意徵引，以爲己用。這些成句與詩人所作的融爲一體，而注家則要一一檢出，物歸原主。如孟浩然《尋香山湛上人》詩"願言投此山，身世兩相棄"，佟培基《孟浩然詩集箋注》："《文選》卷二一鮑照《詠史》一首：'君平獨寂寞，身世兩相棄。'"李白《留別賈舍人至二首》詩"誰念劉越石，化爲繞指柔"，王琦注："劉越石詩：'何意百煉剛，化爲繞指柔。'"一點明出處，詩意便更明晰豐富。宋人王明清《揮麈錄·餘話一》云："'柳色黃金嫩，梨花白雪香'，陰鏗詩也。李太白取用之（《宮中行樂詞》），杜子美《李白詩》云：'李侯有佳句，往往似陰鏗。'"李白學陰鏗詩，心摹手追，竟兩句全襲。陰氏原詩已佚，此聯因李詩而得以傳世，亦一幸也。宋詞借用唐詩成句的例子尤多。如晏幾道的名句《臨江仙》詞"落花人獨立，微雨燕雙飛"，爲五代翁宏《春殘》詩原句。秦觀《臨江仙》詞"曲終人不見，江上數峰青"，爲用錢起《湘靈鼓瑟》詩原句，詞人一字不易地借用。朱庸齋《分春館詞話》又云："填詞中用古人作品其中一句，不能視爲偷襲，蓋其本身須以數句合成一韻，方能表達一個意境也。"[5]

有些詩家，如黃庭堅、陸游、元好問，每好"複句"，自盜己作，常以自己的舊作一聯或一句納入新作中，注家亦應指出。

　　還有一種特殊的襲用，就是所謂的集句體詩，又稱集錦詩，源於晉人傅咸，其作《七經》詩，中《毛詩》一篇，皆取經語。宋人石曼卿、王安石尤喜此體。黃庭堅雖譏之爲"百家衣"，然亦忍俊不禁，時有製作。賀裳《載酒園詩話》亦譏其爲"百補破衲"。南宋李龏有《梅花衲》二百一十一首，文天祥有《集杜詩》二百首。明、清以還，此體趨於極盛，文人雅戲，學者逞才，其佳者渾如己出，製作甚多，甚至編爲詩詞專集。如黃之雋《香屑集》十八卷，集唐詩，共九百三十餘首。朱彝尊《蕃錦集》一百零九首，爲采自唐詩的集句詞。爲集句詩詞作注釋，每句均注出原作者及篇名，如李富孫《曝書亭集詞注》中的《蕃錦集·臨江仙·汾陰客感》詞注："無限塞鴻飛不度（李益《聽曉角》），太行山礙并州（白居易《奉和裴令公三月上巳日游太原龍泉憶去歲禊洛見示之作》）。白雲一片去悠悠（張若虛《春江花月夜》）。飢烏啼舊壘（沈佺期《被試出塞》），古木帶高秋（劉長卿《秋夜肅公房喜普門上人自陽羨山至》）。永夜角聲悲自語（杜甫《宿府》），思鄉望月登樓（魏扶《賦愁》）。離腸百結解無由（魚玄機《寄子安》）。詩題青玉案（高適《奉酬睢陽李太守》），淚滿黑貂裘（李白《秋浦歌》七）。"

　　以上種種"偷句"，若未能檢出，則難免有疏陋之誚，舊時注家每視之爲畏途。今之注者，通過電子文本檢索，則可迎刃而解，失注的情況本可避免，但仍時有注者不察，如馬興榮、祝振玉校注《山谷詞》，中有"自斷此生休問天"，注："問天，唐王維《偶然作》詩：'未嘗肯問天，何事須擊壤。'"未能注出杜甫《曲江》原句。"且看欲盡花經眼"，注："花經眼，山谷《次元明韻寄子由》

詩：'春風春雨花經眼，江北江南水拍天。'"未能注出杜甫《曲江》原句。"自然今日人心別，未必秋香一夜衰"，未能注出鄭谷《十月菊》詩原句。"老夫不出長蓬蒿"，未能注出杜甫《秋雨歎》原句。杜、鄭名詩雋句，不應失注。納蘭性德《采桑子》詞"獨自閑行獨自吟"，全本元稹《智度師》詩"獨自閑行獨自歸"，而當代多種注本均未揭出。這種"偷句"，有時是公開化的，在"自注"中申明原句的出處。如云"用杜句"，或云"用杜甫某詩句"。劉廷璣《在園雜志》卷二云："余詩《將進酒》，直用太白'一杯一杯復一杯'句，刻成悔之。""有今人直用古人之句者，如王新城先生《漁洋集·懷人詩》：'道予問訊今何如'與'道甫問訊今何如'同，直用少陵，不少嫌也。況所用太白成句，非出色佳構，不過平率無奇者，若欲抄襲，何取乎此？識者自當知之。"此亦平情之論。如方東樹《昭昧詹言》所云："讀古人詩多，意所喜處，誦憶之久，往往不覺誤用爲己語。"傳世熟習之詩句，隨手借用，以添己作之古趣，似亦不必視爲抄襲。

二、所謂"偷語"。於前人句子中略取數字，或易五言爲七言，易七言爲五言，或改動一兩字。箋注者應特別留意，力尋根柢，一一揭出。釋皎然《詩式》卷一云："偷語最爲鈍賊。"並舉陳後主《入隋侍宴應詔》詩"日月光天德"句爲"偷語詩例"，謂其取傅長虞《贈何劭王濟》詩"日月光太清"，上三字語同，下二字義同。不少詩人都使用過這一手法。如韋應物《橫塘行》"妾家住橫塘，夫婿郁家郎"，語本崔顥《長干行》："君家何處住，妾住在橫塘。"李白《夢遊天姥吟留別》詩"身登青雲梯"，本謝靈運《登石門最高頂》詩："共登青雲梯。"陳師道《次韻春懷》詩"衰年此日長爲客"，本杜甫《至日》詩："年年此日長爲客。"黃庭堅《過睢陽廟》詩"乾坤震盪風雲晦"，用杜甫《寄賀蘭銛》詩：

"乾坤震盪中"。李彭《望西山懷駒父》詩"莫言青山淡吾慮",用韋應物《東郊》詩:"楊柳散和風,青山淡吾慮。"徐俯《次韻可師題于逢辰畫山水》詩"香爐舊紫煙",本李白《望廬山瀑布》詩:"日照香爐生紫煙。"類似這樣的"偷語",均應在注釋中點明。錢鍾書《談藝錄》指出,施國祁作《元遺山詩箋注》,"大病尤在乎注詩而無詩學,遺山運用古人處,往往當面錯過"。如《秋夕》詩末二句"澆愁欲問東家酒,恨殺寒雞不肯鳴",語出自陶淵明《飲酒》詩第十六首:"被褐守長夜,晨雞不肯鳴。"而遺山曾仿陶淵明《飲酒》先後十首,而施氏未能深於詩學,以至失注。如蔣捷《沁園春・爲老人書南堂壁》詞"老子平生,辛勤幾年,始有此廬",語本韓愈《示兒》詩:"始我來京師,止攜一束書。辛勤三十年,以有此屋廬。"楊景龍《蔣捷詞校注》失注,終覺有憾。又如劉辰翁《水調歌頭》中秋詞兩首有"想見淒然北望"、"把酒淒然北望"句,吳企明校注《須溪詞》中無注。兩句實本蘇軾《西江月》詞:"中秋誰與共孤光,把盞淒然北望。"劉詞用此,"誰與"之意亦潛藏其中,不注出則意不顯。襲用成句,如蔣捷《一剪梅》詞"何日歸家洗客袍",楊景龍《蔣捷詞校注》注云:"客袍,外出穿的衣服。宋黃裳《永遇樂》:'朝霽藏暉,客袍驚暖,無巧無意。'"注者衹注了"客袍"一詞的出處,這對理解詞意作用不大。全句實襲自黃庭堅《題伯時頓塵馬》詩:"亦思歸家洗袍袴。"暗藏陸機《爲顧彥先贈婦詩》"京洛多風塵,素衣化爲緇"之意。

三、所謂"偷格"。模仿、套用前人句式、語律及部分字詞。亦可稱爲"用律"。如杜牧《閒題》詩:"借問春風何處好,綠楊深巷馬頭斜。"上句格式仿自高適《塞上聞笛》詩:"借問梅花何處落,風吹一夜滿關山。"林章《絕句》"不知今夜秦淮月,流到揚州第幾橋"、郭奎《開歲臥病》詩"不知楊柳將春色,綠到淮南第幾橋",句式均仿施肩吾《戲贈李主簿》詩:"不知暗數春遊處,偏憶揚州第幾橋。"唐人爲詩,時有套用、活用前人對偶句者,歷代詩話、筆記,每拈出以爲談資。胡震亨《唐音癸籤》卷一一"評彙",已羅列多則。如謂張説"雁飛江月冷,猿嘯野風秋"學上官儀"鵲飛山月曙,蟬噪野風秋",李白"人分千里外,興在一杯中"、高適"功名萬里外,心事一杯中"皆從庾抱之"悲生萬里外,恨起一杯中"來。引皇甫子循謂王維"積水不可極,安知滄海東"本自謝靈運"莫辨洪波極,誰知大壑東"。這類句式上的套用,到了宋代已成爲詩家慣技。王安石、蘇軾、黃庭堅、陸游、元好問等大家尤爲好之。陳善《捫蝨新話》卷七云:"東坡《藏春塢》詩有'年拋造物甄陶外,春在先生杖屨中'之句,其後秦少游作《俞待制挽詞》遂云'風生使者旌旄上,春在將軍俎豆中',人已謂其依仿太甚。今人衹見周美成《蔡相生辰詩》云'化行《禹貢》山川外,人在周公禮樂中',相傳竟以爲佳,不知前輩已疊用之矣。人之易欺如此。"其實,如元好問《俳體雪香亭雜詠》:"人生衹合梁園死,金水河頭好墓田。"本自張祜《縱遊淮南》:"人生衹合揚州死,禪智山光好墓田。"略取前人之體格而別出己意,是一種有創新的繼承而非蹈襲。類似這樣的"偷格",既是作詩的要法,也是注釋的重點,詩詞的詳注本,尤應指出其句式的原始出處。"偷格",不獨律詩中對偶句,連絶句亦復如此。近人馮振《七言絶句作法舉隅》,列舉了大量句式與例句,並認爲這是指導學生作詩的良法。此書注家讀後,當受到啓發。

　　偷格之外,還有所謂的"偷勢"。偷勢,可理解爲更寬縱的偷格,由於與所取法的原詩字面和用意都有所距離,注釋時不一定要注出,然亦可供詩評家作談資。釋皎然《詩式》謂偷勢:"才巧意精,若無朕迹,蓋詩人閫域之中偷狐白裘之手。"並舉"偷勢詩例"，謂王昌齡《獨遊》詩"手攜雙鯉魚，目送千里雁。悟彼飛有適，嗟此罹憂患"，取自嵇康《送秀才入軍》詩"目送歸鴻，手揮五絃。俯仰自得，游心太玄"。兩者字面相去較遠的，如王涯《宮詞》："共怪滿衣珠翠冷，黃花瓦上有新霜。"范晞文《對牀夜語》認爲是襲用韋應物《訪人》詩"怪來詩思清人骨，門對寒流雪滿山"句意，則似乎不必注出。至如《對牀夜語》謂杜甫《羌村》詩"驅雞上樹木"，暗用阮籍《詠懷》"晨雞鳴高樹，命駕起旋歸"；孟郊《游子吟》"誰言寸草心，報得三春暉"，暗用左思《詠史》"以彼徑寸苗，蔭此百尺條"，則似嫌穿鑿了。

四、所謂"偷意"。釋皎然《詩式》謂偷意"事雖可罔，情不可原"，並舉"偷意詩例"，謂沈佺期《酬蘇味道》詩"小池殘暑退，高樹早涼歸"，取自柳惲《從武帝登景陽樓》詩"太液滄波起，長楊高樹秋"。今人陶敏、易淑瓊《沈佺期宋之問集校注》注中不取其說。這種情況甚多，有時亦難以確定是否有意勦襲，一般不一定要注出，但注家若能注出，對讀者理解詩意自有幫助。如任淵注黃庭堅、陳師道詩，就指出不少這種"奪胎換骨"、"點鐵成金"的偷意手段。如陳師道《寄外舅郭大夫》詩："巴蜀通歸使，妻孥且舊居。深知報消息，不忍問何如。"任淵注中指出，陳詩本杜甫《得家書》詩"今日知消息，他鄉且舊居"及"反畏消息來，寸心亦何有"數語，說明陳師道如何學杜甫的"詩格"、"句法"。許印芳《律髓輯要》云："詩家原有偷意之例。偷而變化字句，不襲其語者，上品。"並舉陶淵明《九日閒居》詩"世短意常多"爲例，謂其出自《古詩》"人生不滿百，常懷千歲憂"二語，"化多爲少"，故爲上品。又云："若偷意而用其語，能縮多爲少者爲中品。"並舉陳師道《錢塘寓居》"吳越到江分"爲例，謂其出自僧處默《勝果寺》詩"到江吳地盡，隔岸越山多"二語。又云：" 衍少爲多者爲下品。" 並舉崔塗《巴山道中除夜書懷》"漸與骨肉遠,轉於僮僕親"爲例,謂其出自王維《宿鄭州》"孤客親童僕"句,不可效尤。錢鍾書《談藝錄》中也指出不少"偷意"的例子。劉貢父曾爲這種"偷意"手法作辯解:"詩人諷誦古人詩句,在心積久,或不記,往往多自爲己有,不可例以爲竊詩。如老杜《羌村》云:'夜闌更秉燭,相對如夢寐。'而梅聖俞《夜賦》云:'官燭剪更明,相看應似夢。'"儘管如此,若要爲梅詩作詳注,還是以注出爲好。

宋許顗《彥周詩話》云:"'燕燕于飛,差池其羽。之子于歸,遠送于野。瞻望弗及,泣涕如雨。'此真可以泣鬼神矣。張子野長短句云:'眼力不如人,遠上溪橋去。'(按,張先《虞美人》詞:'一帆秋色共雲遥。眼力不知人遠、上江橋。')東坡送子由詩云:'登高回首坡隴隔,惟見烏帽出復没。'皆遠紹其意。"這類"遠紹其意"是最高明的偷意,歷代詩中能手無不擅此,注家亦不必指出,然詩評家則可錄出以資談助,如潘德輿《養一齋詩話》中就有不少例子。

五、所謂"反意"。翻用前人詩意,這是作詩的一大法門,唐人啓其端,宋人更大行其道。前人說有,今則說無;前人說難,今則說易。任淵注黃庭堅、陳師道詩,常有"此反其意而用之"、"反而用之"等語。如黃庭堅《次韻答張文潛惠寄》詩"未識想風采,別去令人思",任注云:"《世說》:謝太傅云:安北見之乃不使人厭,然出户去,不復使人思。安北,王坦之也。此反其意而用之。"原典不使人思之意,翻用爲令人思,張耒的風采當可想見。嚴有翼《藝苑雌黃》云:"文人用故事有直用其事者,有反用其事者。"並舉李商隱《賈生》詩"可憐夜半虛前席,不問蒼生問鬼神"、林逋《書壽堂壁》詩"茂陵他日求遺稿,猶喜曾無封禪書"爲"反其意而用之"之例。又云:"直用其事,人皆能之；反其意而用之者，非識學素高，超越尋常拘攣之見，不規規然蹈襲前人陳迹者，何以臻此？"這種反用典故之法，尤爲詩家所喜用。賀裳《載酒園詩話》卷一把反意列入"盜法"一類，云："凡盜法者，妙於以相似之句，用之相反之處。"如曹操《短歌行》："月明星稀，烏鵲南飛。繞樹三匝，何枝可依。"駱賓王《望鄉夕泛》反其意而用之："今夜南枝鵲，應無繞樹難。"陳熙晉《駱臨海集箋注》失注。《唐音癸籤》卷一六"詁箋"引遯叟謂王維《送元中丞轉運江淮》詩"東南御亭上，莫問有風塵"，翻用庾信詩（按，當爲庾肩吾《亂後行經吳郵亭》詩）"御亭一回望，風塵千里昏"。趙殿成《王右丞集箋注》亦引庾詩。又如曾幾《壬戌歲除作明朝六十歲矣》詩："休言四十明朝過，看取霜髯六十翁。"反用杜甫《杜位宅守歲》詩："四十明朝過，飛騰暮景斜。"陳衍《宋詩精華錄》謂"第七句不可解"，就是未能領會其"反意"。又如孟浩然《仲夏歸南園寄京邑舊遊》詩"中年廢丘壑"句，徐鵬《孟浩然集校注》祇釋"丘壑"一詞。佟培基《孟浩然詩集箋注》則引謝靈運《齋中讀書》詩："昔余遊京華，未嘗廢丘壑。"甚是。若再進一步點出孟詩反用謝詩之意，則更完美了。李白《古風》："意輕千金贈。"陳與義《夏日集葆真池上》詩："清風不負客，意重千金贈。"反用李詩，更活用其意，則是更高明的偷意了。又如蘇軾《次韻答孫侔》詩："千里論交一言足，與君蓋亦不須傾。"查慎行注引楊誠齋曰："此翻案法也。"傾蓋，是常典，在舊詩詞中慣見，蘇軾反用之，則"千里論交"之深意全出。張炎《甘州》詞："有斜陽處，卻怕登樓。"現代女詞人沈祖棻《浣溪沙》詞："一天風絮獨登樓。有斜陽處有春愁。"雖從張詞化出，然反意正用，更覺深摯。既然"反意"是重要的創作手段，注家就得把它點明，以使讀者更深刻地理解詩意及欣賞作法。

對這種"反意"之法,注家作注時則應視具體情況來定。反意也屬偷意一類,若與原作字面相近者,則不妨注出。若相去太遠者,則可略而不注。

還有一種奇特的化用,稱爲"櫽括"。《宋史·文苑傳》謂賀鑄"尤長於度曲,掇拾人所棄遺,少加櫽括,皆爲新奇。"陳振孫《直齋書錄解題》謂周邦彥詞"多用唐人詩語,櫽括入律,渾然天成。"櫽括,是一種常見的創作手段,活用前人成句,或剪裁,或改寫,也應注明其所自。王士禛《花草蒙拾》云:"詞中佳語,多從詩出。如顧太尉'蟬吟人靜,斜日傍小窗明',毛文徒'夕陽低映小窗明',皆本黄奴'夕陽如有意,偏傍小窗明'(按,此二語或謂唐人方械作,或謂陳後主作)。若蘇東坡之'與客攜壺上翠微'(《定風波》詞),賀東山之'秋盡江南草未凋'(《太平時》詞),皆文人偶然遊戲,非向《樊川集》中作賊。"宋詞用唐宋詩句,元散曲用唐宋詩詞句,尤爲多見。把唐詩全首的意境以及部分詞語運用入詞,周邦彥尤善此法。如名作《西河·金陵懷古》,全詞櫽括劉禹錫《金陵五題》詩意,已爲世所熟知。但有些詞手法似更隱蔽,注家偶有不察,即易失注或誤注。如周邦彥《長相思慢》"夜色澄明,天街如水",孫虹引韓愈"天街小雨潤如酥"、趙嘏"月光如水水如天"作注,固然不誤,但結合全詞來看,還有"共數流螢"、"盡銀臺,掛蠟潛聽"、"有願須成"、"難負深盟"之句,可知此詞全爲點化杜牧《秋夕》一詩:"銀燭秋光冷畫屏,輕羅小扇撲流螢。天街夜色涼如水,臥看牽牛織女星。"杜牧詩是周詞的"父典"。甚至有全詞均取自前人全文全詩者,如蘇軾《定風波·重陽》詞:"與客攜壺上翠微,江涵秋影雁初飛。塵世難逢開口笑,年少,菊花須插滿頭歸。酩酊但愁佳節了,雲嶠,登臨不用怨斜暉。古往今來誰不老,多少,牛山何必更沾衣。"全用杜牧的《九日齊山登高》詩:"江涵秋影雁初飛,與客攜壺上翠微。塵世難逢開口笑,菊花須插滿頭歸。但將酩酊酬佳節,不用登臨恨落暉。古往今來祇如此,牛山何必淚沾衣。"蘇軾此詞當爲應節即興之作,順手摭撦,以供歌伎演唱,毋用深譏。至於蘇軾《哨遍》詞檃括陶淵明《歸去來辭》,黃庭堅《瑞鶴仙》詞檃括歐陽修《醉翁亭記》,方岳《沁園春》詞檃括王羲之《蘭亭序》,文廷式《沁園春》詞檃括《楚辭·山鬼》,全篇均掠取原文原意,則近於文字遊戲了。

合用典故

合用典故,是詩家特殊的技巧。注家每不察,或僅注詞語常義,或誤以爲祇用一典。張載華謂論詩與論文不同,故一句中既併用兩事,而每句內又自領,"即嚴滄浪所謂'如水中月,如鏡中花,言有盡而意無窮'者也"。(引自《瀛奎律髓彙評》評李商隱《錦瑟》)一句詩中使用不同出處的兩個或兩個以上的典故,而詩人又能巧妙地把數意融合,渾成一體。如杜甫、黃庭堅等尤擅此法。李詳《杜詩證選自敘》云:"少陵每句有兼使數事者,有暗用其語者,但舉其偏,與略而不及,皆有愧於杜陵'熟精'二字。""如《客居》詩'壯士斂精魂',既效謝客'幽人秘精魂'句法,又用江淹賦'拱木斂魂',不僅《古蒿里歌》也。"李詳又歎息"歷來注家尚未窺此秘",杜甫《獨坐》詩之一:"煖老須燕玉,充飢憶楚萍。"趙次公《杜詩先後解》注引《古詩》:"燕趙多佳人,美者顏如玉。"謂燕玉指婦人。錢謙益箋注引顧大韶之說,謂其用玉田種玉事,《搜神記》載,楊伯雍種玉於無終山,得白璧以娶徐氏女。無終山爲燕地,故云。朱鶴齡、浦起龍等注家均從此說。杜詩"燕玉",實合用二典。仇兆鰲、楊倫注則兼引兩説,其義乃足。如杜甫《秋興八首》之二:"奉使虛隨八月槎。"奉使,用張騫事。周密《癸辛雜志》引《荆楚歲時記》載。漢武帝令張騫使大夏,尋河源,乘槎經月而至天河,得織女支機石。八月槎,張華《博物志》卷一〇載,有人居海渚,年年八月有浮槎去來,其人乘槎而至天河。兩書所載當爲同一事,後演化爲兩事,而杜詩則合用之。焦循《焦氏筆乘》卷四"杜詩誤"條云:"乘槎至天河,海上客也,'奉使虛隨八月槎',則誤爲漢之張騫。"

　　合用典故,爲杜甫慣技,宋人更屬變本加厲。其實自宋代以來,不少注家評家都注意到句中合用兩事甚至數事,並視之爲詩歌創作的重要手法。黃庭堅《次韻秦少章晁適道贈答詩》"士固難推挽"句,任淵注云:"《左傳·哀十四年》:臧武仲見衛侯曰:'二子者或挽之,或推之,欲無入,得乎?'又,《晉書》:'鄧侯挽不來,謝令推不去。'蓋參而用之。"任注中常見"參而用之"、"參用其事"一類用語。合用兩典,是詩家常用手法。注者若不解此,每以爲誤用鄰典。《王直方詩話》云:"韓存中云:家中有山谷寫詩一紙,乃是'公有胸中五色筆,平生補袞用功深',此詩本用小杜詩中'五色綫',而卻書云'五色筆',此真所謂筆誤。"細審黃庭堅詩意,並非筆誤。五色筆,爲江淹"彩筆"與杜牧"五色綫"二典之合用。祇有用"筆"字,纔貼"胸中",詩意謂以胸中之文章"補袞"。合用,任淵稱爲參用。如黃庭堅《戲詠猩猩毛筆》云:"逢時猶作黑頭公。"任淵注:"《晉書》:諸葛恢名亞王導、庾亮,導嘗謂曰:'明府當作黑頭三公。'又《王珣傳》桓溫曰:'王掾當作黑頭公。'按《北史·古弼傳》:'弼頭尖,帝常名之曰筆頭,時人呼爲筆公。'故山谷於筆詩參用此事。"山谷以《晉書》中兩"黑頭公"典形容猩猩毛筆之著墨,又以《北史》中典形容筆頭之尖，形象生新。錢仲聯《沈曾植詩集校注·發凡》謂沈氏詩用事"恒喜融兩典或數典爲一，茲亦兼注之，非意存兩歧也"，"兼注"，實爲注家之務。

同姓之典，如"劉郎"之典，"桃源"與"天台"之典，亦經常合用。如朱敦儒《卜算子》詞："結子未爲遲，悔恨隨芳草。不下山來不出溪，待守劉郎老。"前二句本王建《宫詞》："樹頭樹底覓殘紅，一片西飛一片東。自是桃花貪結子，錯教人恨五更風。"後二句亦暗用劉晨天台山桃谿遇仙女之典。"劉郎老"，則用劉禹錫玄都觀之典。合用數典。"神女"之典，巫山神女與洛浦神女亦時有合用。

後人寫詩，甚至有合用多典者。如本人在一九六九年寫的一首詩中，有"崑岡可奈焚千日，沈落昆明盡作灰"二語，即合用"玉出崑岡"、"燒玉三日"、"玉石俱焚"、"丘陵爲谷"、"昆明劫灰"數典。項安世《次東坡雪詩》有"崑嶺玉成灰"之語，亦合用數典。

張炎《詞源》云："詞用事最難，要體認著題，融化不澀。如東坡《永遇樂》云：'燕子樓空，佳人何在，空鎖樓中燕。'用張建封事。白石《疏影》云：'猶記深宫舊事，那人正睡裏，飛近蛾緑。'用壽陽事。又云：'昭君不慣胡沙遠，但暗憶、江南江北。想珮環、月夜歸來，化作此花幽獨。'用少陵事。"融化前人詩句，更已成爲作詞的一種技巧。宋代不少詞人都是此中能手。變化翻新，層出不窮，注者應細爲檢出。如蘇軾《卜算子》"誰見幽人獨往來"，宋傅幹《注坡詞》無注、龍榆生《東坡樂府箋》注："《周易》：'履道坦坦，幽人貞吉。'"按，蘇詞實化用孟浩然《夜歸鹿門寺》詩"樵徑非遥長寂寥，惟有幽人夜來去"之語。注明了出處，蘇詞的意義便顯豁了。如李清照《孤雁兒》詠梅詞："一枝折得，人間天上，沒個人堪寄。"注本多不注其出處。錢鍾書《管錐編·全上古三代文卷一六》指出，李詞用陳師道《謝趙生惠芍藥》詩："一枝膡欲簪雙髻，未有人間第一人"之意，表現出"眼空一世，無人之見者存"的感慨。此皆用事不爲事所使。不是生吞活剝地直用典實，而是要詞的内容與典實融爲一體，渾然無迹。注釋這樣的作品難度自然增大。被稱爲"詞中老杜"的周邦彦，在詞中大量化用唐詩，尤好用杜句。陳元龍在爲《片玉集》作注時，雖已檢出不少，但仍未能盡得。清人作詞，亦好套用唐詩宋詞，以表現自己的功力。至於元、明、清以及近代戲曲襲用前人詩詞，更成爲行家慣技了。

暗　合

創作詩文，或有暗合古人之處而不自知。如抒寫風雲月露之懷，老病窮通之感，其語每多近似，《文心雕龍·序志》云："及其品列成文，有同乎舊談者，非雷同也，勢自不可異也。"劉知幾《史通·自序》亦云："其有暗合於古人者，蓋不可勝記。"詩語暗合，亦常有之事，而注家爲之作注，則須愼重對待。李頎《古今詩話録》舉出王維與僧惠崇詩襲用唐人舊句的例子後，解釋説："大都誦古人詩多，積久或不記，則往往用爲已有。如少陵詩云：'峽束滄江起，巖排石樹圓。'見蘇子美頌詩，全用'峽束滄江''巖排石樹'作七言詩兩句。子美豈竊人詩者？"所謂"積久或不記"，並不是不記，而是在誦讀時不經意間已融進潛意識中。《蔡寬夫詩話》卷下載，王禹偁在商州嘗賦《春日雜興》云："兩株桃杏映籬斜，裝點商州副使家。何事春風容不得？和鶯吹折數枝花。"其子嘉祐云："老杜嘗有'恰似春風相欺得,夜來吹折數枝花'之句,語頗相近。"因請易之。王忻然曰："吾詩精詣,遂能暗合子美邪?"也許蘇舜欽、王禹偁並非有意剽竊杜詩,但他們的詩句卻成爲確鑿的證物,不能排除是襲用前人舊作。如瞿蛻園所云："詩家的偷意偷調是自己所不曾覺察的,如果被人檢舉出來,也無法加以辯解。"[6]而注家失注,即爲失職。

趙次公《杜詩先後解》嘗引劉貢父語云："詩人諷誦古人詩句,在心積久,或不記,往往多自爲己有,不可例爲竊詩。"這種"久假不歸"的情況,在詩人而言,固然常見,但注家卻不可不注出。如趙次公所引梅堯臣《夜賦》"官燭剪更明,相看應似夢"二句,原出杜甫《羌村三首》"夜闌更秉燭,相對如夢寐"。爲梅詩作注,自應注出。至如晏幾道《鷓鴣天》詞:"今宵賸把銀釭照,猶恐相逢是夢中。"化用杜詩,更要注明。對此,前人有頗爲通達之論。《四庫全書總目》卷一九五吳開《優古堂詩話》提要云:"夫奪胎換骨,翻案出奇,作者非必盡無所本,實則無心暗合,亦多有之。必一句一字求其源出某某,未免於求劍刻舟。即如李賀詩'桃花亂落如紅雨'句,劉禹錫詩'搖落繁英墮紅雨'句,開既知二人同時,必不相襲。岑參與孟浩然亦同時,乃以參詩'黃昏爭渡'字爲用浩然《夜歸鹿門》詩,不免強爲科配;又知張耒詩'夕陽外'字本於楊巨源(按,《優古堂詩話》:"張文潛詩云:'新月已生飛鳥外,落霞更在夕陽西。'蓋用郎士元《送楊中丞和番》詩耳。"郎詩云:"河陽飛鳥外,雪嶺大荒西。"館臣所引"夕陽外"當爲"飛鳥外","楊巨源"當爲"郎士元"),而不知"夕陽西"字本於薛能。可知輾轉相因,亦復搜求不盡,然互相參考,可以觀古今人運意之異同,與遣詞之巧拙,使讀者因端生悟,觸類引申,要亦不爲無益也。"按,"飛鳥外"、"夕陽西"常語,毋須究其所本,何況更早于郎、薛的已有高適《登廣陵棲靈寺塔》詩"獨立飛鳥外"、岑參《陝州月城樓送辛判官入奏》詩"送客飛鳥外",戎昱《江上柳送人》詩"春去夕陽西"、朱灣《重陽日陪韋卿宴》詩"莫歎夕陽西"等句呢?館臣所引,亦未爲最早出處,足以明證其"無心暗合"、"搜求不盡"之説矣。明曾益《溫飛卿集箋注》每引白居易、李賀、李商隱之詩以注溫詩。《四庫全書總目》卷一五一提要云:"古人本有此例。然必謂《夜宴謡》'裂管'字用白居易'翕然聲作如管裂',《曉仙謡》'下視九州'字,用賀'遥望齊州九點煙'句,《生祺屏風歌》'銀鴨'字,用賀'睡鴨香爐换夕薰'句,似乎不然。"四庫館臣意謂溫詩不過是與前人暗合而已,不必强爲注明出處。

注釋詩中典故,除了要細讀詩歌原作外,還要細讀出典原文。把詩歌與出典原文結合,纔能正確地理解詩歌原作。陶淵明《詠二疏》詩:"促席延故老,揮觴道平素。問金終寄心,清言曉未悟。"詩中所用的是史籍常典。《漢書·疏廣傳》載,疏廣辭官歸鄉,受賜多金。"廣既歸鄉里,日令家共具設酒食,請族人故舊賓客,與相娱樂。數問其家金餘尚有幾所,趣賣以共具。"後其子孫託族人勸説宜以金買田宅。疏廣認爲這樣祇能教子孫怠惰,説服了族人。歷代注家都能把原典揭示出來,但陶詩"問金"二句,卻解者紛紜。蔣薰評《陶淵明詩集》曰:"蓋謂問終是寄心於金,廣以清言曉故老之未悟也。"古直《陶淵明詩箋定本》云:"廣與宗族娱樂歲餘,清言情話所以曉悟之者多矣,而猶勸買田宅爲子孫計,是終寄心於金而未悟其旨趣也。"逯欽立校注《陶淵明集》云:"因爲子孫託人問金,最後向人託出他的全盤心思。"袁行霈《陶淵明集箋注》等多種注本均謂"問金"者爲子孫與族人。其實祇要細讀《漢書》出典原文,有疏廣"數問其家金"之語,就可知問金者爲疏廣自己。一位美國學者詹姆斯·海陶瑋覺察到這一點,説:"他雖然經常在問,卻並非總把金子放在心上。"[7]可惜詹姆斯仍把"寄心"理解爲寄心於金,與本旨失之交臂。其實詩意是説,疏廣屢次向家人問金所餘多少,目的是要把金錢用盡,這始終寄託着自己的深心。此語一通,全詩即豁然開朗。除了細讀出典原文,有時還要細讀出典原書,對出典的涵義作整體的了解。如陶淵明《飲酒》詩"此中有真意,欲辯已忘言",幾乎所有注本都引《莊子》"大辯不言"、"言者所以在意,得意而忘言"以注,輾轉因襲,固然無誤,然《莊子》尚有"古之真人……恍乎忘其言也"、"狂屈曰:'唉,予知之,將語者,中欲言而忘其所欲言"等語,精熟《莊子》的陶淵明,似乎是以"古之真人"、"狂屈"自許的,"知者不言",而"將語"、"欲言",更是"欲辯"一語直接所從出,若能引以作注,相互參證,對詩意當有更深一層的理解。

古代詩話、筆記中,有大量揭出"用事"的例子。如李頎《古今詩話録》:"王右丞好取人詩,如'行到水窮處,坐看雲起時',此《華英集》中句也。'漠漠水田飛白鷺,陰陰夏木囀黄鸝',此李嘉祐句。(按,此説本李肇《唐國史補》,李嘉祐行年晚於王維,此説非。)僧惠崇有詩云:'河分崗勢斷,春入燒痕青。'士大夫奇之,然皆唐人舊句。"又如王楙《野客叢書》卷一九"杜詩合古意"條中,舉出多例,説明杜詩化用古人句意。如《壯遊》詩:"往昔十四五,出遊翰墨場。"用阮籍《詠懷》詩:"昔年十四五,志尚好書詩。"《有懷台州鄭十八司户》詩:"昔如水上鷗,今如罝中兔。"出鮑照《代東武吟》詩:"昔如韝上鷹,今如檻中猿。"《陪柏中丞觀宴將士》詩:"繡段裝檐額,金花帖鼓腰。"出庾信《和趙王看妓》詩:"細苣纏鍾格,圓花釘鼓牀。"《前出塞九首》之七:"驅馬天雨雪。"出鮑照《代白曲二首》之一:"北風驅雁天雨霜。"《絶句二首》之二:"山青花欲然。"出沈約《早發定山》詩:"山櫻花欲然。"又如宋長白《柳亭詩話》:"香山詩:'何故水邊雙白鷺,無愁頭上亦垂絲。'楊誠齋全用其意曰:'若道愁多頭易白,鷺鷥從小鬢成絲。'"指出楊萬里《有歎》詩"若道"兩句,化用白居易《白鷺》詩語。類似這樣的例子,比比皆是,可供後世注家采用。

(1) 傅璇琮、蔣寅主編《中國古代文學通論·宋代卷》,遼寧人民出版社,2005年版,第472頁。
(2) 李文約《朱庸齋先生年譜》,香港素茂文化出版有限公司,2012年版,第144頁。
(3) 王利器《顏氏家訓集解》引,上海古籍出版社,1980年版,第253頁。
(4) 吳孟復《古書讀校法》,安徽教育出版社,1983年版,第147頁。
(5) 朱庸齋《分春館詞話》卷一,廣東人民出版社,1989年版,第16頁。
(6) 瞿蛻園、周紫宜《學詩淺説》,當代中國出版社,2014年版,第228頁。
(7) 詹姆斯·海陶瑋《陶潛詩歌中的典故》,莫礪鋒譯,見《神女之探尋》,上海古籍出版社,1994年版,第58頁。

引用章第七

不勦襲

勦襲，爲學者之大忌。仲長統《昌言》謂"竊他人之記以成己説"者，爲天下學士"三姦"之一。不勦襲，是注家必須遵從的要義，也是治學的通則。

古人喜鈔書。楊慎《丹鉛別録序》自言"自束髮以來，手所鈔集，帙成逾百，卷計越千"，顧炎武《鈔書自序》云："先祖曰：著書不如鈔書，凡今人之學，必不及古人也。今人所見之書之博，必不及古人也。小子勉之，惟讀書而已。"陳澧《默記》亦云："予之學，但能鈔書而已。"是以鈔書亦爲學問之一途。箋注，從某種意義來説，亦不過鈔書而已。引書，更是重要的爲學之法，沿襲前人之説，故非惡事，惟不能盜名而已。誠然，無論是創作詩文或是研究學術，人同此心，心同此理，或有與古人暗合之處，如《文選・陸機〈文賦〉》云："雖杼軸於予懷，怵他人之我先；苟傷廉而愆義，亦雖愛而必捐。"李善注云："杼軸，以織喻也。雖出自己，情懼他人先己也。"箋注，猶如作文，前人或已先發其義者，亦不應勦襲，若須引述，則應申明所自。是以在箋注之前，務必充分掌握資料，盡可能竭澤而漁，免涉勦説之嫌，亦免重複勞動。

引用前人成説，自古以來在學界是有成規的。

顧炎武《日知録》卷二一"述古"條云："凡述古人之言，必當引其立言之人。古人又述古人之言，則兩引之，不可襲以爲己説也。"顧氏並把勦襲者稱爲"竊書之鈍賊"。陳澧《引書法示端溪書院諸生》亦云："前人之文，當明引，不當暗襲，《曲禮》所謂'必則古昔'，又所謂'毋勦説'也。明引而不暗襲，則足見其心術之篤實，又足徵其見聞之淵博。若暗襲以爲己有，則不足見其淵博，且有傷於篤實之道。明引則有兩善，暗襲則兩善皆失也。"梁啓超《清代學術概論》云："凡采用舊説，必明引之，勦説認爲大不德。"學者在論著中引用前人成説是正常的、必要的，是無可厚非的。但引用就是引用，不是勦襲，更不是盜用。前代學者對此有着嚴格的界定，並認爲這是關乎個人品德的要事。近代西方傳入的"學術規範"，也以此爲學者必須遵守的紀律。至於學術界常見的把外文漢譯、文言今譯充作己説，亦屬變相勦襲。

注釋家亦不應勦襲前人之説。

何晏《論語集解敍》云："今集諸家之善，記其姓名，有不安者，頗爲改易，名曰《論語集解》。"邢昺疏云："示無勦説。""記其姓名"四字，體現出對前賢的尊重，對其知識的敬畏。注家勦襲舊説，亦每爲識者所譏。宋儒朱熹作《詩集傳》，中有掩襲舊疏者，未能記其出處，故爲趙子韶所譏。陳澧《東塾雜俎》亦云："朱子著書體例不善，有以誤後學矣。"賢如朱子，亦不免貽人口實。清人范輂雲《歲寒堂讀杜》一書，注文多録自張溍《讀書堂杜工部詩集注解》而又不申明，更爲洪業《杜詩引得序》所譏。

襲用前人之説，應在注中説明出處。

顧炎武《日知録》卷二七"李太白詩注"條云："李太白《飛龍引》：'雲愁海

思令人嗟。'是用梁豫章王綜《聽雞鳴辭》：'雲悲海思徒掩抑。'"並謂此事"前人未注"，可見李詩出處爲顧氏首次發現。清王琦輯注《李太白文集》注云："梁豫章王詩：'雲悲海思徒掩抑。'"王注襲顧說而刪去《聽雞鳴辭》詩題，已有缺憾，而今人瞿蛻園、朱金城校注本徑錄王注，又不注明其所據，一字不易，則更見疏陋。洪業《杜詩引得序》，謂蔡夢弼《杜工部草堂詩箋》，"實亦以剽竊爲法者也。觀其書中曰'案'、曰'考'、曰'夢弼謂'者甚多，似是考證之新得，實皆盜自他人。如'李邕求識面，王翰願卜鄰'二句下，既引舊注，後綴：'夢弼謂唐李邕有才名，後進想慕求識其面，以至道塗聚觀，傳其眉目有異。唐王翰，文士也，杜華嘗與游從，華母崔氏云："吾聞孟母三徙，吾今欲卜居，使汝與王翰爲鄰。"蓋愛其才故也。甫以文章知名當世，士大夫皆想慕之，故以李邕、王翰自比也。'此全鈔師古之注，幾於一字不易也。"又云："《草堂詩箋》輒選舊注，攘爲己有，穿窬之智，不可爲訓。"陳伯君《阮籍集校注·例言》云："張溥之阮籍《詠懷》詩注，全錄自馮惟訥之《詩紀》（僅一處例外），丁福保注則全錄自聞人倓《古詩箋》，並按語亦同，而皆不注明其所本，據他人之勞績以爲己有，最不足取。"詩詞別集，曾有前人注本者，後人作新注，必定會參考舊注，亦應在注文或"前言"、"後記"中說明。本人讀書習慣，好以各本同時對照，發現當代一些注本，每有襲用古人或時人較早的注釋，然鮮有聲明者，這也是一個學風上的問題。

有關勦襲問題，有時頗難界定。一是先後難判，是非難斷。如清代錢、朱注杜訟案，今有學者簡恩定指責朱鶴齡剽竊錢謙益注，而莫礪鋒撰文爲朱氏辯解，謂簡氏之論失之武斷，更謂錢氏有"掠美之嫌"。[1] 錢、朱同時代人，同時注杜，如莫氏所云"你中有我，我中有你"，二人皆嚴謹自重之學者，即使偶有雷同，當非有意剽竊。二是難以對證。如錢仲聯指責王蘧常《顧亭林詩集彙注》竊其《亭林詩補箋》而没其名[2]。錢氏之補箋原稿已佚，無可查核，且王氏人品頗高，當非盜名者，錢氏不舉證而言之，似亦難以服人。范旭侖撰《容安館品藻録》，歷舉語例，謂錢仲聯《劍南詩稿校注》有盜襲錢鍾書《宋詩選注》注釋之嫌，錢氏博學，似亦不須襲人。古往今來，如此種種，道聽途説者甚多，若無確證，勿信勿傳。此外，一般詞語、史實的出處，注家稍索即得，人人可爲者，雖與前人或同，亦不可視爲勦襲。

在注釋上，以下幾方面，引用時尤須注意，不應勦襲。

一是用事方面。古人學識深博，用典繁多，如李復《與侯謨秀才書》中所云，杜甫"讀書多，不曾盡見其所讀之書，則不能盡注"。注釋是件艱難繁重的工作。特别是冷書僻典，注家經久索冥搜，始得尋獲，故不應冒其獨得之功。

二是考證方面。考釋人名、地名、史實，是開創性的研究工作，注家徵引時尤須一一申明之。

三是釋義方面。於詩之義，各人領悟不同，前人解説，每有會心之處，多爲一己所得，他人不應掠美。

引用載籍，是注家最主要的手段，也須講求方法和法度。

章學誠《文史通義·説林》云："考證之體，一字片言，必標所出。所出之書，或不一二而足，則標最初者；最初之書既亡，則標所引者。乃是慎言其餘之定法也。書有並見，而不數其初，陋矣；引用逸書而不標所出，罔矣。"注釋，從某種意義看來，可以納入章氏所謂的考證之體；引書之法，亦宜遵循章氏總結的具體準則，大致可歸納爲以下幾方面：

一、引書必用原文

顧炎武《日知錄》卷二〇"引古必用原文"條云："凡引前人之言，必用原文。""述古"條又云："凡述古人之言，必當引其立言之人；古人又述古人之言，則兩引之。"注家引用前人之說，亦應用原文，不宜轉引。今人袁行霈《陶淵明集箋注》，《飲酒》詩"遂盡介然分，終死歸田里"二句注云："吳注顧炎武曰：二句用方望《辭隗囂書》：'雖懷介然之節，欲潔去就之分。'霈案：方望書見《全後漢文》卷一一。"顧氏之說，見《日知錄》卷二〇"陶淵明詩注"條；方望《書》，見《後漢書·隗囂傳》，宜直接引用，不應引後出的清代吳瞻泰注文及嚴可均編纂的《全後漢文》。逯欽立《陶淵明集》注文亦僅引吳注，同一疵病。若不欲沒吳注，亦應兩引之。陳澧《引書法示端溪書院諸生》論轉引之法云："引書必見本書而引之。若未見本書而從他書轉引者，恐有錯誤，且貽誚於稗販者矣。或其書難得，不能不從他書轉引，宜加自注云：'不見此書，此從某書轉引。'此亦篤實之道也。"轉引是不得已而爲之，應盡可能檢出原書，直接引錄第一手材料。若古書已佚，碎金零玉偶存於他書者，應先標舉來處。陳尚君評謝思煒《杜甫集校注》時指出："謝注所引文獻，盡可能依據第一手文獻，盡量不據他書轉引。比如最早記載杜甫死于耒陽牛肉白酒的鄭處誨《明皇雜錄》，原書已不傳，通行本爲清人補錄，此段記載訛脫很多。謝注所錄爲據《太平御覽》卷八六三所引，可見講究。"注家的嚴謹，使此書更能成爲"一部值得信賴的注本"。(《中華讀書報》2016.8.31)

當代電子檢索極爲便捷,著書者切忌貪圖方便,直接從電子文本中轉錄。本人在作《山谷詩注續補》時,曾請學生幫忙,爲一些詞語先作訓釋。到後來本人查對原文時,發現不少文字及標點的錯誤,究其原由,其引文多自電子文本下載。結果是欲速不達,反多了一重校對手續。

二、引文標明出處

引文注典,須標明出處。朱一新《無邪堂答問》卷四:"引書注出處,唐以來多有之。國史儒林傳、文苑傳亦然。"又云:"近人引書,非但注出處,兼亦注卷數,謂此可杜輾轉稗販之弊。"一般來説,所引書證,應標明時代、作者、書名、篇名或卷次、章節。但古人注書,往往有所闕略,以《文選》李善注爲例,所引經史及諸子之作,或僅標書名,如"《毛詩》曰"、"《莊子》曰"、"《漢書》曰"之類,偶或引篇名,如注沈休文《別范安成》詩"生平少年日"句云:"《漢書·灌夫傳》曰:'生平慕之。'"偶或標明作者,如"王充《論衡》"、"酈元《水經注》"之類。若引前人詩文,一般標出作者及篇名。如"王仲宣《七哀詩》"、"繁欽《與魏帝箋》"之類。或僅標篇名,如"《燕然山銘》曰"、"《甘泉賦》曰",或僅標作者名,如"蘇武詩曰"、"劉公幹詩曰"之類。

宋人注詩詞,每有衹敘述典實的具體内容而不標明作者及書名、篇名的。如趙次公《杜詩先後解》、傅幹《注坡詞》等書,每有此失。如杜甫《奉贈鮮于京兆二十韻》詩"不得同晁錯,吁嗟後郤詵"二句,趙次公《杜詩先後解》注:"晁錯對策高第,郤詵對策爲天下第一,自曰:猶桂林一枝,昆山片玉。"未注明出於《漢書·晁錯傳》及《晉書·郤詵傳》。如蘇軾《水調歌頭》詞"惟酒可忘憂"句，傅幹注："晉顧榮謂張翰曰：惟酒可以忘憂，但無如作病何耳！"未注明出於《晉書·顧榮傳》。類似這樣的注釋，難免有粗疏之譏。

宋人舊注中亦常見引文出處祇有作者名而不列書名、篇名的，如黃庭堅《謝王仲至惠洮州礪石黃玉印材》詩"佳人鬢凋文字工"句，任淵注："歐公表曰：'風霜所迫，鬢髮凋殘。'劉禹錫詩：'會書團扇上，知君文字工。'"所謂"歐公表"，是指歐陽修的《亳州乞仕第一表》。"劉禹錫詩"，是指劉禹錫的《湖州崔郎中曹長寄三癖詩……》。明、清人的各種注本亦多引"李白詩"、"樂天詩"、"王摩詰詩"、"韓文"之類，不載篇名，令讀者難以查考。對於古代的讀書人來說，也許問題不大，《毛詩》、《莊子》、《漢書》等，都是早已熟讀的書，但對於今人來說，這樣的引文注典，就顯然不能滿足需要。今之學者在使用舊注時，宜師古而不泥古，在尊重舊注的基礎上，還要加以訂正和補充。整理舊注，更應查對原來出處，補上引書卷數及篇名等材料。當代學界輸入西方流行的所謂"學術規範"，還要求注明所引的著作名、出版社社名、版本、版次、頁碼或期刊刊名、期次、頁碼等，對自然科學來說，這樣的嚴謹也許是必要的，但整理古籍用這套方法，有時會過於瑣屑或流於形式，徒費紙張，有些中青年學者的著述，引用"四書"、"五經"，都一一注明版本頁數，則似矯枉過正了。如果"項目"管理部門、出版社或導師作硬性要求，亦易招致僞引，本人在審讀某些著作或論文時經常發現，其注腳引文亦自他人論著的電子文本中下載得來，並非直接從原書迻錄。

三、引用最早的資料

　　注釋故典，宜用最早而又最準確的文獻資料。黃庭堅《古詩二首上蘇子瞻》之二："青松出澗壑，千里聞風聲。上有百尺絲，下有千歲苓。自性得久要，爲人制頹齡。"任淵注："《淮南子·説山訓》：'千年之松，下有茯苓，上有兔絲。'注云：'茯苓，千歲松脂也。'"又引《本經》謂茯苓"久服，安魂養神，不飢延年"。所引固然不誤，但不如引《史記·龜策列傳》："《傳》曰：'下有伏靈，上有兔絲。'……伏靈者，千歲松根也，食之不死。"據司馬貞索隱，謂"此《傳》即太卜所得古占龜之説也"，其説顯然要比《淮南子》早。據王念孫考，謂"千年之松"四字，爲後人所加，而《龜策列傳》"千歲松根"亦比"千年之松"一語更切黃詩，所釋茯苓長生之效亦比《本經》早。陳洵《尉遲杯》詞"溯紅仍訪仙侶"，劉斯翰《海綃詞箋注》謂用劉晨、阮肇天台遇仙女故事，云"見《紹興府志》"。按，劉、阮遇仙故事最早見於南朝宋劉義慶《幽明錄》，不應引後出資料。

　　劉克莊《後村詩話》批評李壁《王荆公詩注》云："雁湖注半山'歸腸一夜繞鍾山'之句，引韓昌黎詩'腸胃繞萬象'，非也。孫堅母懷妊堅，夢腸出繞吴閶門。半山本此，見《吴志》；和王賢良龜詩云：'世論妄以蟲疑冰。'注雖引《莊子》，但出處無'疑'字，意公別有所本。後讀盧鴻《嵩山十志》，有'疑冰'之語，又唐彦謙《中秋》詩云：'霧浄不容玄豹隱，冰寒切恐夏蟲疑。'乃知唐人已屢用之矣。"劉氏認爲李壁未準確地注明出處，並加以考論，但劉氏仍未能把"疑冰"考究清楚。唐人盧鴻《嵩山十志》有"儒者毀所不見則黜之,蓋疑冰之談,信矣"之語,仍非最早出處。此語實本晉人孫綽《游天台山賦》:"哂夏蟲之疑冰,整輕翮而思矯。"可見遡流探源之難矣。

杜甫《舟前小鵝兒》詩:"鵝兒黃似酒,對酒愛鵝黃。"朱鶴齡注引錢謙益箋云:"《方輿勝覽》:'鵝黃,乃漢州酒名,蜀中無能及者。'陸務觀云:'兩川名醞避鵝黃。'"莫礪鋒指出:"酒名鵝黃,其事較僻。宋人趙次公《杜詩先後解》注此句云:'鵝兒黃似酒,蓋自公始爲之譬也。'可證還不知其出處。"然錢氏之注,仍未能迹其本源,所引《方輿勝覽》中語,實爲陸游《遊漢州西湖》詩之自注。老杜時在漢州,故"鵝黃"一語尤切。以次公、牧齋之博學,猶不知其最始出處,可知注詩之難。

杜牧《和裴傑秀才詠櫻桃》詩:"忍用烹騂酪,從將玩玉盤。"吳在慶《杜牧集繫年校注》僅引宋趙令時《侯鯖録》及胡仔《苕溪漁隱叢話》,謂唐人已用櫻桃薦酪。陸游《和陳魯山十詩以孟夏草木長遶屋樹扶疏爲韻》詩"櫻酪事已過"及《食酪》詩"便勝羊酪薦櫻桃",錢仲聯《劍南詩稿校注》亦僅引《侯鯖録》作注。辛棄疾《菩薩蠻·坐上分賦得櫻桃》詞:"香浮乳酪玻璃盌",鄧廣銘《稼軒詞編年箋注》則失注。按,櫻酪之典最早見於魏文帝曹丕《與鍾繇書》:"報曰:臣繇言:'賜甘酪及櫻桃,惠厚意綢,非言所申。'"唐人武平一《景龍文館記》:"四年夏四月,上幸兩儀殿,時命侍臣升殿,食櫻桃,並盛以琉璃,和以杏酪,飲酴醾酒。"可知唐中宗景龍年間已用櫻桃薦酪。唐人裴鉶《傳奇·崑崙奴》:"以金甌貯含桃而擘之,沃以甘酪以進。"

陸游《水龍吟·春日游摩訶池》:"惆悵年華暗換。"夏承燾、吳熊和《放翁詞編年箋注》注引蘇軾《洞仙歌》:"但屈指、西風幾時來,又不道流年、暗中偷換。"何不引秦觀《望海潮》:"梅英疏淡,冰澌溶泄,東風暗換年華。"又如魯迅《自題小像》詩"風雨如磐闇故園",當代多種注本僅引《詩·鄭風·風雨》"風雨如晦,雞鳴不已"作注,這固然不誤,然"風雨如磐"一語的出處,還應注出。《太平廣記》卷一九六引宋孫光憲《北夢瑣言·丁秀才》:"詩僧貫休《俠客》詩云:'黃昏風雨黑如磐,別我不知何處去。'""如磐"一詞亦形容風雨時天色之陰暗,與"如晦"同義,若徑用"如晦",則平仄不合,且以厚重而巨大的磐石形容風雨,更具特殊的意象,此意象爲貫休首創,宜爲拈出。清人李鍇《七月六日雨》詩"黑雲如磐壓户牖",亦取其意。魯迅不一定讀到貫休詩,可能是襲用黃遵憲《春夜招鄉人飲》詩"天地黑如盤,腥風吹雨血"及《歲暮懷人詩》其二十五"漫山風雨黑如磐"之語,錢仲聯《人境廬詩草箋注》注:"釋貫休詩:'黃昏風雨黑如磐。'"此爲貫休佚詩,還應詳注出處。

還有一點,古事流傳後世,同一事情各書所載或有出入,而詩中所用的典故,可能取自較晚的書籍,故注釋所取證之書亦應以最貼近詩意者爲主。如聞人倓《古詩箋·發凡》所云:"諸子百家及説部,一事而互見者甚多,兹必酌其與詩意切近者方引用,並不添注'亦再見某書'字,以侈淵博。"甚是。

四、不引用後出的資料

援引後出的書籍、史料作注,爲注家之大忌。

李壁《王荆文公詩箋注》,每引後人詩作注,故屢爲論者所譏彈。劉辰翁《評點王荆文公詩》卷三六評云:"嘗見引同時或後人詩注,意不知荆公嘗見如此等否？本不用看，亦不能忘言。"劉氏如此云云，當因本卷中《送康侍御》詩注引王禹偁詩而發。錢鍾書又謂其引吕居仁詩以注王逢原詩，"尤不合義法"。[3] 所謂義法，是指注詩應遵循的準則，即李善"舉先以明後"之意。引述史事亦然。陳寅恪《金明館叢稿初編·讀哀江南賦》云："解釋詞句，徵引故實，必有時代限斷。然時代劃分，於古典甚易，於今典則難。蓋所謂今典者，即作者當日之時事也。故須考知此事發生必在作此文之前，始可引之，以爲解釋。否則，雖似相合，而實不可能。"是以史實時間上的考索，尤須準確。

朱鶴齡《與李太史論杜注書》，批評《錢注杜詩》云："注子美詩，須援據子美以前之書，類書必如《類聚》、《初學》、《白帖》、《御覽》、《玉海》等方可引用。今'獅子花'、'臥竹根'皆引《天中記》，《天中記》乃近時人所撰耳，況二注皆謬。'炙手可熱'，《兩京新紀》可引，《萬回傳》可引，崔顥詩可引，今乃引《唐語林》開成、會昌中語，彼豈以開成、會昌在子美以前乎？"韓偓《途中經野塘》詩有"始信昆明是劫灰"一語，《唐詩鼓吹評注》的注者引宋人邵雍《皇極經世書》作注，何焯批評云："如何以宋人書注唐詩？"[4] 盧諶《覽古》詩："趙氏有和璧，天下無不傳。"余蕭客《文選音義》引杜光庭《錄異記》"歲星之精，墮於荆山"注之。《四庫全書總目》譏之曰："是晉人讀五代書矣。"又譏余氏"至於凡注花草，必引王象晉《羣芳譜》，益不足據矣。"王氏爲明人，更不宜徵引其書。顏延年《贈王太常》詩，有"玉水記方流"句，余注云：王定保《唐摭言》："白樂天及第，省試'玉水記方流'詩。"以唐人事注六朝詩，亦屬不倫。《四庫全書總目》批評吳兆宜《玉臺新詠箋注》，謂其"又多以後代之書注前代之事，尤爲未允"。如漢樂府詩《羽林郎》"金盤膾鯉魚"句，注引晉潘岳《橘賦》"照耀千金盤"；魏徐幹《情詩》"鏡匣上塵生"句，引周庾信《鏡賦》、《鏡詩》及梁簡文帝

《鏡詩》、何遜《詠照鏡詩》作注，皆以後注前，不合注釋的基本原則。

今人注本，亦時有以後注前者。如李霽野《唐人絶句啓蒙》謂北宋初年詞人潘閬《酒泉子》詞"弄潮兒向濤頭立，手把紅旗旗不濕"，是"概括周密在《武林舊事·觀潮》中的記載"。周密爲南宋人，潘氏何能"概括"？祇能説弄潮事可參考周氏書。又，韓偓《復偶見三絶》之二："桃花臉薄難藏淚，柳葉眉長易覺愁。"陳繼龍注："韓公'桃花臉'與'柳葉眉'之形容可能從王衍《甘州曲》'柳眉桃臉不勝春'脱胎而來。"[5] 王衍爲五代人，後於晚唐的韓偓，謂王詞自韓詩脱胎猶可，反之則成笑柄。又如韋莊《哭同舍崔員外》詩："祭罷泉聲急，齋餘磬韻長。"李誼《韋莊集校注》："《佩文韻府》卷七二引高啓《太湖石》詩：'清音叩罷磬韻遠。'"引《佩文韻府》已不妥，以明詩注唐詩，則更爲不妥了。

引後注前，固然是注詩之忌，引同時代人詩作注，古人雖有此例，然亦應小心從事。《四庫全書總目》卷一五一謂顧嗣立注温飛卿詩，"多引白居易、李賀、李商隱爲注"，"是亦一短也"。任淵、史容注黄庭堅詩，李壁注王安石詩，施宿父子注蘇軾詩，亦每引同時代人詩作注，宋人作詩，每有仿效同輩人的習慣，故這些注多是必要的。其實，以後注前也不必懸爲厲禁。《文選》班孟堅《兩都賦序》"朝廷無事"句，李善注云："諸釋義或引後以明前，示臣之任不敢專，他皆類此。"在一些特殊的注釋中，亦可引録後來有關的材料。馮集梧《樊川詩注自序》云："昔人注書，謂取證之書，當以最先者爲主，此亦難以概論。"馮氏認爲釋山水、草木以及地理、職官等内容，前人亦常引後出書取證。如"王逸注《離騷》，於'懸圃'引《淮南子》，淮南實在屈後"。清代注家釋唐詩中的地名，亦每引用宋、明史志中的材料。錢鍾書《管錐編》、《容安館札記》等著述中,就大量運用了"引後以明前"的方法。《談藝錄》云:"若雖求得詞之來歷,而詞意仍不明了,須合觀同時及後人語,方能解會,則亦不宜溝而外之。"《宋詩選注》把後人摹擬之作羅列出來,上下縱橫,擴寬了讀者的眼界和思路。如鄭文寶《柳枝詞》:"亭亭畫舸繫春潭,直到行人酒半酣。不管煙波與風雨,載將離恨過江南。"《宋詩選注》注云:

> 這首詩很像唐朝韋莊的《古離別》詩:"晴煙漠漠柳毿毿,不那離情酒半酣。更把玉鞭雲外指,斷腸春色在江南。"但是第三第四句那種寫法,比韋莊的後半首新鮮深細得多了,後來許多作家都仿效它。例如:蘇軾《虞美人》:"無情汴水自東流,祇載一船離恨向西州。"陳與義《虞美人》:"明朝酒醒大江流,滿載一船離恨向衡州。"張元幹《謁金門》:"載取暮愁歸去。"辛棄疾《水調歌頭》:"明朝扁舟去,和月載離愁。"李清照《武陵春》:"祇恐雙溪舴艋舟,載不動許多愁。"【周邦彥甚至把這首詩整篇改寫爲《尉遲杯》詞:"無情畫舸,都不管、煙波隔前浦,等行人醉擁重衾,載將離恨歸去。"(《清真詞》卷下)石孝友《玉樓春》詞把船變爲馬:"春愁離恨重於山,不信馬兒馱得動。"(《全宋詞》卷一百八十)】張可久《蟾宮曲》:"畫船兒載不起離愁,人到西陵,恨滿東州。"(《朝野新聲太平樂府》卷一)貫雲石《清江引》:"江聲卷暮濤,樹影留殘照,蘭舟把暮愁都載了。"(《朝野新聲太平樂府》卷二)王實甫《西廂記》裏把船變成車,第四本第一折:"試看那司天臺打算半年愁,端的是太平車兒約有十餘載。"第三折:"遍人間煩惱填胸臆,量這些大小車兒如何載得起!"陸娟《送人還新安》又把愁和恨變成"春色":"萬點落花舟一葉,載將春色到江南。"

（錢謙益《列朝詩集傳》閏四）。此外，不説"載"而説"駄"或"擔"的也很多。[6]（按，【】內之文爲1989年版所增添者）

讀來醰醰有味。錢仲聯曾批評錢鍾書《宋詩選注》"挖腳跟"，"什麼在'他'之前已有誰有這樣的詩句詩意，在'他'之後誰受啓發又有什麼詩句詩意"。要舉例，其實還有不少。如宋人張先《定西番》詞："盡帶江南春色、過長淮。"陳師道《虞美人·席上贈王提刑》詞："盡帶江南春色、放春回。"元人朱德潤《三月二十日送姜侍郎南游》詩："無奈金鞍少年客，攜將春色過江南。"明人于慎行《寄吳少溪宮録七十》："卻憶薄游周柱史，江南春色滿回車。"均是。沈祖棻《宋詞賞析》評李清照詞，亦仿其例，先引王士禎《花草蒙拾》云："'載不動許多愁'與'載取暮愁歸去'、'祇載一船離恨向西州'，正可互觀。'雙槳別離船，駕起一天煩惱'，不免徑露矣。"又引李後主《虞美人》詞："問君能有幾多愁？恰似一江春水向東流。"賞析曰："祇是以愁之多比水之多而已。秦觀《江城子》云：'便做春江都是淚，流不盡許多愁。'則愁已經物質化，變爲可以放在江中，隨水流盡的東西了。李清照等又進一步把它搬上了船，於是愁竟有了重量，不但可隨水而流，並且可以用船來載。董解元《西廂記諸宫調》中的《仙吕·點絳唇纏令·尾》云：'休問離愁輕重，向個馬兒上駄也駄不動。'則把愁從船上卸下，駄在馬背上。王實甫《西廂記》雜劇《正宫·端正好·收尾》云：'遍人間煩惱填胸臆，量這些大小車兒如何載得起。'又把愁從馬背上卸下，裝在車子上。"

類似這樣的以後釋前，自可任評點家、鑑賞家爲之，箋注家似不必效法。《宋詩選注》是才人之筆，難爲乎繼。如果把"挖腳跟"理解爲辭語典故的窮源竟委,那當然是注家要務。來源應一一理清,受詩意啓發的後來摹擬者卻不宜在注中一一羅列。觀錢仲聯之注黄注沈,又何嘗不挖腳跟? 二錢之詩,句法句意,亦常襲用前人,若要爲之作注,尤須深挖腳跟。

五、采用舊注

有關采用舊注的問題,洪業《杜詩引得序》作了透闢的論述,上文亦已引用。前人詩有注本的,後人無論是重新作注或作補注、增注、續注、集注,都應先認真熟讀舊注。不少名篇佳作,經過歷代文人學士不斷的理解、考證、注釋、評點,這些舊注家生活的時代背景、思想心態較接近作者,無疑,他們的注釋要更貼近原意。從集注、集評中可得出規律,儘管各家各論,有些甚至大相徑庭,但整體來説,還是相同的多,相異的少。許多新説,祇不過是在前人基礎上加以補充、强化、深化,完全推翻舊論的情況不多。《禮記·學記》云:"國有學,比年入學,中年考校,一年視離經辨志。"章學誠《丙辰札記》解釋云:"竊意初受書日,依經解詁,止能如前人所説,而不能自得其意志所在。習之一年,可離去本書,而能通以己之意爾。"詩集補注或另行作注,亦須如此。在熟讀、通曉舊注的基礎上,纔能自立新注。本人近年作《山谷詩注續補》一書,亦對任淵、史容、史季温之注反覆誦讀,不下十餘遍,方敢動筆作注,任、史之有注者,亦在新注中盡量采用。

對於舊注的態度,顔師古《漢書敘例》可爲借鑑:"凡舊注是者,則無間焉,具而存之,以示不隱。其有指趣略舉,結約未伸,衍而通之,使皆備悉。

至於詭文僻見,越理亂真,匡而矯之,以袪惑蔽。若汎説非當,蕪辭競逐,苟出異端,徒爲煩冗,祇穢篇籍,蓋無取焉。舊所闕漏,未嘗解説,普更詳釋,無不洽通。……六藝殘缺,莫睹全文,各自名家,揚鑣分路。……今皆窮波討源,搆會甄釋。"顔氏意謂,其於舊注,是者則具存之,隱晦者則伸通之,詭僻者則匡矯之,蕪雜者則芟除之,闕漏者則補釋之,歧異者則甄別之。

朱熹《朱子語類》卷七:"訓詁當依古注。"卷一一又云:"學者觀書,先須讀得正文,記得注解,成誦精熟。注中訓釋文意、事物、名義,發明經指,相穿紐處,一一認得,如自己做出來底一般,方能玩味反覆,向上有透處。"卷八一:"先生謂學者曰:'公看《詩》,祇看《集傳》,全不看古注。'曰:'某意欲先看了先生《集傳》,卻看諸家解。'曰:'便是不如此,無卻看底道理。'"朱熹在這裏説的是讀經書的方法。熟讀正文及注解,有如己出。注家亦應抱這樣的態度,吃透原文,反復沈潛,加深理解,纔能着手進行注釋。清儒陳澧《東塾讀書記》卷二一,對朱熹之教極爲同意:"朱子自著《詩集傳》,而教學者先看古注,即所謂因先儒之説,通其文義也。"祇有在精研舊注的基礎上,纔能開發出新注。陳澧《東塾讀書論學札記》又云:"爲王氏《述學》者,必當讀注疏,一句不漏,一篇不紊,以注疏解經,使文從字順。其有不順,乃考群經訓詁以易之。又必先博稽訓詁以待援引。"作新注者亦當如是,以舊注解詩,遇不順者方思易之,勿隨意另立新説。即陳澧所謂"必先求其是而後訂其非"。章炳麟《國學講演録·小學略説》云:"詮釋經文,不宜離已有之訓詁而臆造新説。"古人寫詩,運用經史中語,一般來説,都是沿用其已有的訓詁,故亦不宜強作新解。

對舊注的整理、補注以及重注、新注,都應尊重舊注,充分吸收前人的研究成果。甄别優劣,取其菁華,補其不足。沈昆眙《詩經匡説》序謂"漢去古未遠,其説典禮名物,終勝於後世"。《四庫全書總目》卷一四八:"王逸注《楚辭》,以其去古未遠,多傳先儒之訓詁,故李善注《文選》,全用其文。"凡是采録舊注的,都應標明出處。李善爲《文選》作注,就曾特别聲明:"諸引文證,皆舉先以明後,以示作者必有祖述也。他皆類此。"(李善《文選注》卷一《兩都賦序》注文)"然卞、何同時,今之引者,轉以相明也。他皆類此。"又云:"舊注是者因而留之,並於篇首題其姓名。""舊有集注者,並篇内具列姓名。"書中采用薛綜、劉逵等舊注,俱一一列出其名。(李善《文選注》卷一一《景福殿賦》注文)如阮籍《詠懷》詩,李善注引録顔延年、沈約的原注,標明"顔延年曰"、"沈約曰"。李善《文選·西京賦》"薛綜注"注:"舊注是者,因而留之,並於篇首題其姓名。其有乖繆者,臣乃具釋,並稱'臣善'以别之。他皆類此。"唐李匡乂《資暇録·非五臣》對李善引録舊注作出充分的肯定:"李氏不欲竊人之功,有舊注者必逐每篇存之,仍題元注人之姓字。""苟舊注未備或興新意,必於舊注中稱'臣善'以分别。"這正是一位正直的學者必具的學術品德,後世注家亦多依此例,以免有勦襲之嫌。如胡之驥《江文通集彙注》、黄節《謝康樂詩注》等,注文中采用李善注的,都標明"文選注曰"、"李善注"。蘇軾詞有宋人傅幹注本,稱爲《注坡詞》,龍榆生作《東坡樂府箋》,大量采録傅注,其中相當多的一部分不標明所自,劉尚榮批評云:"龍本在標與不標之間似帶有某種隨意性,因此不標傅注者,未必就是龍氏'博稽群籍'後的發明。傅注所引前人詩文典故,有些今已失傳,惟賴傅本得以保存,若'采録'了此類資料又不注明出處,則易惹人生疑。"[7]顧炎武《僑居神烈山下》詩"塔葬屬支城外土"句,王蘧常《顧亭林詩集彙注》注云:"屬支,當即'屬夷',韻目代字也。"汪宗衍指出:"余嘗作《顧亭林詩發覆》一文,曾指出'支'爲'夷'之隱字。"[8]汪文早於王注二十餘年,王注應注明所自。

要重視古注古訓。前人爲名家詩作注,往往抱有"成一家之言"的目的,好推翻舊注,創立新説,但對於今人而言,整理古籍,宜作集注集解,古注艱深者,可爲作"疏"。舊説可通者則存之,有明顯錯誤者則刪之,失注則可補之,善疑而不妄疑,務求平正通達。不要隨便另立新説,若有新説,可寫成論著論文,另外發表,不必闌入舊説之中,更不要引用未經學界認定的新説。如《詩·邶風·静女》有"静女其孌,貽我彤管"二句,毛傳:"古者后、夫人必有女史彤管之法,史不記過,其罪殺之。"鄭玄箋:"彤管,筆赤管也。"把"彤管"釋爲古代女史記事用的桿身漆朱的筆,這已成爲古詩文中常用的故實。後世學者有不同解釋,朱熹《詩集傳》謂此爲"淫奔期會之詩",又謂"彤管,未詳何物",近人高亨《詩經今注》認爲是一種樂器,聞一多《風詩類鈔》釋爲"彤营",謂即"萸"。余冠英《詩經選譯》又認爲是紅色管狀的初生植物。作爲《詩經》的讀者,可以接受或不接受某家某説,但假如要爲前人詩歌中的"彤管"典故作注,就必須用古書古訓。如范成大《新安侯夫人俞氏詩》"空餘彤管訓,他日照鄉間",注者祇能引用毛傳、鄭箋的説法,纔符合作者的原意。又如王安石《題張司業詩》:"蘇州司業詩名老,樂府皆言妙入神。看似尋常最奇崛,成如容易卻艱辛。"李壁《王荆公詩注》云:"籍字文昌,和州人。"已指出張司業即唐代詩人張籍,爾後九百年間,無有異議,此詩已成爲張籍詩的定評。今人李之亮《王荆公詩注補箋》云:"張司業,未詳。據詩意,張乃蘇州人。"補注者以爲李壁注張籍"和州人",與詩中之"蘇州"

不合,因而別創新說。按,所有有關張籍的史料都指出,張籍擅樂府詩,其先爲吳郡(今蘇州)人,後移居和州,與詩意全合,李氏未經細考,隨便否定舊注,過於輕率。

爲補正舊注而作的注本,采用舊注是否全部要標明,則須視具體情況而定。陳與義詩有宋人胡穉注本,今人白敦仁作《陳與義集校箋》,對胡氏注文亦多加采用,"但也進行了一番爬梳整理工作","對於胡注所引諸書,絕大多數查對了原文,經過整理,對胡氏原文頗有更改。因此,除了一些必要的地方,一般不題'胡注'云云"。[9]所謂"必要的地方",主要是指胡氏獨得之見,如《八音歌》白注標明:"胡注:'此體始於沈炯。'"其餘注文,多已更新了胡注,故不題胡注,亦合乎情理。

古人注詩,其中一點是難以企及的,就是其見古書之多。李善注《文選》,大量引錄古書,其中不少早已亡佚。劉聲木《萇楚齋隨筆》卷二云:"孫志祖《文選理學權輿》卷二有《文選注引用書目》,臚舉頗詳。其中采取諸經傳訓一百餘種,小學三十七種,緯候圖讖七十八種,正史雜史人物別傳、譜牒、地理、藝術凡史之類,幾及四百種,諸子之類二十種,兵事二十種,道釋經論三十二種,各種文集幾及八百種,誠足以包羅萬象,羽翼《六經》。"任淵《黃陳詩集注》,據吳曉蔓考證,其中所引宋人佚書有《國史》,仁宗、神宗、哲宗、徽宗四朝《實錄》、《紀年通譜》、《唐餘錄》、《金坡遺事》、《王沂公言行錄》等二十七種。[10]錢謙益注杜詩,其絳雲樓所藏多宋元孤槧,如《五緘集》、《霏雪錄》、《金壺記》、《玉疊記》等,後皆毀於火,賴錢氏之注得以窺知其部分內容。故舊注中所引書,尤須重視。

今人注書,利用舊注時還有一點須注意的,古人注書,不少舊注在引文時不够準確,或有改動原文。古人精熟經史,四部名篇每能背誦,引用時往往祇憑記憶,未必一一翻檢原書。或據原文過錄時偶有筆誤者;或爲了節省篇幅及行文簡便,字句每有刪節者。今人利用舊注,切勿照鈔注中所引内容,務必檢索原書,正確無誤地摘引原文。葉大慶《考古質疑》卷三曾指出,李善注《文選》,於《賓戲》引《史記》,《非有先生論》引《六韜》,"實非《史記》、《六韜》之文,特仿佛記憶而爲之注爾,不足爲據也"。如《文選》卷二三阮籍《詠懷》詩"昔聞東陵瓜"句,李善注:"《史記》曰:邵平者,故秦東陵侯。秦破,爲布衣,貧,種瓜於長安城東,瓜美,故時俗謂之東陵瓜,從召平始也。""時俗",原文作"世俗";"始也",原文作"以爲名也"。"乘雲翔鄧林"句,李善注:"《山海經》曰:夸父與日競逐而渴死,其杖化爲鄧林。"原文見《山海經·海外北經》:"夸父與日逐走,入日。渴欲得飲,飲於河渭,河渭不足,北飲大澤。未至,道渴而死。棄其杖,化爲鄧林。"號稱"書簏"的李善尚且如此,何況他人呢?又如清吴兆宜《玉臺新詠箋注》,引證頗博,注釋甚詳,今人穆克宏爲作點校,"在查閱了大量的注文所引用的書籍之後,我們發現注文錯誤竟達一百八十餘條"。[11]如卷一《古詩八首》注引郭璞《贊》云:"蘼蕪香草,亂之茶荍。不懼其貴,自烈以芳。""香"應作"善","茶"應作"蛇","懼"應作"隕","貴"應作"實","烈"應作"别"。十六個字的注文中竟然有五字誤。郭璞《山海經注》亦謂"蘼蕪似蛇牀而香者也",蛇牀爲一種植物,誤爲"茶牀",句意自然不通。不過,舊注引用古書,引文與通行本不同,也不一定是注者的疏誤,可能是注者當時所見版本即如此,這種引文很重要,可作文獻校勘之用。記憶不可恃,不獨注詩,推而廣之,爲文亦應注意。程千帆曾致函研究生吴志達云:"嘗記一舊詩云:'南去炎州火作山,北來河朔雪盈鞍。炎天雪海尋常過,未覺人間萬事難。'"作爲私函本無所謂,後收入論集,此詩每被徵引,本人亦深喜之,屢書以贈人,近日偶讀"湖湘文庫"王闓運《湘綺樓詩文集》,見《齊河道中雪行偶作》詩:"六月炎州火作山,冬來河朔雪盈鞍。冰天熱海閒經過,未覺人間萬事難。"方知原始出處。程氏既忘作者及詩題,引文復誤七字。

舊注有誤,更須辨明。注家應留意有關注辨正的材料,如上文《訓詁章》所引李白《望廬山瀑布》詩之香爐峰,清人王琦注謂在廬山西北部,儘管已有學者考定在山南,當代各家注本選本,多仍王氏之説,以訛傳訛,習非成是。又如蘇軾《江城子》詞:"料得年年腸斷處,明月夜,短松岡。"《唐宋詞選》注引孟棨《本事詩》,謂是幽州衙將妻孔氏題詩云:"欲知腸斷處,明月照松岡。"有學者指出,《本事詩》原詩下句作"明月照孤墳",這些注本沿襲舊注而致誤。[12]

關於舊注,還有一種重要材料是不可忽略的,就是日本、韓國古代的注本。近年已有學者關注到這方面的内容。劉玲撰文指出,宋人周弼編選的《三體唐詩》,有日本室町時代的"漢籍抄物",其中囊括衆多日本學者的注釋學説的"三體詩幻雲抄","具有與原注不同的注釋角度與方式",[13]能爲學界提供有益的參考。蔣寅撰文列出《唐詩選》在日本"起碼已有一百三十餘種",其中有多種校點評注本。如享保九年(1724)服部南郭考訂的和刻本《唐詩選國字解》、明治十五年(1882)荒木榮直訓《標記訓釋唐詩選》七卷、明治二十五年(1892年)森槐南《唐詩選評釋》、明治末年《唐詩選和訓》等書,多以日語注出讀音並作解説。[14]

六、引用類書

　　錢謙益《草堂詩箋元本序》云："若夫類語讕語，掇拾補綴，吹花已萎，噉飯不甘，雖多亦奚以爲？"錢氏鄙視類書，更不滿掇拾類書作注。然而，他在《與遵王書》中，又把箋注之學稱爲"類書學問"。蔣清翊《王子安集注·凡例》云："近人注釋故實，鈔自類書，沿譌不少。雖仇滄柱、顧俠君諸公，亦不能免。"亦説明注家作注，亦不能脱離類書。

　　類書雖是檢索典故的重要依據，祇能起到索引的作用。注釋引用傳世文獻資料，應直接從原書中引用。學者使用類書時，亦應認真查對原文，作注釋時更忌從類書直接迻録。若類書中所引之書已佚，則可從類書中轉引。如《初學記》、《藝文類聚》等較古的類書中，所輯入的已遺佚的文獻，則可直接從類書引用。若其書尚存，則必須檢索原書。類書中有異文的，可用作校勘。清代所編選的一些大型類書，如《佩文韻府》、《駢字類編》、《淵鑑類函》等，所編入的資料，絶大多數是可找到原文的，更不要直接引用。如李誼《葦莊集校注》，注文中連《詩經》、《周禮》等典籍及杜甫、韓愈等名家詩也徑引《佩文韻府》，則更顯荒陋了。

　　《四庫全書總目》中曾多次指出注家"摭拾類書"的舛誤。查慎行《補注東坡編年詩》，提要云："《端午》詩引屈原'飯筒'事，云《初學記》引《齊諧記》，不知《續齊諧記》今本猶載此條，皆爲未窮根柢。"又如仇兆鼇《杜詩詳注》，提要云：其中摭拾類書，小有舛誤者。如注"忘機對芳草"句，引《高士傳》"萊幹忘機",今《高士傳》無此文,即《太平御覽》所載嵇康《高士傳》幾盈二卷,亦無此文。又注"宵旰憂虞軫"句,不知二字本徐陵文,乃引《左傳》注"旰食",引《儀禮》注"宵衣",考之鄭注,"宵"乃同"綃",非宵旦之"宵"也。又,趙殿成《王右丞集箋注》,提要云:其箋注往往捃拾類書,不能深究出典。即以開卷而論,"閶闔"字見《楚辭》,而引《三輔黄圖》。"八荒"字見《淮南子》,而引章懷太子《後漢書注》。"胡牀"字見《世説新語》桓伊、戴淵事,而引張端義《貴耳集》。"朱門"字亦見《世説新語》支遁語,而引程大昌《演繁露》。"雙鵠"字自用古詩"願爲雙黄鵠"語,而引謝維新《合璧事類》。"絶迹"字見《莊子》,而引曹植《與楊修書》。皆未免舉末遺本。劉聲木《萇楚齋隨筆》卷八云:"注家大致以類書爲藍本,稗販爲注。"又云:"向嘗欲鈔合古今詩文家注釋,分類編輯,篡爲一書,即名曰《詩注類纂》。以後注釋詩文者,有此一書,不必他求,大略已具。"劉氏所云,實是舊時注家的慣技,稗販類書,陳陳相因,設有"詩注類纂"一類之書編成,注家均向其中討生活,則更爲注釋之大厄。

　　古代注家徑引類書,已爲不妥。今人更有引《佩文韻府》等後出類書作注,則更等而下之矣。黄侃《文心雕龍札記·事類》云:"若乃假助類書,乞靈雜纂,縱復取充篇幅,終恐見笑大方。蓋博見之難,古今所共,俗學所由多謬,淺夫視爲畏塗,皆職此之由矣。"黄氏雖就創作而言,然施於注家,尤爲貼切。如蘇軾《水調歌頭》"又恐瓊樓玉宇"句,注家"瓊樓玉宇"四字,每據《佩文韻府》迻録。《佩文韻府》卷三七上"七虞"韻"宇"字下"玉宇"條云:"《拾遺記》:'翟乾祐於江岸玩月。'或問:'此中何有?'翟笑曰:'可隨我觀之。'俄見月規半天,瓊樓玉宇爛然。"《拾遺記》爲晉王嘉所作,中無此則。唐段成式《酉陽雜俎》、前蜀杜光庭《仙傳拾遺》及《太平廣記》卷三〇"翟乾祐"條載此,然末句作"瓊樓金闕滿焉"。《佩文韻府》此條,所引《拾遺記》,當指《仙傳拾遺》。更嚴重的是原書本無"玉宇"二字。若注家照錄之,自貽笑大方。對這個問題,雖早已有學者撰文指出,但今檢多種選注本、賞析本,如胡雲翼選注《宋詞選》、文研所編《唐宋詞選》、陳邦炎主編《詞林觀止》、張璋等編《歷代詞萃》以及沈祖棻《宋詞賞析》、人民社編《唐宋詞鑑賞集》等,均照錄《佩文韻府》中的文字,尤可怪者,各家均把《拾遺記》改爲《大業拾遺記》,而託名顏師古作的《大業拾遺記》中根本就没有此則。可以想象,當是某一注家先引錄《佩文韻府》"玉宇"條以注蘇詞,並妄改書名,後來各家輾轉襲用,以訛傳訛。其實,查宋人傅幹《注坡詞》,已引段成式原文,語作"瓊樓金闕",龍榆生《東坡樂府箋》轉錄傅注亦無誤,後世學者不用傅、龍之注而用《佩文韻府》,當以其"瓊樓玉宇"連用,證蘇詞字字皆有出處之故。蘇軾《江神子》詞"美人微笑轉星眸"句,薛瑞生《東坡詞編年箋證》注引崔生詩,謂"此詩見《佩文韻府》引,而《全唐詩》失載"。崔生詩,原見《太平廣記》卷一九四,即唐人傳奇《昆侖奴》中引崔生詠紅綃妓詩。又如孫虹《清真集校注》卷上《青玉案》詞注:"玉體句:《佩文韻府》載司馬相如《好色賦》:'花容自獻,玉體橫陳。'今查《全上古三代秦漢三國六朝文》司馬相如此賦已佚。"然《好色賦》二語原爲釋德洪《楞嚴合論》所引,學者以爲僞託。由此可見,《佩文韻府》等類書祇是提供了一些綫索,注家還必須認真查找原文。黃遵憲《不忍池晚遊詩》之九:"誰知大地山河影,祇一微塵水底星。"錢仲聯《人境廬詩草箋注》注云:"《淮南子》:'月中有物者,山河影也。'"注文錄自宋人潘自牧編纂的類書《記纂淵海》卷二,而傳世本《淮南子》中實無此二語。錢氏未查原文,照錄類書,致有失誤。錢仲聯《沈曾植集校注》注沈氏詩"山河影在光中留"一語,亦同樣引

《淮南子》以注。

不過,今人對古籍進行注釋,其實也有比古人優越的條件:一、資料豐富。當代國內外各大型的公私圖書館,典藏大量珍貴的文獻,古本、善本、珍本、稿本,古時一般讀書人所不易得見的,如今都成了"天下之公器",每一位研究人員都可以有機會接觸、閱讀;二、工具書齊備。古代重要的類書,如《藝文類聚》、《太平御覽》、《佩文韻府》、《古今圖書集成》等,如今都已整理或影印出版。此外,新編的高質量的工具書,如《辭源》、《漢語大詞典》、《故訓彙纂》等以及各類型的索引,都成爲研究人員手頭必備的書籍;三、現代化檢索方便。當代資訊發達,通過電腦互聯網,可以迅速檢索到有關的資料,一些大型的古文獻資料庫已經建成,《四庫全書》、十三經、二十四史、全唐詩、全宋詞等,也都製成電子文本,並有檢索功能;如"國學寶典"之類的網站,更可檢索到千餘種典籍,極便學者。網絡、電腦,好比超大型的類書,使用尤爲方便,當代學者甚至放棄了傳統的類書,徑直從因特網檢索下載,更不必説去翻檢原書了。以目前的情況看來,電子文件中的錯漏似乎不下於古代的類書,衹要稍留意近年出版書籍中的引文即可知道,出版社的編輯和研究生畢業論文的答辯委員恐怕是最熟悉這一情況的人群了。程千帆云:"電腦可以代替記誦之學,事不盡然。對於用翻書來代替讀書的人,自然是如此。如果將古今傑作反復鑽研,使其精神命脈,溶於骨髓,則非反復涵潤不可。這決不是機器可以代替的。杜甫即使有毫無錯誤的軟盤,也達不到所説的'熟精文選理'的境界。"[15]程氏之論,也值得當代學者深思。

當代還有一個資料來源亦不可不知,就是在市場中出現的文物文獻,尤其是書畫藝術作品。不少大型文物商店、拍賣行都有圖錄,而書畫中的題跋、印鑑等都有豐富的信息，可資考據。如二〇一〇年北京保利國際拍賣公司圖錄有北宋畫家易元吉《山猿野麅圖》，後有跋詩云："掛枝忽墮黑衣郎，在野俄驚見兩麅。珍重良工易元吉，一時都寫入瀟湘。"署款"雷門唐珙溫如父題"，此詩可考定唐珙的逸詩。由跋詩"質肅世家"印鑑可考定唐珏、唐珙爲唐介之後。

七、不引僞書僞注

學者須辨別所用資料的真僞及可信程度。《文獻通考》引《周氏涉筆》，指出司馬遷在撰寫《史記》時對《燕丹子》中的材料做出不同的處理："然烏頭白、馬生角、機橋不發，《史記》則以怪誕削之。進金擲𪓰、膾千里馬肝、截美人手，《史記》則以過當削之。聽琴姬得隱語，《史記》則以徵所聞削之。"注詩亦然，注家所據的材料，亦須細辨真僞，僞書不可引。古詩《飲馬長城窟行》"客從遠方來，遺我雙鯉魚"，余蕭客《文選音義》引《元散堂詩話》"試鶯以朝鮮原繭紙作鯉魚"注之，《四庫全書總目》曰："此出龍輔《女紅餘志》。案錢希言《戲瑕》、明言《嫏嬛記》、《女紅餘志》諸書，皆桑懌依託，則《女紅餘志》已屬僞本，所引《元散堂詩話》，更僞中之僞，乃據爲實事，不亦慎耶？"清人龐淵《茗餘隨錄》卷四引韓愈《古意》詩"太華峰頭玉井蓮，花開十丈藕如船"，並云："初以爲豪語耳。按，《物類相感志》：'華山頂上有池，池生千葉蓮花，長十丈，藕如大船，服之羽化。'"然《物類相感志》舊題爲蘇軾撰，當爲託名之作，且亦後出，是以各注家亦不引之作注。假若詩中所用的詞語典實源出於僞書，則可徵引；有些年代較早的僞書，長期以來未被判爲僞書，並已爲讀書人所熟知，亦可徵引。

僞書不可引，僞注更不可引。僞注是注釋史上的禍害。當代注家，對古人的僞注務須警惕，切莫引錄，以訛傳訛。錢謙益《吳江朱氏杜詩輯注序》云："僞注假事，如鬼馮人；剽義竄辭，如蟲食木。而又連綴歲月，剥割字句，支離覆逆，交躓旁午。"《草堂詩箋元本序》又謂要"取僞注之紕繆，舊注之蹖駁者，痛加繩削"。僞注大約有以下的幾個特徵：一是僞造事實，二是捏造典故，三是竄改舊文，四是亂引書籍。

僞造"古典"。最爲學者所熟知的僞注當爲宋人假蘇軾名所注的《老杜事實》，習稱"僞蘇注"。在宋代胡仔、郭知達、朱熹、洪邁、趙與峕、葛立方、嚴羽、陳鵠等學者已斥其作僞，並一一指摘書中妄謬之處。郭知達《九家集注杜詩序》云："杜少陵詩，世號詩史。自箋注雜出，是非異同，多所牴牾，至有好事者掇其章句，穿鑿附會，設爲事實，託名東坡，刊鏤以行，欺世售僞，有識之士，所爲深歎。"曾噩序亦云："乃有牽合附會，頗失詩意，甚至竊借東坡名字以行，勇於欺誕，誇博求異，挾僞亂真。此杜詩之罪人也。"如趙次公《杜詩先後解》甲帙卷三《奉贈韋左丞丈二十二韻》注"賤子請具陳"云："世有託名東坡《事實》，輒云：毛遂有言，'賤子一一具陳之'，以爲渾語，卻不引出何書，其全帙引，類皆如此，非特浼吾杜公，又浼蘇公，而罔無識，真大雅之厄，學者之不幸也。"作僞者的目的是"刊鏤以行，欺世售僞"，希冀其書"緣蘇以傳"。作僞的特徵不外是"綴其章句，設爲事實"。"所引事皆無根據，反用老杜詩見句，增減爲文，而傅以前人名字，託爲其語，至有時世先後顛倒失次者"，"隨事造文，一一牽合，而皆不言其所自出"。[16]陳鵠《耆舊續聞》卷九：

"世有僞作東坡注杜詩，內有《遭田父泥飲》篇'欲起時被肘'，云：'孔文舉就里人飲，夜深而歸，家人責其遲，曰：'欲命駕，數被肘。'此大疏脫處。不知國子監能有幾書？亦何嘗有此書邪？"所謂孔融之語，不見於任何載籍中，僞蘇注爲注杜詩"被肘"一語出處而僞造"典故"，以實其説。僞蘇注杜撰典故出處，大類蘇軾"想當然耳"、"何須出處"的有名故事。用以爲文，見仁見智，若用以注詩，則必謬種流傳。僞蘇注流行甚廣，流毒頗深，如郭知達九家注及所謂王十朋注杜，亦大量引録僞注。

注家僞造故事，屢見不鮮。嚴羽《滄浪詩話》又指出，師古之《杜甫詩詳說》亦引蘇軾語，"其間半真半僞"。錢謙益注杜詩《略例》更云："蜀人師古注尤可恨，'王翰卜鄰'，則造杜華母命華與翰卜鄰之事；'焦遂五斗'，則造焦遂口吃，醉後雄譚之事。流俗互相引據，疑誤弘多。"洪業《杜詩引得序》云："師古之《杜詩詳説》，多以淺文總解全篇，惜亦捏造故事，欺惑流俗，其爲患幾與僞蘇舊注等。"胡震亨《唐音癸籤》卷三二指斥宋代諸家注杜，並列舉王原叔、蔡天啓、趙次翁、蔡夢弼、郭知達等二十五家注，謂其"皆無可觀，以諸注半出學究手，其託名人以行者，皆僞也"。《杜工部集注》，僞託王洙之名。王國維《宋刊分類集注杜工部詩跋》指出，王洙是宋仁宗時人，而注中"乃引沈存中《夢溪筆談》，豈不可笑"。沈括《夢溪筆談》成於宋哲宗元祐年間，王洙安能得見？僞造事實，又有託名杜舉著的《杜陵詩律》，又稱《律詩法》、《杜詩律格》，前有楊仲弘序，略云少時曾遊成都杜甫之祠，"有元主祠者，工部九世孫杜舉也"，謂其遠祖杜甫"不傳諸子，而獨於門人吳成、鄒遂、王恭傳其法"。故此書署三人名編次。王士禎《帶經堂詩話》卷一八指出："舉之名不見於書傳，吳、鄒、王三子亦不見於諸家志序中，且子美全家避亂下峽，不應復有裔孫留居成都。"穿鑿傅會亦爲僞注者的伎倆。郭知達《九家集注杜詩序》指出，託名東坡的杜詩注，"掇其章句，穿鑿附會，設爲事實"，以售其僞。

　　僞注，主要集中在宋人注杜詩上，而在後世一些詩人詩集的注本中，亦往往會發現注者作僞的痕迹。楊慎《升庵詩話・續補遺》卷二："世傳虞伯生注杜七言律，本不出自伯生筆，乃張伯成爲之，後人駕名伯生耳。"

（1）莫礪鋒《古典詩學的文化觀照》，中華書局，2005年版，第278頁。
（2）錢仲聯《夢苕庵詩話》，《民國詩話叢編》，上海書店出版社，2002年版，第六册第405頁。
（3）錢鍾書《談藝録》，中華書局，1984年版，第79頁。
（4）見錢牧齋、何焯《唐詩鼓吹評注》，第二卷眉批。
（5）陳繼龍《韓偓詩注》，學林出版社，2001年版，第397頁。
（6）錢鍾書《宋詩選注》，人民文學出版社，1958年版，第4頁。
（7）劉尚榮《注坡詞考辨》，《傅幹注坡詞》，巴蜀書社，1993年版，第14頁。
（8）汪宗衍《大公報・藝林週刊》1959年9月。
（9）白敦仁《陳與義集校箋・前言》，上海古籍出版社，1990年版，第10頁。
（10）吳曉蔓《任淵黃陳詩集注研究》，2006年中山大學中文系博士論文。
（11）穆克宏點校《玉臺新詠箋注》，中華書局，1985年版，第5頁。
（12）崔茅《略談古典文學注本的引證》，《古籍整理出版情況簡報》第131期。
（13）劉玲《注釋中國古典文獻的日本漢籍抄物——以日本內閣文庫藏天文五年寫本"三體詩幻雲抄"爲例》，《北京師範大學學報・社會科學版》2009年第4期。
（14）蔣寅《舊題李攀龍〈唐詩選〉在日本的流傳和影響——日本接受中國文學的一個側面》，北京大學出版社，《國學研究》2000年第12卷。
（15）程千帆致張三夕書，引自《程千帆先生紀念文集》，江蘇古籍出版社，2001年版，第173頁。
（16）林繼中《杜詩趙次公先後解輯校》，上海古籍出版社，1994年版，第54頁。

考訂章第八

考訂,考據訂正。典籍文獻的考訂是一門大學問,古今有關論著甚多,難以細述,本書衹能就有關詩歌注釋的幾個特點,略作介紹。

校　訂

注釋前先要做好校勘工作,定本盡可能無誤或少誤。文字有誤,注釋必然也隨之而誤。各本文字有異同,原因多方面,或爲原作者自己改動,或爲他人妄改,或爲手民之誤,宜分別對待,視具體情況出校。

古書中常有錯別字,往往一字舛誤則全句不可解,甚至影響對全文的理解。如黃庭堅《從舅氏李公擇……》詩:"歸心搖搖若鞦帶。"史季溫注:"謝朓《辭隨王箋》:'歸志莫從,邈若墜雨,翩似秋蒂。'注:'秋蒂去於樹。喻己別王也。'恐'鞦帶'字誤。"劉尚榮校:"鞦帶,庫本作'楸帶',清鈔本作'秋帶'。按當作'秋蒂',詳史季溫注。"按,二字宜據庫本。"楸帶",即楸綫,楸樹經春長出的柔枝,陸游《中庭納涼》詩"搖搖楸綫風初緊"即此。黃庭堅《光山道中》

詩"楸樹蟬嘶翠帶間"、李鳧《曉至長湖戲贈德麟》詩"桐實離離楸帶長"。劉氏本已校出，惜未能擇善而從，失之交臂。又，《楊道人默軒》詩："秋後絲錢誰數得，春前蒼竹自能添。"上句甚爲費解，本人爲作箋注時遍索典籍，亦不知"數絲錢"爲何義，後偶讀楊炯《有所思》詩，有"不爲顰紅侶，憑誰數綠錢"之句，則恍然大悟，"絲錢"當爲"綠錢"，"綠"訛爲"絲"，形近致誤。綠錢，即苔錢。徑路少人行而苔錢生，數綠錢，極寫寥落之意。"綠錢"與"蒼竹"對偶亦工。一字解決，則全詩豁然貫通。又如康有爲《自題三十影像》詩："犀頂龜文何肯相，電光泡影認鬚眉。"舒蕪、陳邇冬、王利器《康有爲選集》注云："按照封建社會最迷信、最欺騙、最反動的宿命論相法：這種額頭隆起、腳掌上有似龜背紋的，主做大官，享巨富。這種相法有爲是不信的，故云何肯相——什麼骨相！"[1]按，"肯"字，實爲"骨"字之誤。崔斯哲手錄《康南海先生詩集》，以異體字書之，當代整理本誤爲"肯"字。此爲律詩中的頸聯，"骨相"與"鬚眉"對偶，若作"何肯"，則不成聯語了。且康有爲終生篤信相法，亦曾論及譚嗣同、梁啓超等人的面相，本詩中亦爲自己骨相之佳而沾沾自喜。注者據"何肯"二字斷其"不信"，亦謬。

　　總集及名家別集，版本較多，注家使用何種版本，有時會影響到作品的用意。如王維《相思》詩："紅豆生南國，秋來發幾枝？勸君多采擷，此物最相思。"此詩次句在沈德潛《唐詩別裁》、蘅塘退士《唐詩三百首》等作"春來發幾枝"，後來一些詩歌選本以及《辭海》、《漢語大詞典》中亦沿此，時人引用此詩者甚多，皆識春華而不知秋實矣。王詩最早見於唐人范攄《雲溪友議》卷中《雲中命》條："龜年曾於湘中採訪使筵上唱：紅豆生南國，秋來發幾枝。願君多采擷，此物最相思。"宋代計有功《唐詩紀事》卷一六收入此詩，並紀其事:"禄山之亂,李龜年奔於江潭,曾於湘中采訪使筵上唱云:'紅豆生南國,秋來發幾枝?'"明人顧元緯《王右丞集》外編及淩初成刻本俱録此首(淩本題作《江上贈李龜年》),清人趙殿成《王右丞集箋注》亦沿作"秋來發幾枝"。紅豆樹是豆科植物,木質藤本,夏天開花,秋季結子,分佈於亞洲熱帶至我國南部,其種子亦稱爲相思子。李時珍《本草綱目》載:"相思子生嶺南,樹高丈餘,白色。其葉似槐,其花似皂莢,其莢似扁豆。其子大如小豆,半截紅色,半截黑色,彼人以嵌首飾。"唐人温庭筠《新添聲楊柳枝詞》之一:"玲瓏骰子安紅豆,入骨相思知不知。"骰子之點,紅黑二色,可見唐人詩中紅豆即此。古人常用以象徵愛情或相思。韓偓《玉合》詩:"中有蘭膏漬紅豆,每回拈著長相憶。"王維"勸君多采擷"的正是這些相思子。本人爲嶺南人,熟悉此樹,秋來結實,成熟後種子變得堅硬,莢殻乾裂,方可采作飾物。無論從文獻或常識角度來看,王維此詩次句應以"秋來發幾枝"爲正。

如周邦彥《西河·金陵懷古》詞:"傷心東望淮水。"《增修箋注妙選草堂詩餘》作"賞心東望淮水",注云:"《詩話總龜》云:'賞心亭,丁晉公所作。秦淮絕致。'"後世亦有一些選本據此作注。鄭文焯《清真詞校後録要》指出,周詞"實檃括劉夢得《金陵五題》詠石頭城詩句,融會分明,而《草堂詩餘》及毛刻注皆以'傷心'爲'賞心',草堂本引《詩話總龜》賞心亭故實,頓失作者本義"。鄭氏校記又引《六醜·薔薇謝後作》詞"恐斷鴻、尚有相思字"句,謂汲古注引詩"天南斷雁"句以實之。(按,原句爲:"來春縱有相思字,三月天南斷雁飛。")並考宋龎元英《談藪》云:"本朝詞人用御溝紅葉故事,惟清真樂府《六醜》詠落花見之,云'恐斷紅、尚有相思字,何由見得'。"是宋人所見原本爲"斷紅"可證。

注家應懂詩詞格律,辨平仄,認真按格律校勘、考證,擇善而從。孟浩然《送杜十四》詩:"荆吴日接水爲鄉。""爲"字,佟培基《孟浩然詩集箋注》作"鳥"。按,孟浩然集活字本、淩本、嘉靖本、叢刊本以及《才調集》、《唐人萬首絶句》、王安石《唐百家詩選》皆作"爲"。"鳥"字仄聲,顯誤,校勘者因未辨平仄而取誤本。盧燕平《李紳集校注》録李紳《壽陽罷郡日有詩十首與追懷不殊今編於後兼紀瑞物•憶東湖》詩:"霞散浦邊雲錦裁,月升湖面鏡波開。"(p44)按,此爲律詩中的對偶句,上聯末字應爲仄聲。校注者取明鈔本之"裁"字,而不取後世各本之"截"字,有悖詩律。傅璇琮《唐代科舉與文學》引《唐詩彙事》載溫憲詩:"十年溝隍待一身,半年千里絶音塵。"(341頁)"十年"之"年"字平仄不合,必爲筆誤,檢查原書,此字作"口"。蘇軾《臨江仙》詞("尊酒何人懷李白")上下闋第四句,吴訥本作"花開又花謝"、"夜闌對酒處",《全宋詞》、鄒同慶《校注》從之,薛瑞生《箋證》去"又"字。按,二語傅幹本"花開花謝","夜闌對酒";龍榆生從之,是。毛晉本作"花開花又謝"、"夜闌相對處",亦可。吴本平仄不合,當爲鈔手之誤。薛本去"又"字,上下闋不統一,更誤。又,秦觀《滿庭芳》茶詞,有"香生玉乳"一語,徐培均校注《淮海居士長短句》、周義敢等《秦觀集編年校注》,注家不明"玉乳"辭義,均謂"乳"字誤,校定爲"香生玉塵",並引例句數十言以解釋"玉塵"一詞,謂即茶末。按,詞律此句應是"平平仄仄","塵"字平聲,不合律,必誤。玉乳,即白居易《江州赴忠州至江陵已來舟中示舍弟五十韻》詩"甌汎茶如乳"、曹鄴《茶》詩"香泛乳花輕"、朱翌《喜雪》詩"客坐暖浮茶乳白"之"茶乳",煮茶時浮於水面的白色乳狀物。周紫芝《次韻端叔題余所藏山谷茶詩尾》詩"今朝玉乳打團龍",釋了元《遊雲門》詩"老僧卻笑尋茶具,旋汲寒泉煮玉乳",即此。又如馬興榮、祝振玉《山谷詞》校注,《采桑子》"兩行芙蓉淚不乾"一語,出校云:"兩行,《叢刊》本作'兩打','打'字顯誤。"實際上應校爲"雨打芙蓉淚不乾","行"字平仄不合,纔是真的"顯誤"。況此詞又見晏幾道《小山詞》及秦觀《淮海居士長短句》中,本爲名作,流傳甚廣,歷代選本常錄,詞牌爲《醜奴兒》,即作"雨打芙蓉淚不乾",詞學專家不應有此失誤。又,《驀山溪》"回雁曉岸清",此句按詞律當爲"平仄仄平平","岸"字不合律。一本作"回雁曉風清","風"字合律,可從。《玉樓春》詞:"紅蕖照映霜林來,楊柳舞腰風裊裊。""霜林來"爲"平平平",不合律,"來"字亦不押韻。宜從宋本作"霜林表"。《南鄉子》:"想得鄰舟野笛罷。""野笛罷"爲"仄仄仄",不合律,宜從宋本作"霜笛罷"。

按格律平仄校勘、考證亦應小心謹慎,不能隨意設疑。王國維《雜感》詩:"馳懷敷水條山裹,託意開元武德間。"錢鍾書《談藝錄》第三則"王靜安詩"云:"'敷水條山'四字,亦疑節取放翁《東籬》詩:'每因清夢遊敷水,自覺前身隱華山',以平仄故,易'華山'爲'條山'。"又認爲王氏不敢把華山之"華"字用作平聲,故不顧"敷水華山"爲成語。按,"馳懷"二語,非節取陸游《東籬》詩,而是直接用陸游《睡起已亭午終日涼甚有賦》詩末聯:"頗聞王旅徂征近,敷水條山興已狂。"條山亦古賢避世之所,唐貞元初高士陽城曾隱於此。故"敷水條山"自可連用。且"馳懷敷水條山裹"一句,即使"條山"作"華山","華"字讀仄聲,"平平平仄仄平仄",亦無大礙。

不妄改。不應隨意改動原詩及注中所引書籍的詞語。蘇軾《東坡志林》云:"近世輕以意改書,鄙淺之人,好惡多同,故從而和之者衆。"顧炎武《日知錄》卷一八"改書"條又云:"萬曆間,人多好改竄古書,人心之邪,風氣之變,自此而始。"詩人寫詩,遣詞造句,自有其用意在,而研究者則力圖闡幽發微,探索詩人的原意。有時忘掉了自己的身分,企圖代入作者,甚至改動原詩,以己意爲詩人之意,自古及今,不少校勘家都未能免此,這可以算是古籍整理的一大厄。蘇軾《次韻蘇伯固遊蜀岡送李孝博奉使嶺表》詩:"歸來春酒熟,共看山櫻然。"西樓帖、《金石續編》收錄此詩,均作"春酒凍"。陸耀遹引阮元曰:"'凍'字勝。唐人詩'一杯松葉凍玻璃',東坡本此。"陳澧《東塾讀書論學札記》則駁正曰:"《豳風》'爲此春酒',《毛傳》云:'春酒,凍醪也。'坡詩本於此,可見宋詩人習於經傳。今蘇集作'春酒熟',乃淺人所改。"字之出處,真是恍兮惚兮,極爲微妙。一"凍"字所本,亦不易得,淺人不明所以,故易"凍"爲"熟",求其易解也。今人整理蘇詩,宜據石刻手迹改正。張維屏《國朝詩人徵略二編》卷五〇引淩驥《仙湖行》詩:"風流在昔推乾亨。"《粵東詩海》、《嶺南鼓吹》采錄此詩,以爲"乾亨"有誤,皆改作"乾坤"。乾亨,是南漢主劉䶮的年號,劉氏曾於仙湖行樂,改作"乾坤",句意即不可解。所以書貴善校,然善校正非易事。亦有妄改物名者,如"荔枝",可稱爲荔支、荔子、離支、離枝,詩家每就平仄而用之,如屈大均詩中凡百十見,《屈大均全集》(人民文學出版社1996年版)校點者每統一爲"荔枝",以致出現"更將騷思寫荔枝"一類不合格律的詩句了。

　　此外,尚有因特殊緣由而改動者。如上海古籍版陳寅恪《柳如是別傳·緣起》中所引詩"平生所學惟餘骨,晚歲爲詩笑亂頭"。"笑亂頭",爾後《寒柳堂詩》及各本引錄,或作"笑亂頭",或作"欠斫頭",或作"欠斫頭"。按,"斫頭"語鄙,不見於典籍,尤不宜入詩。陳氏學者,語必有據,"斫頭",語出《三國志·張飛傳》。張飛生獲嚴顏,"令左右牽去斫頭,顏色不變,曰'斫頭便斫頭,何爲怒邪'",一字之差,雅俗立判,且詩句亦多一重意蘊。"惟餘骨"、"笑亂頭",當爲整理者有所避忌而改動。(按,近日得見唐賡手錄稿影印本,果爲"平生所學供埋骨,晚歲爲詩欠斫頭"。)

這種妄改妄評的惡習,於選家、注家中屢見不鮮。注釋家妄改文本,妄立新解,每爲識者所譏。不改字,是對作者的尊重,用習見義,是對歷史的尊重。不妄立新解,也算是"不藥得中醫"吧。寫論文,須創新;作注釋,宜守舊。不妄改,不等於不改。文本有誤,應爲更正,這是校勘古書的責任。李笠《廣段玉裁論校書之難》云:"注家信古而飾非,校注古籍,原以輕易改字爲戒,然媚古太深,則有明知其誤而不敢校改,且有掩護僞文而爲之説者,不改僞文,其害尚淺;掩護僞文,貽誤後人,斯大蔽也。"(3)不正僞文之誤,且曲爲掩護,其過尤甚。

陳寅恪指出:"解釋古書,其謹嚴方法,在不改原有之字,仍用習見之度。"這是極平實之論,也是極確切不移之論。黃庭堅《書磨崖碑後》詩"臣結春秋二三策",任淵注:"'春陵'或作'春秋',非是。"並引元結《春陵行序》以實之。同時人袁文《甕牖閒評》指出:"任淵解黃太史詩,改《磨崖碑後》詩'臣結春秋二三策'一句作'臣結春陵二三策',引元次山《春陵行》爲言,此固一説也。然余見太史親寫此詩於磨崖碑後者,作'臣結春秋二三策',詎庸改耶?"四部叢刊影印的宋乾道刻本《豫章先生文集》亦作"春秋",可見"春陵"確爲任淵所改,後人引錄此詩,亦多據任淵注本作"春陵"。任淵自以爲"春陵"一詞是真正能體現作者原意的。但細思"春陵"一詞,直白而意盡,而《春秋》微言大義,意思深曲,似更符合山谷家法,何況袁文曾見山谷親寫,原作"春秋"當無可疑。又,顧炎武《日知錄》云:"近日盛行《詩歸》一書,尤爲妄誕,魏文帝《短歌行》'長吟永歎,思我聖考'。聖考,謂其父武帝也。改爲'聖老',評之曰:'聖老字奇。'"又指斥其改太子賢《黄臺瓜辭》"四摘抱蔓歸"爲"摘絶","皆不考古而肆臆之説"。王安石《黄鸝》詩:"姹姹不知緣底事,背人飛過北山前。"李壁注引蘇舜欽《雨中鶯》詩"姹姹人家小女兒"以注。錢鍾書指出,蘇詩本作"嬌騃人家小女兒",李壁"改字以附會荆公詩,尤不足爲訓"。[2] 韋莊《寓言》詩:"兔走烏飛如未息,路塵終見泰山平。"聶安福《韋莊集箋注》:"泰山平,疑爲'泰階平'之訛。"並舉他詩以實其説。(p32)按,《史記高祖功臣侯者年表》載封爵之誓曰:"使河如帶,泰山若厲。國以永寧,爰及苗裔。"意謂歷時久遠,泰山如砥石之平。清人何藻翔選《嶺南詩存》一書,并作評點,本人三十年前選注《嶺南歷代詩選》時,曾據其書引録所選之詩,出版後始覺得原出處,方發現《嶺南詩存》有多處竄改,悔之晚矣。

自 注

自注,作者在正文之外,自作小注,用以補充説明正文。自注一般置於句末或句中,用雙行小字夾注的形式,浦起龍《史通通釋》云:"注列行中,如子之從母",故又稱"子注"。注家必須重視原作者的自注,無論是編定年譜,注釋原文均要認真疏理、研究自注。

何琇《樵香雜記》卷下:"自注始於王逸,戴凱之《竹譜》、謝靈運《山居賦》用其例。"章學誠《文史通義·史注》云:"太史《自叙》之作,其自注之權輿乎?"《史篇別録叙例》亦云:"史家自注之例,或謂始於班氏諸志,其實史遷諸表已有子注矣。"章氏以爲自注始於司馬遷《史記》。如《三代世表》於各帝名後加注,"穆王滿"則注云:"作《甫刑》,荒服不至。""懿王堅"則注云:"周道衰,詩人作刺。"葉瑛《文史通義校注》注文又云:"世表本於諜記,則最早自注,或出於諜記歟?"章氏認爲:"誠得自注以標所去取,則聞見之廣狹,功力之疏密,心術之誠僞,灼然可見於開卷之頃。"又謂"行文所載之事實,有須詳考顛末,則可自注",由此可見自注的重要性。《南史·謝靈運傳》載,靈運"作《山居賦》,並自注以言其事"。鮑照《鮑參軍集》,《四庫全書總目》謂其"詩賦亦往往有自序自注,與六朝他集從類書采出者不同"。歷代詩人爲己詩作注,多注明本事,自注當爲最可靠的文獻資料,後世研究者亦極重視自注的史料價值。鄧之誠《清詩紀事初編序》又指出,自注中亦"有爲避指摘,故布疑陣,飾以他語者",在政治昏亂的時代,此種情況尤爲常見,故注家采用時亦須加以甄別。

唐代以還,詩人別集,每多自注,尤其是杜甫、白居易等爲時爲事而作的詩人,自注較多而詳細。姚昌燮《昌谷集注·凡例》云:"少陵常自注,故注少陵者依自注以推之易易也。"蘇軾、楊萬里、陸游的詩歌,亦常有自注。明、清人詩,如錢謙益、顧炎武、屈大均等,自注尤多。錢曾爲錢謙益《初學集》、《有學集》作箋注,鄧之誠指出:"相傳注中時事,爲謙益自注,不然局外人決難詳其委曲若此。倘錄之成帙,可作別史觀。"[4] 黃遵憲作《日本雜事詩》二百首,自序云:"擬草《日本國志》一書,網羅舊聞,參考新政,輒取其雜事,衍爲小注,串之以詩。"這些"小注"極爲詳盡,幾乎成爲主體,而詩卻是客串的了。

錢鍾書也曾强調自注的重要:"蓋詩賦中僻典難字,自注便人解會……又本事非本人莫明,如顏之推《觀我生賦》自注專釋身世,不及其他,謹嚴堪式,讀庾信《哀江南賦》時，正憾其乏此類自注。"⁽⁵⁾詩中本事，特別是作者所親身經歷的事，每以自注的形式申明，以便讀者對詩旨的理解。

詩歌自注，有以下幾方面內容。

一、注出生僻字詞的音義。如古字，生僻的地名，破音字的特殊讀音，常見字的特殊用法等等，爲恐誤讀誤解，作者每爲自注。如宋人袁文《甕牖閒評》指出："梁王僧孺《詠搗衣》詩云：'散度《廣陵》音，摻寫《漁陽曲》。'自注云：'摻，七紺反，音"憾"。'余謂'摻'音'憾'，極是。"又如唐人李諒《湘中紀行》詩"唐亭仰文哲"，自注："音吾，祁陽唐亭，元中丞次山所居。"洪邁《容齋隨筆》卷一"司字作入聲"條："[白樂天詩]又以'相'字作入聲，如云'爲問天邊月，誰教不相離'是也。'相'字之下自注云：'思必切。'"這類的例子甚爲多見。

二、注出所用的典故及詩語出處。詩歌中的僻典，尤其是佛道二氏之典，非一般讀書人所熟習，故亦常自注出處。錢謙益《六月二十三日元符萬寧宮爲亡兒設醮》詩"誰知玉斧尋真去"句自注："《真誥》云：'許氏遺經，皆傳玉斧之子黃民。'""玉斧"爲人名，不注則難以索解。《橘社吳不官……》詩"雨成池畔是吾家"句自注："《十誦律》云：'波羅奈國城邊有池，名曰'雨成'，是五百雁王所治之地。'"詩語的出處，也常在自注中說明。如蘇軾《次韻劉景文周次元寒食同遊西湖》詩，"藍尾忽驚新火後"句自注："樂天《寒食》詩云：'三杯藍尾酒，一楪膠牙餳。'"又《遊博羅香積寺》詩"豈惟牢丸薦古味"句自注："束晳《餅賦》：'漫頭薄持，起搜牢丸。'"《白鶴峰新居欲成夜過西鄰翟秀才》詩："繫悶豈無羅帶水，割愁還有劍鋩山。"自注："韓退之云：'水作青羅帶，山爲碧玉簪。'柳子厚云：'海上尖峰若劍鋩，秋來無處割愁腸。'皆嶺南詩也。"既說明詩句所本,也可免勦襲之嫌。

三、注出特殊的名物。如殊方奇俗、珍禽異卉等。李紳《逾嶺嶠止荒陬抵高要》詩"萬壑奔傷溢作瀧"句自注:"南人謂水爲'瀧',如原瀑流。自郴南至韶北,有八瀧,其名神瀧、傷瀧、雞附等瀧,皆急險不可止。南中輕舟迅疾可入此水者,因名之瀧船,善游者爲瀧夫。"蘇軾《再用前韻》詩"綠衣倒掛扶桑暾"句自注:"嶺南珍禽有倒掛子,綠毛紅喙,如鸚鵡而小,自海東來,非塵埃間物也。"又如清譚瑩《嶺南荔枝詞》一百首,分詠嶺南荔枝名種,每首下均有詳細自注,或注此種荔枝得名的來由,或注其典實,或描述其風味。每個注都可以作一篇荔枝小傳讀。

四、注明"今典"。這是詩歌中最常見的自注。注出"己事",詩人個人的經歷,與朋輩交遊的情事,創作時的心情等等,若不注出,他人無從得知。這類的自注,最爲研究者所重視。如白居易《東南行一百韻……》詩:"播遷分郡國,次第出京師。"自注:"十年春,微之移佐通州。其年秋,予出佐潯陽。明年冬,杓直出牧澧州,崔二十二出牧果州,韋大出牧開州。"爲編寫年譜的最準確的材料。又如白居易《登龍昌上寺望江南山懷錢舍人》詩:"同望玉峰山,因詠松雪句。"自注:"昔嘗與錢舍人登青龍寺上方,同望藍田山,各有絕句。錢詩云:'偶來上寺因高望,松雪分明見舊山。'"所記的純屬私事,無注則不易解。如蘇軾《壬寅二月……寄子由》詩,有多則自注,分別注明十九天途程所歷。"曉入陳倉縣"自注:"十三日宿武城鎮,即俗所謂石鼻寨也,云孔明所築。是夜二鼓,寶雞火作,相去三十里,而見於武城。"《王直方詩話》:"張文潛有寄予詩云:'須看遠山相對矗,莫欺病齒惱衰翁。'自注云:'黃九《謝人遺梅子》詩,有"遠山對矗"之句。'乃知詩人取當時作者之語,便以爲故事。此無他，以其人重也。"張耒在詩中的自注，就是今典，有此注，讀者方能知詩語所從出，並了解張、黃二人的交往唱酬情況。毛奇齡《西河合集》卷八載有一則詩話："白樂天《贈龍華寺主家小尼》詩結句：'應似仙人子，花宮未嫁時。'自注云：'郭代公愛姬薛氏，幼嘗爲尼，小名仙人子。'此是以本朝故實用入詩句，故注之。"這裏的"本朝故實"，就是所謂的"今典"，如果詩人不注出，可能後人永遠也没法理解詩意。范成大《丙戌閏七月九日……》詩"奇書鐵鈎鎖"句自注："淵叔出米元章書迹甚奇。"無注則不知所謂了。

錢謙益《九月十一日次固鎮驛恭聞泰昌皇帝升遐途次感泣賦挽詞》"將作荒三殿，材官哭九邊"，自注："上詔修三殿。上登極，即餉九邊二百萬。""國史徵何代，三朝並一年"，自注："時亟議改元，未達逾年之禮，識者卒以爲譏。"所注均一代史事。屈大均《陳丈種花歌》："往時朱叔賢，種花禺陽邊。殷勤葬落花，處處成花阡。"自注云："朱叔，名學熙。清遠人。丁亥秋，以庶常殉節。嘗以古窯器葬落花於南禺，黎太僕遂球爲作《花阡表》。"所用的也是今典，所謂"往時"，不過相去二十餘年而已。黄遵憲《己亥雜詩》八十九首，自注六十三處，多屬今典，其中有不少記載重要史實，可資考據。如其六十九首："堯天到此日方中，萬國强由法變通。驚喜天顔微一笑，百年前亦與華同。"自注云："召見時，上言：'泰西政治，何以勝中國？'臣奏：'泰西之强，悉由變法。臣在倫敦，聞父老言，百年以前，尚不如中華。'上初甚驚訝，旋笑頷之。"黄遵憲的答語，堅定了光緒對變法的信心。光緒親自領導變法一事，自注提供了有力的佐證。

五、作者借以透露自己用心所在。

杜甫《對雪》詩："有至待昏鴉。"自注云："何遜詩：'城陰度塹黑，昏鴉接翅歸。'"《王直方詩話》云:"余疑'昏鴉'亦常語,何必引遜句? 後作絕句,卻云:'釣艇收緡盡,昏鴉接翅稀。'"趙次公《杜詩先後解》注又云:"立之(王直方之字)既失前後之次,又不原公之心,於第二次用昏鴉,方獨引注。蓋公時露消息,要見其詩所謂'無一字無來處'。"趙注真正能了解杜甫用心所在。

　　陳寅恪極重詩人的自注,他在探討錢、柳關係時,指出錢謙益在答柳如是一詩中,"自注必有深旨",(6)又云:"牧齋《有學集》壹三《東潤詩集》下《病榻消寒雜詠》四十六首之四十四'銀磅南山煩遠祝,長筵朋酒爲君增'句下自注云:'歸玄恭《送春》聯云:'居東海之濱,如南山之壽。'寅恪案:阮吾山葵生《茶餘客話》壹貳'錢謙益壽聯'條記茲事,謂玄恭此聯'無恥喪心,必蒙叟自爲',則殊未詳考錢歸之交誼,疑其所不當疑者矣。又鄙意恒軒此聯固用《詩經》、《孟子》成語,但實從庾子山《哀江南賦》'畏南山之雨,忽踐秦庭;讓東海之濱,遂餐周粟'脫胎而來,其所注意在'秦庭'、'周粟',暗寓惋惜之深旨,與牧齋降清以著書修史自解之情事最爲切合。"(7)詩人在自注中透露某些消息,若隱若現,讀者當從中參透其深旨。錢氏之詩,自注特多,研究者自不應忽略。陳衍《石遺室詩話》卷二八謂莫友芝之詩,長於考證,"如《蘆酒詩後記》一二千言、《遵亂紀事》廿餘首、《哭杜杏東》亦有記千百言附後,皆有注,可稱詩史"。

　　題注,是自注常用的形式。詩人每在題下作簡短的注釋,以闡明詩歌的本旨,有似於《詩·小序》。如白居易《新樂府》五十篇,每篇題下均以自注的形式,點出其美刺之意。如《新豐折臂翁》之"戒邊功也",《蠻子朝》之"刺將驕而相備位也",《杜陵叟》之"傷農夫之困也",《繚綾》之"念女工之勞也"等皆是。杜甫詩亦多題注,多爲補充、解釋題意。如《同諸公登慈恩寺塔》題

注：“時高適、薛據先有此作。”《樂遊園歌》題注：“晦日，賀蘭楊長史筵醉中作。”《自京赴奉先縣詠懷五百字》題注：“天寶十四載十月初作。”《洗兵馬》題注：“收京後作。”這類的題注，很有史料價值。范成大《范石湖集》卷一二，七絕七十二首，爲作者乾道六年使金時所作，其中七十首題下均有小注，短的僅五、六字，如《文王廟》自注：“在羑里城南。”長的不過三、四十字，有類小序。如《內丘梨園》自注：“內丘鵝梨爲天下第一。初熟收藏，十月出汗後方佳。園戶云：'梨至易種，一接便生，可支數十年。吾家園者，猶聖宋太平時所接。'”通過自注傳遞了詩中所未表達的信息，寫出北方遺民對故國的懷念。自注亦有置於詩後的，如范氏此組詩《會同館》，題下注云：“燕山客館也。授館之明日，守吏微言有議留使人者。”篇末注云：“遼人館本朝使，已謂之會同館。”

亦有一些作者本人的小序、題跋、書後等，亦可視作詩歌的自注。如蘇軾《出局偶書》詩：“急景歸來早，窮陰晚不開。傾杯不能飲，留待卯君來。”作者自題此詩後云：“今日局中出早，陰晦欲雪，而子由在户部晚出，作此數句……卯君，子由小字。今日情味，雖差勝彭城，然不若歸林下，夜雨對牀，乃爲樂耳。”若無題記，則無由知此詩意了。詩詞題後面常有序文，如姜夔《探春慢》序云：“予自孩幼隨先人宦於沔，女嬃因嫁焉。中去復來幾二十年，豈惟姊弟之愛，沔之父老兒女子亦莫不予愛也。丙午冬，千巖老人約予過苕霅，歲晚乘濤載雪而下，顧念依依，殆不能去。作此曲別鄭次皋、辛克清、姚剛中諸君。”已把本事説得一清二楚了。又如錢謙益的《初學集》、《有學集》，其中詩集有錢曾箋注。錢曾是作者的族曾孫，長年隨侍左右，日聞議論，是書之注，必經耳提面命，故其中一部分亦可視爲作者自注。汪國垣云:"至於自注之閎博,則惟錢牧翁之《初學》、《有學集注》一家而已。"(8)錢謙益在詩題及詩中自注雖多,意猶未盡,當託錢曾之注以明己所不便言者。

還值得注意的是作者的自書詩,書後時有題識,有似自注,亦可提供考證的綫索。

自注固然重要,但有時過多過細,連篇累牘,惟恐讀者不知,則未免喧賓奪主。唐人詩中自注,極爲簡略,一般衹是片言隻字,點到即止;宋人則稍長;至清人詩,時有較長的自注,字數甚至超過正文;近代詩自注,有時一首七絶,竟有洋洋數百言者,宛似一篇完整的文章,反客爲主,詩反而成爲陪襯了。方貞觀《輟鍛錄》云:"詩中不宜有細注腳。一題既立,流連往復,無非題中情事,何必更注?若云時事之有關係者,不便直書題中,亦不應明注詩下;且時事之有關係者,目前人所共知,異代史傳可考,又何必注?若尋常情事,而於題有合者,非注不明,既云於題有合,自應一目了然,又何須注?若云於題無甚關合,注解正所以補題,此即牽强湊泊之謂也,烏足言詩?"方氏之論,似嫌稍偏,但也道出一些自注過濫的毛病。還有清代的一些學者,資書以爲詩,以議論入詩,以考據入詩,每作大段大段的自注,反覆申説,不厭其煩,則更爲識者所譏了。

今 典

詩歌注釋中的所謂"今典",特指詩人創作當時的事實,即"本事",而非現當代的典籍和故事,(如魯迅《墳·從鬍鬚説到牙齒》一文中"這須是熟精今典的人們纔知道"的"今典"。)注釋,離不開考證。陳寅恪指出中國詩多具備時、地、人等特點,因而定時、定地、定人的考證,必須準確無誤。詩人所處的時代,創作的背景和具體時間,詩人的生平經歷,詩人的交往等等,要一一弄清楚。史事的考證,即考出"今典",是注釋的第一難關。不少詩歌,如不弄清其中史實,則全詩無法讀通。如號爲"詩史"的杜詩,自宋以來,所有注杜者都極重視史事考證,《錢注杜詩》更以此爲重點。程千帆一直主張把考證和批評結合起來,他認爲,"沒有考證方面的過硬本領,就會使研究流於粗疏空洞而難以求其實;而缺乏批評方面的深厚功力,又會使研究流於煩瑣淺薄而難以極其深"。[9] 這對於注釋來説,尤爲重要。《四庫全書總目》卷一五四《山谷内集注》提要云:"注本之善,不在字句之瑣細,而在於考覈出處時事。任注《内集》、史注《外集》,其大綱皆繫於目録每條之下,使讀者考其歲月,知其遭際,因以推求作詩之本旨,此斷非數百年以後以意編年者所能爲。"同卷《後山詩注》提要又云:"淵生南北宋間,去元祐諸人不遠,佚文遺蹟,往往而存,即同時所與周旋者,亦一一能知始末,故所注排比年月,鉤稽事實,多能得作者本意。"

陳寅恪對"今典"有極爲精闢的論述。《柳如是别傳》論古詩箋注云:"自來詁釋詩章,可別爲二:一爲考證本事,一爲解釋辭名。質言之,前者爲考今典,即當時之事實;後者乃釋古典,即舊籍之出處。"又云:"解釋古典故實,自當引用最初出處,然最初出處不足以盡之,更須引其他與最初有關者,以補足之,始能通解作者遣詞用意之妙。"[10] 陳氏批評錢遵王注《投筆集》云:"除第一首外皆加刪汰,即第一首亦僅注古典字面而不注今典實指。"陳氏《元白詩箋證稿》又云:"凡詮釋詩句,要在確能舉出作者所依據以構思之古書,並須說明其所以依據此書,而不依據他書之故,若僅泛泛標舉,則縱能指出最初出處,或同時之史事,其實無當於第一義諦也。"[11] 光是注出古典,往往衹能有助字面的淺層意義的解釋,還得說明當時的情事,即注出所謂"今典",纔可以知人論世,進一步理解詩歌的深層意義。今典,可包括兩方面內容,一是個人的,如寫詩時的心情、環境,以及個人的經歷等等,若不注出,他人無從知曉。二是社會的,當時所發生的大小事情,不一定備載於史籍,若不注出,後世亦難盡悉。箋注今典,就是要將字句之間所隱含的深意表而出之。往往今典一悉,詩旨則煥然大明矣。陳寅恪《金明館叢稿初編·讀哀江南賦》云:"所謂今典者,即作者當日之時事也。"又云:"古今讀《哀江南賦》者衆矣,莫不為其所感,而所感之情,則有淺深之異焉。其所感較深者,其所通解亦必較多。蘭成作賦,用古典以述今事,古事今情,雖不同物,若於異中求同,同中見異,融會異同,混合古今,別造一同異俱冥,今古合流之幻覺,斯實文學之絕詣,而作者之能事也。"《柳如是別傳》又云:"若錢(牧齋)柳(如是)因緣詩,則不僅有遠近出處之古典故實,更有兩人前後詩章之出處。若不能探河窮源,剝蕉至心,層次不紊,脈絡貫注,則兩人酬和諸作,其辭鋒針對,思旨印證之微妙,絕難通解也。"陳氏《元白詩箋證稿》、《柳如是別傳》等著作,對"古典"和"今典"的釋讀,已臻最高境界,可供後世學者取法。"古典字面,今典實指"二語,一經陳氏拈出,已爲當代學者注家的枕中鴻寶,如鄧小軍解釋辛棄疾《賀新郎·別茂嘉弟》詞云:"詞的主要結構,乃是古典字面,今典實指。即借用古典,以指陳靖康之恥、岳飛之死之當代史。從而亦寄託了稼軒自己遭受南宋政權排斥之悲憤,及對南宋政權對金妥協投降政策之判斷。"[12]

注釋"今典"，似比注釋"古典"更難。除了上文所指出的詩人曲筆隱約其辭及注家避嫌忌諱而故意隱瞞外，還有重要的一點，就是詩中所涉及的其人其事，未足以在典籍中留下記載，即使有記載，亦未必能流傳下來。事過境遷，集體記憶亦復遺忘，後人欲得當時真相，自然要花更多精力去鉤沈索隱。試翻檢歷代史書中的《藝文志》以及宋、明學者所編纂的各種"書目"，可知其中所載的書籍，部分甚至大部分已失傳了。李善《文選注》，任淵《黃陳詩集注》等注本，注中所引，亦有不少佚書佚文。今人注古代詩詞，祇能依據現存的典籍，其局限性可想而知。尤其是詩中所用的"今典"，更是難以索考。如注北宋人集，先要弄清五代及宋代史實，而《直齋書錄解題》中所載的太祖、太宗、真宗"三朝國史一百五十卷"、仁宗、英宗"兩朝國史一百二十卷"，神宗、哲宗、徽宗"四朝國史三百五十卷"以及各朝衆多的"實錄"，俱已失傳，今人可徵引的宋代當時文獻史料非常有限，要完全注通北宋的"今典"，亦誠難矣。龍榆生《彊村本事詞序》云：彊村"其詞之今典不可不考也。然此事實大難。昔者，龍沐勳嘗有志於斯矣，終以本事難盡明，今典難悉考，卒之未有成書"。其《報張孟劬先生書》又云：彊村"詞中本事，不及時詮釋，更百十年後，安知不如玉溪《錦瑟》一詩聚訟紛如，翻滋疑竇乎"？龍氏爲朱祖謀之門生，常侍於朱氏左右，更有傳衣授硯之情，尚有此歎，其他可想而知了。黃濬《花隨人聖盦摭憶》亦云："爲詩家作鄭箋，是大難事。詩人臨文，各有比諷，使典記聞，自謂了了，或臆謂茲事朋輩已習知，不須注記，抑知時過境遷，所寫當前光景，同遊所憶，或已模糊，若皮裏陽秋，豈可不須注釋乎？箋詩之難如此。"

有關注釋今典之難，可舉出一個爲學者所熟知的佳例。陸游《施司諫注東坡詩序》一文中，曾舉蘇軾《六年正月二十日復出東門仍用前韻》詩"五畝漸成終老計，九重新掃舊巢痕"以質於范成大，范云："東坡竄黃州，自度不復收用，故曰'新掃舊巢痕'。"陸游指出，"東坡蓋嘗直史館，然自謫爲散官，削去史館之職久矣，至是史館亦廢，故云'新掃舊巢痕'。其用事之嚴如此。而'鳳巢西隔九重門'，則又李義山詩也。"故要注清楚"九重新掃舊巢痕"一句，先要説明"巢"是指史館，東坡嘗直史館，故云"舊巢"，今史館被廢，故云"新掃"，而李商隱《贈劉司户》詩"鳳巢西隔九重門"，則是蘇詩中"九重"與"巢"的出處。馮應榴《蘇文忠公詩合注》更云："至'九重'句，翻用李義山詩'安巢復舊痕'也。何焯曰：'"舊巢痕"三字，本義山《越燕》詩，此老可謂無一字無來處。'"王文誥作案語云："解杜與解蘇不同，杜無考，故易；蘇事事有考，故難。"所謂"事事有考"，當包括蘇詩所使用的大量"今典"。

又如錢曾，費畢生之精力，爲錢謙益《初學集》、《有學集》作箋注，陳寅恪尚對其中"今典"之注頗致不滿。張旭東《遺憾的是，碰到最簡單的一個鈔本》一文亦指出，錢曾箋注中很多人和事没有箋出來。比如《初學集》末附《甲申元日》一首（刻集在癸未冬，所附甲申之作，是刻成之後，附補於後者），陳寅恪就解釋第四句"悼子魂銷槃水前"、第六句"臺階兩兩見星聯"乃謂政敵周延儒已死，代其位者，舍我其誰？謝安石東山再起，正在此時。故十八、十九、二十卷謂"東山集"；而柳氏之理想乃作河東裴柔之，句句深入。甚至隱言牧齋降清覬覦清相，亦是完成柳氏成裴之願。錢注則無，所謂"發皇心曲"，云乎哉？

"今典"中所涉及的人、地、時、事等文獻資料、口述資料，往往難得，故箋注家格外珍惜，不辭煩冗地引用。如冒廣生《後山詩補箋》、白敦仁《巢經巢詩鈔箋注》、胡文輝《陳寅恪詩箋釋》等書，大抵如此。白敦仁曾解釋云："惟《巢經》集中所涉及之人，多布衣委巷，地多偏僻遐遠，其間時、事，又涉及咸、同以來貴州兵亂，又復千頭萬緒，欲求第一手資料，其事實難。故每有一獲，輒不厭其詳地大鈔特鈔，明知煩冗不合古人著書體例，亦所不辭，以爲尚有後人自加删削，取其所可取，似亦足以省讀者翻檢之勞。"[13] 胡文輝作《陳寅恪詩箋釋》，於陳氏詩中的今典均一一考索，心得殊多，對檔案資料的運用，更是如數家珍。然其"後記"引周一良"解釋陳詩，古典較易，今典最難"語，并謂"但就我個人的經驗而言，情況倒是相反，是古典尤難於今典。一旦古典問題得其要領，聯繫陳詩寫作的時地背景，往往今典也就呼之欲出了"。[14] 則可待商榷。周氏所云，實是箇中人語，釋古典，凡積學之士皆能爲之，而釋今典，則非僅憑悟解分析可了。畫鬼易，畫犬馬難，若以今典爲易，呼之即出，則恐不免成畫鬼矣。是以張孟劬（爾田）在致龍榆生書中一再強調，箋注詞事，先認真涵泳原詞，"虛心體貼，然後再以事合之。不合則姑闕，不可穿鑿以求合也"，"當慎之又慎，寧闕勿濫。更須參以活語，不可説成死句。至要至要"。每觀時人之詩詞注本，所注古典，易知正或誤；所注今典，則難斷是與非。此亦一是非，彼亦一是非，北看成南，真是真非，未易辨別也。

今典之難注，還有一個重要的原因，就是當事人的避忌。一些詩人，處於非常時代，爲避禍計，在詩中故意顛倒時、地、人、事，以掩人耳目，則更難考今典了。陳寅恪《柳如是別傳》批評錢曾注牧齋詩云："蓋遵王生當明季，外則建州，内則張、李，兩事最爲關心，涉及清室者，因有諱忌，不敢多所詮釋。"舒蕪在致程千帆書中言及聶紺弩詩的注釋問題，略云："聶詩朱注，確如來示所料,純是敷衍某公,紺翁當時有信痛論之。朱注不注今典,祇注古典,略之又略,皆紺翁規定體例,朱不能不遵。"(15) 余英時謂陳寅恪作詩,用重重"古典"包裹"今情",因此形成了一環套一環的"暗碼系統",並自以爲已"破譯"之,假如這套系統是真的存在的話,所謂"破譯",也許是一廂情願的幻覺而已。作者忌,注者忌,甚至知其事者亦忌,未能免於恐懼,歷史真相及詩人原意何從而得？惟待後世的研究者、注家去埋頭考證了。

詩史互證

文史不分家,古人藉詩以言事,《文史通義·史德》云:"史所貴者義也,而所具者事也,所憑者文也。"《文史通義·與甄秀才論文選義例書》又云:"《詩》亡而後《春秋》作。《詩》類今之文選耳,而亦與史相始終。"是以吳偉業《且樸齋詩稿序》云:"古者詩與史通。"詩史互證,更是詩歌闡釋的重要方法,詩史互證,包括以史證詩、以詩證史、詩史互證三方面。以史證詩,是通過考察詩歌的歷史背景、時事以及詩人當時的本事以釋證詩歌。最先提出"以史證詩"一語的是明末學者黃宗羲。其《萬履安先生詩序》云:"孟子曰:《詩》亡然後《春秋》作。是詩之與史,相爲表裏者也。故元遺山《中州集》竊取此意,以史爲綱,以詩爲目,而一代之人物,賴以不墜。"又謂"史亡而後詩作","今之稱杜詩者以爲詩史,亦信然矣。然注杜詩者,但見以史證詩,未聞以詩補史之闕,雖曰詩史,史固無籍乎詩也。"夏孫桐《十朝詩乘序》又云:"詩與史之關繫大矣","自來從事於斯者,略分二途。一則以史證詩,就作者出處時事，以求寄託之所在，然後興、觀、群、怨之旨明。以詩爲主，箋注家之事也。一則以詩證史，藉當時見聞輿論，以闡紀載之所隱，然後褒貶美刺之義顯。以史爲主，掌故家之事也。"鄧之誠《清詩紀事初編序》又云："詩有異於史，或爲史所無者，斯足以證史，最爲可貴。"是以注詩者亦須留意於此。趙翼稱贊靳榮藩注吳梅村詩，謂其"因詩以考史，援史以證詩，一一疏通證明，使作者本指顯然呈露"。(《甌北詩話》卷九)此數語已揭出注家之要務。余英時謂須熔實證與詮釋於一爐，這是詩史互證的最高境界。

以詩證史、以史證詩，詩與史互相參證，貫穿了整個古代詩歌闡釋史。《孟子・滕文公上》："《詩》云：'雨我公田，遂及我私。'惟助有公田，由此觀之，雖周亦助也。"所引詩爲《小雅・大田》。孟子引詩以爲殷周制度之考據。殷人治地有"助"之制，孟子據《詩》語，以證明周人亦有助之制。《孟子》此語，可爲後世注家以詩考史、以史解詩之濫觴。《孟子・梁惠王下》："老而無妻曰鰥，老而無夫曰寡，老而無子曰獨，幼而無父曰孤。此四者，天下之窮民而無告者。文王發政施仁，必先斯四者。《詩》云：'哿矣富人，哀此煢獨。'"所引詩爲《小雅・正月》。孟子認爲，富人能憐憫煢獨羸弱的窮民，亦是文王之德政。既以詩證史，亦以史實進一步演繹詩意，可知後世詩學"詩史互證"的方法，在《孟子》中已露端倪。《毛詩序》以及鄭箋每以當時本事闡釋詩意。如《邶風・旄丘》詩，《序》云："《旄丘》，責衛伯也。狄人追逐黎侯，黎侯寓於衛，衛不能修方伯連率之職，黎之臣子以責於衛也。"《邶風・燕燕》詩，《序》云："《燕燕》，衛莊姜送歸妾也。"《鄭箋》云："莊姜無子，陳女戴嬀生子名完，莊姜以爲己子。莊公薨，完立，而州吁殺之。戴嬀於是大歸。莊姜遠送之於野,作詩見己志。"若非毛、鄭之傳箋,後人難得以確解。

"詩即史"之說,濫觴於魏晉,"以詩爲史"之說,流播於唐宋,杜甫因有"詩史"之稱。孟棨《本事詩・高逸第三》:"杜逢禄山之難,流離隴蜀,畢陳於詩,推見至隱,殆無遺事,故當時號爲'詩史'。"《新唐書・藝文傳》亦謂杜甫"善陳時事,律切精深,至千言不少衰,世號'詩史'"。以詩證史,詩史互證,至明末益發揚光大。是以錢謙益《胡致果詩序》云:"孟子曰:'《詩》亡然後《春秋》作。'《春秋》未作之前之詩,皆國史也。""三代以降,史自史,詩自詩,而詩之義不能不本於史。曹之《贈白馬》,阮之《詠懷》,劉之《扶風》,張之《七哀》,千古之興亡升降,感歎悲憤,皆於詩發之。馴至於少陵,而詩中之史大備。天下稱之曰詩史。"盧世㴶《杜詩胥鈔》謂杜詩之"大義微言,卓乎有補於國史者"。歷史上更不乏有意以詩爲史的詩人,沈曾植《海日樓札叢》卷七《史例治詩詞》謂宋人以"史例"治詩,"而東坡、山谷、後山之情際,賓主歷然,曠百世若披帷而相見。彼謂詩史,史乎,史乎"。宋末劉辰翁就自言"老子平生何曾默,暮年詩、句句皆成史"。(《金縷曲・壽朱氏老人七十三歲》)陳衍《石遺室詩話》卷二八又謂莫友芝之詩,長於考證,並舉其長篇及組詩爲例,謂其"皆有注,可稱詩史"。沈曾植《越縵老人六十壽詩》以"仕隱平生詩史在"一語贊美李慈銘詩,孫雄自稱詩史閣主人,撰有《道咸同光四朝詩史》,自言"吾所錄無以名之,姑名詩史,亦史料而已"。可知所謂詩史,除了在史料方面的意義外,還包括詩人自己對歷史事件的感受、理解和評判。錢氏所撰《錢注杜詩》,結合唐代史料以考證杜詩,影響有清一代。馴至陳寅恪《柳如是別傳》,則爲詩史互證典範之作矣。陳氏提出"古典字面"、"今典實指"的見解,真能"探河窮源,剥蕉至心,層次不紊,脈絡貫注",可供後世學者、詩人師法。某些詩歌之所以晦澀難明,多基於當時的政治因素,以古非今,借古諷今,指桑罵槐,其罪當"族",詩人恐罹禁網,然又不得不言,故意隱約其辭,匣劍帷燈,含沙射影,柱後惠文亦無法斷其真實用意,難以據言入罪。此等詩歌,固當俟百世之下,有明眼人代下注腳,查清真相,揭示今典,以發皇作者之心曲。另一方面,好詩,須憑藉精到的語言藝術技巧去表達,一首詩甚至一句詩中,每有兩層以至多層意思,亦須闡明其表層及深層用意。詩人用古典以述今事,是以注家通過對"古典字面"的探究,查出其"今典實指",昭示歷史真相,可補文獻之闕失。如果套用章學誠"六經皆史"的觀點,謂"詩皆史",那麼,所謂詩中之史,還可以有一個重要的解讀,如王嗣奭《杜詩箋選舊序》所云,陶潛與杜甫均"以我爲詩",詩人的全部作品,昭示了詩人一生的心路歷程,因人及詩,因詩及事,研究者從中也可窺見一代讀書人隱蔽的心靈史。

古今衆多詩人詩作中,真正可稱得上是"詩史"的,當數民國期間姚伯麟《抗戰詩史》。詩人以"詩史"作標題,可見是有意識地以詩紀史,起自一九三一年,止於一九四五年,十五年間,成詩一千五百餘首。詩末附有大量"今典",其中除重大事件外,還記錄了不少鮮爲人知的秘聞佚事,可供後人考據。如此煌煌巨著,不但空前,恐亦絕後矣。

"詩史"之外,清人還有"詞史"之說。陳維崧《今詞苑序》謂"選詞所以存詞,其即所以存經存史也夫",周濟《介存齋論詞雜著》更謂"詩有史,詞亦有史。謝章鋌《賭棋山莊詞話》更稱王鵬運、朱祖謀之《庚子秋詞》爲"詞史"。又主張"詞與詩同體",若能以杜詩之法入詞,"則詩史之外,蔚爲詞史,不亦詞場之大觀歟"? 由於詞尚隱曲,難以考史箋事,如《庚子秋詞》中朱祖謀《菩薩蠻》"一霎謝橋風。蠻花委地紅"二語,解者謂寫西人被義和拳所殺,然此事班班於史籍,既無所闕,何待其"補"？是以馬大勇認爲《庚子秋詞》"並未真正達到'詞史'的高度",[16]所謂"詞史",也祇不過是詞人的心靈史而已。

　　以史證詩,須大量搜集當時有關史料,篩選出確實證據,加以學者特具的洞察力,方有望重現歷史真相及詩人的本意。這可舉出陶淵明《述酒》詩的注釋史作爲最佳例子。宋李公煥箋注《陶淵明集》卷三引韓子蒼曰："余反覆之,見'山陽歸下國'之句,蓋用山陽公事,疑是義熙以後有所感而作也。"又曰："今人或謂淵明所題甲子,不必皆義熙後,此豈足論淵明哉！惟其高舉遠蹈,不受世紛,而至於躬耕乞食,其忠義亦足見矣。"又引趙泉山曰"此晉恭帝元熙二年也","明年九月潛行弑逆"。湯漢《陶靖節詩注》卷三注《述酒》云："晉元熙二年六月,劉裕廢恭帝爲零陵王。明年,以毒酒一甖授張褘,使酖王,褘自飲而卒。繼又令兵人逾垣進藥,王不肯飲,遂掩殺之。此詩所爲作,故以《述酒》名篇也。詩辭盡隱語,故觀者弗省。獨韓子蒼以'山陽下國'一語,疑是義熙後有感而賦。予反覆詳考,而後知決爲零陵哀詩也。因疏其可曉者,以發此老未白之忠憤。"韓子蒼,即韓駒,最早揭出此詩爲感義熙之事而作,趙泉山則落實其年其事,湯漢更詳細考辨,具體而微,已成定論,陶詩之精旨可謂揭示無遺了。資料,是難以窮盡的,言有易,言無難,不可能"竭澤而漁"、"全面占有史料",注家要善於發現和利用歷史資料,特別是一些前人不重視的、零碎的材料,在學者的慧眼下,很可能就是重要的歷史文獻。近代如楊鍾羲《雪橋詩話》、郭則沄《十朝詩乘》、鄧之誠《清詩紀事初編》等,收錄大量佚事遺聞,實爲補史而作,可爲證史之佐。

揭示今典，需有史學史識。錢大昭《三國志辨疑·自序》云："注史與注經不同。注經以明理爲宗，理寓於訓詁，訓詁明而理自見。注史以達事爲主，事不明，訓詁雖精，無益也。嘗怪服虔、應劭之於《漢書》，裴駰、徐廣之於《史記》，其時去古未遠，稗官載記碑刻尚多，不能會而通之，考異質疑，而徒戔戔於訓詁。"詩歌的注釋，亦以訓詁爲先，但光通訓詁，猶未能完全解通詩意，還須如錢氏所謂"達事"，知人論世，考異質疑，了解詩人所歷的時事，故注家須有史學方面的知識。注一代之詩，必先通一代之史。黃宗羲《姚江逸詩序》云："詩之爲史相表裏也。"姚昌燮作《昌谷集注》，認爲李賀詩是貞元、元和時代的詩史，姚氏《自序》云："故必善讀史者始可著書，善論唐史者始可注賀。"故從新舊《唐書》中鉤稽史實，以史證詩。李賀尚且如此，更不用說號稱"詩史"的杜甫了。宋人胡宗愈《成都新刻草堂先生詩碑序》云："先生以詩鳴於唐，凡出處去就，動息勞疾，悲歡憂樂，忠憤感激，好賢惡惡，一見於詩，讀之可以知世，學士大夫，謂之詩史。"黃希、黃鶴《黃氏補千家集注杜工部詩史》亦以"詩史"爲題，《天禄琳琅書目》謂此書"於詩之有關時事者，皆於題下注明，故謂之'詩史'"。杜詩的史學價值，尤爲注家重視。還有一些詩家，其本人就是歷史人物，其詩更與史實息息相關，爲這些詩人詩作作注，尤需史學史識。錢謙益是位學問家、詩人，畢生精研杜詩，對杜甫的生平及所處的時代有著全面深入的了解，故能把握其詩中精義。周勳初指出："他將古來以史證詩和以詩證史的方法系統化了，形成了一種較爲完整的詩史互證的體系，具有方法論上的意義。"[17]《錢注杜詩》中錢氏注釋，箋釋詩意，詩史互證。這種注釋方法，對清代以至現當代學者都有啓發意義。還有方世舉的《韓昌黎詩集編年箋注》，其自序云："注而不箋，則非子夏《三百篇》小序之旨,又不得孟子以意逆志、知人論世之義。"因而"一一考諸史,證諸集,參之旁見側出之書,以詳其時,以箋其事,以辨諸家之説"。故方氏在注文中既有注釋字詞出處,也有考證史事者。如《歸彭城》詩"天下兵又動"句,方注引《新唐書·德宗紀》載貞元十五年三月彰義軍節度使吳少誠反叛之事;"前年關中旱,閭井多死饑",注引《新唐書·德宗紀》"貞元十四年冬,無雪,京師饑"。皆爲考史箋事之佳者。

王國維《人間詞話》云:"'君王枉把平陳業,換得雷塘數畝田',政治家之言也;'長陵亦是閒丘隴,異日誰知與仲多',詩人之言也。政治家之眼,域於一人一事;詩人之眼,則通古今而觀之。詞人觀物,須用詩人之眼,不可用政治家之眼。"閲讀及欣賞詩詞,既須用政治家之眼,亦須用詩人之眼。詩中所述及的人與事,爲之作注,是注家主要的工作,注明詩中的具體喻指,也是必要的。浦起龍《讀杜心解》云:"史家祇載得一時事蹟,詩家直顯出一時氣運。詩之妙,正在史筆不到處。"所謂以詩證史,以史證詩,大抵是用政治家之眼去研究詩歌。王國維是詩人,對詩歌自有更深刻的領會。詩人爲詩,通古今,極幽渺,包孕萬物,囊括宇宙,超越時間和空間。詩歌,也許是因時因地因人因事而發,但其所藴含的深遠意義,則可能超出詩人的動機及詩歌的本旨。注家能理解這一點,注釋時就會不那麽執著,詩人能理解這一點,作詩時就會多一些想象。詩中的用典與"比興",不易明瞭,"要依靠史料,反復推敲,找出本事與物象或事象之間的確切聯繋,才能解釋詩意。'以史證詩'在這方面的運用,更突出'推證'的作用"。[18]

古代注家,大都集中精力在考索事典這一方面,以史證詩,更是宋人注釋的特點。《國史》、各朝《實録》、《會要》以及各種雜史、傳記、方志、圖經乃至詩話筆記,均被注家大量引用,在詩歌注本中保存了豐富歷史資料。歷代箋注本中還附有各種資料,其中以年譜最爲重要。章學誠《韓柳二先生年譜書後》云:"文人之有年譜,前此所無,宋人爲之,頗覺有補於知人論世之學,不僅區區考一人文集已也。"杜甫詩被稱爲"詩史",宋人就編了多種年譜,如吕大防《杜工部詩年譜》、趙子櫟《杜工部年譜》、蔡興宗《重編杜工部年譜》、魯訔《編次杜工部詩年譜》、黄希、黄鶴《年譜辨疑》等。此外,任淵《山谷詩集注》、《後山詩注》,胡穉《增廣箋注簡齋詩集》以及施元之、顧禧、施宿《注東坡先生詩》等,都附有注家自撰的詩人年譜。當代不少箋注本,還在書中附録各種相關資料,如手迹、照片、題署、序跋、碑傳、墓志、諸家唱和等文獻以及詩人年譜、參考書目等,既可證明注家言之有據,亦有便於研究者參考。

卞孝萱指出,1908年劉師培在《國粹學報》四十六期發表《讀全唐詩發微》一文,列舉十九例以示範,闡述了唐詩可與史書互證的主張。如鄧廣銘是位史學家,所著《稼軒詞編年箋注》一書,以歷史家的眼光和考證方法解釋内容,自有其獨特之處。此書於宋代史實的注釋尤爲詳備,其《題記》亦云:"在這部書中,關於箋證和編年部分,是我用力較多的部分。"陳寅恪《元白詩箋證稿》,更是中國注釋史上最具突破性的著作,把"以詩證史"的方法推向新的高峰。如程千帆所云,作者對白居易的新樂府、《長恨歌》以及元稹《連昌宫詞》考證得非常詳細,"也就是有意識地把文獻學同文學史、文藝美學相結合,在這一方面,鴉片戰爭以前,没有達到這個境界"。[19] 兼具文獻學、文學史、文藝美學等多方面的知識,對新一代的注家來説,尤爲重要。以史證詩,以詩貫史,本是良法。但用之不當,過求其解,反成傅會,而注家卻不自覺。錢鍾書《管錐編》云:"蓋'詩史'成見,塞心梗腹,以爲詩道之尊,端仗史勢,附合時局,牽合朝政;一切以齊衆殊,謂唱歎之永言,莫不寓美刺之微詞。遠犬吠聲,短狐射影,此又學士所樂道優爲,而亦非慎思明辨者所敢附和也。""專門名家有安身立命於此者,然在談藝論文,皆出位之思、餘力之行也。"(p1390)數語道盡注家之弊病。《談藝錄》又云:"史必徵實,詩可鑿空。"以"鑿空"之詩去證實在之史,則兩處茫茫不着邊際了。如上文所舉湯漢注《述酒》詩,認爲是哀零陵王被酖殺之事,後世學者譽爲"卓絶不刊之論",可是,湯氏卻以"忠憤"二字貫穿整部陶集,攻其一點,不及其餘,把泰半陶詩都牽合時事,解釋爲抒寫易代之悲,那就不免陷於支離穿鑿了。《四庫全書總目》卷一四九《杜詩攟》提要云:"自宋人倡詩史之説,而箋杜詩者遂以劉昫、宋祁兩書據爲稿本,一字一句,務使與紀傳相符。"宋代以來,注杜者無不留意史實考據,其中精核者自可成立,而牽合穿鑿之處,亦屢見於注本中,每爲後人所詬病攻駁。杜甫《偪仄行》有"速宜相就飲一斗,恰有三百青銅錢"二語,趙次公《杜詩先後解》注云:"真宗問近臣唐酒價,衆莫能對。丁晉公獨曰:'每斗三百。'上問:'何以知之?'丁引此詩爲對。"郭知達注録之。劉攽《中山詩話》亦載此事。黃鶴注則指出,唐德宗建中三年,置肆釀酒,斛收直三千;貞元二年,斗錢百五十。並批評丁謂"知詩而未知史"。其實丁謂既未知史更不知詩,不知詩人創作時興會所至,信筆而書,不可據此以爲考證,何況酒有美惡之分,價有貴賤之別,更不可以一概而論,此真如《管錐編》所謂"泥華詞爲質言,視運典爲紀事,認虛成實"者。黃宗羲《萬履安先生詩序》云:"今之稱杜詩者以爲詩史,亦信然矣。然注杜者但見以史證詩,謂一代史,未聞以詩補史之闕。"古來膠柱鼓瑟,強作知人者,何止丁謂。范溫《潛溪詩眼》"長恨歌用事之誤"條云："白樂天《長恨歌》，工矣，而用事猶誤。'峨眉山下少人行'，明皇幸蜀，不行峨眉山也，當改劍門下。'七月七日長生殿，夜半無人私語時'，長生殿乃齋戒之所，非私語地也。華清宮自有飛霜殿，乃寢殿也，當改長生爲飛霜，則盡矣。"沈括《夢溪筆談》亦引此詩，謂"峨眉在嘉州，與幸蜀路全無交涉"。范、沈二氏自可謂膠柱鼓瑟，但換個角度來説，也説明詩人的話也未可當真。如果據以考史，證明唐玄宗幸蜀時途經峨眉山，則更爲大謬。陳寅恪所謂"能矯傅會之惡習，而具瞭解之同情者"，良不易也。

詩史互證，均須慎重。捕風捉影，以點概全，牽强穿鑿，歷代學者每有之。杜甫《和裴迪登蜀州東亭送客逢早梅相憶見寄》詩："東閣官梅動詩興，還如何遜在揚州。"二語已成常典，後世學者考辨紛紜。《分門集注杜工部詩》引僞蘇注："何遜作揚州法曹，廨舍有梅花一株。花盛開，遜吟詠其下。後居洛，思梅花，再請其任，從之。抵揚州，花方盛。遜對花彷徨終日。"蔡夢弼《杜工部草堂詩箋》注云："何遜在揚州爲廣陵記室。"張邦基《墨莊漫録》卷一"何遜嘗官揚州"條云："然東晉、宋、齊、梁、陳，皆以建業爲揚州，則遜之所在揚州，乃建業耳，非今之廣陵也。隋以後始以廣陵名州。"葛立方《韻語陽秋》卷一六云："按，遜傳無揚州事，而遜集亦無揚州梅花詩。"又云："杜公前詩乃逢早梅而作詩，故用何遜事，又意卻月、凌風，皆揚州臺觀名爾。近時有妄人假東坡名，作《老杜事實》一編，無一事有據。至謂遜作揚州法曹，廨舍有梅一株，遜吟詠其下，豈不誤學者。"清杭世駿《訂訛類編》卷二"何遜無揚州法曹事"條："查初白《蘇詩補注》云：'葛常之《韻語陽秋》云云'。慎行初白名慎行考何遜傳，天監中，起家奉朝請，遷建安王水曹行參軍兼記室。所云建安王者,南平元襄王偉初封也。偉於天監二年使持節、都督、右軍將軍、揚州刺史,遜爲建安王記室,正在揚州,葛常之似未深考。至王氏、施氏補注引杜注,以水曹爲法曹,又杜撰廨舍梅花事,則固不可不削去也。今爲辨正。"數百年來,聚訟不息,以訛傳訛,習非成是。

牽涉到重要史實,尤不可不慎。如湯顯祖《香山驗香所采香口號》詩:"不絕如絲戲海龍,大魚春漲吐芙蓉。千金一片渾閒事,願得爲雲護九重。"徐朔方《湯顯祖詩文集》箋:"芙蓉,阿芙蓉。一名鴉片。"徐氏又謂此詩揭露萬曆帝派人到澳門采購鴉片之事。徐氏之説頗受學界注意,并廣爲引用,似乎已成定論。其實此詩所詠僅爲采購龍涎香之事,驗香所,是朝廷設在廣東香山的機構,專門負責檢驗進口香料。芙蓉,亦非指鴉片,衹不過形容大魚吐沫而已。千金一片,謂龍涎香之昂貴,且鴉片之價亦未貴至如此。末句之"雲",更非指吸鴉片時吐出的煙霧,況且萬曆年間鴉片吸食法尚未流行。全篇善頌善禱,並無"揭露"之意。

柳永《臨江仙》詞:"鳴珂碎撼都門曉,旌幢擁下天人。馬摇金轡破香塵。壺漿迎路,歡動帝城春。　揚州曾是追遊地,酒臺花徑猶存。鳳簫依舊月中聞。荆王魂夢,應認嶺頭雲。"薛瑞生《樂章集校注》云:"〔荆王〕《漢書》卷三五《劉賈傳》:'荆王劉賈,高帝從父兄也。'……按,荆王魂夢,謂英雄之夢,建功立業之夢,非才子佳人之夢。〔嶺頭雲〕有別於巫山之雲,承上文,故云'應認'。"《附考》:"此亦爲投獻詞,其投獻對象當爲一劉姓而又有知揚仕履者。查《北宋經撫年表》,自宋太宗太平興國至哲宗元年間,劉姓之知揚者,唯劉敞一人耳。""此詞寫於劉離揚赴闕時也,當在嘉祐三年(1058年)春夏間。果否,待詳考。又,唐圭璋斷柳永卒於開皇五年(1053年),似有誤。"

按，"荆王夢"一語，在古典詩文中無慮百十見，已成爲定型的典故，荆王，即宋玉《高唐賦》中的楚王，不容他指。孔範《賦得白雲抱幽石》詩："能感荆王夢，陽臺雜雨歸。"閻立本《巫山高》詩："欲暮高唐行雨送，今宵定入荆王夢。"張祜《送人歸蜀》詩："蕭蕭暮雨荆王夢。"無一例外。校注者據"荆王"一詞考定投獻對象當爲劉姓，並以此考及柳永卒年，未免有管窺之嫌，全詞意旨皆誤。

詩人喜酬唱和韻，這也可作爲考證之資。

梁佩蘭《六瑩堂二集》卷八有《點絳唇》三章，其一："薊北歸帆，江鄉直溯秋潮去。玉鱸肥處。飽聽菰蒲雨。　一度春來，鄧尉山中住。梅花侶。吳姬笑許，斜倚吳簫語。"其二："白舫青簾，雙江記憶乘流去。墨雲圍處。簇簇跳珠雨。　忽謾相尋，客舍城南住。同歡侶，燈邊共許。酒後琵琶語。"其三："月下清淮，思君夜泛吳船去。征人歸處，點點珠湖雨。　蝴蝶飛來，邀我還山住。軒轅侶，羅浮寄許。書報長安語。"梁氏在康熙二十一年二月到京，同年九月返粵，此當爲在京之作，客中送客，感慨無端。納蘭性德有《點絳唇·寄南海梁藥亭》詞："一帽征塵，留君不住從君去。片帆何處。南浦沈香雨。　回首風流，紫竹村邊住。孤鴻語，三生定許。可是梁鴻侶？"韻腳與梁詞大致相同，可知此爲納蘭在梁氏返粵後步韻寄懷之作，據此可考兩人交往之蹤迹。

又如康有爲《蝶戀花》詞："記得珠簾初卷處。人倚闌干，被酒剛微醉。翠葉飄零秋自語。曉風吹墮橫塘路。　詞客看花心意苦。墜粉零香，果是誰相誤？三十六陂飛暗雨。明朝顔色難如故。"風華卓絕，傳誦一時，爲選家所必錄,然解者眇眇。張伯駒《清詞選》錄而不評。夏承燾《元明清詞選》評云:"此詞通過觀荷詠離情。'翠葉飄零'、'墜粉零香'、'明朝顏色難如故'等句,是對殘荷的感喟,也是對人的青春易逝的歎息。"未説明寫作背景。錢仲聯《近百年詞壇點將錄》則謂是"戊戌失敗史之縮影"。按,康有爲此詞,爲和梁鼎芬之作。儘管康氏未在詞中注明,但自可就其内容及韻腳推斷。光緒十一年(一八八五年),梁鼎芬上疏劾李鴻章,不報,旋又追論劾奏,議降五級調用。遂作《蝶戀花》詞題荷花畫幅,以寓家國身世之感。詞云:"又是闌干惆悵處。酒醉初醒,醒後還重醉。此意問花嬌不語。日斜腸斷横塘路。　多感詞人心太苦。儂自摧殘,豈被西風誤。昨夜月明今夜雨。浮生那得長如故。"(見《欸紅廔詞》)是年冬,梁氏自京回到廣州,康有爲因依韻和此詞,以慰友人棲遲零落之苦。"翠葉"二語,寫梁氏之斥逐,"詞客",指梁氏。"三十"二語,寫政治環境之惡劣及對憂國志士的摧殘。

(1) 舒蕪、陳邇冬、王利器《康有爲選集》,人民文學出版社,2004年版,第121頁。
(2) 錢鍾書《談藝錄》,中華書局,1986年版,第390頁。
(3) 轉引程千帆《校讎通義·校勘篇》,齊魯書社,1998年版,第510頁。
(4) 鄧之誠《清詩紀事初編》卷三,上海古籍出版社,1984年版,第307頁。
(5) 錢鍾書《管錐編》,第四册,中華書局,1986年版,第1287頁。
(6) 陳寅恪《柳如是别傳》,上海古籍出版社,1980年版,第527頁。
(7) 陳寅恪《柳如是别傳》,上海古籍出版社,1980年版,第2頁。
(8) 汪國垣《注古人詩文》,《汪辟疆文集》,上海古籍出版社,1988年版,第870頁。
(9) 程千帆、莫礪鋒、張宏生《被開拓的詩世界》,上海古籍出版社,1990年版,第321頁。

(10) 陳寅恪《柳如是別傳》,上海古籍出版社,1980年版,第11頁。
(11) 陳寅恪《元白詩箋證稿》,文學古籍刊行社,1955年版,第123頁。
(12) 鄧小軍《辛棄疾〈賀新郎・別茂嘉弟〉詞的古典與今典》,《中國文化》第2期,1996年出版。
(13) 白敦仁《致劉世南書》,見劉世南《在學術殿堂外》,中國文史出版社,2003年版,第85頁。
(14) 胡文輝《陳寅恪詩箋釋》,廣東人民出版社,2008年版,第958頁。
(15) 舒蕪《碧空樓書簡——致程千帆》1990.10.26簡,《書屋》2001年第2期。
(16) 馬大勇《留得悲秋殘影在——論〈庚子秋詞〉》,《求是學刊》2013年第1期。
(17) 郝潤華《錢注杜詩與詩史互證方法》周勳初序。黃山書社,2000年12月版,第2頁。
(18) 何澤棠《宋代詩歌注釋的"以史證詩"方法》,《中國典籍與文化》2011年第2期。
(19) 程章燦《學養與創新》,《原學》1995年第三輯。

補正章第九

詩歌的文本及前人注釋，都不免有疏漏及錯誤之處，有漏則須增補之，有誤則須訂正之，是爲補正。古代學者極重視補正一事。

失　注

失注，是指當注而未注。一些注釋本中，淺近的詞語、常見的典故每每注釋得很詳細；而深奧難懂的卻付諸闕如，就易避難，當注而未注，是不負責任的表現。注釋者心中應掌握尺度，哪些詞語典故當詳注，哪些可簡注，哪些可不注。該注的不注固然是失注，而該詳注的卻注得過簡，讀者仍未明旨意的，也應算是失注。如錢鍾書所批評的："不須注而加注，是贅綴也；既加注而不遍，是掛漏也。"[1] 有些詞語典故，經過多方查找仍未能解釋的，也要標出"未詳"、"待考"等闕疑之辭，以俟高明指教。

失注的情況大抵可分三類，一是因詞語典故深僻隱晦，注者未能弄懂而故意避開不注；二是注者在學識方面的欠缺，不知有使典用事，因而漏注；三是語詞典故的字面顯淺，而實際別有用意，注者未明其深旨，誤以爲是用常語而不必作注。

　　注家把詩歌字面意思解釋清楚，而沒有注明故實出處，這在普及性注本中是允許的，但在專業性的箋注本中就算是失注了。如劉克莊《挽柯東海》詩："撰出騷詞奴宋玉，寫成帖字婢羊欣。"有注本云："宋玉，戰國楚著名辭賦家。羊欣，南朝宋人，字敬元。《宋書·羊欣傳》稱其'泛覽經籍，尤長隸書'。這聯乃贊柯東海在辭賦和書法方面的傑出成就。謂其可以奴稱宋玉，婢使羊欣。"[2] "奴宋玉"，語本杜牧《李長吉歌詩序》，謂李詩可"奴僕命騷"。"婢羊欣"，羊欣書法學王獻之，僅得其形似。梁武帝《古今書人優劣評》謂"羊欣書如大家婢爲夫人"。若不注出，句意則無着落。又如蔣捷《沁園春·次強雲卿韻》詞："豈識吾儒，道中樂地，絕勝珠簾十里樓。"楊景龍《蔣捷詞校注》僅云"義近'孔顏樂處'"，而未能注其本於《世說新語·德行》："王平子、胡毋彥國諸人，皆以任放爲達，或有裸體者。樂廣笑曰：'名教中自有樂地，何爲乃爾也？'"

　　趙次公《杜詩先後解》提出了"用事之祖孫"的概念，指出詩人用典之"祖典"與"孫典"，經過歷代詩人輾轉襲用而形成如血脈相承的典故族系。如蘇軾《西齋》："杖藜觀物化，亦以觀我生。"李厚注："劉禹錫賦：觀物之餘，遂觀我生。"趙次公注："'觀我生'字雖出《易》，而使劉禹錫語。大率詩人使字有來處，所謂舍祖而取孫。""觀我生"一語，出《易》之"觀"卦，爲《四書》、《五經》中的用語，古人精熟經典，故不注亦可（若今人新注亦應注出），而蘇詩直接取自劉禹錫《楚望賦》，則不可不注出。任淵《山谷詩集注》亦謂黃庭堅詩有

"一句一字有歷古人六七作者"。是以注家務必正本清源,切忌不知本始,或舍本而逐末。如杜甫《奉贈韋左丞丈二十二韻》"行歌非隱淪"句,趙注謂"隱淪"一語,原於桓譚《新論》及郭璞《江賦》,而舊注引顏延年、謝朓、鮑照、謝靈運詩,"皆在《新論》、《江賦》之後,此不知本始,是謂無祖者也"。

陶淵明《九日閒居》詩有"世短意恒多"之句,李公煥《箋注陶淵明集》注云:"《古詩》云:'人生不滿百,常懷千歲憂。'而淵明以五字盡之,曰'世短意常多',東坡曰'意長日月促'則倒轉陶句耳。"《古詩》爲祖典,蘇詩爲孫典。李注上串下聯,連祖及孫,既以《古詩》注陶,又引蘇軾詩以生發之。這種注釋方法明清人偶有用之,而到了錢鍾書手中則更發揚光大,直至後世的曾孫、玄孫輩都一一揭出。魏禧《溉堂續集序》引孫枝蔚云:"學古人詩,當知古人祖父,又當知其子孫。"一"學"字可易爲"注"字。

杜甫《寒雨朝行視園樹》"桃蹊李徑年雖故"句,舊注引《史記·李將軍列傳論》"桃李不言,下自成蹊"以注。趙次公指出,應補注謝朓《和徐都曹出新亭渚詩》"桃李成蹊徑"句,"徑"字纔有出處。謝詩可稱爲"父典",方得完備。黃庭堅《別楊明叔》詩:"皮毛剝落盡,惟有真實在。"任淵注引《涅槃經》"其樹陳朽,皮膚枝葉,悉皆脫落,惟真實在。"胡仔《苕溪漁隱叢話》則補充云:"《正法眼藏》云'石頭一日問藥山,曰:子近日作麼生?山曰:皮膚脫落盡,惟有真實在。'魯直《別楊明叔》詩云:'皮毛剝落盡,惟有真實在。'全用藥山禪語也。"《涅槃經》是黃詩原始出處,即"祖典";藥山語是黃詩直接所從出,是"父典"。陳與義《謹次十七叔去鄭詩韻二章以寄家叔一章以自詠》之二:"身謀共悔蛇安足。"胡穉注引《史記·楚世家》中畫蛇添足事,而詩句式實出自韓偓《安貧》詩:"謀身拙爲添蛇足。"黃庭堅《題落星寺》之三"小雨藏山客坐久"，錢鍾書《談藝錄》謂典出賈島《晚晴見終南諸峰》"半旬藏雨裏，今日到窗中"。元好問《晴景圖》詩："藏山祇道雲煙好。"若爲作詳注，應引《莊子》"藏山於澤"的祖典，再引賈詩、黃詩作父典，元詩化"雨"爲"雲煙"而已。又，姜夔《側犯·詠芍藥》詞："恨春易去。甚春卻向揚州住。微雨。正繭栗梢頭弄詩句。"夏承燾《姜白石詞編年箋校》引黃庭堅"紅藥梢頭初繭栗"作注，然稍早的高似孫"賦紅藥"詞有"紅翻繭栗梢頭遍"之語，將"繭栗梢頭"連用，爲姜詞直接所從出，且"弄"字與"翻"字意近，高詞當爲"父典"。

注家祇注祖典而失注父典，往往會產生很大問題，祇知道祖典，有時並不能真正理解詩人的用意，而父典，纔是詩人作詩時所想到的、所運用的典故，纔有實際意義。如孟浩然名作《臨洞庭湖》詩"欲濟無舟楫"句，各注家僅引《書·說命》"若濟巨川，用汝作舟楫"注之，方回《瀛奎律髓》錄此詩，何焯評云："張平子《應閒》云：'學非所用，術有所仰，故臨川將濟，而舟楫不存焉。'第五句本此。"補充此注，詩意則更爲明晰了。《書》爲祖典，《後漢書·張衡傳》所載《應閒》是孟詩直接所從出，是"父典"。"將濟"爲"欲濟"所從出，"不存"爲"無"所從出。孟詩中"學非所用"的感慨方得瞭然。

注家疏誤而不知使典的情況尤爲常見。詩中用事，語簡意微，注者極易疏忽。錢鍾書《談藝錄》指出，施國祁作《元遺山詩箋注》，其"大病尤在乎注詩而無詩學，遺山運用古人處，往往當面錯過"。如《秋夕》詩末二句："澆愁欲問東家酒，恨殺寒雞不肯鳴。"語出自陶淵明《飲酒》詩第十六首："被褐守長夜，晨雞不肯鳴。"而遺山曾仿淵明《飲酒》先後十首，而施氏未能深於詩學，以至失注，或是祇注出其字面的意思。詩學之外，史學亦應留意。如李清照《上樞密韓肖冑》詩"凝眸望南雲"句,王仲聞《李清照集校注》引《宋書·魯爽傳》:"近繫南雲,傾屬東日。"訓"南雲"爲"南面或南來之雲"。張昌餘指出:"古人以'南雲'或'雲'喻遠方親人。陸機《思親賦》:'指南雲以寄欽。'即是此意。《唐書·狄仁傑傳》亦載有狄仁傑望雲思親事。本詩中的'望南雲',是指宋高宗思念被金人掠去的徽、欽二帝等親人。"[3] 又如王國維《隆裕太后挽歌辭九十韻》詩:"廟謨先立帥,廷議盡推袁。"陳永正《王國維詩詞全編校注》注云:"朝廷的打算是先要確立統帥,群臣的意見都是推舉袁氏。袁,指袁世凱。"劉世南指出,"推袁"一語本《後漢書·袁紹傳》,謂以討董卓爲名的各路諸侯共約盟,遥推紹爲盟主。[4] 按,王詩中以袁紹比袁世凱,以各路諸侯比北洋各系軍閥,以董卓喻革命軍,可見王國維的政治態度,若不注出此典,則詩人之微旨不顯。

要認清題意,特別如歲時、節令、懷古、詠物一類的詩詞,每用相應的事典、語典,切不可滑眼看過。如劉辰翁《齊天樂·端午和韻》:"昨日蟾蜍,明朝蠅虎,身與渠衰更悴。"吴企明校注《須溪詞》,注文僅釋蠅虎之原始詞義。按,蟾蜍、蠅虎,皆端午之"節物",亦有典故,不注出,則詞意不知所謂。又如王國維《壬子歲除即事》詩"可但先人知漢臘",陳寅恪《甲辰元夕作次東坡韻》詩"猶存先祖玄貂臘",《王國維詩詞全編校注》及胡文輝《陳寅恪詩箋釋》,均未能注其出處。劉世南指出,典出《後漢書·陳寵傳》,謂王莽篡位後,陳咸父子相與歸鄉里,閉門不出入,猶用漢家祖臘,人問其故,咸曰:"我先人豈知王氏臘乎?"[5] 詩中用此典,以表示對新朝的不滿。

還要注意的是,有一些詞語、句子字面顯淺,似乎並無玄機,在特定的語境下，則成爲典故，內有涵意，這是注釋者最容易忽略的，滑眼看過，不以爲意，祇按字面的意義去理解，每易失注錯注，造成全句以至全詩意思的誤讀。注家作注，必須打足精神，先假定詩中"無一字無來處"，窮搜群籍，纔能避免失注。如劉夢得云："嘗訝老杜詩有'巨顙拆老拳'無出處，及讀《石勒傳》云'卿既遭孤老拳，孤亦遭卿毒手'，豈虛言哉！"指出"老拳"一詞的出處。如張九齡的名作《感遇》，爲選家必錄。"誰知林棲者，聞風坐相悅"二語，選本多失注，或僅注"林棲者"一詞的字面意義。按，"聞風"，本於《孟子·盡心》："聖人百世之師也，伯夷柳下惠是也，故聞伯夷之風者，頑夫廉，懦夫有立志，聞柳下惠之風者，薄夫敦，鄙夫寬。奮乎百世之上，百世之下聞者莫不興起也。"而"聞風悅"，則本於《莊子》，莊文中數見"聞其風而悅之"之語。如《莊子·天下篇》："關尹、老聃乎！古之博大真人哉。芴漠無形，變化無常。死與生與？天地並與？神明往與？芒乎何之？忽乎何適？萬物畢羅，莫足以歸。古之道術有在於是者，莊周聞其風而悅之。"在本詩中，張九齡上希前哲，以伯夷、柳下惠、關尹、老聃這些聖人、真人爲典範，所表現的是蘇世獨立的精神。若不知出典，祇從字面單向理解，詩意便顯得單薄了。

韋莊《冬日長安感志寄獻虢州崔郎中二十韻》詩："霧雨十年同隱遁，風雷何日振沈潛？""霧雨"一詞，李誼、齊濤二家注本失注。按，"霧雨"，典出《列女傳》："南山有玄豹，霧雨七日而不下食者，何也？欲以澤其毛而成文章也，故藏而遠害。""霧雨十年同隱遁"，意謂自己與崔郎中十年來同樣隱退不出。又如辛棄疾《破陣子》詞"八百里分麾下炙"，亦有選本把"八百里"按字面直釋，而不知是指名爲"八百里駁"的牛。又如清鄭珍《其十八》詩"雖是吾家待子行"，白敦仁注云："言家事一賴季弟撐持。"劉世南指出："此句用《左》

襄三十一年：鄭卿子皮謂子產曰：'雖吾家，聽子而行。'"⁽⁶⁾如黃庭堅《和答趙令同前韻》詩："親遣小童鋤草徑，鳴騶早晚出城來。"除"鳴騶"一詞外，其餘字面極爲普通，似乎未用故實，注家亦極易忽略。然細審之，句意實出杜甫《奉酬嚴公寄題野亭之作》詩："枉沐旌旗出城府，草茅無徑欲教鋤。"黃庭堅時爲葉縣尉，趙令爲其上官，載酒過訪，故詩中以嚴武訪杜甫況之。"鋤草徑"、"出城"，字面均出杜詩，"親遣"與杜詩"欲教"同意，"鳴騶"亦"枉沐旌旗"之意。戴復古的名作《柳梢青·岳陽樓》詞："袖劍飛吟。洞庭青草，秋水深深。"首句近代注家每失注。袖劍，袖中藏劍。宋范致能《岳陽風土記》載："岳陽樓上有呂先生留題云：'朝遊北越暮蒼梧，袖裏青蛇膽氣粗，三入岳陽人不識，朗吟飛過洞庭湖。'……先生名巖，字洞賓。"元辛文房《唐才子傳》亦載此詩，謂爲呂洞賓醉後留題，"北越"作"南浦"。青蛇，寶劍名。袖裏青蛇，即戴詞之袖劍。陸游《岳陽樓》詩："黃衫仙翁喜無恙，袖劍近到城南亭"，朱熹《醉下祝融峰》詩"濁酒三杯豪氣發，朗吟飛下祝融峰"，亦化用此典。朱敦儒《水調歌頭·對月有感》詞"漫說霓裳九奏，阿姊最嬋娟"，鄧子勉《樵歌》校注衹注"嬋娟"一詞，"阿姊"則失注。按，《後漢書·李杜列傳》注引《春秋感精符》："人主與日月同明，四時合信，故父天、母地、兄日、姊月。"李商隱《楚宫》詩："月姊曾逢下彩蟾。"若不注出，或致誤解。辛棄疾《木蘭花慢·滁州送范倅》："老來情味減，對別酒，怯流年。"首句已成名句，後人傳寫不絕，然此句實全襲韋驤《瘦驢嶺》詩"自是老來情味減"，鄧廣銘《稼軒詞編年箋注》失注。葉夢得《臨江仙》詞"卻怪老來風味減"，周邦彥《蝶戀花》詞"老來風味難依舊"，注家均無視原創者。吕留良《新秋觀稼樓成》詩："萬方一概聲逾晚，獨倚危樓病後身。"語全本杜甫《秦州雜詩二十首》之四："萬方聲一概，吾道竟何之。"俞國林《呂留良詩箋釋》失注。沈曾植《西湖雜詩》："身行萬里十三州，洗脚入船浮即休。"錢仲聯《沈曾植集校注》僅注"浮休"一語，而"洗脚入船"失注。按，語本《三國志・吳志・吕蒙傳》"又勸權夾水口立塢"裴松之注引晉張勃《吳録》："權欲于濡須作塢，諸將皆曰：'上岸擊賊，洗足入船，何用塢爲？'"更重要的是，沈詩實活用宋僧智朋《古航》詩"眨上眉毛千萬劫，有誰洗脚上船來"之意。類似這樣的失注，歷代注本中最爲多見。本書之所以屢屢不嫌繁瑣地摘引原文，目的是使讀者知道注出典故的重要性。

　　詩意襲用古人者，注家若不拈出所自，則屬疏漏。駱賓王《望鄉夕泛》詩："今夜南枝鵲，應無繞樹難。"實本曹操《短歌行》："月明星稀，烏鵲南飛。繞樹三匝，無枝可依。"駱詩反其意而用之。陳熙晉《駱臨海集箋注》失注。王安石詩尤好襲唐人語，李壁注每忽之。如《春晴》詩："新春十日雨，雨晴門始開。静看蒼苔紋，莫上人衣來。"語本王維《書事》詩："輕陰閣小雨，深院晝慵開。坐看蒼苔色，欲上人衣來。"《四庫提要》指出任淵《後山詩注》失注："如'兒生未知父'句，實用孔融詩；'情生一念中'句，實用陳鴻《長恨歌傳》；'度越周漢登虞唐'句，虞唐顛倒，實用韓愈詩；'孰知詩有驗'句，以'熟'爲'孰'，實用杜甫詩。皆遺漏不注。"葉夢得《臨江仙・西園右春亭新成》："手種千株桃李樹，參差半已成陰。"蔣哲倫《石林詞箋注》注云："手種句，劉禹錫《元和十一年自朗州召至京戲贈看花諸君子》詩：'玄都觀裏桃千樹，盡是劉郎去後栽。'"按，葉詞本自杜甫《絕句漫興九首》其二："手種桃李非無主，野老牆低還似家。"耿湋《代園中老人》詩："林園手種唯吾事，桃李成陰歸別人。"

　　有些詩家，如黄庭堅、陸游、元好問，還喜歡襲用己作，常把自以爲得意的舊作一聯或一句納入新作，這些情況，如果失注，則不免荒疏之譏。注釋贈答、酬唱詩詞，必須收集原唱與和答雙方的有關材料，對勘考釋。酬答一方往往會襲用對方的用意或辭語，稍不留意，亦易失注。

錢鍾書《讀〈拉奧孔〉》云："詩、詞、隨筆裏，小說、戲曲裏，乃至謠諺和訓詁裏，往往無意中三言兩語，說出了精闢的見解，益人神智；把它們演繹出來，對文藝理論很有貢獻。"古人筆記、詩話以及近代一些論著中，常見有指出前人失注的材料，亦可作補注用。如焦循《焦氏筆乘》卷四"詩用成語"條云："詩有就用成語爲句者。隋常琮侍煬帝遊寶山，帝曰：'幾時到上頭？'琮曰：'昏黑應須到上頭。'子美《香積寺》詩全用之。"按，杜甫《涪城縣香積寺官閣》詩，末句全用琮語，而歷來注本皆未注其出處。查慎行《補注東坡編年詩》，詩人注詩，才情功力，自是勝人多許，但仍有不少訛漏之處，爲馮應榴合注本所校補，《四庫提要》亦列出多例。錢鍾書《談藝錄》、《管錐編》中舉出不少失注的例子，並爲作補注。如黄庭堅《寧子與追和予岳陽樓詩復次韻》二首之一："箇裏宛然多事在，世間遥望但雲山。"任淵注："蔡琰《胡笳》曰：'雲山萬重分歸路遐。'"《談藝錄》指出："此自用王摩詰《桃源行》：'峽裏安知有人事，世間遥望空雲山。'"陳師道《寄豫章公》詩："密雲不雨臥烏龍。"後山自注云："許官茶未寄。"任淵注："《周易》：'密雲不雨，自我西郊。'此借用，言茶之未破。""臥烏龍"三字，可能任氏認爲是常典常語而不注。《仙傳拾遺》卷四七"韋善俊"條："常攜一犬，號之曰'烏龍'。"白居易《和夢遊春》詩："烏龍臥不驚。"錢鍾書《管錐編·太平廣記二〇》指出："'臥'則身不動，與'不雨'均雙關茶之不來，而龍司行雨，龍臥則'不雨'，又相貫注，修詞工密，正未可以數典故究來歷了卻也。"錢氏之詮釋,正中肯綮,詩人匠心所在,曲爲指出,任注則難免"釋事忘義"之譏矣。

失注如同誤注那樣,是難以避免的。劉世南在指出錢仲聯《人境廬詩草箋注》一書中若干處失注後慨歎:"信乎注釋之難也!以錢先生之耆年碩學而猶若是,況今之於書無所窺者乎?"(7) 著作一旦成書出版後,錯注失注,已經定格,是以後人糾謬補正一事,極爲重要。

闕　疑

《論語·爲政》:"多聞闕疑,慎言其餘,則寡尤。"劉寶楠正義云:"其義有未明,未安於心者,闕空之也。"《子路》篇云:"君子於其所不知,蓋闕如也。"何晏集解引包咸曰:"君子於其所不知,當闕而勿據。"《衛靈公》篇又云:"吾猶及史之闕文也。"何晏集解引包咸曰:"古之良史,於書字有疑則闕之,以待知者。"李德裕《掌書記廳壁記》:"其所不知,蓋闕如也。"王念孫《廣雅疏證序》:"於所不知,蓋闕如也。"業師容希白先生《金文編》中把大量未能釋定的古文字編入"附錄",王國維爲撰《金文編序》,對此表示稱許,謂孔子"闕疑"之語"蓋爲一切學問言"者。其《致顧頡剛》函中亦云:"事誠不可解,自當以闕疑爲是。弟意讀古書於不可通者,闕疑自是一法,與釋古文字無異。"(8) 古來學者,把闕疑作爲做學問的一種實事求是的態度,一種方法。遇有未明其義的,或是心中有疑惑的,暫時空着,不去強作解釋。無根據的,主觀的推測,到頭來往往是錯的。寧付闕如,勿妄猜度。

作爲注家來説，能把所有難點都一一解決，自然是最理想不過的，但有些"今典"、僻典、人名、地名，一時弄不清楚的，最好還是闕如，或待以時日，或俟之高明，不要想當然地胡猜亂注。而詩中或有句意難明，情理乖戾之處，注家未能疏通或糾正者，亦闕疑之，不可曲爲解説。有各種未能解決的問題亦可列表擺明，洪業《杜詩引得序》云："其宜補而不能補者，別細列一表，附於書後，以待後人也。"

李善《文選注》中有一些地方標明"未詳"、"未聞"，以李氏之博洽，還有未能解決的問題，以不知爲不知，尤可敬佩，注釋家理當如此。白敦仁注鄭珍詩，功力極深，但於《涼夜》詩"深夜能陪敕賜醜，荒山暗老石經叉"二語，經二十餘年求索，仍未得其確解，特於注中申明："敕賜醜，石經叉，均所未詳。"[9] 這正是一位嚴謹的學者應有的態度。

錢仲聯《劍南詩稿校注》卷六七《酒藥》詩："焦革死已久，宋清今亦無。"錢注："焦革未詳。"後又引《太平廣記》，謂有"梁革"其人，得和扁之術，"此詩之'焦'字，未知是'梁'字之訛否？"注云"未詳"，則是撝謙闕疑，疑"焦"爲"梁"之訛，則是主觀推測。陳振鵬指出，《新唐書·隱逸·王績傳》中實有焦革其人，"家善釀"[10]。據此，《酒藥》詩中之疑即可渙然冰釋。以錢氏之高才碩學，猶有此失，可知闕疑之重要。《論語·爲政》"知之爲知之，不知爲不知，是知也"，注家宜置諸座右。

（1）錢鍾書《管錐編》第四册，中華書局，1986年版，第1287頁。
（2）曹中孚校注《宋詩精華錄》巴蜀書社，1992年版，第636頁。
（3）張昌餘《李清照詩考釋》，《四川師範學院學報》，1984年第四期。
（4）（5）劉世南《前後固應無此作，一書上下二千年》，《博覽群書》2006年1期。
（6）劉世南《巢經巢詩鈔箋注讀後》，《古籍整理研究學刊》1997年第1期。
（7）劉世南《從黃遵憲詩談注釋之難》，《古籍整理研究學刊》1994年第4期。
（8）轉引自《文獻》18輯。
（9）白敦仁《巢經巢詩鈔箋注》，巴蜀書社，1983年版，第116頁。
（10）陳振鵬《〈劍南詩稿校注〉訂補》，《古籍整理出版情況簡報》第199期。

糾謬章第十

　　糾謬,是重要的學習與研究方法。陳澧《東塾讀書論學札記》云:"得古帖必臨摹之,欲得古帖之佳處也。得古書乃掎摭之,欲求古書之錯處也。"能求古書之錯,方爲不負古書。陳澧又云:"又如《經義述聞》,條條駁難古注疏,安知其讀注疏時非俯首折服而偶遇此不得於心者而後駁之乎?讀前人書隨其書之所説而溺焉,則成流弊,而不知昔人著書者原不如是也。"又云:"若真讀注疏,自首至尾,於其疏誤而駁正之,雖寥寥數語亦足珍。"對前人注疏,首先要尊重;在熟讀的基礎上,纔能找出疑點,纔能深入考究,發現錯誤,纔能自立一説以糾正之。

　　前代學者有糾謬的專著,其中不少有關詩歌的材料值得好好整理。如顏師古《匡謬正俗》卷一云:"《伯兮》篇云:'焉得萱草,言樹之背?'毛傳:'背,北堂也。'謂於堂北種以忘憂耳。而陸士衡詩云:'焉得忘憂草,言樹背與襟?'便謂身體前後種之,此亦誤也。"陸詩題爲《贈從兄車騎》,《文選》作"安得忘歸草,言樹背與衿",李善注:"《韓詩》曰'焉得諼草,言樹之背'。然'衿',猶前也。"李氏以"前"釋衿,已屬勉强,清余蕭客《文選音義》引《謝氏詩源》云:"堂北曰背,堂南曰襟。"《四庫全書總目》謂其"亦杜撰虚詞,不出典記"。與其强爲解釋，不如直捷了當指出其謬誤。朱熹《楚辭集注》，立"辨證"之例，其訂正舊注之謬誤者，別爲"辨證"二卷，附於書末。杭世駿《訂訛類編》正、續兩編，分爲義訛、事訛、字訛、句訛、書訛、人訛、天文訛、地理訛、歲時訛、世代訛、鬼神訛、禮制訛、稱名訛、服食訛、動物訛、植物訛、雜物訛等十七類，每類下列條，條皆有題，其中有不少爲古人詩作及注釋中之例，作者或引前人成說，或別出己見，闢訛糾謬，如其自序中所云，"使一誤不至再誤"。

　　詩家偶有用事之誤，歷代學者亦爲之辨證。《文心雕龍·事類》云："引事乖謬，雖千載而爲瑕。"又："陸機《園葵》詩云：'庇足同一智，生理合異端。'夫葵能衛足，事譏鮑莊；葛藟庇根，辭自樂豫。若譬葛爲葵，則引事爲謬；若謂庇勝衛，則改事失真，斯又不精之患。"陸詩典出《左傳·成公十七年》："齊靈公刖鮑牽。仲尼曰：'鮑莊子之知不如葵，葵猶能衛其足。'"杜預注："葵傾葉向日以蔽根，言鮑牽居亂，不能危行言孫。"又《左傳·文公七年》："宋昭公將去群公子。樂豫曰：'不可。公族，公室之枝葉也。若去之，則本根無所庇陰矣。葛藟猶能庇其本根，故君子以爲比，況國君乎！"劉勰認爲陸詩將"衛足"與"庇根"二典糅合，則爲引事乖謬。《顏氏家訓·文章篇》云："自古宏才博學，用事誤者有矣。百家雜論，或有不同，書儻湮滅，後人不見，故未敢輕議之。今指知決紕繆者，略舉一兩端以爲誡。"顏氏其後列舉多例，如舉出何遜《渡連圻》詩"躍魚如擁劍"，引《異物志》云："擁劍狀如蟹，但一螯偏大爾。"謂何遜"是不分魚蟹也"。又舉梁簡文帝佚詩"霞流抱朴椀"，謂飲流霞者爲項曼都而非抱朴子。又舉梁武烈太子蕭方詩"銀瑣三公腳"，復引《後漢書》"銀鐺鎖"語，謂蕭氏以"鐺"爲"銀"，"爲俗所誤"。

歷代筆記詩話等著述中，每有指出前人詩及注中的舛誤，可供後來注家參考。如袁文《甕牖閒評》卷一引《漢書》：李延年侍上起舞，歌曰："北方有佳人，絕世而獨立。一顧傾人城，再顧傾人國。寧不知傾城與傾國，佳人難再得。"顏師古注云："非不吝惜城與國，但以佳人難得，愛悅之深，不覺傾覆。"袁文指出："余謂此說非也。所謂傾城與傾國者，蓋一城一國之人，皆傾心而愛悅之，非謂佳人解傾人城、傾人國也。若果解傾人城、傾人國，武帝雖甚昏蒙，其敢求之耶？且延年者亦曉人，方欲感動其君，故諄諄及之，而其言乃險巇如此，其欲人君之聽也難矣，將何以成事乎？故余謂延年之言必不然，乃解注者之失也。唐劉夢得《牡丹詩》云：'惟有牡丹真國色，花開時節動傾城。'若盡依注者之言，則牡丹亦解傾人之城也。"焦循《焦氏筆乘》卷三"唐人用事之誤"條，指出李白、王維、陳子昂、杜牧、李迥秀、許渾等人詩中之誤。卷四有"杜詩誤"、"東坡誤用事"條舉杜甫、蘇軾詩中之誤多則。顧炎武《日知錄》亦有"于仲文詩誤"、"李太白詩誤"、"杜少陵詩誤"等條。即如杜甫詩中累句，每為後人指摘，亦無損其詩聖之名。是以古之學者，亦不為賢者諱。

《四庫全書總目》考證精嚴，常指出各種詩注中的謬誤。如卷一〇二《黃氏補注杜詩》，為宋黃希注，黃鶴續成。《四庫提要》云："其間牴牾不合者，如《贈李白》一首，鶴以為開元二十四年遊齊、趙時作，不知甫與白初未相見，至天寶[十]四載白自供奉被放後，始相遇於東都，觀甫《寄白二十韻》詩所云'乞歸優詔許，遇我宿心親'者，是其確證，鶴說殊誤。"接著指出多首詩，黃鶴注在人名、時間、事件方面的失誤。又如卷一四九《分類補注李太白集》，為宋楊齊賢注、元蕭士贇删補。《四庫提要》云："注中多徵引故實，兼及意義，卷帙浩博，不能無失。唐覬《延州筆記》嘗摘士贇注《寄遠》詩第七首'滅燭解羅衣'句,不知出《史記·滑稽傳》淳于髡語,乃泛引謝瞻、曹植諸詩。"

詩人用事,跟史家用事不同,并不那麽嚴謹,有時可能還故意曲用、訛用其事。《堅瓠集》謂:"流俗好奇而傳怪,文士循名而襲謬,自昔已然。"如杭世駿《訂訛類編》卷二"事訛類""王右丞誤用生左肘事"條云:"《説詩晬語》云,《莊子》'柳生左肘'。柳,瘍類也。王右丞《老將行》云'今日垂楊生左肘',是以瘍爲樹矣。愚案,東坡詩'柏生左肘烏巢肩'。施注引《傳燈録》野鵲巢於佛頂事,而柏生左肘,獨無所引。意亦用《莊子》語,但不知右丞何以誤爲垂楊?東坡何以復誤爲柏也?"按,王維《胡居士臥病遺米因贈》詩"豈惡楊枝肘"亦用此典。王維、蘇軾都是飽學之士,《莊子》更是熟習之書,不可能不知原典原意,詩人故作狡獪,實非誤用,而是有意爲之,詩句也平添幾分情趣。又,杜牧《杜秋娘》詩有"西子下姑蘇,一舸逐鴟夷"之語,後人遂云范蠡將西子去。皮日休《館娃宮懷古》詩"不知水葬今何處,谿月彎彎欲效顰",李商隱《景陽井》詩"惆悵吳王宮外水,濁泥猶得葬西施",可知西子本沈江而死,後人誤讀杜牧詩,遂訛成西子隨范蠡泛舟五湖事。至如沈括《夢溪筆談》卷二十三論杜甫《古柏行》"霜皮溜雨四十圍,黛色參天二千尺"云:"四十圍乃徑七尺,無乃太細乎?……此亦文章之病也。"已爲識者所譏;梁章鉅《浪迹叢談》卷十載,有人據《水經注》,謂瞿塘峽猿不生北岸,李白"兩岸猿聲啼不住"詩句有誤,亦迂執之談。注家於此,亦不可不察。

注家尤應指出詩中的失誤。詩人不一定都是飽學之士,即使是學者也不可能沒有失誤。詩中史料的處理、典故的運用以至組詞造句方面,都不免有疵漏可議之處,若不指出,輾轉訛傳,更貽誤後學,故當視指瑕糾謬爲注釋之要務。《文選》李善及五臣注,均屢屢指出選詩中的失誤。如卷二四贈答二有陸士衡《爲顧彥先贈婦》二首,李善注云:"《集》云:爲全彥先作。今云顧彥先,誤也。且此上篇贈婦,下篇答。而俱云贈婦,又誤也。"卷二五贈答三有陸士龍《爲顧彥先贈婦》二首,李善注云:"《集》亦云:爲全彥先。然此二篇並是婦答,而云贈婦,誤也。"卷二二遊覽類鮑明遠《車駕幸京口侍遊蒜山作》,張詵注云:"觀其詩意乃不得從駕,恐題之誤也。"卷二四贈答二有張茂先《答何邵》二首,劉良注云:"邵贈華詩,則此詩之下是也。贈答之詩,則贈詩當爲先,今以答爲先者,蓋依前賢所編,不及改也。"注者指出詩題之誤,題與內容之不統一,編次之不妥,具見注者之學問功力。陳與義《次韻光化宋唐年主簿見寄二首》之二:"季子行看嫂下機。"胡稚注引《戰國策》載蘇秦"妻不下紝,嫂不爲炊"事,復引李白、白居易、蘇軾詩中"不下機"之語,云:"三公用季子事,雖改'紝'爲'機',皆謂其妻耳。今先生用'下機'字而以爲嫂。按《戰國策》及《史記》,並無嫂不下機事,豈誤用之耶?"詩歌中的舛誤,注家未能指出,是爲失職。庾信《黃帝雲門舞歌》有"清野桂馮馮"句,語出《漢書·禮樂志》高祖唐山夫人所作《安世房中歌》第七章"都荔遂芳,窅窊桂華"與第八章"馮馮翼翼,承天之則","桂華"與"馮馮"分屬兩章,意義並無聯繫。倪璠《庾子山集注》未能指出詩人之誤,故爲《四庫提要》譏曰:"顯然舛誤。璠依違其詞,不加駁正,亦失之附會。"又如陳寅恪《乙巳冬日讀清史后妃傳有感於珍妃事爲賦一律》詩"傷心太液波翻句",陳氏自注:"玉谿生詩悼文宗楊賢妃云:'金輿不返傾城色,玉殿猶分下苑波。'雲起軒詞'聞說太液波翻'即用李句。"按,此實用王闢之《澠水燕談錄》卷八所載宋仁宗讀柳永《醉蓬萊慢》詞事,陳氏偶不察,誤以爲用李商隱詩句。胡文輝《陳寅恪詩箋釋》

未能指出陳氏之誤。

　　注釋中之失誤，在所難免，以李善之博學，其注尚屢爲後世學者抉摘瑕疵。胡紹煐《文選箋證》自序云："《文選》李氏注引援賅博，經史傳注，靡不兼綜，又旁通《倉》、《雅》訓故及梵釋諸書，史家稱其淹貫古今，洵非溢美，然擇焉不精，往往望文生訓，轉失本旨。"並舉多例説明李注之失。如左思《詠史》八首之七"咄嗟復彫枯"，李善注："《蒼頡篇》曰：咄，啐也。《説文》曰：啐，驚也。"胡氏云："咄嗟，猶倏忽。《倉頡篇》：'咄嗟，易度也。'而《注》引《説文》以咄爲啐。……既背正文，復乖古訓。"聞人倓《古詩箋·發凡》批評李注云："李善《選》詩注，向稱該洽，而引用處，亦頗有可疑。如《十九首》'忽如遠行客'，注引《韓詩》'二親之壽，忽如過客'云云，查今本作'過隙'，並非'過客'，'三歲字不滅'，注引《韓詩》'趙簡子坐青臺'云云，今本並無其文。"聞氏所謂"今本"，已非原書之舊，安知李善所引《韓詩》，可能更接近原本，以"今本"否定唐人所見之本，於理不合。是以《韓詩外傳》許翰校云："蓋韓本作'客'，《説苑·建本篇》作'隙'，《家語·致思篇》亦作'隙'，後人因以改《韓傳》耳。"紀昀亦云："釋事忘義，李善注《文選》亦然，此注家之通病。然後人注少陵，注義山，牽引史傳，紛紛穿鑿，又不如但注事料，其意義聽人自領也。"（《瀛奎律髓》卷二四）

　　洪芻在其所著《詩話》中已指出北宋時杜詩注本注釋典的謬誤："世所行注老杜詩，云是王原叔，或云鄧慎思所注，其多疏略，非王、鄧書也。"趙次公《杜詩先後解》注中亦多次駁正舊注，每云："舊注非是。"錢謙益《注杜詩略例》指出注杜家錯繆數端：一、僞託古人。二、僞造故事。本無是事，反用杜詩見句增減爲文,傅以前人之事。三、傅會前史。注家引用前史,真僞雜互。四、僞撰人名。有本無其名,而僞撰以實之者。五、改竄古書。有引用古文而添改者。六、顛倒事實。有以前事爲後事者。七、强釋文義。八、錯亂地理。九、妄繫譜牒。《四庫全書總目》考證精嚴,常指出各種詩注中的謬誤。如卷一九一指出余蕭客《文選音義》一書注釋之失,凡有數端:一曰引證亡書,不具出典;一曰本書尚存,轉引他籍;一曰嗜博貪多,不辨真僞;一曰攟拾舊文,漫無考訂;一曰疊引瑣說,繁複矛盾;一曰見事即引,不究本始;一曰旁引浮文,苟盈卷帙;一曰撮鈔雜見,徒涸簡牘。上述錢氏及四庫館臣所指出的注家錯繆諸端,亦可作前車之鑑。

對舊注本注中的失誤,後世學者常以"補注"等形式糾正之。若作新注,則可略而不較。今人爲古代詩歌作注,應吸取近代的研究成果。近百年來,學者們做了大量工作,考證、訓詁等多方面都有創造性的成績,還糾正了不少前人的錯誤,今之注家,尤應留意。注釋之學,所謂創始者難工,繼事者易密,後之注者,偶有發現舊注舛誤之處,即詫爲創獲,沾沾自喜,甚至肆口詆諆,輕薄古人,有傷忠恕之道。平心而論,每種注本,或多或少總有可取之處,學問是無法窮盡的。此外,於異見別旨,亦應兼容,切勿惟我獨是,彊人以同於己。

自古及今,詩歌的注釋本盈百累千,而注釋中之失誤亦極爲常見。注釋致誤原因是多方面的,其要者有二:

一是注者態度欠嚴謹。或一時疏忽,導致本可避免的常識性錯誤;或未曾深思熟慮,隨意爲之而致誤;或因循勦襲,以訛傳訛,襲舊注而傳謬;或對有關的文獻未通讀而妄解;或因文字校勘、繁簡體混淆而致誤等等。

二是注者缺乏從事注釋工作的條件，主要是知識及理解力的欠缺。如缺乏古代文化常識，不明出典，不明經典古義，不明典章制度、風俗習慣、天文地理常識等等。由於缺乏知識，導致理解錯誤。或因不明訓詁，誤釋人名、地名、書名等專名；或對詞義理解不確，古今義不辨，以常用義、後起義釋特殊義、古義而致誤；或對字面普通而意別者推敲不足，歧義選擇有誤。或望文生義，曲解意旨，不明詩意；或主觀臆測，似是而非，以今證古；或不知語法、斷句有誤而錯解。如此種種，不一而足。

上文各章中已舉出誤注的各類型例子，這裏祇着重分析說明一些最常見的問題。

對詩意理解錯誤。也就是說，注釋者根本就没讀懂全詩。這樣，無論如何去細緻地訓詁考證，徵引故實，都成了無的放矢。方回《瀛奎律髓》卷二四評："任淵所注，亦多鹵莽，止能注其字面所出，而不識詩意。"後世注家，更常見此病。如晚唐詩人韓偓《過茂陵》詩："不悲霜露但傷春，孝理何因感兆民。景帝龍髯消息斷，異香空見李夫人。"齊濤《韓偓詩集箋注》、陳繼龍《韓偓詩注》皆謂此詩讚美漢武帝的孝道。而實際詩意是譏刺漢武帝有違孝道。兩位注者的理解恰與原意相反。

因一字一句錯釋而誤解語意，全詩的主旨皆失。韓愈《奉和庫部盧四兄曹長元日見過》詩："太平時節身難遇，郎署何須歎二毛。"黄叔燦《唐詩箋注》云："如此太平景象，人所難遇，身爲郎署，不必以二毛爲歎矣。美之亦羨之矣。"按，遇，意爲遇合，遭際。太平時節，無戰爭禍亂之事，一切循規蹈距，英雄豪傑缺少建功立業的機會，故謂"身難遇"。下句典出《漢武故事》，顏駟身歷漢文帝、景帝、武帝,"三世不遇,老於郎署"。詩猶韓愈《送李愿歸盤谷序》之"大丈夫不遇於時"之意。非美之羨之,而是惜之慰之。黄庭堅《題季張竹林村》詩:"太平無用經綸者,乞與閒身向此閒。"魏慶之《詩人玉屑》所載張乖崖絕句"獨恨太平無一事,江南閒殺老尚書",同此用意。錢仲聯《韓昌黎詩繫年集釋》校定爲"難身遇",亦未會作者之本意。僅一"遇"字錯釋,導致全篇旨意皆誤。以官署、官名代指人名,亦每致誤解。如韋莊《宿蓬船》詩:"夜來江雨宿蓬船,臥聽淋鈴不忍眠。卻憶紫微情調逸,阻風中酒過年年。"韋莊詩有三家注本,均未能指出"紫微"即杜牧,"阻風"句更出自杜牧《鄭瓘協律》詩。一詞未解,詩旨全失。

　　注釋不够貼切。貼切,指要與題意、句意以及全詩意旨切合。如劉辰翁《水調歌頭》詞,題中說到自己容貌與耐軒相似,因"自號爲小耐"。過片三句:"日給華,芎藭本,薛羊書。"吴企明《須溪詞》校注祇解釋"芎藭"、"羊"字面意義,而不知樣與日給華相似,藁本與芎藭相似,薛稷書法似虞世南,羊欣書法似王獻之,皆祇得其形似,三句實自謙之辭。吴注脱離了題意,注釋的徵引也就不準確,對詩意理解亦因而致誤。又如蔣春霖《東風第一枝·春雪》詞:"春回萬瓦,聽滴斷、檐聲悽楚。"劉勇剛《水雲樓詩詞箋注》云:"春回二句:蘇軾《新城道中》:'東風知我欲山行,吹斷檐間積雨聲。'"按,蔣詞題標明詠春雪,意謂雪融成水,從檐間滴落。劉注與詞意全無干係。

　　詞語的解釋,有其一貫性,父祖典故相仍,不能故作新解。如杜甫《北征》詩"朱門酒肉臭,路有凍死骨",歷代注家對"臭"字的解釋向無二義,近年有中青年學者撰文認爲,"臭"字在古代主要的意義是"氣味",因而把杜詩中的"臭"解作"香",意謂富貴人家酒肉飄香。按,《藝文類聚·人部八》引王孫子《新書》楚莊王"廚有臭肉,罇有敗酒,將軍子重諫曰:'今君廚肉臭而不可食,罇酒敗而不可飲,而三軍之士,皆有飢色。'"古詩人用典,多取其出典原意,不會以臭爲香。明鄺露《贈內子鄧碩人糠齋》詩:"彤管名高逸,梁鸞未足偕。"楊明新《嶠雅》注云:"彤管,《詩經‧邶風‧靜女》:'靜女其孌,貽我彤管。'箋:'彤管,筆赤管也。'此處蓋指妻子送給作者的筆。"又云:"此句言夫妻分開。"全乖本意。按,《毛傳》云:"以君及夫人無道德,故陳靜女遺我以彤管之法。德如是,可以易之爲人君之配。"鄺詩用"彤管"一語,以稱美己妻如靜女般德才兼備、情懷高潔,既無送筆之意,與"夫妻分開"更有天壤之別。

對古代人文風俗不熟悉而導致誤解,更爲常見。白居易《追歡偶作》頸聯"十聽春啼變鶯舌,三嫌老醜換蛾眉",趙翼《甌北詩話》卷四云:"'三嫌老醜換蛾眉',以色衰而別換佳麗。"舒蕪《偉大的詩人不偉大的一面》一文,據此詩語而指斥白居易爲"赤裸裸的老流氓"、"老淫棍"。按,"老醜",是指詩人自己,而不是指歌女。就詩歌語氣而言,"嫌老醜",意即"被嫌老醜"。杜甫《述懷》詩"親故傷老醜",宋蘇轍《同賦遲春晚》詩"但恐少年嫌老醜,眼前無復一時人",明陳獻章《詠木犀》詩"花意未應嫌老醜",老醜均詩人自指,皆謂自己因老醜而被憐憫、被嫌棄。白居易《四年春》詩亦云:"少年嫌老可相親?"《花前歎》又云:"幾人得老莫自嫌。"就常識而言,"蛾眉"一詞,祇用於代指青春女子,"換蛾眉",是以蛾眉來換蛾眉,而不是以蛾眉換掉老醜。十年間三換蛾眉,歌女買進時一般是十四五歲,幾年後被換時也不過是十七八歲,正當妙齡,無論如何跟"老醜"沾不上邊。且古人詩教,溫柔敦厚,絕不會將此類惡語加於少女身上。又,李商隱《無題》詩:"隔座送鉤春酒暖,分曹射覆蠟燈紅。"歷來注本,均把"送鉤"與"射覆"分離爲兩種遊戲。按,兩句祇寫

"射鈎"之戲。劉敬叔《異苑》卷五:"世有紫姑神……能占眾事,卜未來蠶桑,又善射鈎。"射鈎,射覆的一種。以鈎爲所射之物,設兩盂,其一覆鈎,令人猜之。射鈎,亦稱藏鈎,爲女子閨閣之戲。李白《宮中行樂詞》:"更憐花月夜,宮女笑藏鈎。"宋人《采蘭雜誌》載:"每月下九,置酒爲婦女之歡,女子是夜爲藏鈎之戲,以待月明。"鈎,可藏於手中,亦可覆於盂裏。李商隱詩當寫後者,送鈎覆盂以射之。《風土記》載,"藏彄(鈎)之戲,分爲二曹",即"分曹射覆"之意,益可證兩句爲一事矣。屈大均《醉紅妝》詞"兩曹分射一鈎來",似得其旨。

　　一詞多義,同一詞語在不同的場合下有不同的含義,必須隨文釋義,細察上下文意,選擇最貼切的義項作注釋。不要脫離原文,孤立地就字釋字,就詞釋詞。如蔣春霖《瑣窗寒》詞"半牀翠被支峭冷",劉勇剛《水雲樓詩詞箋注》云:"翠被,用翠色的鳥羽裝飾的外氅。"按,《左傳》中的"翠被"之"被",意同"帔",指披肩,劉注據此。但這裏"半牀翠被"非指披肩,其實蔣詞中的"翠被",是詩詞中常用詞,指織有翡翠紋飾的被子或翠綠色的被子。

　　誤注鄰典。兩個或兩個以上的典故史實,意思相似或其核心詞語相同或相近者,可稱爲"鄰典"。如有關桃花的典故,有陶淵明的"桃源"典,有劉晨、阮肇誤入天台的"劉阮"典,有劉禹錫重遊玄都觀的"劉郎"典;有關阮氏的典故,有阮籍的哭途窮典,有阮咸的阮郎貧典,很容易混淆。鄰典意近,注家一時不審,以致誤引作注。

　　庾信《聘齊秋晚館中飲酒》詩:"欣茲河朔飲,對此洛陽才。"倪璠《庾子山集注》云:"《後漢書》:'袁紹、公孫瓚相擊,天子遣太僕趙岐和解關東,使各罷兵。瓚因此以書譬袁紹,於是引軍南還。三月上巳,大會賓徒於薄洛津。'

按，河北青、兗、冀諸州，瓚、紹所據，故稱河朔飲也。"又引《魏志》謂袁紹"威震河朔"以實之。倪注誤。此用夏日避暑之常典。《初學記》卷三引曹丕《典論》，謂劉松在河朔，"常以三伏之際，晝夜酣飲，極醉，至於無知，云以避一時之暑，故河朔有避暑飲"。河朔飲之典，古人詩中常用，而當代不少詩歌選本都未能辨明出處。

駱賓王《棹歌行》："鳳媒羞自託，鴛翼恨難窮。"陳熙晉《駱臨海集箋注》以司馬相如彈琴挑文君之"鳳求凰"故事以實之。按，《離騷》："吾令豐隆乘雲兮，求宓妃之所在。""吾令鴆爲媒兮，鴆告余以不好。""心猶豫而狐疑兮，欲自適而不可。鳳皇既受詒兮，恐高辛之先我。"陶淵明《閑情賦》："欲自往以結誓，懼冒禮之爲愆；待鳳鳥以致辭，恐他人之我先。"均謂欲託鳳皇爲媒。

杜甫《清明》詩："渡頭翠柳豔明眉，爭道朱蹄驕齧膝。"王洙注："朱廷平善相馬，魏文將出，取馬入。廷平曰：'此馬今日死矣！'及將乘，馬惡香，齧帝膝。帝怒，遣使殺之。"胡仔《苕溪漁隱叢話》卷九指出："余謂其事非是。王褒《聖主得賢臣頌》云'駕齧膝'，注云：'良馬低頭至膝，故曰齧膝。'子美之意，當且於此，蓋前事非佳也。"王洙注典出《三國志·方技傳》，"廷平"當作建平，"齧膝"一事，與杜詩意不合，亦屬誤注鄰典。趙次公《杜詩先後解》注中早已辨明此事，胡氏偶未察耳。

韋應物《寄全椒山中道士》詩："澗底束荊薪，歸來煮白石。"陶敏、王友勝《韋應物集校注》："相傳道家服食有'煮五石英法'等，見《雲笈七籤》卷七四。《真誥》卷五：'斷穀入山，當煮食白石。昔白生子者，以石爲糧，故世號曰白石生。'""煮石"是有關道教的常典。注文所引《雲笈七籤》成書宋代，不宜徑引，且"煮白石"與"煮五石英法"意有別。所引《真誥》成書於梁代，亦非最早出處。應引晉葛洪《神仙傳‧白石先生》:"[白石先生]常煮白石爲糧,因就白石山居。"則與詩意貼切了。

黃庭堅《薄薄酒》詩:"醜婦自能搔背癢。"史容注:"《神仙傳》:王遠字方平,過蔡經家,麻姑手爪似鳥爪,蔡經心中私言:'若背癢時,得此爪以爬背,當佳否?'"史注所引麻姑指爪事,爲常見典故,與詩句字面亦近。然錢鍾書《管錐編‧全後漢文卷一》指出,當用漢光武帝《賜侯將軍詔》:"卿歸田里,曷不令妻子從?將軍老矣,夜臥誰爲搔背癢也。"試細審讀,光武詔意似更貼切。又,黃庭堅《送莫郎中致仕歸湖州》詩:"滔滔夜行者,能不愧清塵。"史季溫注:"《漢史‧朱買臣傳》:'富貴不歸故鄉,如衣錦夜行。'"光聰諧《有不爲齋隨筆》指出:"此用《三國志》田豫答司馬宣王書:'年過七十,而以居位,譬猶鐘鳴漏盡而夜行不休。'"黃詩説,莫郎中及時致仕還鄉,其清操當使那些貪戀權位的"夜行者"有愧。史注誤引鄰典。

陸游《戀繡衾‧贈別》詞:"你嚛早、收心呵,趁劉郎、雙鬢未星。"夏承燾、吳熊和《放翁詞編年箋注》用劉晨天台桃谿遇仙之典。按,此用劉禹錫玄都觀看桃之典。詩詞中常見"劉郎鬢"之語,均用此典。如蘇軾《阮郎歸》詞:"他年桃李阿誰栽。劉郎雙鬢衰。"韓元吉《江神子》詞:"前度劉郎今度客,嗟老矣,鬢成絲。"皆是。又,王沂孫《露華‧碧桃》詞:"嫩緑漸滿溪陰,萩萩粉雲飛出。芳豔冷、劉郎未應認得。"吳則虞《花外集》校注謂用劉禹錫之典。按,詞有"溪陰"、"粉雲飛出"等語,當用劉晨之典。辛棄疾《惜分飛‧春思》:"望斷碧雲空日暮,流水桃源何處。聞道春歸去,更無人管飄紅雨。"鄧廣銘《稼軒詞編年箋注》謂用陶淵明《桃花源記》之典,其實亦是用劉晨之典。

吳偉業《鰲》詩:"自慚非食肉,每飯望封侯。"靳榮藩《吳詩集覽》卷一〇下注云:"《左傳》莊十年:肉食者鄙。"吳世昌《詞林新話·詩話》亦云:"此用曹劌故事,'肉食者鄙',豈堪言兵?此謂我非食肉者,可以言兵,而猶望休兵乃進一層言之。"劉世南指出梅村此句實用班超之典:"自愧不能如班超之投筆從戎,平定海疆,而又時刻盼望早日結束戰爭。"[1]靳榮藩後來發現自己注釋的錯誤,在《吳詩補注》中已作出更正:"食肉,《後漢書·班超傳》:'燕頷虎頸,飛而食肉,此萬里侯相也。前注非是。'"誤注鄰典,詩意全非。吳嘉紀《懷汪二》詩之八:"寄言輕薄子,敝廬臨海嶠。漫譏阮氏窮,終學任公釣。"方福仁《典故辭典》把"阮氏窮"歸入阮籍"哭途窮"類,然《懷汪二》詩十首,多寫鄉居窮困之狀,故詩中所用的當是《世說新語·任誕》所載阮咸家貧之典。

錯引情況相類的史實,也算是誤注鄰典。陸游《投梁參政》詩:"頗聞匈奴亂,天意殄蛇豕。何時嫖姚師,大刷渭橋恥?"又,《晨起有感》詩:"渭橋恥未雪,孰謂弓可櫜。"錢仲聯《劍南詩稿校注》注引《舊唐書·郭子儀傳》,謂郭子儀為關內副元帥,鎮咸陽,"虜已過渭水,並南山而東。天子跳幸陝。子儀……率騎南收兵"。[2]錢注誤引史實。陸詩當用唐太宗擒頡利以雪前恥之典。武德九年八月,東突厥可汗頡利引兵南下,至渭水便橋之北。太宗輕騎獨出與頡利盟於便橋之上,頡利軍始退。此事太宗深以為恥。貞觀四年,唐軍出塞,大破突厥軍,俘頡利至長安。唐太宗大悅曰,當日稱臣於突厥,朕未嘗不痛心疾首,今者"單于款塞,恥其雪乎"!

望文生義,是注家大忌。祇看到字面上的常意,便不深究;或主觀臆測,強為解釋。主要有以下幾種情況:

一、不知故事。如宋劉克莊《病後訪梅九絕》之六:"區區毛鄭號精專,未必風人意果然。犬豨不吞舒亶唾,豈堪與世作詩箋。"《宋詩精華錄》曹中孚注:"連豬狗不喫、舒亶見了也要唾棄的,難道配得上爲梅花詩作箋而去諷刺世事嗎?"按,王鞏《聞見近錄》載,蘇軾詠檜詩有"世間惟有蟄龍知"一語,王禹玉(珪)進讒神宗,謂軾有"不敬"之意。章惇詰之曰:"相公乃欲覆人之家族耶?"禹玉曰:"聞舒亶言爾。"惇曰:"亶之唾亦可食耶!"唾,謂涕唾之唾,名詞,非唾棄也。劉克莊曾作《落梅》詩,中有"東風謬掌花權柄,卻忌孤高不主張"之語,被言事官李知孝等攻其"訕謗當國"(指權姦史彌遠)而遭貶斥。"犬豨"句,本《漢書·元后傳》:"不復顧恩義,人如此者,狗豬不食其餘。"又,《大般涅槃經·迦葉菩薩品》有"癡人食唾"之喻,宋人多通佛學,"食唾",當亦暗示其爲"癡人"。釋宗杲《頌古》:"甘伏食人涕唾。"嚴羽《滄浪詩話·答臨安吳景先書》亦有"拾人涕唾"之語。故此詩意謂讒言如舒亶之唾,連豬狗都不屑吞之,又怎有資格闡釋《落梅》詩的深意呢? 由此可知注今典之難矣。

二、不明出典。這種情況在注本中甚爲多見。詩人用典,每如鹽入水,外表看不出來,注者徒然作字面的詮釋,而於其含意全然不知。如韋莊《長年》詩:"大盜不將爐冶去,有心重築太平基。"齊濤注云:"爐冶,猶冶煉。本詩特指兵甲之冶鑄。"按,《後漢書·光武帝紀贊》:"炎正中微,大盜移國。"詩意謂黃巢未能奪取政權。又如黃庭堅《玉樓春》詞"争尋穿石道宜男",馬興榮、祝振玉《山谷詞》校注未能指出爲"穿石節"事。有出處的詞語,應遵照傳統的習慣的解釋,不要望文生義,以意爲之。如周邦彦《西河·金陵懷古》詞"佳麗地"一語,孫虹《清真集校注》云:"佳麗地,美女如雲的地方。此特指金陵,今南京市。謝朓《入朝曲》:'江南佳麗地,金陵帝王州。'"按,謝詩又源出曹植《贈丁儀王粲》詩:"壯哉帝王居,佳麗殊百城。"李善注:"佳,大也;麗,美也。"佳麗地，謂宏大美好之地，下文全由此三字生出，注者以後起義釋之，一語之誤，全篇旨意皆失。

　　三、常典常語而附會以其他典故或隨意發揮。如賈島《送姚杭州》詩："人老江波釣，田侵海樹耕。"齊文榜《賈島集校注》："'人老'句，謂嚴光也。"並引《後漢書·逸民傳》語以實之，而不知此實歸隱之常語也。呂留良《耦耕》詩："敢道癡兒不了事，笑他解後不成名。"俞國林《呂留良詩箋釋》引熊克《中興雜記》所載施全欲行刺秦檜失敗之事以實之。其實此亦常典。《資治通鑑》卷八十二引楊濟遺傅咸書曰："諺云：'生子癡，了官事。'官事未易了也。"後世詩家屢用之，如宋祁《祗役道中》詩："癡人了官事，歸釣誤楂頭。"黃庭堅《登快閣》詩："癡兒了卻公家事，快閣東西倚晚晴。"王庭珪《送胡邦衡之新州貶所》："癡兒不了公家事，男子要爲天下奇。"注家解釋常語，每求深反鑿。如蔣春霖《拜星月慢》："半漬征衫塵土。馬影雞聲，又韶華催暮。"劉勇剛注云："馬影雞聲：形容時間流逝之快。馬影，用'白駒過隙'典。《莊子·知北遊》：'人生天地之間，若白駒之過隙，忽然而已。'雞聲，白居易《醉歌》：'誰道使君不解歌，聽唱黃雞與白日。黃雞催曉丑時鳴，白日催年西前沒。'"按，此詞寫行旅之意，謂祗不過謂聞雞早起，乘馬出發而已。

　　四、據字面意義而隨便猜測。如元好問《論詩三十首》其二："曹劉坐嘯虎生風，四海無人角兩雄。可惜并州劉越石，不教橫槊建安中。"郭紹虞主編《中國歷代文論選》云："兩雄，謂曹、劉也。"湖南人民出版社《歷代論詩絕句選》云："兩雄，指曹植和劉楨。"此外多種選本及論文均襲此說。據這些意見，"角兩雄"，就是"跟這兩位雄傑相鬥"了。按，《史記·酈生陸賈列傳》有"兩雄不俱立"之語，"無人角兩雄"，語本韓愈《寄崔二十六立之》詩"無人角雄雌"，"角兩雄"意謂"決雌雄"，并不代指兩人。元好問《雜著九首》之七亦云："泗水龍歸海縣空，朱三王八竟言功。圍棋局上豬奴戲，可是乾坤鬬兩雄？""鬬兩雄"與"角兩雄"同義，亦謂兩雄相鬬。梅堯臣《和江鄰幾學士畫鬼拔河篇》詩"角雄競強欲何睹"，于石《讀史》"秦亡四海角群雄"，周權《紀信歎》詩"兩雄角起鹿在野"，同此用意。後世陳獻章《夜坐因誦康節詩偶成》詩"高步騷壇角兩雄"、沈紹姬《淮陰侯》詩"鼎足才堪角兩雄"、范軾《武關》詩"楚蹶嬴顛角兩雄"、陳三立《次韻俛知同年感事》詩"漫向中原角兩雄"、錢鍾書《答叔子》詩"篇什周旋角兩雄"，均同此意。

穿鑿傅會。此亦學者之大忌。《漢書·王吉傳》云："以意穿鑿，各取一切，權譎自在。"十二字已道盡穿鑿之弊。陸九淵《與孫季和書》則指出穿鑿傅會的原因："學不至道，而日以規規小智，穿鑿傅會。"朱熹《答江德功》亦云："自己分上更不曾實下功夫，而窮日夜之力以爲穿鑿附會之計，此是莫大之害。"朱、陸二氏之學雖有異同，而在這個問題上看法是一致的。

注家穿鑿傅會，尤爲詩之大厄，古來學者常議及此。注家專意於詩，日夜苦思作者的用意，愈鑽愈深，認爲一句一字，都包含玄機，内存"密碼"，以至疑神疑鬼，走火入魔，陷於其中而無法自拔。陳寅恪《楊樹達積微居小學金石論叢續稿序》指出，論者須對原作者"表一種之同情"，"但此種同情之態度，最易流於穿鑿傅會之惡習"。注家過於投入，超越時間和空間，以今人之心去忖度古人，妄圖代古人立言，那就難免穿鑿傅會了。

《瀛奎律髓》卷二四引紀昀評云："釋事忘義，李善注《文選》亦然，此注家之通病。然後人注少陵，注義山，牽引史傳，紛紛穿鑿，又不如但注事料，其意義聽人自領耳。"釋事忘義，是詮釋未及，穿鑿傅會，則是過度詮釋。孔子謂"過猶不及"，不及，猶可補救，太過，則不可挽回。允執厥中，實在是不易做到。

注詩者徵引前人詩句，以明其所本，自是分內之事，求索過細，則又易陷於穿鑿餖飣，致爲識者所譏，要恰到好處，實在不易。古人讀書多，融彙於胸中，落筆時自然流出，即有與前人相同相似，亦非着意仿效襲用，即起古人於地下，指證其亦當茫然失笑，但箋注家又不可不一一指出。劉將孫爲詹大和《王荆文公年譜》作序，略云："李（壁）箋比注家異者，間及詩意，不能盡脫窠臼者，尚襲常炫博，每句字附會，膚引常言常語，亦跋涉經史。"所謂"句字附會"，巧造語言，鑿空構立，實是注家常犯之病。陳廷焯《白雨齋詞話》自序云："雕鏤物類，探討蟲魚，穿鑿愈工，風雅愈遠。"陳氏所批評的詞學之失，也是注家常犯之病。着眼瑣屑，因小失大；攻其一點，不及其餘；無限衍義，自以爲能撲入深處。如此種種，尤須避免。

穿鑿傅會亦爲僞注者的伎倆。郭知達《九家集注杜詩序》指出，託名東坡的杜詩注，"掇其章句，穿鑿附會，設爲事實"，以售其僞。

注家穿鑿傅會，其要者有兩端：一爲强合時事，二爲濫用比興。

强合時事。以史證詩，以詩貫史，本是良法。但用之過當，易成傅會。在古代詩人中，尤以杜甫及李商隱二家詩最遭荼毒。說到杜詩，首首都是忠君愛國君子之心；說到義山詩，首首都是向令狐陳情告乞之意，真不知詩爲何物矣。宋代以來，注杜者無不留意史實考據，其中精核者自可成立，而牽合穿鑿之處，亦屢見於注本中，每爲後人所詬病攻駁。郭知達《九家集注杜詩》曾噩序謂宋人注杜，每有"牽合附會，頗失詩意"者，"此杜詩之罪人也"。劉將孫云："注杜者，謂少陵'詩史'，謂少陵'一飯不忘君'，因深求之字句間，強傅以時事曲折，第知膚引以爲忠愛，不自知陷於險薄。凡注詩尚意者，易蹈此弊，而杜集爲甚。"宋濂《杜詩舉隅序》云："務穿鑿者，謂一字皆有所出，泛引經史，巧爲附會，楦釀而叢胜；騁新奇者，稱其'一飯不忘君'，發爲言辭，無非忠國愛君之意，至於率爾詠懷之作，亦必遷就而爲説。"宋氏能詩，才力格調亦規模老杜，對杜詩有心得，所論自是箇中人語。《四庫全書總目》卷一四九《杜詩攟》提要云："自宋人倡詩史之説，而箋杜詩者遂以劉昫、宋祁兩書據爲稿本，一字一句，務使與紀傳相符。"先入爲主，牽此就彼，當代不少學者皆有此弊。

馮集梧《樊川詩注自序》云："注詩之難，昔人言之。自孟子有知人論世及以意逆志之説，而奉以從事者，不無求之過深。夫吾人發言，豈必動關時事。"白居易《與元九書》謂杜甫千餘首詩中如《新安吏》、《石壕吏》、《潼關吏》、《塞蘆子》、《留花門》之類的詩歌，"亦不過三四十首。杜尚如此，況不逮杜者乎！"袁康竹《校印虞山錢氏杜工部草堂詩箋序》云："孟子軻氏有云：'以意逆志，是爲得之。'此千古讀詩之法，亦正千古箋詩之法。而昧者多所拘墟，強爲穿鑿。"畢沅《杜詩鏡銓序》謂杜詩"不可注"，"後人未讀公所讀之書，未歷公所歷之境，徒事管窺蠡測，穿鑿附會，剌剌不休，自矜援引浩博，真同癡人説夢。於古人以意逆志之義，毫無當也。此公詩之不可注也"。李顧《古今詩話》云："作詩用事要如水中著鹽，飲食乃知鹽味。此説詩家秘密藏也。"接着舉杜甫《閣夜》詩"五更鼓角聲悲壯，三峽星河影動搖"爲例，謂上句出《禰衡傳》："撾《漁陽摻》聲悲壯。"下句出《漢武故事》："星辰動搖，東方朔謂'民勞之應'。"《瀛奎律髓》録此詩,紀昀評曰:"祇是現景,宋人詩話穿鑿可笑。"紀氏認爲並非用事。

李商隱詩注解之穿鑿傅會,當以張采田《李義山詩辨正》爲最著者。張氏於李商隱詩用功極深,在書中力斥紀昀誤解李詩,亦多勝義,但其本人過分"同情之態度",亦不免"流於穿鑿傅會"。"爲陳情不省,留別令狐所作"一類的評析,屢見於書中,令狐眞成了注家及讀者的夢魘了。

靳榮藩《吴詩集覽》亦每爲學者所詬病。趙翼《甌北詩話》卷九云:"靳榮藩論梅村,謂'大家手筆,興與理會。若穿鑿附會,或牽合時事,强題就我,則作者之意反晦'。此眞通人之論也。乃其注梅村詩,則又有犯此病者。梅村五古如《讀史雜詩》四首、《詠古》六首,七古如《行路難》十八首,皆家居無事,讀書得閒所作,豈必一一指切時事?"並指出靳注謂《讀史》第一首刺阮大鋮,其二刺薛國觀,其四刺孫可望云云,皆爲附會。靳氏注梅村詩,費盡畢生心力,仍不免有此失。

濫用比興。黄庭堅《大雅堂記》云:"彼喜穿鑿者,棄其大旨,取其發興於所遇林泉、人物、草木、魚蟲,以爲物物皆有所託,如世間商度隱語者,則子美之詩委地矣。"黄侃《文心雕龍札記》云:"若乃興義深婉,不明詩人本所以作,而輒事探求,則穿鑿之弊固將滋多於此矣。"如阮籍《詠懷》八十二篇,歷代注甚多,每以比興之義釋之,引喻附會,愈鑽愈深,而詩中真意轉覺渺茫矣。陳沆《詩比興箋》一書,耗其畢生精力,鑿井見水,而泥沙未净,其中主觀臆測之語甚多。《四庫全書總目》卷三五六批評吴喬《圍爐詩話》云:"所謂唐人之比興者,實皆穿鑿附會,大半難通。即所最推之李商隱、韓偓二家,李則字字爲令狐而吟,韓則句句爲朱溫而發。平心而論,果盡如是哉?"李頎《古今詩話》云:"説者謂王右丞《終南山》皆譏時宰。詩云'太乙近天都,連山接海隅',言勢位盤據朝野也。'白雲迴望合,青靄入看無',言徒有表而無内也。'分野中峰變,晴陰衆壑殊',言恩澤偏也。'欲投何處宿,隔水問樵夫',言畏禍深也。"把一首雄奇的寫景詩解釋成政治諷刺詩,歪曲了原意。又如王琦注李賀詩,過於重視發掘其中所謂的微言大義,陷於穿鑿附會而不自知,反而沾沾自喜,自以爲是。詩中的比喻、象徵,往往都有習慣的用法,注釋者不應隨意想象發揮。如賈島《延壽里精舍寓居》詩"耳目乃塵井,肺肝即巖峰"二句,齊文榜注釋:"水井像耳目,假山則似肺肝。"黄鵬箋注:"二句言耳目雖然虛靜,亦難消化心中塊壘。"按,二句所表達的,是古詩文中常見的意思,身居鬧市,心在山林。詩意謂,耳目所聞見雖爲市井,而肺肝之感受猶似幽巖。詞論家濫用比興、穿鑿故實的情況尤爲嚴重,張惠言常州派的論詞手法每受後人詬病。劉景堂《詞意偶釋序》云:"更有如張惠言選本,於六一'庭院深深'一闋,句句皆強謂傷時;陳述叔説夢窗詞,強半謂爲憶妾,附會曲解,尤深病之。"

當代學者很關注所謂的"暗碼系統"問題。認爲詩中的某些特定的詞語,余英時謂"如雙關語、歇後語、諧音字等",[3] 必須與其全部詩文相參證,始得其命意所在,箋釋者則要努力去破解其暗碼云云。無疑,這在中國注釋學史上是個創見,也有其一定的道理。但愈鑽愈深,矯枉過正,"視文章爲間諜密遞之暗號,射覆索引"(錢鍾書《管錐編》p1390),到了"楚天雲雨盡堪疑"的時候,每一首詩都成了政治謎語,解詩則有如解夢,那作爲藝術品的詩也不復存在了。

詩歌中的關鍵字眼，特別是某些虛詞，更不可以滑眼看過，有時解錯一字，導致對全詩的理解錯誤。如賈島《寄長武朱尚書》詩："不日即登壇，槍旗一萬竿。角吹邊月没，鼓絶爆雷殘。中國今如此，西荒可取難。白衣思請謁，徒步在長安。"陳延傑《賈島詩注》、黄鵬《賈島詩集箋注》謂"中國兵力微弱，難取西荒"，齊文榜《賈島集校注》謂"西北外族想加以侵擾掠奪並不容易"。三家注皆誤。詩意謂中國如今兵力這樣强盛，要收西北地區哪會困難呢？"可難"，即"豈難"。全詩皆贊頌之語，一詞錯解，主旨皆失。宋人饒節《戲汪信民教授》詩："汪侯思家每不寐，顛倒裳衣中夜起。豈惟蓐食窘僮奴，頗復打門擾鄰里。涼風蕭蕭月在庭，老夫醉著呼不醒。山僮奔走奉嘉賓，銅瓶汲井天未明。"錢仲聯、錢學增《宋詩三百首》："豈作，反詰語。意即不作。" "'頗復'句，句意承上，謂也不去打門驚擾鄰里。"其實，全詩均嘲戲之辭，意謂汪氏半夜起牀向鄰里叩門求食，這鄰里正是饒節自己，亦即詩中借醉不起的"老夫"，而"山僮"卻不得不侍候這位不速之客。實詞泛用、虛用、活用，易生誤解。黄庭堅《次韻子瞻和子由觀韓幹馬因論伯時畫天馬》詩："曹霸弟子沙苑丞，喜作肥馬人笑之。"任淵注："此云'沙苑丞'，未詳。"按，詩云"沙苑丞"實爲詩人之謔語。沙苑丞專管牲畜之事，自要求養得健壯，韓幹喜畫肥馬，故以此戲稱，並不是説他真的當過沙苑監的官吏。

"解"，比"注"更易出錯，上文已舉出多例。字詞典故的"注"，有關詞語訓釋，在當代，通過電子資料檢索，大多可迎刃而解，即使深僻之典，祇要老實認真，鍥而不舍，總可以尋得真源；而"解"，則是對詩意的解讀，一是要準確地譯述原文，二是要深刻地理解原意。近年出版的一些詩詞箋注、賞析本，注釋大多還可以，但一到串解，則露出破綻了，究其緣由，主要是注家不諳辭章之學，又未能精思熟慮之故。李紳《南梁行》："元和列侍明光殿，諫草初焚市朝變。"盧燕平《李紳集校注》注："諫草初焚，謂升平無事可諫。"(87頁)按，典出《晉書·羊祜傳》："其嘉謀讜議，皆焚其草，故世莫聞。"杜甫《晚出左掖》詩："避人焚諫草，騎馬欲雞棲。"意謂不欲邀名，不使人知。與升平無涉。顧貞觀《謁金門》詞："三十矣。彈指韶光能幾。梵課村妝從此始。心期成逝水。　　那少真珠百琲。遲卻紅絲一繫。得婿今生應似子。斯言猶在耳。"張秉戌《彈指詞箋注》云："此篇除發抒了一點歎老傷逝之感慨，特意表達了對一椿心事的繫念，即盼望得到一位像自己兒子一樣的女婿。"其實詞中以婚姻失時以喻個人的功名遲暮。時詞人年方三十，更談不上去找女婿。又《木蘭花慢》詞："數鳴珂舊曲，誰第一、擅歡場？有燕骨千金，楚魂九畹，姓自餘香。"張注云："燕骨，比喻年事已老的賢士。"又云："此三句意謂如今祇賸有風流名士，怨魂香骨的姓氏留存下來。"按，此詞題注已明確點出"馬湘蘭故居"，"燕骨"句，切"馬"字；"楚魂"句，切"湘蘭"二字，湘為楚地，九畹，語本《離騷》"余既滋蘭之九畹兮"。康有為《送門人梁啓超任甫入京》詩："道入天人際，江門風月存。"舒蕪、陳邇冬、王利器選注《康有為選集》注云："天人際，指宇宙自然規律（天）和社會人事規律（人）之間會通統一的本源。此句誇獎梁的學問已經到了這樣高深的程度。"(4)其實這兩句寫的是梁啓超的同鄉先哲陳獻章。陳是廣東新會江門人，世稱白沙先生。陳獻章《江門釣瀨與湛民澤收管》詩有"江門風月釣臺深"之語。其弟子湛若水《送蔣道林諸君登釣臺依石翁師韻》詩亦云："自拜江門風月句，一回一讀一沈吟。"康有為詩中祇是期望梁啓超能繼承陳白沙江門學派的道統而已。且"道入天人際"

是何等高標，用在一位十九歲的小青年身上亦爲不倫。

今人的專著、論文中，亦每有引錄古人詩歌，並作闡釋。這些材料甚爲分散，整理不易。其中曲解、錯解詩意者正復不少，尤其是一些名家著述，影響較廣，亦有待指瑕糾誤。劉世南《在學術殿堂外》一書，列舉了不少例子。如謂季鎮淮《來之文錄續編·賞析編》頗多謬誤：潘德輿《元夕感事》詩"中朝不獨正供急"，季氏解爲"供應人民的急需不祗是朝廷上的事，也是地方上應有的事"。正供，是指正賦之供，即法定的賦稅。尚鎔《上海訪龔定庵晤而有作》詩："錚然生面開，不比虎賁似。"季氏解爲"文辭敏鋭而別開生面，不像那種狂奔似的猛虎"。虎賁，實用"虎賁中郎"之典。《後漢書·孔融傳》載蔡邕卒後，有虎賁士貌類於邕。詩中用此以譽龔氏之文不是明七子學秦漢文的形似。如章培恒、駱玉明主編的《中國文學史》下卷第九十六頁，引元人仇遠《醉醒吟》詩"卿法吾情各行志"，解爲"意思是'法'既不足爲憑，那麼祇能循'情'而行。"劉世南指出，這樣解釋不合仇意。卿法，用《世説新語·方正》："王太尉不與庾子嵩交，庾卿之不置。王曰：'君不得爲爾。'庾曰：'卿自君我，我自卿卿，我自用我法，卿自用卿法。'"詩意實爲："你照你的原則去生活，我照我的原則去生活，各行其志，互不干涉。"(5) 而《文學史》把"卿法"之"法"誤會爲禮法之法，詩意全誤。

考證方面的失誤，亦爲常見。如唐溫如《題龍陽縣青草湖》詩："西風吹老洞庭波，一夜湘君白髮多。醉後不知天在水，滿船清夢壓星河。"《全唐詩》卷七百七十二錄此詩，題爲《題龍陽縣青草湖》，作者唐溫如，"無世次爵里可考"。程千帆、沈祖棻《古詩今選》、程千帆《古詩考索》、沈祖棻《唐人七絕淺釋》、黃肅秋《唐人絕句選》、孫公望《唐宋名詩索引》、張冠湘《古詩文名句錄》等多種書籍、論文都予以采錄。《唐詩鑒賞辭典》、《唐詩鑒賞集》均采入此詩,皆謂爲"晚唐詩人"唐溫如惟一的傳世之作。我曾於一九八七年撰文考出,唐溫如名珙,浙江會稽(今紹興)人,元末明初詩人。《題龍陽縣青草湖》一詩,原題作《過洞庭》。直至二〇〇二年,中華書局出版清錢熙彥《元詩選補遺》一書,錄唐珙詩八首,作者小傳稱唐珙爲唐珏之子,會稽雷門人。按,雷門,即紹興五雲門。又到二〇一〇年,始得見易元吉《山猿野麋圖》,有唐珙題詩,左下角有"質肅世家"印。質肅,爲宋神宗時禮部尚書唐介諡號。《宋史》本傳載,唐介爲江陵人。《宋史翼》、《新元史》有唐珏傳,均不載其家世。據此,方可考定唐珏、唐珙爲唐介之後,本江陵人,移居會稽。足補史籍之闕。一個小小的問題,竟歷時二、三十年,始得確解,可見考證之難矣。

　　閱讀中的誤解,更是常見的,是難以避免的。正由於有誤解,纔需要注釋,纔顯得正確闡釋的必要。注釋中的錯誤,也是常見的,甚至是難以避免的。正由於有錯誤,纔需要糾謬,纔得到正確的闡釋。

　　注釋者應有文字學知識,對綫裝書中的繁體字、異體字要懂得辨認和解釋,這是古籍整理工作的一個最基本要求。近年出版的一些中青年學者編撰的書籍中,更添了一種前所未有的問題,就是因異體字、簡化字的誤認而產生的誤注。如賈島《就可公宿》詩:"十里尋幽寺,寒流數派分。"黃鵬箋注:"泒,水名。"⑹按,"泒",爲"派"之訛字,非泒水之"泒"。還有一種新的舛誤,就是因異體字或繁簡字的轉換而致錯解。如"間"、"閒"、"閑"三字,古書中,"間"與"閒"同,"閑"又通"閒",簡化字更把"閑"、"閒"統一作"閑"。賀鑄《六州歌頭》詞"間呼鷹嗾犬"句,多種選本都錄作"閑呼鷹嗾犬",或解作"閒時出外打獵"。鍾振振指出:"首字依格律都用仄聲,而'閑'字卻是平聲,所以必誤。賀詞此句與上文連起來串講,是説除了聚衆令飲以外,間或出城打獵。"(7)納蘭性德《鷓鴣天》詞"馬上吟成促渡江,天將間氣付閨房"二句,今存作者手迹,"間氣"書作"閒氣",張秉戍《納蘭詞箋注》中,"閒氣"卻化成"閑氣",並解釋云:"此二句意思是皇后騎在馬上吟成詩句,催促皇帝揮戈渡江,從而帝后失和,生了閑氣。"大誤。舊謂傑出人物秉天地之靈氣,間世而出,故曰"間氣"。納蘭詞謂蕭后女中豪傑,爲天地之間氣所鍾。詞意是讚美蕭后的,注家因一字誤解,全詞的本旨皆失。"間氣"之"間"字讀仄聲。又,柳永《受恩深》詞:"雅致裝庭宇,黄花開淡泞。"孫光貴、徐静《柳永集》校注:"菊花開在濕潤的土地上。黄花,菊花。淡泞,濕潤的泥土。淡,程度不深。泞,泥泞,泥漿。"(8)按,泞,音 zhù。非"濘"字的簡化字。淡泞,意爲淡泊。且"泞"字是韻腳,與"宇"字相協,更不能讀成"nìng"。張先《酬周開祖示長調見索詩集》詩:"辯玉當看破石時,泥沙有寶即山輝。都盧往往無真璞,誤使人評鼠腊歸。"吴熊和、沈松勤《張先集編年校注》"鼠腊"誤作"鼠臘",注云:"鼠臘,鼠乾。"按,腊,音 xī,與"臘"異字。鼠腊,指腊製過的老鼠。此以喻己之詩徒有虛名。又如顧貞觀《蘇幕遮》詞"斗酒雙螯,隨分吾家事"、《木蘭花慢》詞"也當他、斗酒聽啼鶯",張秉戍《彈指詞箋注》云:"斗酒,比賽酒量。"注者把容量單位的"斗"字,誤認作"鬭"的簡化字。況且"斗酒雙螯",本《晉書・畢卓傳》:"右手持酒杯,左手持蟹螯,拍浮酒船中,便足了一生矣!""斗酒聽鶯",用《世説新語》中所載戴顒攜斗酒雙柑聽黄鸝之事。均爲習見典故,更應注出。

本書脫稿後，收到友人寄來的《廖恩燾詞箋注》（卜永堅、錢念民主編，廣東人民出版社 2016 年 1 月出版）一書。主要由三十三位大陸及港、臺學者合作撰寫。隨意翻閱二三十頁，已發現數十處常識性錯誤。如金箏之"雁足"釋爲"指書信"，酒籌之"籌"釋爲"酒杯，此指敬酒之意"，"落紅天"注"蓋謂滿天花雨也"，"女牆放了，南州豆蔲"注"豆蔲，指年輕的美少女"，"荆州王粲久相依"注"化用王粲《七哀詩》典故"，"丹青稿"注"史册。丹册，載功勳；青史，紀錄史事"，"乘鸞侶"注"比喻騰飛得意之狀"，"浪蘋"注"蘋，蘋風，秋風"，"招提境"注"招堤位於貴州安龍縣城東此，是貴州省十大風景區之一"，"番風"、"芳信"注"敬稱他人的書信"，"玉壺沽向蠻村裏"注"玉壺，喻明月"，"鉤藤瘦杖"注"鉤藤，植物名，茜草科常綠攀緣植物"，"褻閣沈水薰香"注"褻閣，喻高聳入雲的樓閣"、"以'沈水'借指沈香"。"鑄金爲淚不妨成"，注引《北史·后妃傳》"鑄金人"事百餘言解釋，全不著邊際，不知語出盧仝《與馬異結交》詩："黃金礦裏鑄出相思淚。"諸如此類，可謂慘不忍睹。注文詳略不均，不必詳注者則長篇而大論之，如釋"飛蚨"一詞，注文竟多達三百餘言。廖詞胎息夢窗，鏤金錯綵，用典使事極多，又好化用古人詩句，推求匪易。書中"箋注"，凡有疑難之處，多付闕如。注後又設有"評析"一欄，各抒觀感，非非是是，想入人天，其謬妄處每令人詫怪。此書爲集體攻關項目，一些從未作過注釋工作的學者應邀參與，分派任務，短期完成。廖氏爲政治人物，經歷複雜，箋注者於其本事既未深考，亦未對其全部詞作認真研讀，敷衍塞責，草草成文，亦有多首僅有"評析"而無"箋注"者。竊以爲自有詩詞箋注本以來，體例混亂，誤注失注，鮮有甚於此者。注釋之難，本書《知難章》已詳言之，學者宜愛惜羽毛，慎之又慎。

（1）劉世南《在學術殿堂外》，中國文史出版社，2003年版，第25頁。
（2）錢仲聯《劍南詩稿校注》，上海古籍出版社，1985年版，第136頁。
（3）余英時《陳寅恪晚年詩文釋證》，東大圖書股份有限公司，1998年版，第164頁。
（4）舒蕪、陳邇冬、王利器《康有爲選集》，人民文學出版社，2004年版，第161頁。
（5）劉世南《在學術殿堂外》，中國文史出版社，2003年版，第33頁。
（6）黃鵬《賈島詩集箋注》，巴蜀書社，2002年版，第64頁。
（7）鍾振振《賀鑄〈六州歌頭〉箋注札記》，《重慶師範學院學報》，1984年第四期。
（8）孫光貴、徐静校注《柳永集》，岳麓書社，2003年版，第79頁。